新疆当代诗词研究

刘坎龙 吕亚宁 著

新疆大学出版社

图书在版编目（CIP）数据

新疆当代诗词研究 / 刘坎龙，吕亚宁著 . -- 乌鲁木齐：
新疆大学出版社，2024. 9. -- ISBN 978-7-5631-3154-9

Ⅰ . I207.2

中国国家版本馆 CIP 数据核字第 2024EW4378 号

新疆当代诗词研究
刘坎龙　　吕亚宁◎著

责任编辑　李胜兰
责任校对　段牧村
封面设计　王　洋

出版发行　新疆大学出版社
地　　址　乌鲁木齐市胜利路 666 号　　邮编：830046
网　　址　http://cbs.xju.edu.cn/
电　　话　0991-8582182
经　　销　新疆新华书店发行有限责任公司
排　　版　天畅图文设计工作室
印　　刷　三河市九洲财鑫印刷有限公司
版　　次　2024 年 9 月第 1 版
印　　次　2024 年 10 月第 1 次印刷
开　　本　16 开　　787 毫米 × 1 092 毫米
印　　张　20
字　　数　347 千字
定　　价　89.00 元

序

王佑夫

当坎龙将其与亚宁合撰的《新疆当代诗词研究》书稿送来索序时，我正忙于所主持的国家社会科学基金重大项目的结题和出版事宜，无暇顾及其他。寒暄之际，随手翻了书稿目录，不觉眼前一亮，打消了婉拒的念头。何况专治古典文学的坎龙教授做新疆当代诗词研究，最初也是我鼓动起来的，历时五载，书成付梓，自然应该说上几句阅后感言。

新疆当代诗词创作成就斐然，涌现出具有全国影响力的名家才俊，和一个又一个的诗人群体，在中华诗坛上形成了特色鲜明的"天山诗派"。然而，生机盎然的新疆当代诗词创作，学术界对之研究却很薄弱。见诸报刊的单篇论文和书评，止在对诗人诗作的评析上，此乃刘勰《文心雕龙》所谓："各照隅隙，鲜观衢路"。宏观视野的缺乏导致了评论格局的狭小。刘坎龙、吕亚宁二位著作者高屋建瓴，握管濡翰，在全方位审视与梳理新疆当代诗词的基础上，对其创作背景、发展历程、诗人群体、题材选择、作品意蕴、风格流派、艺术特征、存在的问题及提升策略等，作了较为详尽的论述。所涉诗人之广、作品之多，前所未有，开创了新疆当代诗词整体研究之先河。

新疆当代诗词创作赓续于源远流长的西域诗歌。随着周穆王与西王母瑶池对歌开篇，源头活水绵延流淌。《新疆当代诗词研究》开宗明义，观澜索源，以少许文字勾画其轨迹，划分其阶段，彰显其不同风貌。它不仅可以作为西域汉语诗歌发展简史来读，同时也为把握新疆当代诗词创作的继承与创新提供了参照系。与此同时，用地理学与人类文化学的知识，叙述产生新疆诗词的西域风光与人文民俗的生态环境,拓展了背景视域。而一代新的文学兴起,归根结底又在于其所处时代的沃土肥壤。"戈壁惊开新世界",新疆和平解放,各民族载歌载舞的阳光生活,催人奋进,诗人们在真切感受中,张扬个人性情,高歌浓郁的爱国爱疆的雄心壮志,奋笔抒写建设家园的壮丽场景与日常生活情趣,纯洁的亲情、友情与爱情……将军诗人,文化诗人,兵团诗人,夕阳红诗人,青年诗人,巾帼诗人,在历史的岁月中,一步一个脚印,走在一条并非宽广的古体诗词创作道路上,奉献鲜花与硕果。如此,构成一部《新疆当代诗词研究》。这部专著,横看成岭,侧看成峰。时序的结构,显示它是发展史;名家及群体的专节评述,又是诗人评传;而对名篇佳作的入微解读,则不失为鉴赏文萃。在填补空白的意义上,它给了我们以多种启示。

在宏观视野下尽力作微观探讨,宏观与微观相结合,是《新疆当代诗词研究》的题中之义。古体诗词研究模式主要有两种:一是鉴赏分析,二是理论归纳。该书将两种研究模式有机统一,以诗人作品个案研究为基础,描述新疆当代诗词创作的整体风貌,既不流于空泛,又避免了琐碎。文本的细读、分析、鉴赏,一一展现众多名篇佳构的丰富内涵,给受众以启迪与审美享受。对创作整体的宏观论析,则揭示出新疆当代诗词的时代新质、文化特征、情感取向、艺术风格,彰显其在中华诗坛上独树一帜的风貌。

王充《论衡》有言:"两刃相割,利钝乃知;二论相订,是非乃见。"事物都是相比较而存在,比较是一切理解和思维的基础。该书著者有着强烈的"比较"意识。比较贯穿全书,小到一个意象,一句诗句,一首诗作,大到一个诗人,一个诗群,一种诗学主题,古与今,纵与横。例如:对新疆独特自然景观、多彩人文风貌、诗词取材特点、艺术风格等的描述、论析,在阐释地域文化对诗词创作影响的同时,突出了新疆当代诗词与其他地区诗词同中之异。对具体诗人的评说,划定出一些时间的、人物的、群体的基本坐标,力求将其作品纳入整个新疆当代诗词创作的视域中,通过比较寻找其较为恰当的位置,揭示其创作特点,进而较为清晰地显示出茫茫烟海中的"光焰"。

怀古,"经古人成败(之地),咏之"(《文镜秘府论》)。凭吊古迹和缅怀先人,是古体诗词创作的一个永恒主题。该书论及新疆当代诗词创作中关于丝路古迹的寻觅咏歌,指出这些怀古之作所展现出的情感意蕴,与古代有着明显不同:古代文学史中的怀古之作,其情思大体有二,一是围绕个人的穷通得失,通过怀古抒发自己怀才不遇的情怀;二是借咏叹历史的兴亡,表达对社会现实的批判。但新疆当代诗词的作者们,对历史遗迹、历史人物的咏叹,大多是仰慕前贤的精神,赞美前贤的贡献。在情感的价值取向上,形成了以歌颂为主的抒情特征,为我们提供了一种新的叙事内容和精神品格。其原因在于这类怀古之作,带上了反思致用的特点。歌颂先贤的丰功伟绩,既是不忘历史上的客观存在,更是在于激励今人维护国家统一、民族团结、齐心协力共建美好边疆。诗人们总是试图在历史的时间过往与空间纵横的追寻中,寻找当下存在的意义,营造新的意象和意境,因而也就有了一种新的思维方式和艺术表达。该书在阐释新疆当代怀古诗词的感情基调时,还与国内其他地区游览新疆者的作品比较,指出:长期生活在新疆的作者所受到的西域文化、现实情怀的交叉熏染,面对相同古迹所引发的情感,与游览观光者有着明显的差异,这就是绝少"凄婉哀怨",而是荡漾着"一股雄豪之气"。这样的抒情基调使其作品生成苍莽、悲壮而又雄豪的审美特征,凸现出新疆当代怀古诗词独具的格调。

坎龙、亚宁平时做事、为文踏实认真,故而该著资料收集丰富、充实,论述平实、周详,立论多有创见,推动了新疆当代诗词研究的发展。这种较为深入、扎实的研究,也为"当代诗词入史"提供了资料与参考。

在当代文学舞台上,古体诗词应该登场了!

是为序。

2022年4月16日

关于《新疆当代诗词研究》体例的几点说明

第一,本书研究的对象为新疆当代诗人运用传统诗词形式创作的作品,包括律诗、绝句、词、散曲、古风与歌行。为保证文本研究的严肃性、固定性,本书作品的选取主要依据国家正规出版社出版的诗词总集、别集以及有标准刊号公开发行的诗词杂志等。时间范围限定在1949年至2018年,青年作者的作品选取下限则适当放宽。

第二,本书的章节划分,大体以创作发展史、诗人诗作论、整体风貌探究来安排。由于"诗人诗作论"中的作家众多,单列显得散乱,故而除两位作家列专章外,其他以群体论之。为了使"群体论"的观点鲜明突出,我们在章目中采用了正、副标题并用的方法,每章以正标题揭示其特点,以副标题表明其属性。这些"群体"划分,或许不够严谨,但却便于观察,便于在纷繁庞杂中较为清晰地显示茫茫烟海中的"光焰"。

第三,由于本书所涉及的诗人诗作大多数是初次被研究,故而有着较多的对作品文本的细读、分析与鉴赏,旨在彰显名家名篇特征与风采的同时,也为宏观描述提供微观支撑。

目　录

第一章 新疆——诗意的空间

诗人灵性禀赋的生成,诗作独特风貌的呈现,在很大程度上得力于区域文化传统、自然地理以及人文环境的润泽与熏染。所谓"文章得江山之助",说的正是这个道理。新疆有着源远流长的诗歌传统,有着奇妙独特的自然地理,有着处于古丝绸之路腹地,东西方文化荟萃以及多民族聚居而产生的绚丽多彩的人文景观,再加上"戈壁惊开新世界"的时代鼎新等,都使这一空间荡漾着浓浓的诗意。它们广泛唤起当代诗人真切的生命情感体验,进而在情、景、事的神韵激发中,创造出多姿多彩、生动鲜活的艺术境界。所以在进入对新疆当代诗词创作的具体考察之前,我们先了解一下新疆的诗歌传统、自然地理和社会人文风貌。

第一节 源远流长的西域诗传统

新疆自古就是诗意的空间,唐代以岑参为代表的西域边塞诗,即在中国诗歌史上闪烁着耀眼的光芒。当然,新疆的诗歌传统并不限于唐代,而是源远流长。它们都以各自的特点,潜移默化地影响、润泽着新疆当代诗词的创作。因此我们有必要对历代西域诗作一勾勒,探究其发展演变,以便更好地把握新疆当代诗词创作所面对的传统以及继承、创新。

如果我们从宏观视角,把古代西域诗的产生、发展、繁荣的轨迹拉一条粗线的话,那么则可以表述为:它萌芽于先秦,发展于汉、隋,至唐代出现西域诗的第一个高峰,再经元、明两代的繁衍,到清朝出现了第二次高峰。由于社会背景、作者身份等因素的差异,不同时期的西域诗也彰显着不同的风貌。

周、汉、隋时期的西域诗。最早的西域诗歌可以追溯到周穆王与西王母的酬唱赠答。记录周穆王西巡史事的著作《穆天子传》中,载有西王母在瑶池设宴款待周穆王姬满时的对歌、唱酬。宴饮之际,西王母曾赋诗为周穆王送行:

> 白云在天,山陵自出。道里悠远,山川间之。将子无死,尚能复来。①

后人将此歌称作《白云谣》。诗以"白云"起兴,描述周穆王西行的悠远与艰难,接着祝其健康长寿,并期待着下次的重逢。穆天子深为感动,于是赋诗答曰:

> 予归东土,和治诸夏。万民平均,吾顾见汝。比及三年,将复而野。②

后人将此歌称作《穆天子谣》。意思是说,等我回到东方,将协调华夏族群的关系。待到万民康乐的时候,我仍将西行。西王母听后,接着唱道:

> 徂彼西土,爰居其野。虎豹为群,於鹊与处。嘉命不迁,我惟帝女。

> 彼何世民,又将去予。吹笙鼓簧,中心翱翔,世民之子,惟天之望。③

后人将此歌称作《西王母吟》。西王母的吟唱,不仅表达了君王酋长的亲切交往,也表达了渴望中原与西部地区民众间的精神交流。这组对歌、唱酬,在描写西域地理风情的同时,也反映了西域和内地的联系,充满了一种温情。而在诗歌形式上则是四言诗,与周朝时期《诗经》的主要形式相一致。周穆王与西王母的"瑶池"唱酬,为新疆当代诗词作者提供了反复吟咏的素材和富于浪漫色彩的想象空间,这于有关描写"天池"的作品尤显突出。

汉代时期,新疆天山南北的广大地区被称为西域。而吟咏西域风物、抒发真挚情怀的诗歌,以汉武帝刘彻的《西极天马歌》和刘细君的《乌孙公主歌》最为著名。两篇作品合而观之,体现着汉代西域诗刚柔相济的风貌。先看《西极天马歌》:

> 天马来兮从西极,经万里兮归有德。承灵威兮降外国,涉流沙兮四夷服。④

此诗最早见于司马迁《史记》,初无题目,丁福保编《全汉诗》时将此诗题为《西极天

---

① 逯钦立辑校《先秦汉魏晋南北朝诗》,中华书局,1983,第36页。
② 同①。
③ 同①。
④ 司马迁:《史记·乐书》,中华书局,1962,第1178页。

马歌》。诗以"骚体"形式描写汗血宝马来到中原的情景,抒发了汉武帝面对"四夷服"的喜悦。诗中的天马、西极、万里、流沙等意象构成的画面,带有极浓的西域特色,展示出辽阔苍茫的边塞景观。而细君公主的《乌孙公主歌》,抒发的则是远涉西域的幽怨:

> 吾家嫁我兮天一方。远托异国兮乌孙王。穹庐为室兮旃为墙。以肉为食兮酪为浆。居常土思兮心内伤。愿为黄鹄兮归故乡。①

细君公主,是汉江都王刘建的女儿,其远涉西域是由于政治联姻。《汉书·西域传》载,西汉初期,匈奴不断侵扰汉朝边境,又见乌孙与西汉的关系日渐亲密,更因嫉恨而时常攻掠。于是乌孙王派使者到汉朝求取联盟,提出"愿得尚汉公主,为昆弟",并以乌孙良马千匹为聘礼。细君公主出嫁到乌孙后,被乌孙王昆莫猎骄靡封为右夫人,"自治宫室居""岁时一再与昆莫会""昆莫年老,言语不通",难免吊影自怜。诗以细君公主亲身体验的饮食起居为切入点,将独具特色的西域景物、风土人情,与远离故土的思乡情怀融为一体,悲切而苍凉。两诗都是"骚体",体现着汉代"文继楚风"的特点。

两汉而后的魏晋六朝,有关西域的文人诗歌,都是依据史书的"悬想"。这种情况到了隋朝出现转变。隋朝大业四年(公元608年),裴矩奉命与玉门道行军大将薛世雄一起进军西域,并于伊吾屯田戍守。大业五年,隋朝打败吐谷浑,西域地方"相率而来者四十余国。因置西域校尉以应接之",并设置"西海、河源、鄯善、且末四郡"。②由于隋朝曾多次与突厥交战,诗人如杨素、薛道衡、虞世基等,都有出塞从戎、从幕的经历,这无疑开拓了隋代诗人的视野。隋朝国力强盛,诗人们有着开阔的胸襟和豪迈的气概,对边塞战争和边地生活有着切身感受,因此,其诗歌所描写的事件集中,真实自然,形象生动而又气象恢宏,成为唐代边塞诗的先声。隋代杨素的《出塞》,即为作者亲历西域之作。③此诗开头六句用汉代苏武出使匈奴的典故,表达自己出塞征战,有着苏武那样"忧国不忧身"的志向。接下来描写征战的行踪及感受,以"历览多旧迹,风日惨愁人",写边塞不宁给人们带来的灾难。以"荒塞""孤城""树寒""草衰"等意象,极力渲染塞外的苍凉,进而烘托征战的艰辛。"交河明月夜,阴山苦雾晨"两句,写行军征战所到之地。诗中的"交河",指的

---

① 班固:《汉书·西域传》,中华书局,1962,第3903页。
② 魏征:《隋书·炀帝纪》,中华书局,1973。
③ 刘坎龙:《汉隋西域屯垦戍边诗散论》,《新疆教育学院学报》2011年第3期。

是汉代西域车师前国王庭所在地,在今新疆吐鲁番境内,为西域的战略要冲。历史上汉朝军队曾与匈奴五争车师,最后于此驻军屯守。全诗在怀古中描摹所见之西域景色,渲染征戍行役的艰辛,情、志、景交融相衬,显得苍凉而悲壮。

唐代的西域诗。唐朝作为我国历史上政治、经济、文化、外交等方面最为强盛的朝代之一,中央政权对西域的管理大为加强,先后设置安西大都护府和北庭大都护府,统辖天山南北。同时,唐代诗歌已十分繁荣、普及,一些将帅多具诗才,而诗人也往往"投笔从戎",以求功名。他们有的亲历西域,触景感怀,写下了脍炙人口的西域诗篇;而一些未能亲历西域的诗人,也在时代氛围的感召下,热衷于描写西域边塞题材,从而使得唐代西域诗出现了繁荣局面。

概而言之,唐代西域诗的作者大体分为两类:一类是亲历西域者,他们从军佐幕,效力边庭,饱览西域风物,熟悉军旅生活,如骆宾王、岑参等。一类是未能亲临西域者,他们或有从军边塞、游历边塞的经历,如王昌龄、李白、王之涣等;或无边塞生活的切身体验,如李颀、张籍等,但都关心西域形势,写下了不少有关西域题材的作品。这两类诗人的西域诗各具特色,且在某种程度上形成了互补。

唐代亲历西域的诗人,主要有来济、骆宾王、岑参等。来济仅存一首《出玉关》,而"初唐四杰"之一的骆宾王、盛唐边塞诗的杰出代表岑参的作品,则更为人所熟知。他们"投笔从戎"来到西域,驰骋疆场的军旅生活,激发了他们昂扬的爱国情怀,使其诗歌中洋溢着建功立业、报效国家的豪情壮志。比如,骆宾王《从军行》"不求生入塞,唯当死报君"的英武豪气,便是反用班超"但愿生入玉门关"的典故,抒发血洒沙场、以报国家的志向。岑参"丈夫三十未富贵,安能终日守笔砚"(《银山碛西馆》)的投笔从戎,"功名只向马上取,真是英雄一丈夫"(《送李副使赴碛西官军》)的理想表白,以及"万里奉王事,一身无所求。也知塞垣苦,岂为妻子谋"(《初过陇山途中呈宇文判官》)的报国情怀等,都在慷慨激昂中激荡着人心。

他们由于从军佐幕、亲历西域,对边塞风光、军旅生活有着切身的感受,所以对西域苍凉雄奇的自然景观的描摹,生动形象而又震撼人心。如骆宾王《从军行》"野日分戈影,天星合剑文。弓弦抱汉月,马足践胡尘"的描写,《夕次蒲类津》"晚风连朔气,新月照边秋。灶火通军壁,烽烟上戍楼"的刻画,都在辽阔空旷的边塞景观的描摹中,透出一股萧瑟之气,而征戍的艰辛、报国的豪情也自然而然地被烘托出来。

相比较而言,岑参对于西域边塞的景物描写,则更觉细腻而又奔放雄奇。岑参天宝八载（749年）首次出塞，赴龟兹（今新疆库车）入安西四镇节度使高仙芝幕府，两年后返回长安。天宝十三载（754年）再度出塞，赴庭州（今新疆吉木萨尔）入北庭都护府封常清幕。岑参在西域前后共6年，创作出众多脍炙人口的作品，《岑嘉州诗集》收有其西域诗40余首。其对西域山川景物的描摹，尤为雄奇瑰丽，炫人眼目。如《火山云歌送别》《走马川行奉送出师西征》《白雪歌送武判官归京》等，都是这方面的代表作。这里有"火云满山凝未开，飞鸟千里不敢来"的酷热，有"轮台九月风夜吼，一川碎石大如斗，随风满地石乱走"的狂风，有"将军角弓不得控，都护铁衣冷难着"的严寒，更有"忽如一夜春风来，千树万树梨花开"的瑰丽雪景。这些严酷而壮丽的西域景观，又往往烘托着边塞将士的豪气，如"四边伐鼓雪海涌，三军大呼阴山动""将军金甲夜不脱，半夜军行戈相拨""虏骑闻之应胆慑，料知短兵不敢接，车师西门伫献捷"等，都荡漾着严酷环境中勇往直前的雄豪。

岑参的西域诗作，虽然以奇丽的景观与慷慨激昂的征战豪情而著称，但边地风情、民族交往，以及饯别、思乡之情等，也呈现于笔端。如"三月无青草，千家尽白榆"（《轮台即事》），"秋来唯有雁，夏尽不闻蝉。雨拂毡墙湿，风摇毳幕膻"（《首秋轮台》），"秋雪春仍下，朝风夜不休"（《北庭作》）等，都用质朴的语言、写实的笔法，形象地描绘出西域的自然风物与风土人情。而《赵将军歌》则以汉将和番将的一次带有娱乐性质的打猎比赛活动，显现着边塞军旅的风情。其他如，"座参殊俗语，乐杂异方声"（《奉陪封大夫宴》），描写宴会中各民族将领一起交谈，乐杂民、汉，语参异俗；"军中置酒夜挝鼓，锦筵红烛月未午。花门将军善胡歌，叶河番王能汉语"（《与独孤渐道别长句兼呈严八侍御》），描写回纥将领唱着少数民族的歌曲，而叶河番王则讲着汉语等，也同样展现出军旅中各族将领融洽相处的画面。思乡之情的抒发也常见于岑参的笔端，其《逢入京使》，写赴安西途中遇到自西域返长安的使者，勾起无尽乡情，竟至痛哭流涕。其他如，"走马西来欲到天，辞家见月两回圆"（《碛中作》），"乡路眇天外，归期如梦中"（《安西馆中思长安》）等，都再现出戍边将士内在心理的另一侧面。

两次出塞，是岑参一生中最有意义的壮举，其诗境也随之空前开阔。沈德潜曾说："参诗能作奇语，尤长于边塞。"[①]翁方纲在《石洲诗话》卷一也说："嘉州之奇峭，入唐以来所未有。又加以边塞之作，奇气益出。"其雄奇瑰丽、炫人眼目的西域写景诗，流走奔放、慷慨激越的西域军旅诗，突破了以往征戍诗描写边地寒苦、凄

---

① 沈德潜：《唐诗别裁集》，中华书局，1975，第21页。

楚幽怨的格套,为边塞诗的发展开拓出一片新天地。

未能亲临西域的唐代诗人,受时代氛围影响,也写出了不少脍炙人口的西域边塞诗。如王昌龄的《从军行》(其六)借边塞题材来抒发报国豪情,李白的《塞下曲》(其一),在凸显环境恶劣、军旅艰辛的同时,抒发西域戍边将士不畏严寒、以身许国的英雄气概,都十分动人。而与亲历西域者相比,未踏入西域者的西域诗作,虽然也有激昂的报国情怀的抒发,但更多的却是描写戍边士卒的艰辛、幽怨。大家耳熟能详的是王之涣的《凉州词》,那"羌笛何须怨杨柳,春风不度玉门关"的感叹,抒发着关外戍卒内心的幽怨。中唐以后这种情绪更加突出,写得更加深沉。如李益的《从军北征》:"天山雪后海风寒,横笛偏吹行路难。碛里征人三十万,一时回首月中看",将士卒行军环境的艰苦、思乡之情的忧伤哀怨,表现得淋漓尽致。而李颀的《古从军行》,又是另一番风貌。诗写"白日登山望烽火,黄昏饮马傍交河",可见战况之急、行军之速。接下来以"行人刁斗风沙暗,公主琵琶幽怨多",写行军的艰辛与士卒的幽怨。而"胡雁哀鸣夜夜飞,胡儿眼泪双双落。闻道玉关犹被遮,应将性命逐轻车。年年战骨埋荒外,空见蒲桃入汉家"数语,则将战争给各族人民带来的灾难,展现得淋漓尽致,表达着对朝廷连年征战的不满。这些作者并未亲历西域,属"悬想式"创作,因而其描写是概括性的。但也正因其不针对一时一事而发,反而揭示出带有普遍性的战争的本质。这就是战争是残酷的,给士兵和边民都带来苦难,从而也就显示出边塞和平、安宁的可贵。未历西域者又往往借汉唐旧事,表达期盼和平的情怀。如常建的《塞下曲》:"玉帛朝回望帝乡,乌孙归去不称王。天涯静处无征战,兵气销为日月光"的描摹,正是借汉朝与乌孙友好交往的史实,来表达渴望停息战争,以使天下太平的愿望。

由此可见,未踏入西域者的唐代西域边塞诗,虽然也抒发立志报国的英雄气概,但更多的是哀怨悲悯。尤其是所反映的西域戍边士卒的生存状态、精神世界以及非战思想,是踏入西域的诗人所较少关注的。笔者认为,唐代亲历西域者与未能亲历西域者的边塞诗,在思想意蕴上各有特点,难以相互替代。我们既要看到亲历西域者的西域诗所取得的巨大成就,也应看到未踏入西域者西域诗的独特价值。这些作品起到了"互补"作用,从而展现出唐代西域诗内容的丰富性。

从诗歌形式来看,亲历西域者的作品往往是即事名篇,很少用乐府旧题。比如,岑参,其在安西、北庭时期的作品有40余首,但我们却找不到一首乐府旧题。而未踏入西域者所常用的多是《出塞》《入塞》《从军行》《关山月》等乐府旧题。产生这一奇特现象的原因在于,岑参两度出塞、西行万里,远赴安西、北庭从军佐幕,是西域军旅生活体验最为丰富的作家,西域奇妙的自然景观、独特的人文风物,以及丰富多样的军旅生活和大漠烽燧,使他所要抒发的情感远非乐府旧题所能容纳。于是便即事名篇,自铸伟词,写下了《热海行》《走马川行》《轮台歌》《火山云歌》《白雪歌》《赵将军歌》等一系列作品。

从艺术风貌看,亲历西域者的作品,纪实性很强,不仅情真景真,而且雄奇奔放、生动传神,从而改变了魏晋六朝西域诗抒情写景虚泛概括的状态。这显然得益于作者戍边生活体验的广度和深度。而未亲历西域者,往往借助乐府旧题,通过"悬想",或运用边塞意象来营造氛围,或者借助历史典故来抒发情感,显得缠绵而苍凉。

概而言之,唐代西域边塞诗对后世的影响,主要表现在两个方面:一是思想精神层面,唐代边塞诗中洋溢着强烈的爱国情怀,表现出一种积极进取、乐观豪迈、奋发向上的时代精神;而那些描写戍边者的艰辛、幽怨以及对和平的期盼等情感,也彰显着诗人们对戍边士卒的人文关怀。二是创作风格方面,唐代西域诗那种慷慨雄奇、苍凉悲壮的风格特征,以及密集的军事意象群,所荡漾的磅礴之气和壮美之感,对后来的西域诗多有滋养。

元、明、清的西域诗。整体上看,元、明、清的西域诗,在继承唐代写景雄奇、情怀激昂的基础上,又多了些平和、自然与亲切,而且题材也有较大的拓展。

1219年,成吉思汗率军西征,文臣耶律楚材扈从随驾。1221年,丘处机应成吉思汗之召,经蒙古高原,穿过伊犁河谷,经草原丝绸之路(漠北道)进入中亚腹地,于蒙古军队驻地——今阿富汗境内的兴都库什山与成吉思汗相见。丘处机和耶律楚材两位诗人进入西域,为我们留下了不朽的西域诗章。

丘处机(1148—1227),字通密,号长春子。《元史》卷二百零二《释老传》有传。其弟子李志常编撰的《长春真人西游记》中,收录丘处机的西域诗近20首。吟咏沿途所见的西域自然风光,是其诗歌的重要内容。具有代表性的是《自金山至阴山纪行》。诗题中"金山",即今阿尔泰山,"阴山",即天山,此处指西部天山的塔勒奇岭。岭下有塔勒奇沟,是中原通往中亚、欧洲的一条重要孔道,位于今新疆霍城县境内,俗称果子沟。诗歌极力描写西域景观的奇险,如"千岩万壑横深溪""银山铁壁千万重""森森动有百余尺""万株相倚郁苍苍"等,令人深感惊悚。而于西域独特的气候也有描摹,如"我来时当八九月,半山已上纯为雪。山前草木暖如春,山后衣衾冷如铁。"而《回纥记事》等诗,通过对"回纥"的用具、服饰、钱币、果瓜等描摹,再现了西域的风俗人情,字里行间洋溢着亲见、亲历的欣喜。

耶律楚材(1190—1244),字晋卿,契丹人,《元史》卷一百四十六有传。其《西游录》《湛然居士文集》中收有西域诗130余首。成吉思汗西征时,耶律楚材应召随从,足迹遍及大漠南北和西域边地,自谓"扈从銮舆三万里""行尽天涯万里山",写下了大量的纪行诗篇。比如,《过阴山和人韵》一诗,用丘处机《自金山至阴山纪行》诗韵,着力描绘西域景色的雄奇壮丽。不论是山势、飞泉,还是秋风、白雪,都在反复描摹渲染中,彰显出西域山川的高峻险要,进而烘托出"天兵百万驰霜蹄"的威武雄壮。由于耶律楚材是扈驾西征,故而描写征戍生活、颂扬成吉思汗西征的赫赫武功,也就成了其西域诗的重要内容。其《再用前韵》一诗,描写成吉思汗西征大军的浩荡气势,写得慷慨激昂,"天王赫怒山无神,一夜雄师飞过此""天兵饮马西河上,欲使西戎献驯象。旌旗蔽空尘涨天,壮士如虹气千丈"等诗句,情感豪气干云,意象雄奇瑰丽,表现出成吉思汗大军不畏艰险、并吞八荒、不可阻挡的磅礴气势。

与前代相比,耶律楚材的西域诗最值得注意的有两个方面:一是由于作者民族身份的特点以及元朝的社会现实,其西域诗中表现了"华夷一混""中华一家"的思想。如《赠辽西李郡王》云:

我本东丹八叶花,先生贤祖相林牙。而今四海归王化,明月青天却一家。

诗中情感轻松愉快,一个"却"字,透着"原本如此"般的彻悟和感慨。再如其《过阊居河四首》其三所云:"华夷一混非多日,浮海长桴未可乘。"从"华夷一混"一词,我们不难体会出作者的情感,耶律楚材已经意识到中华民族是一个由多民族构成的大家庭。正是基于这种情怀,他对周敬之在天山修孔庙,于边塞传播中原文化的做法大加赞扬。如在《周敬之修夫子庙》一诗中,他就把儒家思想视为中华各族共同的精神财富,并在边塞加以推扬,促进了各民族的文化交流。

二是耶律楚材的西域诗,在展现西域雄奇山川、征戍生活的同时,还描写了西域瀚海绿洲的农业生产以及屯田景象,字里行间洋溢着一种惬意与欣喜。耶律楚材曾在寻思干管理过屯田事务,"决水溉田圃,无岁无丰穰"。其《西域和王君玉诗二十首》《西域河中十咏》等,都展现着屯田给西域军民带来安定温饱的生活,以及河中府的富庶。在对其出产、景物、风俗等的热情赞美中,也流露出一种旅居的惬意与欣喜,以至于产生了"更不望归程""更不忆吾乡"的情怀。

可见,耶律楚材的西域诗中,既有唐代边塞诗已描写过的西域山川的雄奇、行军征战场景的激昂慷慨,也有着唐代西域诗所缺乏的平和与富庶。尤其是他以一种主人的心态流连于西域的美景,以其豁达的胸襟,消融了前代士子们客居西域的苦涩,洋溢着一种豁达与乐观,进而展现出一种前所未有的战地情怀。我们说,从班超的"但求生入玉门关",到耶律楚材的"不妨终老在天涯"(《西域蒲华城赠蒲察元帅》)的心态转变,正是民族文化进一步融合的结果。这种情怀在后来清人的西域诗中,得到进一步显现。

明朝建立初期,很有一番雄视汉唐、志在四方的气象。在大臣的举荐、皇帝的首肯下,陈诚沿着当年张骞的足迹,三次踏上西域的土地,并延伸至更广远的地区。出使西行,不仅使陈诚写出了散文体著作《西域行程记》《西域番国志》,还创作了大量的诗歌来描写沿途见闻,形象地再现了西域的风土人情。其《陈竹山先生文集》中,收有《西域往回纪行诗》92首。

与前人相比,陈诚的西域纪行诗,虽然也有对西域自然风光的描摹,如《火焰山》"一片青烟一片红,炎炎气焰欲烧空。春光未半浑如夏,谁道西方有祝融"等,但更多的却是对沿途城镇的描写。在其西域纪行诗中,仅以城镇为题的作品几乎占到三分之一。比如,《哈密城》《蜡烛城》《鲁陈城》《哈密火州城》《土尔番城》《崖儿城》《至养夷城》《塞蓝城》《达失干城》《沙鹿海牙城》《游碣石城》《迭迷里城》《八剌黑城》《俺都淮城》《望哈烈城》《至哈烈城》等等,而且这些城镇名称,都能在《西域番国志》中找到对应的文字,可见其诗歌的写实性特征。

诗中可见城镇历经战乱的萧条,如《哈密火州城》:

> 高昌旧治月氏西,城郭萧条市肆稀。遗迹尚存唐制度,居人争睹汉官仪。梵宫零落留金像,神道荒凉卧石碑。征马不知风土异,隔花犹自向人嘶。

哈密火州城,即高昌古城遗址。从诗中描写的景象可以看出,由于屡遭战火,这座在历史上曾盛极一时的古城,到明代已经衰败。诗写作者途经哈密火州城时的复杂心情,既有古城荒凉景象所引起的无限感叹,也有见到按唐制修建的街道里巷仍然存在以及"居人争睹汉官仪"的亲切。

也有西域城镇的繁荣。如《鲁陈城》:

> 楚水秦川过几重,柳中城里过春风。花凝红杏胭脂浅,酒压葡萄琥珀浓。古塞老山晴见雪,孤村僧舍暮闻钟。羌茜举首遵声教,万国车书一大同。

鲁陈城,又名"柳中城",是历史上著名的军事重镇,即今新疆鄯善县鲁克沁镇。此处地理位置非常重要,汉代戊己校尉关宠、班超之子班勇等将领都在此镇守过。这座屯垦戍边将士建成的军营,逐步发展成为西域的一个重要城郭。由于守边的将士,大多为秦地关中柳中人,又在这里广植柳树,柳中城由此得名。诗写作者途经柳中城所见到的景色,字里行间洋溢着一种喜悦。尤其是"羌酋举首遵声教,万国车书一大同"两句,显示出当地首领对中华一统的向往。其他如,《哈密城》,在描写"荒村漠漠连天阔,众木欣欣向日荣"的景色时,也再现了"灵风景星争快睹,壶浆簟食笑相迎"的哈密百姓对明朝使者的欢迎态度。

作者在描写西域城镇的同时,也展现着风土人情。如《崖儿城》描写"羌儿走马应辞苦,胡女逢人不解羞",再现出吐鲁番一带的男子以走马为能,女子也较中原更为开放。《至别失八里国去马哈木帐房》描写"酒倾酥酪银瓶冷,坐拥氍毹锦帐春",展现出西域饮食起居的特点。《达失干城》"桑麻禾黍连阡陌,鸡犬牛羊混几家",写农业的富庶;"旅肆经年留富贵,戍楼薄暮隐悲笳",写"商""兵"的生活情景等,都有着对西域风俗民情的认识价值。

清代,清政府对新疆实行了更加系统的治理政策。随着康熙、雍正、乾隆三朝对西域的经营,至乾隆二十年(1755年)格登山大捷,割据政权准噶尔汗国灭亡,清政府统一了天山北部;乾隆二十四年(1759年),清政府平定了南疆大小和卓的叛乱,中国西北国界得以确定。清代在新疆的经营策略是屯、戍并举,尤其是屯田,与唐代相比又大大前进了一步。在以兵屯为主的形式下,陆续兴办旗屯、遣屯、民屯、回屯等,屯田区域也由北疆延伸到南疆。

随着新疆统一后的开发、建设,清代大批戍边将领、文人幕僚、迁客谪臣进入西域,其中多有诗书饱学之士,从而创作出大量丰富多彩的西域诗。吴蔼宸选辑的《历代西域诗钞》收有22位清代诗人的904首诗作;星汉的《清代西域诗辑注》,收录的是清代亲历西域诗人的作品,计有58人,诗作1111首;星汉所著《清代西域诗研究》,对清代西域诗的论述甚为详尽。

如果我们把西域诗的两座高峰——清代与唐代作一比较的话,就会发现清代西域诗既有与唐代西域诗一脉相承的一面,也有新的开拓与发展。所谓一脉相承,主要指征战戍边题材与自然风光的描摹,以及所彰显的雄奇风貌;开拓与发展,则主要指对屯田景观的细腻描写,以及对西域印象的改变等。

征戍题材是唐代以岑参为代表的西域诗的重要内容,其风格往往雄奇奔放。清代西域诗也有着众多的描写征战平叛的作品,其境界也是气势雄壮,洋溢着一种慷慨豪迈的报国情怀。我们通过岳钟琪的作品可一窥豹斑。岳钟琪于雍正七年(1729年),受命为宁远大将军,屯兵巴里坤,进剿准噶尔部,与叛军多次交战。其五律《天山》,境界开阔,颇有气势:

偶立崇椒望,天山中外分。玉门千里月,盐泽一川云。峭壁遗唐篆,

残碑纪汉军。未穷临眺意,大雪集征裙。

此诗雍正七年(1729年)作于巴里坤军营。诗题中的"天山",指今新疆哈密境内的北天山。诗中"盐泽",指巴里坤湖;"唐篆",指唐代姜行本纪功碑的文字;"残碑",指东汉永和年间敦煌太守裴岑击败匈奴刻石纪功的裴岑碑。诗歌以质朴的诗句,描写出天山的伟岸壮丽。颈联"峭壁遗唐篆,残碑纪汉军",不仅对仗工稳,而且表现出作者以侯君集、姜确、裴岑等边将为榜样,大败敌军、建功立业的雄心壮志。这种时空交叉手法的运用,也使诗歌境界有了思接千载的苍莽与雄浑。最后以"大雪集征裙"作结,进一步表现出不畏艰辛的气概,颇具唐代征戍诗的韵味。

对于西域自然景物的描写,在清人笔下也有众多名篇。如洪亮吉的《松树塘万松歌》,描写位于东天山的哈密和巴里坤之间的"松树塘",紧扣"峰""松"落笔,极力渲染松树塘的山峰之异、松树之奇:有的山峰青松笼烟,有的峰峦负雪泛白,沐浴红日的松梢,披上一层霞光,未被阳光照射的松树则绿荫浓郁,如雨前黑云。青、白、赤、墨色彩斑斓的对比,为松树塘蒙上一层神奇的色彩,令人应接不暇。而山峰中青松的千姿百态和笔直向上的壮美景观,使得遭贬流放、心情抑郁的洪亮吉顿感振奋激昂、荣辱皆忘,以至于唱出"好奇狂客忽至此,大笑一呼忘九死"的慷慨雄壮之音。此诗语言通俗而又奇崛,数字的重复使用,使"万松"的诗题神完气足,而平仄交替、四句一转的韵律安排,更使作品流走奔放,气势磅礴,令人激赏。

清代西域诗在题材上的拓展,最突出的是众多作品对屯田风光的多侧面描摹。比如,国梁的《轮台八景》之《北湾稻畦》,描写乌鲁木齐城北卡子湾、九道湾一带居民种植水稻的情景,纪昀《乌鲁木齐杂诗·风土》之二十三:"秋禾春麦陇相连,绿到晶河路几千。三十四屯如绣错,何劳转粟上青天",描写从吉木萨尔、玛纳斯、乌苏一直到精河禾垄相连的画面,展现着天山北麓的屯田所带来的欣欣向荣的景象。

在清代西域诗中,"华夷一家"的情怀意识也多有呈现。如秀堃《邮程杂咏》其三"声教罩无外,华夷已一家"的咏叹,国梁《吐鲁番道中》"西来称乐土,未敢诮膻腥"的感慨,以及施补华的《托和奈作》中"山童槃姗作胡舞,野老钩辀能汉言"的描摹,《轮台歌》中"巴郎汉语音琅琅,中庸论语吟篇章"的欣喜,萧雄《才能》中"聪明不亚青莲士,读尽番书读汉文"的赞叹等,都展现了"中华一体"的观念和各民族文化的交融。

清代西域屯事振兴,农业发展,城镇繁华,中原入西域者众多,交流之广泛、密切,远非唐朝所能比,诗人们的心态以及对西域的印象,也发生了重大改变。比

如,唐代诗人王之涣的《凉州词》,传唱甚广、影响颇大。以至于"春风不度玉门关"的意象,深深烙印在人们的脑海中,甚至在某种程度上成了认识西域的窗口。但到了清代,诗人们笔下则出现了另一种景象。如,国梁在乌鲁木齐写有《郊外》一诗:

　　雪底莎青雪消见,枝间叶茁枝添肥。春风早度玉关外,始悟旗亭唱者非。

诗歌前两句写郊外所见:积雪消融,莎草现出青绿,杨柳泛出新芽,枝叶茁壮肥润,描绘出一幅富于生机、欣欣向荣的西域初春美景图,字里行间洋溢着欣喜之情。后两句用"旗亭画壁"的典故来议论、抒情,表明由于自己亲睹西域的春景、生机,从而体会到王之涣"春风不度玉门关"的荒唐。萨迎阿多次进疆担任封疆大吏,多年的边塞屯戍生涯以及所见所感,使他对西域有了真切的认识。他在道光十三年(1833年)春于乌什(今南疆阿克苏地区乌什县)作有《用〈凉州词〉原韵》一诗:

　　桃杏花繁溪柳间,雨余如笑见青山。极边自古无人到,便说春风不度关。

从诗题来看,作者显然是有感于自己的切身体会,针对唐代王之涣的《凉州词》做翻案文章。一、二句写乌什春景,桃杏花繁、溪柳滴翠,一派盎然生机。这清新可喜的图画,皆因"春风"所染,于是引发出三、四句的议论:"极边自古无人到,便说春风不度关。"在讥讽王之涣的同时,也道出了产生"春风不度玉门关"诗句的原因。其他如,"千骑桃花万行柳,春风吹度玉门关"(邓廷桢《回疆凯歌》其八),"应同笛里边亭柳,齐唱春风度玉关"(萧雄《草木》),"十里桃花万杨柳,中原无此好春风"(裴景福《哈密》)等,都赞美了西域春色,表达了惬意、开朗、乐观的情怀。

清人不再把进入西域视为险途,而是看作极其平常的事情,故而心理上也就没有了以往的悲凉、幽怨。比如,国梁在《金川署中小饮口占》中感叹:"金樽不用频频劝,西出阳关故旧多。"再如,颜检到乌鲁木齐后,赋《轮台初冬》十首以抒情言志,其中有云:"此往彼来迁客惯,相逢不说玉关遐。"秀堃在《戊寅五月,将之新疆,诸同年饯行,即席成什》中也说:"莫劝杯中更进酒,西出阳关故人多。"萨迎阿在《九日常雨帆都护明、秦小坡同登新庄楼,步小坡韵》其二中说:"万里横行乘骏马,此身到处即为家。"邓廷桢在《岁除志感兼呈少穆尚书》其三中说:"皇舆恢二万,原不是天涯。"都表现出异乎寻常的淡定与乐观。

清代西域诗作家众多、作品众多,在诗歌形式上也是各体兼备,诸如五、七言古诗,乐府旧题,歌行体,五、七言律绝,竹枝词等无所不有。而艺术风格更是多姿多彩。整体而言,其艺术特征主要表现在两个方面:一是纪实性强,二是风格上壮美与优美并存。阅读清代西域诗,给人的第一印象就是鲜明的纪实性。一方面,清代诗人亲历西域,其创作缘由皆出于实际见闻和切身感受,生活体验的充实和素材的具体化,也就带来了艺术上的纪实性特征。另一方面,诗人们又往往运用长题、小序、作者自注等手法,为所写事件、景观加以说明、阐释,有着"以诗补史""以诗存史"的创作观念,因而也就进一步增强了作品的纪实性。在艺术风格上,清代西域诗可谓壮美与优美并存。整体而言,侧重于描写自然景物以及征战的作品,大多雄奇奔放、慷慨悲壮,体现着雄奇壮美的审美情趣,读之令人振奋不已;而侧重于反映天山南北屯田喜人景象的诗歌,大多风格优美,清新明丽,流畅自然,读之使人如沐春风。

西域各少数民族的诗歌创作。新疆的蒙古族、维吾尔族、哈萨克族、柯尔克孜族等民族,也产生了一些长期流传下来的口头创作的诗歌,如叙事诗、英雄史诗、抒情诗等。大家耳熟能详的首先是蒙古族的《江格尔》和柯尔克孜族的《玛纳斯》。这些长篇史诗,都是民间口头传唱之作,近代才见诸文字。

《江格尔》是蒙古族的一部长篇英雄史诗,它从流传到定型经历了一个漫长的过程,有些片段产生于12世纪森林狩猎时代,而大部分情节则反映其先民移居于阿尔泰山和额尔齐斯河流域后的故事。它不仅有重要文学价值,而且对于探索卫拉特人的历史,也有不容忽视的意义。

《玛纳斯》是柯尔克孜族的著名史诗,长期流传于民间。内容主要叙述本民族传说英雄玛纳斯及其子嗣们的业绩,形成时间应在明清时期。篇幅长短不一,一般是三部,即《玛纳斯》《赛麦台依》《赛依台克》。有的则是五部,最多的有八部。玛纳斯既是总称,也是第一部的名称。第二部和第三部亦分别以玛纳斯的儿子和孙子的名字为名。目前搜集到的史诗已有20多万行。

此外,蒙古族还有《天女之惠》《乌巴什珲台吉的故事》等。《天女之惠》是关于杜尔伯特部和准噶尔祖先来源的传说故事,语言优美、生动。《乌巴什珲台吉的故事》是描写喀尔喀和托辉特部首领硕垒乌巴什引兵进攻卫拉特蒙古,在卫拉特蒙古人反击下惨遭失败的故事,其篇幅虽不长,却是一首生动优美的散文诗。《格萨尔传》是藏族、蒙古族人民创作的一部伟大的英雄史诗。其中有关于古代史话、宗教信仰以及人民生活习俗等动人描绘,有蒙古族封建社会阶级关系、生产斗争的真实记录,人称其为"百科全书"。其他如,哈萨克族的叙事长诗《黑萨》,也一直传唱至今。

维吾尔族诗人赫尔克提(1634—1724),著有长篇叙事诗《劳动与爱情》(又译

《苦爱相依》)。诗分27章,共2 070余行。全诗用拟人手法,塑造了晨风、夜莺、玫瑰三个形象,生动地描绘了夜莺热爱玫瑰,晨风为之奔走其间、穿针引线的爱情故事。长诗语言生动幽默、富有哲理,人物性格鲜明,情感细腻,诙谐幽默,甚为动人。阿布都热依木·纳札尔(1770—1848),著有《爱情组诗集》,分三大部分,主要内容是歌颂纯真的爱情、友谊、忠诚,歌颂勤劳、勇敢等高尚品质。

综上所述可以看出,新疆有着悠久的诗歌创作传统。而良好的文学传统,对于地域文学来说,是薪火相传的内在动因。其对人心的润泽、激励,是潜移默化、生生不息的。所以我们说,源远流长、丰富多彩的西域诗传统,对新疆当代诗词创作有着深远的影响和滋养。

第二节　独特的自然景观与多彩的人文风貌

新疆有着独特的自然地理环境。这片热土广袤而辽阔,其地貌主要由三大山系和两大盆地构成。阿尔泰山耸立其北,天山横亘中部,昆仑山雄峙其南。天山与阿尔泰山之间为准噶尔盆地,天山与昆仑山之间为塔里木盆地,即所谓的"三山夹两盆。"

位于新疆北部的阿尔泰山呈西北—东南走向,高度一般为3 100～3 300米。最高的友谊峰为4 374米,其周围有少数冰川。由于受山体断裂影响,阿尔泰山低山区有山间盆地镶嵌其间。位于新疆中部的天山,呈东西走向,古有南山、北山、雪山、白山、阴山诸称。在新疆境内部分,其长度为1 700千米,宽度为250～350千米,山峰高度一般在3 500米～4 500米,位于温宿县境的托木尔峰为7 435米,是天山最高峰。在天山山脉重重叠叠的山岭之间,夹着大小不等、高度各异的盆地和谷地。其中以伊犁谷地、大小尤尔都斯盆地、焉耆盆地、吐鲁番盆地和哈密盆地较为著名。位于新疆南部的昆仑山,大致呈西北—东南走向,高度一般为5 000～6 000米,高峰达6 000米以上,其北缘与塔里木盆地之间高度差大,峡谷切割后成为高山峻岭。昆仑山气候极端干燥,山地荒漠的高度竟达5 000米左右,直抵雪线附近,缺乏森林和高山草原。新疆西南部是帕米尔高原,古代称为葱岭,高度一般为3 500～4 800米,素有"世界屋脊"之称。有些高峰则达7 000米以上,比如，公格尔山为7 719米，慕士塔格山为7 555米，都覆有较大的冰盖。

准噶尔盆地位于天山与阿尔泰山及准噶尔西部山地之间，大略呈三角形状，东西长约850千米，南北宽约380千米。其中央是我国第二大沙漠即古尔班通古特沙漠，绝大部分是固定或半固定的沙丘。塔里木盆地位于天山与帕米尔高原、昆仑山和阿尔金山之间，东西长约1 500千米，南北宽约600千米，其中央是我国第一大沙漠即塔克拉玛干沙漠，基本上是新月形流动沙丘。

新疆处于亚欧大陆腹地，远离海洋，气候特点鲜明。天山以北的北疆地区，纬度较高，气温低寒；雨量稍多，相对湿润。天山以南的南疆地区，纬度较低，气温高热；雨量极少，气候极端干旱。位于东部天山尾端的吐鲁番和哈密地区，人们习惯上称为东疆，东疆的纬度介于北疆和南疆之间，其北部的巴里坤、伊吾等地的气候与北疆略同，而南部的吐鲁番、哈密等地则与南疆一致。吐鲁番的艾丁湖低于海平面154米，是我国海拔最低之处，这里夏季的最高气温可达48摄氏度，是我国最炎热的地方。

新疆气候干旱，雨水偏少，但河流湖泊众多，又独具特点。比如，源于山区的河流大大小小共有300多条，基本都是内陆河，其水源主要是高山降水和冰雪融水，流程不长，不能远达海洋，而是消失于沙漠之中，或者渗入地下或者流入洼地湖泊。比较著名的有北疆的伊犁河，额尔齐斯河；南疆的塔里木河，开都河，孔雀河等。东疆没有较大河流，但是泉水较多，工程巨大的坎儿井灌溉系统，自古以来就是这里的一大特点。

新疆有大小湖泊100多个，分布在天山南北。主要分为两大类：一类是河流的终点，几乎全是咸水湖，如罗布泊（现已干涸）、赛里木湖、布伦托海等。另一类位于河流中游，称为中继湖，有吞有吐，对河流起调节作用，一般为淡水湖。如博斯腾湖，既是开都河的宿端，又是孔雀河的源头，总水域面积1 228平方千米，是西域最大的淡水湖。而阿尔泰的喀纳斯湖、天山博格达峰下的天池等，都是水光绮丽、景色明秀的高山湖泊。

这种冰峰与火洲共存、瀚海与绿洲为邻、酷热与奇寒俱在的奇特景观，强烈震撼着诗人的心灵，促使新疆当代诗词作者创作出大量描摹自然山水的作品。

新疆有着斑斓多彩的社会人文风貌。古丝绸之路由此贯穿，东西方文化于此交汇，又是多民族聚居区，从而使新疆彰显着丰富多彩的人文风情。

新疆的历史文化悠久而多姿。西域（新疆）与中原地区的联系，可以上溯至先秦。新疆考古界发掘出土的距今3 000多年前的大量陶器，其中不少彩陶的图案纹饰,与中原出土的同期陶器图案纹饰相近或者相同。成书于战国时期的《山海经》《穆天子传》中,有关周穆王西巡昆仑山会见西王母的故事,至今还为新疆人津津乐道。公元前138年西汉的张骞出使西域,凿开了连接中国与中亚、西南亚和印度北部的陆上交通线,逐渐形成了历史悠久的"丝绸之路"。西汉神爵二年(公元前60年)汉朝中央政府建立西域都护府,开始统一行使对天山南北各地的军政管辖,在屯垦戍边、保障"丝绸之路"畅通的同时,中原文化也在西域进一步传播。唐朝在西域设置安西都护府、北庭都护府管理西域事务,而屯田规模之大、范围之广又超过了汉代。其兴盛时,有"安西二十屯,疏勒七屯,焉耆七屯,北庭二十屯,伊吾一屯,天山一屯"①等。清朝统一天山南北后,屯田在唐代的基础上进一步发展,也更注重对新疆的开发建设。在漫长的西域经营史中,有着许多可歌可泣的人物、事件,也留下了大量屯垦戍边的名胜古迹,丰富着西域历史文化的内涵。

2 000多年间新疆作为陆上"丝绸之路"的中心地段,世界四大文明和多种宗教的不同文化,在这里聚汇、交流、融合、传播,使得文化内涵更为绚丽多彩。随着丝绸之路的贯通,佛教由印度传入西域,成为当时西域最重要的文化内容,古龟兹境内保存了大量佛教石窟壁画。而后来的回鹘文《弥勒会见记》,则是我国最早的诞生在西域的戏剧文学剧本。佛教东传,也增进了西域与中原的文化交流。比如,龟兹佛学家、佛经翻译家鸠摩罗什曾到中原讲译佛经;中原高僧玄奘经西域西行去印度求法取经,其所著《大唐西域记》增强了人们对西域文化的认识。在文化方面,著名维吾尔族学者玉素甫·哈斯·哈吉甫编著的《福乐智慧》、马赫穆德·喀什噶里编写的《突厥语大辞典》,至今流传。

在新疆5 000多千米古丝绸之路的南、北、中三条干线上,留下数以百计的古城池、古墓葬、千佛洞、古代屯戍遗址等人文景观,其中交河故城、高昌故城、楼兰遗址、克孜尔千佛洞、香妃墓等都蜚声中外。这种多源发生、多维发展、多元一体的区域文化,带有明显的开放性、交融性的特征。绚丽的多彩文化,为新疆当代诗词创作提供了丰厚的滋养。

新疆有着丰富多彩的民族风情。新疆是一个多民族聚居的区域,目前共生活着56个民族,是中国民族成分最全的省级行政区之一。各民族"大杂居,小聚居"的居住模式,使得在新疆到处能够看到各少数民族的身影。不同的民族有着不同的民族文化,同时又共存于一个区域之中,各民族的文化艺术、风俗民情,在一体

① 张说、张九龄等《唐六典》,中华书局影印本。

多元的当代文化中,表现出浓郁的地方特色和绚丽多彩的人文景观。比如,少数民族群众粗放豪迈、热情好客的性格,以及新疆绿洲农耕经济和草原游牧经济相互依赖又各具特色的生活方式等,都激发新疆当代诗词作者创作出大量生动活泼的民俗风情诗。这些作品,以其新鲜感、时代感、独特感,构成了新疆当代诗词创作中一道亮丽的风景画。

新疆还有独具特色的"生产建设兵团"。新疆生产建设兵团建制几经变更,现在属于国务院计划单列的省(部)级单位,承担着国家赋予的屯垦戍边的光荣使命。1949年新疆和平解放,中国人民解放军10万将士就地转业,拉动军垦第一犁,谱写着屯垦戍边的宏伟篇章。就农业生产而言,兵团创建之初,即遵循"不与民争利"的原则,在天山南北的塔克拉玛干、古尔班通古特两大沙漠边缘,以及戈壁荒漠和人烟稀少、自然环境恶劣的边境沿线,白手起家,在不毛之地兴修水利,开荒造田,建立了一个又一个农牧团场。茫茫戈壁荒漠出现了众多田陌连片、渠系纵横、林带成网的生态绿洲,一座座新型现代化城市如石河子市、奎屯市、五家渠市等,在戈壁滩上拔地而起,创造出人类发展史上不可磨灭的奇迹,也涌现出许多可歌可泣的人物、事件。新疆生产建设兵团既是战斗队、工作队,又是生产队,正如兵团原副政委张仲瀚所说"似军又似民,衣杂帽无章。坚持'三个队',队队意深长"(《老兵歌》)。兵团的人员构成也极为广泛,不仅来自全国各地,而且进入兵团之前的身份各异,还有众多少数民族同胞。逐渐生成了特色独具的屯垦文化。

"情以物迁,辞以情发。"①新疆特异的自然景观、多彩的人文风貌,润泽、陶冶着作者的性情,丰富了诗人们的情感体验,使得新疆当代诗词创作,在当代中华诗坛彰显出不同于其他区域的独特风貌。

第三节 "戈壁惊开新世界"的题材与建设家园的激情

当代新疆日新月异的社会变化,为当代诗词创作奠定了新颖的题材基础;与前代大不相同的诗词创作队伍,也多侧面地表现着有别于前人的审美体验。这种

---

① 刘勰:《文心雕龙·物色》,载王利器《文心雕龙校证》,上海古籍出版社,1980,第279页。

题材的新变、创作队伍的新变,生成了新疆当代诗词不同于古代西域诗的新面貌。

1949年9月25日新疆和平解放,在政治上开创了人民当家做主的新时代。新疆社会性质的巨变,极大地激发了新疆各族人民的美好憧憬与生产热情。1955年10月1日,新疆维吾尔自治区成立,标志着新疆进入稳定、快速发展的新阶段。新疆各族人民积极投身于社会主义建设,60多年来,新疆大地星移物换,沧海桑田,社会经济日新月异,快速攀升。边疆风貌已从荒凉走向繁荣,从贫瘠走向富裕,从封闭走向开放,从落后走向进步。陈毅元帅在1965年视察新疆时,即曾赋诗盛赞新疆"戈壁惊开新世界"(《访新疆》)[1]的惊人巨变。而这种变化,一直快速发展。据相关资料显示,"1955年,新疆全区生产总值只有12.3亿元,到2014年达到9 264亿元,按不变价计算,增长了118倍,年均增长8.4%。"[2]我们从农牧业、工业、交通设施等方面,看一下新疆社会经济的蓬勃发展。

农牧业的繁荣。1949年之前,新疆的农牧业生产方式落后,生产力水平低下,人民生活贫困不堪。中华人民共和国的成立,开辟了中华民族走向复兴的新纪元,新疆农牧业快速发展。就农业来说,70多年来,各族人民发扬艰苦奋斗、奋发图强的时代精神,用勤劳的双手创造出众多的奇迹。大型水利工程的建设,以及农业生产的机械化,极大地促进了南北疆农业的大发展。如今水电站、蓄水库、喷灌、条田、林带,大型播种机、收割机等新景象,随处可见。目前全区的400多万公顷耕地,80%为水浇地,广泛种植着小麦、玉米,以及水稻、高粱等。经济作物则有棉花、瓜果、油菜、胡麻、甜菜等众多种类。新疆长绒棉享誉中外,吐鲁番的无核葡萄、鄯善的哈密瓜、库尔勒的香梨等,也是全国闻名。从牧业来看,新疆是全国五大牧区之一。在全疆87个县(市)中,牧业县22个,半农半牧县16个,从事牧业的人口约有135.7万人,牧草地面积达5 111.38万公顷。新疆畜牧业主要是以牛羊养殖为主,其中塔城牛、福海大尾羊、三北羔皮羊、新疆细毛羊等,都是优良品种。其他如,伊犁马、巴里坤马,也是名扬天下。70多年来,在全区各族干部群众的共同努力下,新疆畜牧业取得了长足的发展。凡此种种,都为新疆当代诗词创作,提供了丰富而又新颖的农牧题材。

现代工业的振兴。1949年之前,新疆长期处于"南农北牧"的自然经济状态,现代工业是个空白。中华人民共和国成立后,在20世纪50年代初,即先后建起了

---

① 唐世政主编《军垦颂》,解放军文艺出版社,1998,第137页。

② 姬肃林:《辉煌60年·新疆经济发展的非凡成就》,《实事求是》2015年第5期。

六道湾煤矿、七一纺织厂、八一钢铁厂、十月汽车修配厂、苇湖梁发电厂等一批现代工业企业。在随后的60多年里,新疆工业由小到大、由弱变强,不仅新建了红山嘴电站、哈密三道岭露天煤矿、独山子炼油厂、乌鲁木齐第二钢铁厂、新疆锂盐厂、新疆烧碱厂、玛纳斯电厂、和静大山口水电站、乌鲁木齐石油化工总厂、乌鲁木齐轮胎厂等一大批大中型重工化工企业,而且新建了八一棉纺厂、喀什棉纺厂、和田棉纺织厂、库尔勒棉纺织厂、伊宁亚麻纺纱厂、新疆毛纺厂、新疆五金材料厂、阿克苏糖厂、新疆啤酒厂、博湖造纸厂等一批大中型轻工企业。如今已形成以石油天然气开采、石油化工、煤炭工业为主导,钢铁、电力、有色金属、机械电子为支柱,包含纺织、农副食品加工、轻工、建材等门类齐全、产品丰富的现代工业体系,工业园区遍布全疆各地。随着石油、天然气的开采提炼,一批石油新城如克拉玛依、独山子、阜东、泽普等,在戈壁荒滩拔地而起,促进了区域城市化进程。

交通设施的蓬勃发展。1949年之前的新疆,交通十分不便,没有一公里铁路,没有一座永久式桥梁,公路里程数位居全国后列。不论是出疆入疆,还是疆内交通都极为困难。中华人民共和国成立后,公路、铁路等基础设施建设快速发展。就公路说,不仅修建了横越天山的乌鲁木齐到库尔勒的"乌库公路"、独山子到库车的"独库公路",而且修建了四条穿越"死亡之海"塔克拉玛干沙漠的"沙漠公路";逐渐在自治区境内构筑了"五横七纵"的高速、高等级公路网,建成了4条东联内地和8条西出国际的大通道;形成了以乌鲁木齐为中心,以干线公路为骨架,环绕两大盆地、沟通天山南北、辐射地州、东联内地、西出中亚的公路交通网络。同时,新疆的铁路建设也是快速发展。再加上南北疆的机场建设,航空出行已十分便利。交通设施的迅猛发展,带动了经济的蓬勃发展,也方便了人们的旅行。

"歌谣文理,与世推移""兴废系乎时序,文变染乎世情",①新疆这些社会生活的新面貌,为当代诗词创作提供了前所未有的新题材。诗人们发于心而书于纸,便在历代西域诗的基础上,开拓出一片"新"天地。

诗人队伍的新变与建设家园的激情。新疆当代诗词创作在情感抒发方面的一个突出特色,就是荡漾着建设家园的激荡情怀,而这来自诗人队伍的新变。纵观源远流长的西域诗,其作者队伍的构成虽然有发展变化,但概而言之,主要有两个特点:一是多为朝廷官员,二是多为旅居西域之人。比如,唐代西域诗,其作者无论是亲历西域者,还是未能亲历西域者,身份大多都是官员、幕僚;而亲历西域

---

① 刘勰:《文心雕龙·时序》,载王利器《文心雕龙校证》,上海古籍出版社,1980,第271页。

者如来济、骆宾王、岑参,都是因戍边征战而来到西域,岑参时间最长,也不过前后6年。所以其诗歌中或是描写慷慨豪壮的征战意象,或是抒发思念家乡的情怀,格调基本一致。金元时期的耶律楚材是随驾西征的官员,丘处机是全真教道士,二人身份虽然不同,但都是应成吉思汗之召,短期旅居西域的特点十分明显。至于明朝的陈诚,则是朝廷委派出使西域的官员,其西域诗也是出使西域的沿途见闻。清代是西域诗的又一个繁荣期,诗人众多,队伍构成也更为繁杂,但大体上可以分为军事将领、幕府官员、谪戍流人。他们的社会地位、人生经历各不相同,情怀抒发也有差异,客观上开拓了西域诗所表现的内容范围。但这些诗人终老西域的极少,大多数是数年而还,甚至出现像著名诗人洪亮吉那样,谪戍西域百日而还的现象。

新疆当代诗词作者的队伍构成,与前代相比发生了巨大变化。他们不再是"旅居""客居"的匆匆过客,而是生于斯或长于斯的主人。就他们的人生经历看,主要有两种情况:一是出生于新疆,大多数中青年诗人都是如此。二是虽然出生于其他省市自治区,但从青少年时期即来到新疆。他们或随解放大军入疆,或为国家派遣支边,或随父母迁来,或为"右派"流落,或为"知青"插队,或为兵团招募,或为自流来疆,但都有一个共同特点,就是在新疆定居生活、长期工作、终老于斯,新疆就是他们的家园。身份的不同,影响着创作心理的变化。新疆当代诗词作者,以主人翁的心态,建设新疆、描写新疆、歌唱新疆。他们的诗词取材,不再以"猎奇"为目的,而是从日常生活中,挖掘感人至深的素材。故而大到国际、国内的时局政治,小到家长里短的点点滴滴,都在诗中得以展现,而又写得真切自然,荡漾着浓郁的家园归属感和温馨感。他们对新疆这片热土的深情挚爱,促使他们怀着炽热的情怀去创作,因而热爱生活、笑对困难、积极向上、慷慨激昂的乐观精神,成了诗词创作的主旋律。可以说他们的作品,是对中华人民共和国成立以来新疆社会现实的一种生动反映与阐释,也是时代精神的集中表现。这种创作心理的转换,成就了新疆当代诗词与古代西域诗的显著不同。

新疆当代诗词作者的身份更为广泛、多样。从社会职业说,有身经百战的将军、机关企业的领导、政府文职人员,也有大学教授、中学教师、医生、军人、工程师,以及工人、农民、在校学生等,遍及社会的各行各业。由于工作岗位的不同、社会角色的差异,使得他们能够结合自己的生活经历,从不同的视角来审视生活、抒发情感,从而形成新疆当代诗词题材内容的丰富多彩。从诗人个体看,不仅有退休赋闲的老年作者,也有在职的中青年才俊,还有不少女性诗人和少数民族作者,从而构成新疆当代诗词创作主体的扩大和多样化。他们在社会生活的真切感受中,张扬着多姿多彩的个人性情,也表达着爱国、爱疆、建设家园的时代精神,拓展了人性表现的广度和情感抒发的深度。

第四节 毛泽东诗词的广泛影响

传统诗词,作为民族特色极其鲜明的文学样式,在中国数千年的文学史上,曾创造出夺目的辉煌。但随着1919年"五四"新文学运动的兴起,在"反封建""打倒孔家店"的浪潮中,传统诗词形式也受到冲击。虽然一些诗人,包括新文化运动的健将如陈独秀、李大钊、鲁迅等,也时有旧体诗的创作,但作为一种艺术样式来说,与如火如荼的白话新体诗相比,传统诗词的社会地位可说是一落千丈。

1949年中华人民共和国成立,各项事业欣欣向荣。于传统诗词,开国领袖毛泽东有着精深的艺术造诣和浓厚的个人兴趣。他曾说:"旧体诗词要发展,要改革,一万年也打不倒。因为这种东西最能反映中华民族和中国人民的特性和风尚,可以兴观群怨嘛! 哀而不伤、温柔敦厚嘛!"①并对新诗提出批评:"用白话写诗,几十年来,迄无成功。"②但对于是否在社会上大力提倡传统诗词,毛泽东又表示:"诗当然应以新诗为主体,旧诗可以写一些,但是不宜在青年中提倡,因为这种体裁束缚思想,又不易学。"③由此可见,作为诗人的毛泽东和作为政治领袖的毛泽东,在个人爱好与文艺方向的倡导之间有着清醒的认识。从传统诗词发展史来看,在中国当代,毛泽东诗词无疑起到了承前启后的作用。

随着"双百"方针的提出,1957年1月《诗刊》创刊号上,首次公开发表了毛泽东的18首诗词。这些作品精练雄浑、大气磅礴,一时风靡全国,传统诗词的声誉随之一振。而后,一批老革命家如朱德、董必武、陈毅、叶剑英等,也接连发表传统诗词。《毛主席诗词》《鲁迅诗注》等,也陆续公开出版。人们对传统诗词的看法随之转变,基本摆脱了自"五四"以来屡遭挞伐的厄运。可以说,在中国诗词发展史上,毛泽东诗词起到了承前启后的关键作用。"毛泽东诗词最独特的地方,在其'古'

---

① 董志英编《毛泽东轶事》,昆仑出版社,1989。
② 毛泽东:《给陈毅同志谈诗的一封信》,《诗刊》1978年第1期。
③ 毛泽东:《致臧克家等》,载中共中央文献研究室编《毛泽东文艺论集》,中央文献出版社,2002。

与'今'、'传统'与'现代'混溶而成的特性。这些诗词固然采取的是'旧体'形式,但内容却极具革命的现代感。这种现代感超越了古典与现代的区分,而能在古典的文化形象与叙述形式中构造出具有'崇高感'的普遍艺术境界。""毛泽东诗词具有某种超越古典、现代、当代而又同时涵纳三者成分的混溶特点,它创造的是一个极其独特的艺术世界。这个艺术世界有着'古典中国'的样貌,但又是'现代性逻辑'的构造物,同时更是'社会主义中国'的化身和主观镜像。"①

　　毛泽东以政治领袖的特殊地位,以及精深的诗词造诣,使得其诗词作品在相当长的一段时间里成为人人咏诵的对象。其对新疆当代诗词创作的影响也十分明显。栾睿教授曾以星汉诗词为个案,从其对毛泽东本人的歌颂、步毛泽东诗词韵、化用或直接应用毛泽东诗词语句等方面,阐释了毛泽东诗词对星汉诗词创作的影响。其实,这种显性的影响,只是一个方面,就新疆当代诗词创作来看,所受毛泽东诗词的影响,更多是隐性的、潜在的。这有着社会的因素,恰如栾睿所分析:"在星汉(1947年出生)这个年龄段的诗词作手,应当说或多或少都会受到毛泽东诗词的影响。其原因有二:一是这个年龄段的人,使用的中小学课本所选录的诗词,毛泽东的诗词占有较大的比例。二是在'文化大革命'中,所读到的诗词,只能是毛主席诗词。"②我们认为,除了时代氛围外,还有一个因素,就是毛泽东诗词自身所具有的艺术魅力,吸引着广大读者。因为就艺术水准而言,毛泽东诗词也堪称中国当代诗词创作的典范。也就是说,时代氛围与艺术魅力的两相融合,使得毛泽东诗词影响着当时的一代青少年。从文学创作的前知识结构的生成看,一个人早年的记忆、熏染与积淀,对他而后的创作有着直接影响,这已是为众多创作实践所证明的事实。

　　具体说来,毛泽东诗词对新疆当代诗词创作的影响,主要表现在两个方面。首先,这种影响体现在诗词作品的题材选择与情感取向上。毛泽东诗词的内容很丰富,但最为突出的是对中国革命战争和社会主义建设的史诗性描摹。如井冈山时期的《渔家傲·反第一次大围剿》《西江月·井冈山》《渔家傲·反第二次大围剿》《十六字令三首》都在雄壮中洋溢着革命的乐观主义精神。长征路上的《七律·长征》《忆秦娥·娄山关》《清平乐·六盘山》等,都充满着战胜一切艰难险阻的乐观自信。解放战争时期的《七律·人民解放军占领南京》,既有"百万雄师过大江"的壮

---

① 贺桂梅:《毛泽东诗词与当代诗歌道路》,《诗刊》2019年第9期。
② 栾睿:《浅说毛泽东诗词对星汉诗词创作的影响》,《中华诗词》2013年第10期。

阔场面,又有"宜将剩勇追穷寇,不可沽名学霸王"的谆谆告诫。可以说,这些作品形象地记录了中国革命的历程,充满着壮怀激烈的革命激情。

中华人民共和国成立后,国家面临的是百废待兴、积极建设的局面。毛泽东诗词生动地反映了社会各方面的巨大变化,可以说是新时代的颂歌。如1950年10月所作的《浣溪沙·和柳亚子先生》一词,在与昔日国家灾难深重的对比中,礼赞着"一唱雄鸡天下白"的中华民族的新生。而后随着生产关系的变革,生产力得到空前解放,社会经济出现了翻天覆地的变化。毛泽东1954年创作的《浪淘沙·北戴河》,由衷地感叹"萧瑟秋风今又是,换了人间",词中既有强烈的历史沧桑感,又有国家建设的巨大成就感和欣慰感。1956年创作的《水调歌头·游泳》既有对"一桥飞架南北,天堑变通途"的建设成就的讴歌,又有对"截断巫山云雨,高峡出平湖"的蓝图描绘,从而表达出"神女应无恙,当惊世界殊"的自信与豪迈。至于"为有牺牲多壮志,敢教日月换新天"(《七律·到韶山》)"可上九天揽月,可下五洋捉鳖,谈笑凯歌还"(《水调歌头·重上井冈山》)"一万年太久,只争朝夕"(《满江红·和郭沫若同志》)等,都反映了积极进取的时代精神,可以说是时代面貌与诗人情怀的真实再现。而"喜看稻菽千重浪,遍地英雄下夕烟"(《七律·到韶山》)"天连五岭银锄落,地动三河铁臂摇"(《七律二首·送瘟神·其二》)等,则反映了全国人民团结奋进、战天斗地、改造山河的伟大壮举和取得的巨大成就,充满了革命的激情和昂扬向上的乐观主义精神。

在新疆当代诗词创作中,有许多关于革命斗争历程的描绘。王震将军率部翻越祁连山时即兴吟诵的《进新疆》,陶峙岳将军的《迎王震将军入疆》,任晨将军的《前卫部队进军哈密、焉耆》《急取阿克苏》《进军喀什、莎车》等,都反映了解放军的高昂士气和沿途各族人民夹道欢迎的盛况。而张仲瀚的《塞上咏怀》《老兵歌》,则描绘出中国人民解放军铸剑为犁、屯垦戍边的历史功绩。这些作品抒发的是恢宏豪壮的胸怀气魄,展现的是新疆革命与建设的历程。至于"民族协和兴伟业,汉唐陈迹换新颜"(欧阳克巑《铁门关》)的社会巨变,工农业生产所取得的巨大成就,都成为新疆当代诗词创作的重要题材,而歌颂赞美之情更是溢于言表。比如,刘萧无的《轮台煤矿》和多首描写克拉玛依油田建设的诗篇,凌朝祥有关兵团"屯垦戍边"题材的诗词作品,王瀚林的《屯垦戍边唱大风——兵团组歌》等,都是这方面的代表作。如果翻开《中华诗词文库·新疆诗词卷》等新疆当代诗词选集,就会发现其中处处洋溢着对新疆社会发展日新月异的赞颂情怀。

其次,毛泽东诗词对新疆当代诗词创作的影响,还体现在雄奇意象与豪放风格上。就艺术风格论,毛泽东诗词虽然婉约豪放兼而有之,但以豪放为主则是大家公认的。其诗词境界气势雄伟、意象飞动,情怀奔放激烈。如《沁园春·雪》中所展现的辽阔苍茫的北国风光,所塑造的高瞻远瞩、视野开阔的抒情主人公形象,都给人以奔放豪迈的审美感受。而《减字木兰花·广昌路上》描写的风雪,《浪淘沙·北戴河》描写的大海等,都具有苍茫雄浑的风采和神韵。至于"四海翻腾云水怒,五洲震荡风雷激"(《满江红·和郭沫若同志》)所描摹的无产阶级革命斗争画面,"坐地日行八万里,巡天遥看一千河"(《七律二首·送瘟神·其一》)所展现的浩瀚宇宙等,都在辽阔高远的艺术画面中蕴含着强烈感情,构成了诗歌的雄浑豪放之美。

毛泽东还善于描绘高山险峰。这里有"横空出世"的"莽昆仑"(《念奴娇·昆仑》),有"葱茏四百旋"的庐山(《七律·登庐山》),有"倒海翻江卷巨澜"(《十六字令三首·其二》)般的起伏跌宕的群山,也有"刺破青天锷未残"(《十六字令三首·其三》)那种宝剑般的峻峭险峰。毛泽东写山,往往在连绵起伏中,突出山峦的高大、雄伟、有力,从而将自己的豪情壮志投射到崇山峻岭中,使主观情感与客观景物融为一体,给人一种豪迈与崇高的审美感受。宏阔的境界与雄奇的意象,使毛泽东诗词荡漾着奔腾豪迈之风。

从新疆当代诗词的创作看,诗人们也善于选取西域的崇山峻岭、大漠风光等雄奇意象。比如,星汉的《车师古道行》,极写车师古道之险、行走之难,以及登山者的奔放情怀。王亚平的《横越天山行》,描写一日横越天山八百里的所见所感,极力描写天山的雄壮。凌朝祥《天山明月歌》《横穿塔克拉玛干大沙漠》中的雄奇意象等,都带有辽阔苍茫、慷慨豪放的特征。而类似的作品,在新疆当代诗词创作中,可谓比比皆是。

所以我们说,毛泽东诗词那气势宏大的史诗风貌、奔放豪迈的歌颂情怀,影响着新疆当代诗词创作的题材选择与情感取向;而毛泽东诗词雄奇飞动的诗歌意象、恢宏磅礴的豪放诗风,也影响着新疆当代诗词的创作风格。这种艺术上的影响,与新疆的崇山峻岭、大漠戈壁的雄阔景观,以及西部人粗豪刚毅的性格、慷慨奔放的激情,重合叠加,便生成了新疆当代诗词"铁板铜琶"般的豪放风格。

综上所述,新疆生生不息的诗歌传统与毛泽东诗词的卓越成就,潜移默化地滋养、润泽着新疆当代诗词作者的创作心态和创作风格;奇妙独特的自然环境、绚丽多彩的人文景观、"戈壁惊开新世界"的新疆巨变,为新疆当代诗词创作,提供了丰富而新颖的题材;而充满壮志激情的诗人队伍的新变,则为新疆当代诗词创作的发展,准备了充分的条件。凡此,不仅构成了新疆当代诗词创作得天独厚的现实基础,也生成了新疆当代诗词的独特风貌。

第二章　新疆当代诗词创作的发轫
——"将军诗人群体"的诗词创作

新疆当代诗词发端于"将军诗人群体"的诗词创作,具有代表性的作者是王震、陶峙岳、张仲瀚、任晨、左齐等。将军们并非刻意为诗,只是缘事而发、随口而吟,故而题材集中在其亲身经历的征战与屯垦戍边生活。这些诗词,形象地描绘了新疆和平解放时期的重大事件,以及解放军就地转业、组建新疆生产建设兵团屯垦戍边的光辉业绩。诗中充满了不畏艰难、积极进取、昂扬奔放的时代精神,洋溢着浓郁的爱国、爱疆的炽热情怀。

第一节　"凯歌进新疆"的历史再现

1949年1月,中国人民解放军相继取得了辽沈、淮海、平津三大战役的胜利,解放全中国的号角已经吹响。4月21日,毛泽东主席、朱德总司令向人民解放军发出了《向全国进军的命令》,5月下旬,第一野战军攻占了西安及关中广大地区之后,会同华北野战军第十八、十九兵团,于7月11日发动了扶(风)眉(县)战役,一举歼灭胡宗南主力43 000余人,其残部溃逃甘肃,妄想在甘肃、青海负隅顽抗。解放军又以排山倒海之势,攻克了兰州、西宁。于是甘肃、青海的残敌,沿河西走廊向新疆溃逃。为了全歼胡宗南、马步芳残部于甘肃境内,完成中央解放新疆的战略部署,1949年9月,王震率中国人民解放军第一野战军第一兵团第二军,由西宁挥师北上,进军酒泉,直叩新疆。在翻越祁连山时,王震将军即兴吟《进新疆》诗一首,拉开了新疆当代诗词创作的序幕。

王震(1908—1993),湖南浏阳人,1955年被授予上将军衔。王震于1929年参加中国工农红军,土地革命战争时历任团政委、师政治部主任、师政委兼军代政委、军区代司令员等职;抗日战争时期任三五九旅旅长,是南泥湾大生产运动的组织者,又曾任中共延安地委书记、延安军分区司令员、卫戍区司令员、八路军南下支队司令员等职;解放战争时期,任中原军区第一副司令员兼参谋长、西北野战军第二纵队司令员兼政委、第一野战军第一兵团司令员兼政委;新中国成立后曾任中共新疆分局书记、农垦部长、中共中央政治局委员、国务院副总理、中共中央军委委员、中央党校校长、中共中央顾问委员会副主任、中华人民共和国副主席等职。

1949年9月,王震奉中央军委命令,率领第一兵团第二军进军新疆。翻越祁连山时,触景生情,即兴吟道:

> 白雪罩祁连,乌云盖山巅。草原秋风狂,凯歌进新疆。①

此诗有的题作《进新疆》,有的题作《凯歌进新疆》,盖因当时并非有意作诗,只是随口而吟,题目都是后来所加。诗作描写广大解放军将士跋涉泥泞草地,冒着严寒,翻越终年积雪、空气稀薄的祁连山,高唱凯歌、进军新疆的情景,可谓大气磅礴。通过鲜明生动的自然意象的描摹和烘托,把解放军不畏艰难险阻、奔腾豪放的壮志情怀,表达得淋漓尽致。后来,在大军西进的艰难行程中,王震将军的这四句诗,被第一兵团宣传部副部长王洛宾谱曲成歌,战士们一路高歌,争相传唱,成为激励广大指战员挺进新疆的战斗号角。可以说王震将军的一曲《进新疆》,在抒发解放军将士英勇气概的同时,也充分彰显出当代诗词的社会功能。

随着陕、甘、宁、青的相继解放,西北五省仅剩下了状若"孤岛"的新疆。国民党新疆警备司令部总司令陶峙岳将军和国民党新疆省政府主席包尔汉先生,已或明或暗地流露出对国民党政府的失望,产生了希望和平解决新疆问题的意向。在这种形势下,毛泽东主席给彭德怀和王震发去电报,请他们赴北平共商新疆问题的大计。同时,毛泽东主席派中央联络员邓力群从莫斯科赶到新疆伊宁,携带张治中致陶峙岳、包尔汉的电报,秘密前往乌鲁木齐,向陶峙岳、包尔汉等进一步阐

---

① 王震:《进新疆》,载胥惠民编注《现代西域诗钞》,新疆人民出版社,1991,第188页。

明中国共产党和平解决新疆问题的主张和政策。通过一系列积极周密的工作,陶峙岳将军、包尔汉先生接受了和谈条件。于是,国民党新疆警备总司令部和省政府,分别于9月25日、26日通电和平起义。9月28日,毛主席、朱总司令复电慰勉陶峙岳、包尔汉及所部全体将士和政府人员,对他们的爱国行动表示欢迎。新疆至此和平解放。

新疆宣布和平解放后,仍有势力不甘心失败,他们趁解放军尚未入疆之际频频滋事,妄图破坏和平解放的成果。面对这种局面,为稳定新疆局势,使各族人民免遭涂炭,中央军委命令王震率第一兵团的二、六两军火速入疆。于是数路大军齐头并发,向新疆各地展开了气势磅礴的大进军。当然,对于二、六军的将士来说,进军新疆是件光荣而又艰苦的任务。新疆地域辽阔,人烟稀少,交通不便,部队补给十分困难。又值十月,塞外已临近寒冬,部队的御寒装备很差,指战员们仍穿着单薄的征衣,有的甚至连一双鞋子都没有。由于车辆不足,公路失修,多数部队只得徒步开进,沿途要经过渺无人烟的戈壁瀚海,翻越高耸入云的雪山峻岭。而且新疆又是少数民族聚居区,语言、风俗与国内其他地区都有差异。其行军艰难可想而知。但英勇的中国人民解放军并没有被困难吓倒,他们积极响应毛主席"将革命进行到底"的伟大号召,怀着"把五星红旗插上帕米尔高原"的宏伟志向,投入到彻底解放新疆的战斗中。任晨将军的"西征史诗"形象地记载了这一伟大历程。

任晨(1916—2008),河南灵宝人,1955年被授予上校军衔。任晨少年时读过私塾,青年时受过专业的美术、音乐教育,1937年6月投笔从戎参加革命。抗日战争时期,历任骑兵队长、连长、副营长等。解放战争时期,历任团参谋长、团长、师副参谋长等职。中华人民共和国成立后,历任第一兵团第二军步兵第四师副参谋长、第五师参谋长、南疆军分区副司令员、农一师师长、新疆军区少将副参谋长等职。1988年离休后,任新疆诗词学会顾问,著有《痕迹》诗文集(新疆人民出版社,1994)等。

任晨将军的"西征史诗"包括《风雪祁连山》《进军新疆前夜》《前卫部队进军哈密、焉耆》《急取阿克苏》《进军喀什、莎车》等。这些作品形象地再现了解放军将士不畏艰难、解放新疆的历史事件。比如,其《进军新疆前夜》,描写在"兵团虎帐驻酒泉,新疆起义通电传"的背景下,解放军开始了进军新疆的战前准备和动员。诗中既有"冬服军粮"筹措的描写,也有"学习政策须当先"的政治思想工作的再现,还有激励将士们勇于克服困难的描摹,而"彭总亲临作指示"一句,则进一步表现出中央军委对进军新疆的高度重视。这些描写真实地再现了解放军进军新疆前夜激发战士革命斗志的各项举措。

正当解放军准备西进的时刻，隐藏于新疆起义部队中的一小撮反动分子，策动了驻防哈密、鄯善、吐鲁番、库车、轮台等地部分部队的暴乱。消息传来，本该在长途跋涉后进行必要休整的解放军义愤填膺，王震司令员果断命令部队立即加速前进，以迅速果敢的行动平息了叛乱。任晨将军的《前卫部队进军哈密、焉耆》《急取阿克苏》等，正是这一历史事实的真实写照。我们先看《前卫部队进军哈密、焉耆》：

> 哈吐轮台叛讯传，四师行到军指前。骤马开路塔河岸，大军选道天
> 山南。黄沙弥漫红旗舞，军容浩荡瀚海边。前军神速到鄯善，各族人民
> 庆获援。万双铁脚飞毛腿，捷报已占铁门关。计程三千八百里，屈指才
> 经十一天。①

诗的一二句点明背景：哈密、鄯善、吐鲁番、轮台等地反革命的部分军队发动暴乱，作者以第四师副参谋长的身份率领前卫部队整装出发。接下来描写进军的情景，其中"黄沙弥漫红旗舞，军容浩荡瀚海边""万双铁脚飞毛腿，捷报已占铁门关""计程三千八百里，屈指才经十一天"等句，不仅画面鲜明生动，而且把解放军的磅礴气势，以及行军的"神速"，描绘得栩栩如生。《急取阿克苏》也具有同样的特点。解放军入疆后为争取时间，徒步行军穿越千里戈壁，经历千难万险，终于在1949年11月28日胜利进驻阿克苏。诗歌对行军的艰难有着形象的描绘，这里有"戈壁茫茫朔风寒""村舍荡然无人烟"的隆冬季节行军环境的描摹，也有"星斗作帐地作毡，枕枪相偎斗霄寒"的露营情景的再现。解放军以大智大勇克服艰难险阻，顺利进驻阿克苏，诗中写道："进入库拜两县境，前方来人报敌情。派员轻装探虎穴，两团并进白水城。"这里的"库拜"，指的是库车县和拜城县，"白水城"即阿克苏。最后六句写解放军军纪严明，党的政策深入人心，受到阿克苏百姓的热烈欢迎。此诗语言通俗，以写实为主，彰显着作品的"诗史"价值。

而《进军喀什、莎车》，则又在凸显认识价值的同时，洋溢着浓郁的艺术情趣，成为这类作品的代表作。诗写解放阿克苏后，解放军继续西进，直指喀什。当时，喀什的最高军事长官是南疆警备司令赵锡光。赵锡光是一位富有正义感的爱国将领，与陶峙岳将军共同领导了新疆和平起义，故而当解放军进疆之际，其他各地发生骚乱的时候，喀什是相对平静的。所以任晨的这首《进军喀什、莎车》诗，在描写行军艰辛的同时，更侧重于描摹喀什人民对解放军热烈欢迎的场景，

---

① 任晨：《痕迹》，新疆人民出版社，1994，第448页。本章所引任晨诗作均见此书。

字里行间洋溢着浓郁的欣喜与欢快之情,极其动人。这里有"渠畔彩楼灯高悬"的欢迎仪式,更有"鼓乐齐奏舞翩跹""手鼓唢呐震天空""夹道两旁笑开颜,奶茶葡萄瓜果甜"的欢歌笑语和群情振奋的欢快场面,而"长辫花衣艳丽裙""右手贴心行大礼"的细节描写,更是把解放军进驻喀什时百姓的欣喜情态描绘得栩栩如生,进而表达出解放新疆是民心所向,各族人民对新疆的新生充满希望。至于结尾"战士笑指昆仑山"的形象刻画,不仅神情毕现地传达出中国人民解放军的壮志豪情,也给人留下了丰富想象的余地,颇具韵味。由此可见,任晨将军的诗歌创作,形象地反映了新疆解放时期的重大历史事件,彰显着新时代的精神风貌,从而也就具有了诗史的意义和价值。

在解放军指战员的共同努力和新疆各族人民的大力支援下,继先遣支队战车团于1949年10月20日进驻乌鲁木齐后,郭鹏、王恩茂同志率领的二军,于1949年12月22日前,先后进驻南疆各重要城镇;罗元发、张贤约同志率领的六军,于1949年11月5日至1950年1月20日进驻乌鲁木齐及北疆各地。至此,中国人民解放军历时2个多月,行程6000余里,圆满地完成了解放新疆的任务,把五星红旗插上了天山、阿尔泰山和帕米尔高原。新疆和平解放后,各族人民载歌载舞,到处一片喜庆祥和的气氛。陶峙岳将军感慨万端,在与起义将领、政府官员一起迎接王震将军时,激动不已,写下了一首七言绝句《迎王震将军入疆》:

将军谈笑指天山,便引春风度玉关。绝漠红旗招展处,壶浆相迎尽开颜。

陶峙岳(1892—1988),湖南宁乡人,1955年被授予上将军衔。新疆和平解放前夕,陶峙岳将军任国民党新疆警备司令部总司令,是当时新疆的最高军事长官。他对国民党政府的失望以及受共产党政策的感召,和对新疆未来的考虑,毅然决然举行和平起义,成为新疆和平解放的缔造者之一。陶峙岳将军长于书法,雅好诗词,这首《迎王震将军入疆》,不仅韵律和谐、清新明快,而且形象栩栩如生。"谈笑指天山"的描摹,极为传神,将王震将军乐观豪爽、指挥若定的大将风度展现得淋漓尽致。"便引春风度玉关"则紧承前句,描写"谈笑指天山"的结果,十分自然。一个"便"字,在轻松洒脱中凸显出王震将军运筹帷幄、决胜千里的军事才能。后两句写解放军军威之盛,新疆人民对解放大军的欢迎情景,也是历历在目。诗歌既表现了对王震将军的赞许之情,又形象地反映了各族人民载歌载舞、提壶携浆欢迎解放军的热烈场面。到了晚年,王震将军对此情此景仍不能忘怀,他在撰文回忆当年情景时说:"将军以诗相赠,这不仅是对我个人的恭维,而且也充分表达了陶将军和塞外军民对解放军的热烈感情。"①

此后多年,两位将军一直是相互关心、相互鼓励的挚友,而新疆和平解放以及共同屯垦戍边、建设新疆的伟大历史进程,正是这一友谊的纽带。直到1983年,91岁高龄的陶峙岳将军还写下了一首《抒怀》诗,对王震将军和新疆的屯垦戍边事业充满赞许之情。诗云:

> 百年魔怪舞,国步苦艰难。重霄发惊雷,为民解倒悬。奇兵向边塞,春风度玉关。将军何雍容,谈笑指天山。边军同举义,弃暗乐开颜。各族紧团结,军民共苦甘。改造大自然,开发戈壁滩。挥锄为富国,执戈以防边。万里若金汤,漠野变良田。且喜百业兴,万众齐争先。卅年勤建树,景物列鲜妍。伟哉共产党,饮水必思源。四化又长征,投砖幸有缘。遥望阳关道,欣看猛着鞭。②

此诗前有小序,叙述了创作缘由:"兰州、西宁相继解放,王震司令员不辞艰苦,率部翻越祁连山、直插张掖,促使酒泉、新疆迅速和平解放。解放军第一兵团进疆后,一面接收改编起义部队,加强改造;一面策划屯垦,举办各项建设事业。今日新疆建设之成就,实有赖于当时王司令员植其始基。缅怀往昔,因缀数语以志之。"可见两位为解放新疆,开发、建设新疆同甘共苦、立下汗马功劳的老将军,感情之深厚、真挚。

第二节　屯垦戍边的真情表达

随着新疆国民党残余势力叛乱的平息,人民解放军彻底巩固了和平起义的胜利成果,新疆进入了新的历史发展时期。1950年,遵照毛泽东主席关于军队参加生产建设工作的指示,新疆驻军开始了屯垦戍边,揭开了新疆社会主义革命和建设的新篇章。1954年8月,中国人民解放军第一兵团、第二十二兵团(1949年12月30日,新疆起义部队改编为中国人民解放军第二十二兵团)和第五军(三区革命民

---

① 罗元生:《王震与陶峙岳》,华文出版社,2012,第30页。
② 罗元生:《王震与陶峙岳》,华文出版社,2012,第240页。

族军，于1950年1月10日改编为中国人民解放军第五军）就地转业，正式合编为新疆生产建设兵团。陶峙岳任新疆生产建设兵团司令员，王震兼政委，张仲瀚任副政委，从而奏响了兵团人屯垦戍边的历史乐章。将军们用诗歌如实地记录了这些历史壮举，描写拓荒屯垦、建设边疆的生动场景，讴歌兵团人的创业情怀，也就成了将军诗人群体的另一重要内容。

在新疆进行大面积的屯垦戍边、开荒生产，虽然没有刀光剑影、弹片硝烟，但其艰苦壮烈的程度，绝不亚于一场旷日持久、真枪实弹的战斗。将士们面对的垦区是万古荒原，不仅遍地杂草丛生，人烟稀少，野兽出没无常，而且没有民房，帐篷极少，生产工具奇缺，粮食也不够。在这样的条件下屯垦开荒，其难度可想而知。但解放军将士并没有被困难吓倒，而且在恶劣的生产环境中越战越勇，取得了巨大成就，充分彰显出中国人民解放军的优良传统和积极奋进的革命精神。将军们的诗歌对此给予了热情地赞扬。1953年3月王震将军视察兵团农一师，深为感动，并为其题诗一首：

　　　　生在井冈山，长在南泥湾。转战数万里，屯垦在天山。

农垦第一师系由步兵第五师改编而成，有着优良的革命传统。五师的前身是中国工农红军第六军团，诞生于大革命时期湘赣苏区各县党组织领导的赤卫队、工矿纠察队，在全民抗战开始后，改编为八路军第一二〇师第三五九旅，解放战争中，三五九旅大部分改编为步兵第五师。这支英雄的部队，在王震的率领下打过许多恶仗、险仗和胜仗，为消灭日本侵略者和国民党反动派，立下了赫赫战功，威震敌胆而驰名中外。就是这样一支能征善战的光荣部队，现在又根据形势的发展，变成了一支生产部队。诗歌形象地再现了农一师的辉煌历史和眼前的光荣任务，实际上这也是对整个新疆生产建设兵团历史责任转变的形象概括。尤其是诗中所揭示的井冈山情结、南泥湾精神与新疆生产建设兵团的内在联系，一直成为兵团人克服困难、战天斗地、执着进取的精神动力。

陶峙岳将军担任新疆生产建设兵团司令员，为贯彻中共中央提出的"屯荒戍边、开垦资源，进行经济建设"的指示，亲自参加生产，深入垦区指导。其《开荒》诗"头枕石头眠，铺地又盖天。刺刀当犁铲，开出万顷田"，[①]正是解放军战士转业后艰苦创业、开垦荒原的真实写照。在一次视察莫索湾垦区时，陶将军看到战士们

---

　　① 唐世政主编《军垦颂》，解放军文艺出版社，1998，第184页。

开荒种地、热火朝天的劳动场面,情不自禁,即兴赋《开发莫索湾》诗一首:

> 红旗插遍莫索湾,大地茫茫一手翻。唤起千年沉睡梦,永葆青春在
人间。①

此诗语言通俗明白,场景描摹画面鲜明,而对战士们精神情怀的礼赞,尤具激励作用。同时作者更为兵团屯垦戍边所取得的巨大成就而欢欣鼓舞,屡屡赋诗予以称赞。比如,《登阿拉尔第一座楼》,即形象地反映了兵团屯垦的光辉业绩。诗云:

> 塔河边上有高楼,此日登临一览收。景物全非曾几日,无边漠野尽
田畴。②

诗歌描写作者登楼后,看到塔里木垦区阿拉尔的巨大变化,在今昔对比中,热情洋溢地歌颂了兵团人开垦荒漠、建设边疆的壮举。再如,《祝贺石河子总场建场三十五周年》:

> 昔日皆荒漠,今日变田园。看看成乐土,景物更鲜妍。③

此诗看似平淡无奇,却同样融入了作者深沉的切身感受。石河子处在准噶尔盆地南缘的大片戈壁滩上,因有一条卵石沟宛如一条流淌着的石头河,而被称之为"石河子"。1950年春天,王震、陶峙岳指示勘测队,对石河子的地形、水源、地质等情况进行了全面勘探后,认为此地虽然荒凉无比,但却是一块利于开发的处女地,并提议把二十二兵团司令部也迁过来,以便就近指挥生产和建设。经过兵团人呕心沥血的多年建设,一座现代化新城不仅拔地而起,而且石河子总场也是日新月异。老将军目睹今昔巨变,自然感慨万端,凝练于短诗中的情感,也就更为深厚。

陶峙岳将军的《塞外江南克木齐》,在反映兵团屯垦业绩的同时,也颇具艺术韵味。诗云:

> 塞外江南克木齐,屯边垦殖两相宜。田畴染绿黄沙净,林带成荫引
道迷。戈壁翻身为沃土,阿山遍野走羊羝。共看白岭千秋雪,化作春潮
灌入畦。④

诗题中的"克木齐"在阿勒泰市郊15千米处,为兵团农十师一八一团部所在地。此诗为1964年作者陪王震部长视察该团时所作。首联叙述经过十几年的艰苦奋斗,

---

① 唐世政主编《绿洲魂》,新疆人民出版社,1998,第168页。
② 星汉主编《中华诗词文库·新疆诗词卷》,中国文史出版社,2012,第238页。
③ 同②。
④ 同②。

克木齐地区已经变成了塞外江南,农业、养殖业都有了大发展。颔联、颈联具体描写山川巨变:"田畴染绿"使得黄沙不见了踪影,"林带成荫""遍野走羊羜"的景象,彻底改变了戈壁大漠的自然面貌。诗中展现的画面鲜明生动,色彩艳丽而内涵丰厚,既有江南意蕴,又具塞外特色,而且对仗工稳,音调铿锵有力。尾联又以"共看白岭千秋雪,化作春潮灌入畦"的生动意象,表达了作者面对千年沧桑巨变的欣喜,余味无穷。而其《紫泥泉种羊场》又别具一番风味,诗云:

> 清风碧草紫泥泉,回首天山望大川。今日问计毡房客,他年羊群遍草原。

此诗展现着兵团农牧业生产的多种经营,而"问计毡房客"的情节,则生动地再现出陶峙岳将军既谋划大局、促进兵团发展,又谦恭和蔼的亲民形象。

左齐将军描写兵团人屯垦戍边的诗歌,往往将叙事、写景、抒情融为一体,从而赞颂兵团人开拓进取的时代精神。

左齐(1911—1998),江西永新人,1955年被授予少将军衔。1932年7月参加中国工农红军,曾任红六军团十七师四十九团政治部宣传队队长,并参加了二万五千里长征。抗日战争时期,先后担任八路军一二零师三五九旅司令部作战参谋、侦察科长、七一七团参谋长、政治委员等职。1938年在一次激烈的战斗中负重伤,经白求恩大夫做截肢手术,痛失右臂,人称"独臂将军"。解放战争时期,任晋绥军区第五军分区政治委员、司令员、西北野战军第二纵队政治部主任。中华人民共和国成立后,先后任南疆军区副政委兼政治部主任、新疆军区副政委兼政治部主任。其《农垦曲》《葡萄架下》《皮山行》等诗,形象地反映兵团人积极进取、屯垦拓荒的伟大事业。先看组诗《农垦曲》:

> 和平建设办农场,战斗生产两内行。犹记当年驱战马,不因今日换戎装。
>
> 荆棘铲除禾浪绿,荒原斩断麦金黄。十百方田千万顷,丰收时节稻粱香。
>
> 奎屯车排下野地,炮台建场老根基。亲栽林带三千里,手培桃园几万畦。
>
> 广种棉田连阡陌,叶绿花红映夕曦。更喜健容采棉女,采得棉朵与山齐。①

---

① 胥惠民编注《现代西域诗钞》,新疆人民出版社,1991,第195页。

这一组诗,系作者于1961年秋走访新疆生产建设兵团农七师时,触景生情而作,又于1962年10月修改而成。第一首紧扣"战斗生产两内行",盛赞兵团战士在和平时期"建设农场"的技能和业绩,因为有"犹记当年驱战马"的精神激励,故而换下戎装后仍能奋斗进取,进而创造出屯垦戍边的人间奇迹。第二首具体描写农业丰收的"稻粱香"。兵团战士凭借勤劳的双手将"荆棘铲除""荒原斩断",才有了千万顷良田"禾浪绿""麦金黄"的大丰收。第三首描写昔日杂草丛生、野兽出没、一片荒凉的奎屯、车排子、下野地等处,如今已是林带纵横、桃园遍地,形象地再现出兵团林业种植的惊人面貌;第四首通过具体画面,再现了棉花生产的大丰收,彰显出兵团农业经济的多样化。这四首"农垦曲",以兵团的军旅奋斗精神为引领,分别描写了粮食种植、果林种植、棉花种植所取得的业绩,可以说是兵团农业生产沧桑巨变的形象概括。作者融叙事、写景、抒情于一体,热情洋溢地赞颂了兵团将士艰苦奋斗、开拓进取的时代精神。

再看《皮山行》:

凯歌猛进一番新,喜看皮山处处春。卵石筑渠兴水利,白杨列阵布浓荫。敢教瀚海变粮海,定是今人胜古人。增产八年靠集体,奋发图强好精神。

诗中既有对皮山人艰苦奋斗、使戈壁变绿洲的场景描摹,也有"敢教瀚海变粮海,定是今人胜古人"的精神礼赞,作者的欣喜之情也是溢于言表。而《葡萄架下》,则选取了一个特写镜头,描绘出另一番情趣:

葡萄架下浓荫凉,串串垂挂碰头香。此日重逢老班长,促膝殷勤话战场。

此诗选取在"浓荫凉""碰头香"的"葡萄架下",与久别重逢的"老班长"促膝谈心的场景,不仅画面鲜明温馨,而且在抒发战友亲情的同时,也热情洋溢地歌颂了边疆的今昔巨变。尤其是将今日优美的田园生活与过去战场的浴血征战紧相融合,扩大了诗歌的思想内涵和艺术张力,给人留下丰富的想象余地。

任晨将军作有《登塔河水电站,眺望上游水库有感》《夜宿荒地巴扎》《农场第三团建团卅周年》《忆旅程》《老兵情怀》《丝路抒情》等多篇描写兵团屯垦业绩、赞美兵团人进取精神的诗作。这里既有在万古荒原出现的"棉垛如山稻满仓""绿洲之外套绿洲""塔河两岸赛江南"的人间奇迹的描摹,也有"瀚海风尘艰岁月""解甲壮志仍未已"的奋斗经历的再现,字里行间洋溢着一种豪迈的情怀。我们看一首《丝路抒情》:

　　铁流滚滚出阳关,丝路迢迢西域天。履险卧沙攀峻岭,乘风破浪著先鞭。昆仑山下人欢跃,歌舞声中马卸鞍。大漠沧桑从此始,重温历史笑张班。①

此诗形象生动、气势磅礴。"铁流滚滚出阳关"的比喻,"履险卧沙攀峻岭"的写真,以及"大漠沧桑从此始,重温历史笑张班"的典故运用,都在雄视千古中,把屯垦戍边将士的壮志豪情、精神风貌,以及大漠换新颜的光辉业绩,表现得淋漓尽致,极富韵味。

　　"将军诗人群体"中描写屯垦题材的诗词,影响力最大的是张仲瀚。张仲瀚(1915—1980),河北沧县崔尔庄人。1931年就读于北平平民高中,"九一八"事变后,积极参加北平学生抗日救亡运动,结识了中共地下党员曹幼民,参加了"左翼作家联盟"和"左翼戏剧家联盟"。1933年参加了中国共产党。抗日战争爆发后,任河北民军司令员、冀中军区津南抗日自卫军司令、八路军一二〇师津南自卫军司令员、三五九旅七一九团团长。解放战争时期,任第一野战军第一兵团旅长、师长。新中国成立后,历任中国人民解放军第九军政委和第二十二兵团政治部主任、新疆生产建设兵团副政委、新疆军区副政委、农垦部副部长等职。1980年病逝于北京。

　　张仲瀚是新疆军垦事业的奠基人、领导者之一,为新疆生产建设兵团的成长壮大作出了突出贡献。虽未被授予军衔,但兵团人都以"将军"称之,并赞叹说"燕赵自古出伟男,文韬武略张仲瀚"。张仲瀚描写屯垦戍边题材的诗词,虽然数量不多,但都立足现实、缘事而发,有着极大的影响。比如,在1954年10月,中央决定驻疆人民解放军十万官兵就地转业,组建新疆生产建设兵团,当时部分官兵一时想不通,情绪出现波动,甚至有人要求解甲归田。张仲瀚赋《塞上咏怀》以言志,并以此激励官兵们保卫边疆、建设边疆的斗志。诗云:

　　雄师十万进天山,且守边疆且屯田。塞上江南一样好,何须争入玉门关。

此诗通俗易懂,而又气势磅礴。首二句描写解放军进军新疆、屯垦戍边的豪壮,颇具震撼人心的力量。第三句一转,点明塞上江南都是祖国的大好河山,进而逼出全诗的中心句"何须争入玉门关"。可谓雄视千古、奔放豪迈。末句既是反用班超的典故,也是对唐人戴叔伦《塞上曲》"愿得此身长报国,何须生入玉门关"的化用,

---

① 星汉:《中华诗词文库·新疆诗词卷》,中国文史出版社,2012,第77页。

很有韵味。史载东汉班超投笔从戎,在西域建立了丰功伟绩,但晚年思乡,曾上书朝廷说"臣不敢望到酒泉郡,但愿生入玉门关"。张仲瀚的这首诗写出了解放军战士超越古人的宏伟气魄,抒发了兵团人扎根边疆、建设边疆、奉献终生的豪情壮志。此诗以精神上的乐观进取、风格上的阔大雄浑,一时间在兵团广为传颂,成为鼓舞人心、激励兵团人艰苦创业的动人乐章。这种现实针对性和劝喻感染力,是戴叔伦《塞上曲》难以企及的。

关于此诗,还有一点需要提及,这就是不同版本之间的文字差异。如,胥惠民编注的《现代西域诗钞》首句为"十万雄师进天山",尾句为"何须争进玉门关";唐世政主编的《军垦颂》首句为"雄兵十万进天山",尾句为"何须争入玉门关";唐世政主编《绿洲魂》首句为"雄师十万到天山";星汉主编的《中华诗词文库·新疆诗词卷》首句为"大军十万出天山",第三句为"塞上风光无限好"等等。这种意思相同而字词有异的现象,一方面表明将军诗人并非刻意作诗,往往是缘事而发、兴到随口而吟的创作特点,另一方面也说明此诗流传十分广泛,人们口耳相传,以至于有多种版本出现。

张仲瀚屯垦诗的代表作是《老兵歌》,该诗共有32节,128句,640字,可以称为新疆生产建设兵团的史诗。关于这首诗的体裁,人们的认识不一。由新疆人民出版社1981年出版,乌鲁木齐军区政治部宣传部编的《战旗映天山》,题为《老兵歌》(古风三十二节);由新疆人民出版社1991年出版、胥惠民编注的《现代西域诗钞》,题为《老兵歌》(古风三十章);也有人在研究文章中称之为"古风三十首"。这些版本中诗句的排列,也都是四句一节,显然是把它作为古绝组诗来看待的。由中国文史出版社2012年出版、星汉主编的《中华诗词文库·新疆诗词卷》,只题为《老兵歌》,且将128句联排,显然又是把它作为五言长诗来对待的。细读全诗,我们认为《老兵歌》应该是一首五言长诗。其理由在于:第一,诗歌多数章节之间连接甚密,独立出来则意思不完整;第二,就韵律看,全诗押一个韵脚,不像组诗那样一首一韵;第三,全诗共有32章,就算是拆为古绝,也不合"三十首"之数;第四,最为重要的一点是,作品的叙事抒情是浑然一体的。那么,为什么会出现这样的歧义呢?我们觉得可能与此诗的写作过程有关。据一些零散资料的介绍、记载,此诗应是陆续写成的。最初的创作应在20世纪60年代初,而后又多次补充、修改。直到1979年12月,张仲瀚在"文革"中蒙冤而遭监禁的事件平反昭雪,作者出狱后拖着病体,又作了进一步的加工整理,最终完成了《老兵歌》定稿。由此也可看出作者对兵团事业的执着以及对此诗的看重。

《老兵歌》开端即叙述新疆生产建设兵团的前身和由来："兵出南泥湾,威猛不可挡。身经千百战,高歌进新疆",阐明兵团主体源自进疆的解放军。"兵出南泥湾"一句,进一步强调了王震率领的入疆部队善于屯垦的优良传统。事实上"南泥湾精神"一直是兵团人屯垦戍边、艰苦创业的精神财富,始终激励着兵团将士战天斗地、建设新疆的雄心壮志。接下来描写新疆和平解放,战士们一手拿枪,一手拿镐:"放下我背包,擦好我炮枪。愚公能移山,我开万古荒",开始了屯垦戍边的伟大壮举。全诗对兵团人的艰苦创业以及取得的辉煌成就,给予了形象的描绘和热情洋溢的赞颂。这里有"壮士五湖来,浩浩慨而慷""手舞坎土曼,地窝做营房""将士齐上阵,三军酣战忙"的垦荒场景,有"整地平如镜,凿渠万里长""遍野棉絮白,精心育蚕桑""荒沙变绿洲"的巨变,还有"商店陈百货""场队办五坊"的工商业的兴盛,也有"自办大学堂"的教育发展,从而描绘出兵团"农林牧副渔,工农兵学商"多种经营相得益彰的繁荣局面。以至于"乡人离乡去,十年未还乡。归来惊不识,指问此何方?"诗歌还阐释了兵团人亦军亦民的性质,"似军又似民,衣杂帽无章。坚持'三个队',队队意深长。""三个队"指新疆生产建设兵团既是生产队,又是工作队、战斗队,表明兵团在经济建设、民族团结、巩固国防等方面发挥了大作用。诗歌最后以"兵团多健儿,未离手中枪。边关烽烟起,重新上战场"作结,进一步强调了兵团人和平时期发展经济,烽烟起时戍边卫国的神圣职责。

这首《老兵歌》在艺术上的突出特色是,结构的宏大叙述与日常生活的微观细描紧相结合,从而再现出兵团人的创业史、奋斗史。在赞美兵团人扎根边疆、无私奉献的伟大历史情怀的同时,也彰显着时代的主旋律,以及以崇高为美的情感基调。

纵观将军诗人群体的诗作,数量虽然不多,甚至有些作品从诗艺上看也未必属于上乘,但他们一生对社会的贡献很大,受到人们的真诚爱戴,所以诗作的影响力很强。尤其是他们的作品,如实地记录了新疆解放时期的重大事件,再现了解放军进军新疆的壮举以及各族人民热烈欢迎的盛况,生动地描绘出十万大军就地转业,组建新疆生产建设兵团后的艰苦创业、屯垦戍边、建设边疆的精神风貌与丰功伟绩,彰显着"史诗"价值。而诗中洋溢的艰苦奋斗、慷慨激昂的进取精神,一直激励着后人,也使得新疆当代诗词创作,从一开始就与时代的主旋律以及戍边屯垦结下了不解之缘。在艺术上,由于将军诗人往往无意为诗,只是缘事而发,随口而吟,故而语言通俗明白、率真自然。同时又由于事业的伟大,其诗作往往呈现着气象恢宏、情感豪壮、雄视千古的宏阔境界,进而生成质朴刚健、雄浑慷慨的艺术风貌。这些特点,一直滋养着新疆当代诗词的创作,显现出将军诗人群体的诗词创作,有着不可磨灭的意义与价值。

当然,也正因为将军诗人们往往缘事而发,兴到随口而吟,并非刻意作诗的创作特点,使得他们的诗词题材,主要集中在征战与屯垦戍边,略显单一;而于诗词形式上,则多灵活自由的古体,而少格律严格的近体,也缺乏词体的写作。这种现象,在"文化诗人群体"的诗词创作中得到了改变。

第三章　新疆当代诗词创作的发展
——"文化诗人群体"的诗词创作

与"将军诗人"时代大体相同,还活跃着一批"文化诗人"。具有代表性的作家是王子钝(1903—1992)、王孟扬(1905—1989)、严赓雪(1910—2004)、刘萧无(1913—2004)、朱甸余(1915—1995)、李般木(1915—2006)、陶天白(1916—2008)、欧阳克嶷(1916—1999)、马千希(1921—)、孙钢(1925—2020)等,他们都从事着文化、教育或与之密切相关的事业。比如,刘萧无曾任解放军六军政治部文化部部长、新疆维吾尔自治区党委宣传部副部长、新疆维吾尔自治区文联主席等职,又是中华诗词学会顾问、新疆诗词学会第一、二届会长,出版有《刘萧无诗词选》等。欧阳克嶷曾任新疆文史馆员、乌鲁木齐市第一中学语文教师、民革新疆委员会副秘书长、新疆诗词学会常务副会长、名誉会长,著有《焚余草》《寒灯诗话》等。王子钝曾任新疆文史馆馆员,新疆佛教协会副会长,乌鲁木齐市佛教协会主任,中华诗词学会和新疆诗词学会首届顾问,著有《一粟诗选》。李般木是著名书画家,曾任《西北铁道报》副总编,《新疆铁道报》总编,中国书法家协会理事,中华诗词学会顾问,新疆诗词学会名誉会长,著有《李般木诗书画集》。王孟扬曾任新疆文史馆馆员、中华诗词学会、新疆诗词学会顾问。陶天白,中华人民共和国成立前任张治中将军秘书、中华人民共和国成立后任新疆维吾尔自治区政协委员、新疆伊犁哈萨克自治州教育学院副教授、新疆诗词学会顾问、著有《沙原寸草》《画草旁引》等。朱甸余系新疆八一农学院教授,新疆诗词学会顾问,著有《田余庐吟草存丛》。严赓雪为新疆八一农学院教授、新疆诗词学会顾问。马千希曾任中学高级教师、新疆诗词学会顾问、哈密地区诗词学会会长、《哈密诗词》主编,著有《春雪轩吟草》。孙钢长期从事商业行政管理工作,曾任新疆诗词学会秘书长、名誉会长、乌鲁木齐诗联家协会顾问,主编《当代西域诗词选》(庚辰版)、《昆仑雅韵》,著有《镂冰室吟稿》等。

由于所从事的职业以及人生经历的差异,因此,他们的诗词创作,与将军诗人群体形成了不同的风貌。浓郁的文人气质与文人色彩,是这一群体最突出的共同特征,这既表现在题材的选择与情感的抒发上,也表现在诗词创作艺术技巧的运用上。故而本研究依据诗人外在的职业特点和诗词的内在风貌,将这一创作群体称为"文化诗人群体"。前章所述将军诗人,往往无意为诗,只是兴到随口而吟,故而诗歌题材与情感抒发,主要集中在征战与屯垦戍边,风格上也显得雄浑、质朴。与将军诗人群体相比,文化诗人群体的诗词创作,题材更为多样,情感更加多元,艺术技巧的运用也更为娴熟。在诗艺追求上,由将军诗人的"无意",转向了"自觉",标志着新疆当代诗词创作,在题材扩大的同时,也在艺术上有了进一步的发展。

第一节　题材的多样化与浓郁的文人情怀

就题材论,"文化诗人群体"也写与"将军诗人"类似的题材,比如,咏叹建设边疆的豪情、再现新疆社会发展的巨大变化,等等。如,刘萧无《题新疆〈军垦史志〉》组诗,就是这方面的代表作。我们看一下《题新疆〈军垦史志〉》其二:

> 上将麾兵遣虎符,万夫束甲又荷锄。天埋红柳燃金燧,石破银河落
> 玉珠。苦碛春犁期沃壤,盈眸秋稔尽流酥。雪山南北长蛇阵,谁绘绵延
> 锦绣图。[1]

诗的首联极富气势,把将士们束甲荷锄、屯垦戍边的风姿,描写得虎虎生风。颔联在工稳的对仗中,将开荒屯垦的具体场景展现得历历在目。颈联、尾联描写兵团战士用汗水换来的丰收景象,震撼着读者的心灵。全诗在叙事写景中,高度赞扬

---

[1] 刘萧无:《刘萧无诗词选》,新疆人民出版社,2001,第250页。本章所引刘萧无诗词均见此书。

了新疆生产建设兵团将士们拓荒屯垦、荷枪戍边的功绩。李般木的一些作品,则反映了新疆工业的发展,如《南疆铁路通车》:"彩虹高跨雪峰巅,震耳笛声云里边。牧马扬蹄惊欲走,铁龙穿洞下天山。"在奔放的形象描绘中,再现新疆铁路建设的伟大业绩。其《参观克拉玛依油田一号井》,描写新疆的石油开采也颇为生动,其中"万古荒原一钻开,于今平地起楼台。英雄业绩留青史,不尽石油滚滚来"的画面,在展现新疆巨变的同时,也热情洋溢地赞颂了石油工人的进取奉献精神。至于描写乡村百姓生活的巨大变化,也有许多佳篇,如,刘萧无《伊犁草原漫游口占·尼勒克》:

> 雪山泻出喀什河,河畔人家尼勒克。万民新绘农家乐,羊满滩头麦满坡。

诗中"万民新绘农家乐,羊满滩头麦满坡"的诗意描写,在展示农村巨变的同时,洋溢着浓郁的赞美之情。而《过哈拉吐拜村》"布谷声声午不停,三街六巷尽空庭。只有村头小学校,莘莘一片读书声",则热情洋溢地赞颂着哈拉吐拜村文化教育的发展。

但从整体上看,文化诗人群体的诗词创作,在题材内容上,更多的是写景抒情、酬唱赠答以及咏物、题画等。将军诗人那种战天斗地的宏大叙事结构,不再是"文化诗人群体"诗歌创作的主流,而日常的游览、雅集以及世俗生活中的感受,成了诗歌创作的重要内容,作品的韵味也染上了浓郁的文人色彩。这种文人情趣,在欧阳克巘的作品中表现得十分突出,我们看他的几首短诗:

> 小暑宜高卧,心闲枕簟清。薰风时一拂,吹送卖瓜声。
>
> ——《庚午小暑》
>
> 疏雨谈残暑,微凉夜气清。隔窗虫唧唧,倚枕听秋声。
>
> ——《闻蝈蝈鸣》
>
> 长夏山村世事稀,纸窗梦醒听莺啼。起身缓步柴门外,柳岸泉声日欲西。
>
> ——《山村消夏》

诗歌短小精炼,清新自然,在景物描写中视听结合,以动衬静,富于韵味,充分展示出文人的闲适心态和恬淡情怀。孙钢的《遣兴》"廿四番风次第过,可怜花事已无多。梦随款款蜻蜓去,浅碧池边看小荷",也带有浓郁的文人情趣。这种特点的形成,与他们的气质、学养、职业经历密切相关。由于他们往往取材于充满蓬勃生机的大自然,再通过清新活泼的语言表达出来,故而其诗词作品虽多文人味,但没有书卷气。

描写新疆的自然景物,是这一诗人群体的重要内容。这里既有雄奇奔放的天山、戈壁,又有静谧优美的山水风光。如,王孟扬《自哈密遥观天山积雪》"银顶群峰竞出头,绿杨白雪映新秋。一般季节两般景,谁遣伏冬共入眸。"诗从"观"字落笔,形象地描绘出山顶白雪、山下绿野,迥然有别于江南秀色的新疆景观。正是这种大自然的雄奇,令人产生了难以分辨季节的感受。再如,王子钝的《老风口行》写老风口的暴风雪:"君不见天末风昏老风口,沙石击飞大如斗。天柱动摇地维倾,风狂雪舞来妖精""更闻十骑去不回,雪雺不见人马来,令人含悲复疑猜",在雄奇中透出一种苍凉。孙钢的《库尔勒即目》"孔雀飞来一水斜,白云万朵间红霞。春风三月巴城路,十里香飘处处花",则再现出库尔勒郊外的明媚春光。他们又常常在写景中融入自我,如欧阳克嶷的《青格达湖即事》:

> 白云碧水共悠悠,坐对东山翠欲流。赤鲤不来天过午,蜻蜓飞上钓竿头。[1]

诗写青格达湖垂钓,不仅景色优美,而且清新活泼,富有情趣,使人联想到宋人杨万里山水诗的艺术境界。再如,李般木的《游云栖》:

> 竹林石径绕云烟,古树盘空欲插天。更向清溪深处去,茶亭小坐听山泉。

也在写景中透出作者的闲适与惬意,字里行间荡漾着浓郁的文人情趣。

除描写自然之景外,新疆的风土民情,也在诗人笔下展现得栩栩如生。我们看两首陶天白的《林区小草》:

> 少年跨马走羊肠,荆棘丛中跳跃忙。上坂下坡如平地,防身随带小阿黄。

> ——《林区小草》其三

> 三九天里小哈萨,赤脚披裘雪地爬。拽着绵羊当坐骑,一跤跌倒笑哈哈。

> ——《林区小草》其四[2]

哈萨克族擅长骑马,被称作"马背上的民族"。第一首写哈萨克族少年在羊肠小道骑马的娴熟技能,既有荆棘丛中的跳跃,又有"上坂下坡如平地"的奔驰。而带着能与恶狼作殊死博斗的牧羊犬防身,则显出草原少年的生活智慧。第二首描写牧

---

① 星汉主编《中华诗词文库·新疆诗词卷》,中国文史出版社,2012,第183页。

② 胥惠民编注《现代西域诗钞》,新疆人民出版社,1991,第175页。

区哈萨克族孩童,因年幼还不能骑马而骑羊嬉戏的情景,不仅画面生动、形象逼真,而且在幽默诙谐中,将孩童的活泼可爱,描绘得妙趣横生。

历代文人往往喜欢托物言志,故而在中国文学史上,咏物诗的创作蔚成大观。在新疆当代诗词创作中,"文化诗人群体"也有许多咏物之作。如王子钝的七律《雪莲》:

> 五月天山雪未消,天山风定雪莲骄。亭亭玉立呈瑶质,凛凛银装仰锦标。雨露羞沾花裹面,淤泥不染叶围腰。冒寒莫比袁安卧,溽暑应亲远市嚣。[1]

全诗极力渲染雪莲的耐寒英姿和甘于寂寞的高洁,而作者的性情跃然纸上。而《金黄菊》"秋风秋雨逼重阳,秋圃寒英不厌黄。料得归根黄满地,碎花还作碎金香",也是在状物的同时,融入了刚健人格、坚贞气节的寄托。

文化诗人们常常于生活中司空见惯的物象,感悟到一种哲理,表现着文人善于思考的特点。如:

> 冰花幅幅透玲珑,百怪千奇景不同。枉费心机夸巧笔,看来大巧是天公。
>
> ——欧阳克巍《咏窗上冰花》
>
> 对景俱成幻,看花总失真。百年空论世,都似雾中人。
>
> ——欧阳克巍《雾》[2]
>
> 无根无骨又无华,凭借柔丝往上爬。强吮禾苗精与液,育肥自己损人家。
>
> ——王延龄《题菟丝子》
>
> 生不逢辰命太娇,可怜身系碧丝绦。一朝挣脱他人手,敢与苍鹰试比高。
>
> ——王延龄《风筝怨》

窗上冰花,清晨大雾的景象,在新疆极为平常,人人皆见。但诗人却从中悟出一种道理,在情趣盎然中,给人以哲理启迪。"菟丝子"依附于其他植物才能生长,那"凭借柔丝往上爬""育肥自己损人家"的特点,自然会让读者联想到社会上的某些人。而《风筝怨》所描写的情景,也给人带来许多遐想和感悟。

---

[1] 星汉主编《中华诗词文库·新疆诗词卷》,中国文史出版社,2012,第18页。
[2] 星汉主编《中华诗词文库·新疆诗词卷》,中国文史出版社,2012,第182页。

文人们喜欢交往、聚会,谈文论艺,于是就出现了大量的酬唱题赠诗。这一诗人群体几乎每人都有此类题材的作品。如,刘萧无有《步原韵祝严赓老九十寿辰》《赠任晨》《寿李般老》,李般木有《和萧老游园绝句》《赠冯其庸先生》《子钝老一粟诗选读后》《步韵和克巉先生元日偶书》,王子钝有《酬刘公萧无》,王孟扬有《奉和王子钝诗翁见赠七律二首》《奉和竹夫国庆新诗七律一首》,孙增礼有《恭和严庚雪教授八十抒怀》,马千希有《谢欧阳公赠〈焚馀草〉》,欧阳克巉有《谢李般木先生惠赠山水立轴》,严赓雪有《题欧阳克巉先生〈焚馀草〉二首》《谢陈雅初兄赐赠墨兰及篆书》,孙钢有《题姚文忠先生〈太平吟诗集〉》《西园感事呈般萧诸老》《赠延龄先生》,等等。这类作品既表现了朋友之间谈文论艺的深厚友谊,也在回忆过去中伴随着美好的祝愿。在凸显传统诗词实用功能的同时,更多地表现出文人诗的特点。

文化诗人群体往往有着较深的国学功底,大多诗、书、画兼擅,故而有不少的题画诗。王子钝有《题清代王云青绿山水册》《为友人画葡萄图感题》等,而其《题邢鸿获先生百雁图》三绝句中的"切切似闻群雁语""我爱先生无墨处,惊寒雁阵唳苍穹""一幅图成群雁起,通灵不觉太虚宽"等,都在鉴赏中传达出画外之意。李般木有《题门成烈鱼乐图》《题画梅》《题门成烈百鱼长卷》等,其《题画山水》云:

依山筑阁对飞泉,绝壁丹崖绕翠岚。偶至观云亭上坐,空濛雨气不胜寒。[①]

诗歌既描画中景,又传画外音,诗画合璧,相得益彰。孙钢的《题画》"凤竹夜萧萧,诗心共寂寥。檐间孤月堕,倚槛自吹箫",也是通过生动的画面引人遐想,把读者带入一种寂寥孤独而又自我慰藉的情境之中,韵味深长。

综上所述,可以看出,文化诗人群体与将军诗人群体相比,在诗的题材内容方面,有了很大开拓。

第二节　诗艺娴熟与擅长用典的艺术风貌

文化诗人群体不仅在诗歌题材上有了较大拓展,而且就传统诗词的形式运用

---

① 星汉主编《中华诗词文库·新疆诗词卷》,中国文史出版社,2012,第140页。

来说,也是众体皆备。诸如古风、歌行、律诗、绝句、词、散曲等,可谓佳作纷呈。比如,刘萧无《题石蟾葡萄百穗图》、王子钝《雨后登博格达山》、欧阳克嶷《小园》等,都是古体诗的名篇;王子钝《老风口行》、李般木《题门成烈百鱼长卷》等,则是歌行体的代表作;刘萧无的《八声甘州·沙枣》《贺新郎·红柳》,欧阳克嶷的《蝶恋花·题方国礼先生〈罗布泊诗草〉》《八声甘州·挽王洛宾先生》等,可谓词中佳构。此外,刘萧无的【正宫·小梁州】《咏雪》【南吕·四块玉】等散曲作品,也为当代诗坛增添了光彩。

纵观新疆当代"文化诗人群体"的诗词创作,以近体诗的成就为最高。严谨的格律,不但没有束缚他们的手脚,反而彰显出他们出众的才华和娴熟的创作技巧。这一特点,恰如闻一多先生所说:"越有魄力的作家,越是要戴着脚镣跳舞才跳得痛快,跳得好。只有不会跳舞的才怪脚镣碍事,只有不会作诗的人才感觉得到格律的束缚。对于不会作诗的,格律是表现的障碍物;对于一个作家,格律便成了表现的利器。"[①]文化诗人群体都娴熟格律,文化功底深厚。他们的近体诗,在艺术上最突出的特点是对仗工稳,喜欢用典。

文化诗人群体追求诗艺的提升,所以对近体诗的对仗十分讲究,这是因为律诗的思想性、艺术性,在很大程度上是靠对偶句来体现的。律诗的中间两联,在篇幅上占了整首诗的一半,是全诗的"主干",同时还凝聚着全诗的精华。所以律诗对仗的好坏,往往成为诗篇优劣的关键。古往今来流传的众多警句名言,多出于律诗的对偶,就充分说明了这一点。

文化诗人群体在律诗创作中,往往凭借其才学,殚思竭虑,推敲锤炼,营造着工稳的对仗。如欧阳克嶷的七律《谢李般木先生惠赠山水立轴》中间两联云:"绝巘松涛闲啸月,危崖塔影静观云。一篙破绿随渔父,三径通幽访隐君。"在工稳的对仗中,人物的情态、襟怀跃然纸上,读之令人脱俗。五律《黄叶》中间两联云:"孤城红日暮,远岫白云深。倦鸟归何急,渊鱼察已沉。"该诗不仅色彩对比鲜明,而且动静结合,诗歌境界的优美,显然得力于对仗的精彩。五律《题于钟珩先生〈墨梅图〉》颔联云:"雪压香愈烈,霜欺韵更高。"也是对仗工稳,意境极佳,在突出梅花内在神韵的同时,蕴含着一种愈挫愈刚强、越压越坚韧的生活哲理。其他如,"檐花分野趣,雁翼助乡愁。守拙身能健,劳生志未酬"(五律《孤云》),"胡杨笄翠撑天

---

① 闻一多:《诗的格律》,《晨报副刊·诗镌》1926年5月13日第7号。转引自杨匡汉、刘福春编《中国现代诗论》上编,花城出版社,1985,第121页。

长,沙枣飘香扑鼻来。雪岭远通回雁嶂,青湖新筑钓鱼台"(七律《野望》)等对仗工稳的诗句,在其诗作中可谓比比皆是。

文化诗人群体的律诗对仗,在工稳中又透出一种生动、奇巧。如,王子钝五律《库尔勒道中》,其颔联"屋红花染色,门绿柳垂阴",以鲜明的色彩,再现出一种火热而又恬静田园风光,令人神往。五律《塞上秋日》中间两联"天山横朔气,瀚海不生潮。雁阵衡峰远,驼鸣绝域遥",描写塞上秋日所见,境界高远。七律《雪莲》颈联云:"雨露羞沾花裹面,淤泥不染叶围腰。"不仅状物形象生动,而且突出了雪莲的高洁。其他如,刘萧无《书怀》颔联云:"有限文章无限泪,一床明月半床书。"出句"有限""无限"并举,对句"一床""半床"相应,不仅工稳巧妙,而且感情浓郁,动人心扉。马千希五律《将军湖》中间两联云:"绿树重重玉,飞泉串串珠。连波翠竹袅,接榭紫岚舒。"形象地再现了将军湖的优美景色。至于李般木《雪后北庭雅集》中间两联"梨花满树千山白,美酒盈樽一座香。欲赋小诗讴盛世,拈来险韵索枯肠",则在工稳流畅中透着一种诙谐,生活气息极浓。

律诗那些句式整齐、结构精美、声调和谐的"对仗",本来是诗歌创作的难点,但在文化诗人群体的笔下,竟成了大放异彩的地方。尤其是诗人们对律诗中对仗的经营,已经由单纯的"技巧"上升到了"艺术"的层面,也就是说借助诗歌"对仗",创造出优美的意境,从而使诗歌不仅悦耳动听,而且蕴含深厚,富有艺术张力,使读者在抑扬顿挫、回环往复的形式美和声韵美中,感受到古体诗歌的动人魅力。这些正显示出老一辈诗人的诗词创作功底。

典故承载着历史传统与人文情怀的丰厚信息,故而在诗词创作中,人们往往直接或间接地援引神话传说、历史故事,或者化用前人的诗文名句,来表达自己的某种思绪与情怀,使诗词的意蕴更加丰富、含蓄、深刻。文化诗人群体由于读书多,再加上特有的人文情趣,所以诗词中出现了大量的典故。在古为今用的创作实践中,使得诗词呈现出典雅凝练而又蕴藉含蓄的特色,不仅言近旨远,扩大了诗词的容量,而且增添了诗词语言的文雅风味。刘萧无、王子钝、欧阳克巃、马千希、孙钢等都是善于用典的当代诗人。

先看刘萧无的《感事一首用唐昭防先生韵并答》:

> 寄迹西陲托塞沙,三间庐屋喜为家。身无长物羞弹铗,座有良朋共品茶。一枕诗思常祭獭,半池水墨乱涂鸦。搔头尤爱线丝雪,春雨春风满鬓华。

诗写作者生活的闲适与惬意。中间两联用了四个典故,在彰显文人情趣的同时,也增加了诗歌的文化厚重感。颔联出句"身无长物"的典故出自南朝刘义庆《世说新语·德行》,故事讲的是王大去看望从会稽回来的王恭,见到王恭坐着一张六尺长的竹席,就说:"你从东边回来,一定有很多这种东西,能不能给我一条。"王恭没有回答。王大离开之后,王恭就把坐着的这张席子送给了王大,自己坐在草垫上。后来王大听说此事,十分吃惊,对王恭说:"我本来以为你有很多呢,所以才要的。"王恭道:"丈人不悉恭,恭作人无长物。"意思是"您不了解我啊,我除自身外没有多余的东西。"诗中借"身无长物"来形容自己的清贫,典雅而含蓄。颔联出句"弹铗"的典故,出自《战国策·齐策》:孟尝君的食客冯谖因不满意自己的待遇,"倚柱弹其剑,歌曰:'长铗归来乎! 食无鱼。'左右以告。孟尝君曰:'食之,比门下之客。'居有顷,复弹其铗,歌曰:'长铗归来乎! 出无车。'左右皆笑之,以告。孟尝君曰:'为之驾,比门下之车客'。后有顷,复弹其剑铗,歌曰:"长铗归来乎! 无以为家。"后来人们常用"弹铗"比喻有所求。此诗中作者以"羞弹铗",来表明自己安贫乐道、羞于干谒的情怀。颈联中出句的"祭獭",是"獭祭"的倒文,典出《礼记·月令》:"东风解冻,蛰虫始振,鱼上冰,獭祭鱼。"獭是一种两栖动物,食鱼前习惯于将捕到的鱼排列在岸上,很像祭祀陈列的供品,所以称之为獭祭。这种排列的现象,含有堆砌之意。后人便用来比喻文章中堆砌辞藻或罗列典故。在宋代笔记《杨文公谈苑》中,曾提到唐朝诗人李商隐被人戏称为"獭祭鱼",就是因为李商隐写作诗文好用典故,常常像獭摆放鱼那样,把许多书摊在屋子里。刘萧无在诗中说"一枕诗思常祭獭",是说自己作诗喜欢用典故,带有自嘲的意思。颈联中对句的"涂鸦",典出唐人卢仝《示添丁》诗:"忽来案上翻墨汁,涂抹诗书如老鸦。"后来人们用"涂鸦"形容绘画、写作的随意、拙劣。诗中用此典故显然带有戏谑、自谦的意思,增添了诗歌的风趣感。

再如刘萧无《闻王子钝诗集出版喜赋长句》:

> 书生投笔不从戎,绝塞弹冠百里中。无术回天拯火热,逆鳞逃世叹
> 途穷。诗肠吟到东方白,佛海今传长者风。欲问昆山谁大老,等身著作
> 最青松。

作者由王子钝诗集出版所产生的喜悦,联想到王子钝的人生经历,并予以形象的概括。诗歌前四句,描写王子钝在中华人民共和国成立前的坎坷遭遇;后四句写其1949年后,诗词创作的突出成就及佛学研究的精深造诣。诗歌首联、颔联连用四个典故,形象地再现了王子钝前半生的经历。"投笔"的典故出自《后汉书·班超传》,班超曾言:"大丈夫无他志略,犹当效傅介子,张骞立功异域,以取封侯,安能

久事笔砚间乎?"后来"投笔从戎"就成了文人从军的代名词。此处诗人反用班超投笔从戎的典故,说王子钝虽然"投笔"到了西域,但并未从军,而是进入了官场。接下来用"弹冠百里中"写王子钝仕途的不顺。"弹冠"典出《汉书·王吉传》:"吉与贡禹为友,世称'王阳在位,贡禹弹冠。'"比喻友人做官后,其他人互相庆贺,认为自己也将有官可做。"百里中"化用《战国策·秦策五》"行百里者半于九十"的句子。诗中借此比喻王子钝在仕途上接近成功而最终未能如愿。"逆鳞"的典故出自《韩非子》卷四《说难》:"夫龙之为虫也,柔可狎而骑也;然其喉下有逆鳞径尺,若人有婴之者,则必杀人。人主亦有逆鳞,说者能无婴人主之逆鳞,则几矣。"诗中借典故的暗示,委婉地道出了王子钝性情刚直、仕途蹉跎的原因。

刘萧无一些抒情、纪实之作也往往借助典故,如《书怀》:

悲歌燕市岂无屠,燕颔而飞亦丈夫。有限文章无限泪,一床明月半床书。沙场九死头颅在,瀚海余生意气舒。吐孜沟中晨月落,青山是处足容予。

此诗于"吐孜沟"句有作者自注:"吐孜沟,吐孜阿克内沟之简称,亦曰小西湖。在克拉玛依市北部,为石油工人墓葬之地。"在克拉玛依油田开发建设时期,诗人曾在油田任职,吐孜沟墓地安葬着自己的战友。全诗描述人生经历,抒发自我情怀。首联"燕市悲歌"的典故出自《史记·刺客列传》:"荆轲既至燕,爱燕之狗屠及善击筑者高渐离。荆轲嗜酒,日与狗屠及高渐离饮于燕市,酒酣以往,高渐离击筑,荆轲和而歌于市中,相乐也,已而相泣。"后人往往用"燕市悲歌"借指朋友间的友谊以及"燕赵多慷慨悲歌之士"。"燕颔"的典故出自《后汉书·班超传》。有一相面人曾对班超说:"生燕颔虎颈,飞而食肉,此万里侯相也。"后来班超立功西域,封为定远侯。诗中运用"燕市悲歌"以及班超立功西域的典故抒发报国志向。再如《题新疆〈军垦史志〉其四》,在赞美兵团将士屯垦戍边业绩的同时,运用典故来鼓励兵团年轻人再创辉煌。诗云:

农牧工商百业全,缤纷史话叙艰难。升平未必非沙幛,血汗长留育后贤。前路正如鹏鸟翼,许身仍赖祖生鞭。深山盆地都藏宝,脱颖才华不计年。

颈联的两个典故,表达了作者对兵团人的殷切期望。出句"鹏鸟翼"的典故出自庄子《逍遥游》:"鹏之背,不知其几千里也;怒而飞,其翼若垂天之云。"这里借指新一代兵团人犹如鲲鹏展翅,前程万里。对句"祖生鞭",运用的是晋朝刘琨励志进取的典故。《晋书》卷六十二《刘琨列传》记载:刘琨年轻有为,胸怀大志,好友祖逖被选拔为官,刘琨誓言要像祖逖那样为国分忧,曾说:"吾枕戈待旦,志枭逆虏,常恐祖生先吾著鞭。"诗中用"祖生鞭"的典故,表达希望兵团年轻人继承前辈努力奋斗、积极进取的情怀。至于一些祝寿诗词也往往借用典故来抒发情怀。如《步原韵祝严赓老九十寿辰》颔联云:"立雪有门培学子,长吟无己颂丰年。"即用《宋史·杨时传》记载的游酢、杨时见程颐时"程门立雪"的典故,借此赞美严赓雪先生学识渊博、教书育人、深受学生敬仰的精神风貌。

欧阳克巉的诗词创作,也喜欢运用典故来抒情。最具代表性的是其五言古诗《小园》:

> 东风连日吹,小园泛新绿。榆梗初回青,柳蘗亦已复。桃杏欲争春,蓓蕾早成簇。黄鸟鸣枝头,小犬戏相逐。感此生意欣,遂自忘羁独。晨起深吐纳,不求龟与鹿。随缘饱蔬茹,不嗟食无肉。当窗理盆花,时还拣书读。哦吟将短髭,夜阑更秉烛。昔闻阮嗣宗,途穷仰天哭。荷锸刘伯伦,醉死即埋谷。其后陶渊明,东篱采寒菊。栗里与竹林,借酒逃世俗。却美张子房,功成学辟谷。代谢人事繁,老马甘枥伏。吾生一腐儒,徽幸沾微禄。略胜原宪贫,安闲颇知足。得失那可凭,无祸即为福。古今禅指间,聊适耳与目。将寿补蹉跎,期颐庶可卜。

此诗首先以清新生动的语言,描绘大地回春、小园泛绿的蓬勃生机,犹如一幅优美的水墨画,令人心旷神怡。接下来描摹自己随缘、闲适的生活与恬淡宁静的心态。尤其是描写自己的心态连用了七个典故,使得诗歌有了历史的纵深感。"不嗟食无肉"句,反用孟尝君食客冯谖因不满于自己的待遇而"倚柱弹其剑歌曰:'长铗归来乎! 食无鱼。'"的典故(事见《战国策·齐策》),表明自己随遇而安的情怀。"昔闻阮嗣宗,途穷仰天哭",用阮籍的典故。《晋书》卷四十九《阮籍列传》记载:阮籍"时率意独驾,不由径路,车迹所穷,辄恸哭而反。"后人常以用来比喻内心郁闷,处境困窘或走投无路。"荷锸刘伯伦,醉死即埋谷"句,用刘伶的典故。《晋书·刘伶传》载:"(刘伶)常乘鹿车,携一壶酒,使人荷锸而随之,谓曰:'死便埋我。'"作者在这里显然反用阮籍、刘伶的典故,表明自己既不会像阮籍那样内心郁闷、穷途而哭,也不会像刘伶那样放荡不羁、借酒浇愁,显示出作者平和的心态。"栗里"是东晋大诗人陶渊明的居处。李白《戏赠郑溧阳》云:"陶令日日醉,不知五柳春。素琴本无弦,漉酒用葛巾。清风北窗下,自谓羲皇人。何时到栗里,一见平生亲。""竹林"用竹林七贤的典故。史载曹魏正始年间,嵇康、阮籍、山涛、向秀、刘伶、王戎及阮咸七人,常在山阳县竹林之下喝酒、纵歌,肆意酣畅,世谓"竹林七贤"。"栗里与竹林,借酒逃世俗"两句是说自己也不会像陶渊明、竹林七贤那样纵酒避世,自己羡慕的是像"汉初三杰"之一张良(字子房)那样功成身退,辟谷养生(事见《史记·留侯世家》)。"原宪贫"典出《庄子·杂篇·让王》:"原宪居鲁,环堵之室,茨以生草,蓬户不完,桑以为枢而瓮牖,二室,褐以为塞,上漏下湿,匡坐而弦……子贡曰:'嘻! 先生何病?'原宪应之曰:'宪闻之:无财谓之贫,学而不能行谓之病。今宪,贫也,非病也。'"诗中用"略胜原宪贫",表达了作者自我欣慰、安贫乐道的淡泊情怀。诗中的七个典故,既有正用,也有反用,在铺排对比中,不仅恰当地表达了作者热爱生活而又恬淡平和的心态,也使诗歌染上了浓郁的文化底蕴。

赠答诗本来就是文人交往的产物,故而借用典故抒情也就成了常态。如欧阳克巍的《赠伍乘森》:

　　壮岁支边不顾家,雕章缋句骋才华。榆沟桃李沾新露,桂海风涛渡暮槎。抱璞几时惊俗眼,遗珠何日散余霞? 丈夫岂洒临岐泪,回首东南望眼赊。

此诗为送别之作。诗歌概括了伍乘森壮岁支边,在新疆从事教育多年而返乡的经历。诗中对其精神风貌、出众的文才,给予了热情洋溢的直接称赞,而对其遭遇的同情,则用了两个典故予以委婉的表达。颈联出句"抱璞",典出《韩非子·和氏》:"春秋时,楚人卞和献璞玉于厉王,玉工说:'石也'。厉王以和为诳,断其左足。武王时复献之,又以为石,断其右足。文王即位,和抱璞哭泣于楚山之下,泪尽继之以血。文王乃使玉工剖其璞,得美玉。"诗中以卞和"抱璞而泣",比喻伍乘森的不顺。对句"遗珠",典出《新唐书·狄仁杰传》:"仲尼称观过知仁,君可谓沧海遗珠矣。"本指大海里的珍珠被采珠人所遗漏,诗中用来比喻伍乘森的才学被埋没。尾联的"临岐泪",则化用了王勃《送杜少府之任蜀川》"无为在歧路,儿女共沾巾"的诗意,表达送别时对朋友的鼓励。

王子钝也是传统文化功底深厚的诗人,其诗用典技巧纯熟,表情达意恰到好处。如《乙未重九登红山》其一:

　　慕效龙沙眺虎头,不同禊典问初秋。高山流水知音少,白雪阳春吾道优。风雨满城邻老句,茱萸此会少陵酬。凌云骋目超千里,犹似前贤更上楼。

诗歌描写重阳节友朋相聚、登红山远眺的情景。首句化用唐代权德舆《腊日龙沙会绝句》中的典故,权诗云:"帘外寒江千里色,林中樽酒七人期。宁知腊日龙沙会,却胜重阳落帽时。"描写腊八节朋友聚会的情景,其中"重阳落帽"用《晋书·孟嘉传》中的典故,说的是孟嘉与桓温等人九月九日登龙山游玩,风吹帽落,而孟嘉饮酒著文、浑然不觉、其文甚美、四座嗟叹的故事。王子钝诗歌开篇即用此典,表明重阳节与腊八节虽然"禊典"不同,但效慕前贤、登高赋诗的雅兴却是一样的。颔联出句用《列子·汤问》中的典故:"伯牙鼓琴,志在登高山,钟子期曰:'善哉!峨峨兮若泰山!'志在流水,钟子期曰:'善哉!洋洋兮若江河。'"这句是说,诗人们的雅兴,世俗之人未必理解,借此表达缺少知音的情怀。颔联对句用宋玉《对楚王问》中的典故:"客有歌于郢中者,其始曰:《下里》《巴人》,国中属而和者数千人……其为《阳春》《白雪》,国中属而和者不过数十人。"说明文人登高赋诗的情景也是曲高和寡,在感慨中透出一种文人的自负。颈联出句用宋代潘大临重阳节前赋诗一句,而后人多有续写的典故。潘大临,字邠老。据《冷斋夜话》记载:"黄州潘大临工诗,有佳句,然贫甚。东坡、山谷尤喜之。临川谢无逸以书问:'近新作诗否?'潘答书曰:'秋来景物,件件是诗思,恨为俗气所蔽翳。昨日清卧,闻搅林风雨声,遂起题壁曰"满城风雨近重阳",忽催税人至,令人败思,止此一句奉寄。'"后潘大临病故,其好友谢无逸遂用邠老之句,广为三绝,题为《续潘邠老句》,首句皆为"满城风雨近重阳"。而后历代诗人借用此句续写者甚多。颈联对句化用王维《九月九日忆山东兄弟》"遥知兄弟登高处,遍插茱萸少一人"诗意。"少陵"即唐代大诗人杜甫,有《九日五首》等描写重阳节的诗歌。王子钝这两句诗拈出古代文人重阳节登高赋诗的典故,意在表明追慕前贤的情怀。短短一首律诗,用了六个典故,其诗作的文人色彩,也就可见一斑了。

王子钝甚至在写景诗中也喜欢用典。如《博格达山八景》之《木笔书天》:

大笔插云表,昆仑气脉连。字成仓圣后,书法右军先。点点鸦团树,

行行雁阵天。应知天作纸,锦绣写星联。

诗前有小序云:"昔年海中有小岛,岛上有小松,向空摇拂,如书天作字。"颔联"仓圣"指仓颉,黄帝的史官,传说是汉字的创造者。"右军"指晋代大书法家王羲之,曾官右军将军,故称"王右军"。典故的运用使得自然风光带上了人文色彩。而其《博格达山八景》之《洪流出峡》尾联"仲尼兴逝叹,我喜荡心胸",用《论语·子罕篇》"子在川上曰,逝者如斯夫。不舍昼夜"的典故,也带有同样的特点。其他如,《酬刘公萧无》颈联"致仕羡君三不朽,虚声误我百行艰"中的"三不朽",用《左传》"太上有立德,其次有立功,其次有立言,虽久不废,此之谓不朽"的典故,称赞刘萧无一生立德、立功、立言,为世人树立了榜样。尾联"追随自慊风骚晚,下里焉能比璩玗""下里"用宋玉《对楚王问》中的典故,即"下里巴人",是古代楚国歌曲名,泛指

通俗、大众化的作品。此处为作者的自谦之词。其《焉耆和硕马》颈联"伏枥心不死,识途意可夸",用曹操《步出夏门行》"老骥伏枥,志在千里"诗意;尾联"惟怜无伯乐,徒自困盐车",用《战国策·楚策四》中伯乐与千里马的故事。《老风口行》中"九月风口断来去,风威列子不能御",反用《庄子·逍遥游》中"夫列子御风而行,泠然善也"的典故。其诗集中如此者尚多,不再赘述。

马千希用典也很老练。如《春怀》:

> 市隐馀生亦大难,清心自守地天宽。燃藜论道嘲龙悔,扪虱谈经诚
> 鹃欢。涧底苍松持晚节,胸中铁甲息微澜。镜花园里人皆笑,怀璧临风
> 令胆寒。

此诗为春日抒怀之作。首联的"市隐",典出《晋书》卷八十二《邓粲列传》:"夫隐之为道,朝亦可隐,市亦可隐。隐初在我,不在于物。"诗人借此比喻自己隐居于喧嚣的城市并不是一件容易的事情,唯有清心自守才会心态平和。颔联用两个典故描写自己的生活情趣与处世风度。"燃藜"用汉代刘向的典故。晋王嘉《拾遗记》载:"刘向于成帝之末,校书天禄阁,专精覃思。夜,有老人着黄衣,植青藜杖,登阁而进,见向暗中独坐诵书。老父乃吹杖端,烟然,因以见向,说开辟已前。"诗中以"燃藜"比喻夜晚读书以及与朋友论道的情景。"扪虱"句用东晋名士王猛的典故。《太平御览》卷九五一引《续晋阳秋》曰:"咸阳王猛,被缊袍而诣桓温,面谈当时之事。猛扪虱而言,旁若无人,温察而奇之。"王猛披着旧袍子面见桓温,一边捉身上的蚤子一边谈论政事,旁若无人。后世往往用来形容谈吐从容,无所畏忌。诗中用此来表现一种处世的风度。其《国花选举梅花落选赋感》,抒发自己因梅花在国花选举中落选而产生的郁闷情怀。典故的使用,则增添了诗歌意蕴的厚重感。诗云:

> 欺寒叱雪总精神,暗以清香濯世尘。笔遣苏黄篆金轴,词驱贾马纵
> 豪呻。趋炎俗眼难谐格,逐利诗盲岂识魂。自古幽人隐岩穴,湖山俊彦
> 益相亲。

诗歌颔联通过"苏黄贾马"等历代文豪对梅花的吟咏,揭示出梅花在历代文人心目中的地位。"苏"指宋代工诗词书画的大文豪苏轼。苏轼一生作有咏梅诗共计42首,不仅对"梅"描绘神似,而且把自身的思想和人生理想寄寓在"梅"的形象中,使梅具有了人文精神,提升了梅的审美意蕴。"黄"指黄庭坚,是"江西诗派"的开山鼻祖,诗与苏轼并称"苏黄",书法则与苏轼、米芾、蔡襄并称为"宋代四大家"。曾因盛叹花光寺住持仲仁所画梅花,而成为艺术史上的佳话。"贾"指贾谊,西汉著名文学家,少有才名,鲁迅曾称其文章为"西汉鸿文"。"马"指西汉大辞赋家司马相如。

这里借贾谊、司马相如代指富有才学的历代文人。诗中拈出苏、黄、贾、马，意在表明梅花受到历代文人以及社会的喜爱，进而充实了全诗所描写的梅花斗雪傲寒的坚韧品质，以及"暗以清香濯世尘"的熏染功能。

孙钢的用典也往往流畅贯通，恰到好处。如《西园感事》：

> 昆仑结社惜须臾，回首西园雅集初。眼底花光犹仿佛，吟边耆旧半凋疏。思凌鲍谢曾题柱，律斗阴何竞缀琚。他日诗坛留故事，未名楼对未名湖。

诗歌回忆昆仑诗社成立时群贤西园雅集时的情景。颈联连用了五个典故。"鲍"指鲍照，是南朝刘宋时著名诗人，与颜延之、谢灵运并称"元嘉三大家"，其诗歌创作对唐代七言诗的发展与繁荣产生了重要影响。"谢"指谢朓，是南朝齐时杰出的山水诗人，曾与沈约等共创"永明体"，开启唐代律诗之先河。"题柱"用西汉大才子司马相如的典故。晋·常璩《华阳国志》载："升迁桥在成都县北十里……司马相如初入长安，题桥柱曰：'不乘驷马高车不过此桥'。""何"指何逊，南朝梁诗人，其诗善于写景，工于炼字，为杜甫所推许，与阴铿齐名，世称"阴何。""阴"指阴铿，南朝梁、陈时著名诗人，诗歌风格同与何逊相似。诗歌以"思凌"关联鲍照、谢朓、司马相如，以"律斗"绾结何逊、阴铿，热情洋溢地渲染了昆仑诗社成立时群贤雅集、吟诗作赋、争奇斗艳的情景。再如《赠延龄先生》，诗歌描写"难回逝水惜年华"的情趣，而颈联"人生几历华严劫，世味寻思陆羽茶"用了两个典故，来表达人生苦短、潇洒自适的情怀。诗中的"华严"，即为中国佛教宗派之一的华严宗。劫，也是佛教名词，意为极久远的时间。陆羽是唐代著名的茶学专家，被誉为"茶仙""茶圣"，此处用"陆羽茶"代指名茶。其《偶然早起瞥见朝霞》写晨起倚楼看到霞染博格达山峰而诗情满怀的情景。颈联"体物老昀情入妙，高吟小谢韵如流"中的"老昀"，即纪昀，曾于乾隆三十三年被流放乌鲁木齐，著有《乌鲁木齐杂诗》，"小谢"即南朝诗人谢朓，与谢灵运并称为"大小谢"，是山水诗的杰出诗人。诗歌用纪昀与谢朓的典故，表达"人生何用伤寥寂，绝域风光笔底收"的情怀，可谓蕴藉含蓄。

其他如，胡云梯《友人邀酌》，描写友人邀酌、奏曲吹箫、开怀畅饮的情景。颈联"酡笑刘伶行荷锸，穷思陶令不弯腰"，用了两个典故表达自己的情致。既描述了刘伶放浪形骸的可笑，又表达了对为人清高、富有骨气、不为利禄所动的陶渊明的向往，诗人蔑视趋炎附势的情怀跃然纸上。再如，王延龄《偶悟》描写深夜无眠、仰视残月，回忆平生经历而有所感悟的情怀。颈联"心仪夸父追红日，身效刑天战绿州",也用典故抒发早年执着追求与艰苦奋斗的情志。出句用《山海经·海外北经》夸父逐日的典故:"夸父与日逐走,入日;渴,欲得饮,饮于河、渭;河、渭不足,北饮大泽。未至,道渴而死。弃其杖,化为邓林。"诗人借此神话故事表达了对光明和理想的追求。颈联对句用《山海经·海外西经》的典故:"刑天与帝争神,帝断其首,葬之于常羊之山。乃以乳为目,以脐为口,操干戚以舞。"后来刑天便成了战斗不已的猛士的象征。陶渊明在《读山海经》中曾感叹:"刑天舞干戚,猛志固常在。"王延龄借此诗表达自己在戈壁绿洲战天斗地、建设边疆的经历以及永不妥协的奋斗精神。

从上述分析可以看出,新疆当代诗词创作中的文化诗人群体,无论是抒怀、写景、赠答、咏物,还是描写时事,都喜欢借用典故来抒情,而且既有明用、正用,也有暗用、反用,显示着用典策略的多样性。从情感表达来说,这些典故的运用,一方面深化了作者所咏叹的思想情怀,另一方面也寄托着诗人们尚友古人的人文情趣。比如,对夸父、刑天、班超、祖逖,以及对陶渊明等诗人的深刻认同,正说明了这一特点。而从艺术功能上来讲,这些典故的运用,不仅使得诗歌语言更加凝练、文雅,而且使诗歌的意蕴更加丰富厚重,增强了诗歌的历史纵深感。至于典故的来源,可以说从远古的神话,到清代的文人趣事都有引用,而尤以魏晋南北朝的典故出现的频率为最多。这一方面在于魏晋时代是"人的觉醒"时期,文人们热爱自然,追求率性而为,形成了雅集纵酒、放诞不羁的"魏晋风度",成为后世文人津津乐道的话题。另一方面也表明,文化诗人群体更为崇尚蔑视礼法、张扬个性的人文情怀。当然,有些典故过偏、过僻,也影响着普通读者对作品的阅读。

总之,文化诗人群体对典故的喜爱与熟练运用,表面上看是因为他们有着丰厚的文化底蕴与娴熟的创作技巧,而深层则蕴含着对传统文化的认同,以及对传统文人心态的追慕。文化诗人群体的创作,对新疆当代诗词创作的贡献,在于题材的扩大,艺术的精致以及人文色彩的浓郁等。在彰显新疆当代诗词创作成就的同时,也为新疆当代诗词创作的进一步发展,提供了借鉴,树立了榜样。新疆诗词学会原会长王爱山在《忆秦娥·哀悼李般木先生》中说:"耕耘翰墨情缘结,承前启后功难没。"虽然是就李般木先生而言,但也可以看作是对文化诗人群体在新疆当代诗词创作中的地位与贡献的概括。

第四章　新疆当代诗词创作的繁荣
——"新时期"诗词创作的五彩缤纷

从一般意义而言,任何区域文学的发展,都不可能游离于时代之外,都会受到一定时期文化氛围的浸润和影响。新疆当代诗词创作,也是如此。由第二、第三两章的论述可以看出,"将军诗人群体"的宏大叙事、激昂慷慨的情怀表达以及通俗质朴的语言风貌,与"文化诗人群体"有意为诗,精雕细刻,声情并茂,富于韵味的诗艺追求,共同为新疆当代诗词的发展,提供了内在的滋养。但新疆当代诗词创作的繁荣,则是随着时代的发展以及全国传统诗词创作的复兴而出现的。

第一节　全国诗词创作的复兴

如前所述,1957年1月《诗刊》创刊号,首次公开发表了毛泽东的18首诗词。这些作品精炼雄浑、大气磅礴,一时风靡全国,传统诗词的声誉随之一振。而后,一批老革命家如朱德、董必武、陈毅、叶剑英等,也不断发表传统诗词,《毛主席诗词》《鲁迅诗注》等又陆续公开出版,人们对传统诗词的看法也随之转变,基本摆脱了自"五四"以来屡遭挞伐的厄运。1963年郭沫若在《关于诗歌的民族化群众化问题》中说:"旧体诗词我看有些形式是会有长远的生命的,如五绝、五律、七绝、七律和某些词曲,是经过多少年代陶冶出来的民族形式,这些形式和民间歌谣比较接近,如果真能做到既有浓郁的诗意,语言又生动易懂,我看人民是喜闻乐见的。"①一些报纸杂志也开辟了发表传统诗词的园地,如《光明日报》创办《东风》副刊,曾发表过叶圣陶、老舍、阳翰笙、沈从文、俞平伯、郭沫若、臧克家、高亨等人的传统诗词。《人民日报》也不时刊登传统诗词,如在 1965 年 2 月 1 日曾发表赵朴初的散曲《某公三哭》,在当时引起很大反响。二十世纪五六十年代的《诗刊》,几乎每一期的"稿约"都表示了对传统诗词形式的欢迎。这些无疑都对诗词创作,起到了推动作用。但此时的诗词发表,还只限于以毛泽东为代表的老一辈革命家和以郭沫若为代表的文化名人。

20 世纪 70 年代后期,十年的"文革"结束,中国社会开始拨乱反正,逐渐进入改革开放的新时代。随着思想解放运动和文学新思潮的兴起,当代文学的发展也进入繁荣昌盛的"新时期"。在这样的社会大背景下,传统诗词的创作也如雨后春笋般繁荣起来。其表现是诗词组织越来越多、诗词作者越来越多、发表诗词的刊物越来越多,社会影响也越来越大。

1987 年全国性的诗词团体"中华诗词学会"在北京正式成立。一些党和国家领导人也到会祝贺,当时的中共中央政治局委员、国务院副总理习仲勋到会讲话,说道:"过去,我们从来没有这样一个全国性的诗词组织。现在,把这个空白补起来了。"当时主管文艺的中宣部副部长贺敬之在给大会的贺信中说:"在我们大力提倡和发展新体诗的同时,应当支持并开展对古典诗词的理论研究工作和用古典诗体和词体反映新内容的创作工作,这是发展社会主义的民族的诗歌艺术的必不可缺少的一部分,是促进诗歌百花齐放的重要一环,因而这对于建设具有中国特色的社会主义文艺是有重要意义的。"②"贺信"从国家层面明确了在诗歌创作中,新体诗和传统诗词同荣并茂的指导方针。而后,全国各省区不仅成立了众多的诗词学会、协会、诗社,而且各地州也多有类似的诗词组织。这些组织机构的建立,以众多的作者和爱好者为基础,使得情志相投的诗友们可以交流诗艺,培育后进,促进了诗词创作的繁荣。在中国历史上,诗人结社由来已久,但就数量之多、范围之广来说,似乎还没有哪个朝代如此繁盛。

当代诗词作者众多,人数难以确计。据周笃文所言,仅中华诗词学会就有个

---

① 王训诏、卢正言等编《郭沫若研究资料(上)》,中国社会科学出版社,1986。
② 转引自郑伯农:《关于格律诗的回顾与前瞻》,《中华诗词》2005 年第 12 期。

人会员 7 000 余人,团体会员 170 余个单位。①而且这个数字还在逐年增加。据抽样调查的粗略统计,作者的身份遍及各行各业,而以文人群体与老干部群体为最多。文人群体主要包括高校教师、文史机构、教育机构的人员,以及中小学教师等。他们都从事着与文化相关的事业,在耳濡目染、潜移默化的过程中,对传统诗词有着一种特殊的感情,在日常生活中,时常用传统诗词来纪事、抒情,自然纯真,具有很强的感染力。老干部群体指的是,到了国家规定的退休年龄从各种领导岗位退下来的各级干部,他们既热爱传统诗词,也为了晚年的精神寄托,开始从事诗词创作。这些人有着特殊的政治地位和社会影响,有些人在老年大学学习诗词,也有一定的成绩。他们的加入对提高旧体诗词的社会地位、扩大社会影响,起到了促进作用。

全国当代诗词复兴的又一表现,是发表诗词的刊物大量增加。1992 年中华诗词学会主办的《中华诗词》创刊,标志着当代诗词的发表有了国家级的权威刊物。其与以发表新体诗为主的《诗刊》形成了双峰并峙的景观,在海内外拥有庞大的读者群。全国各地的诗词学会,几乎也都有自己的地方性诗词刊物。北京有《野草诗词》,上海有《上海诗词》,广东有《当代诗词》,江苏有《江南诗词》,湖北有《东坡赤壁诗词》,湖南有《岳麓诗词》,甘肃有《甘肃诗词》,陕西有《陕西诗词》,宁夏有《夏风》,新疆有《昆仑诗词》,新疆生产建设兵团有《绿韵》,等等,其数量超过了专门发表新体诗的期刊。另外,发表新体诗的权威刊物如《诗刊》《星星》《诗潮》等,也开辟了传统诗词专栏。这些不仅昭示着当今社会对当代传统诗词创作的认同,也彰显着传统诗词的流行有着广泛的社会基础。

在大陆诗词创作蓬勃发展的同时,港澳台和海外华人诗词创作也日趋活跃,作者遍布世界各地。也有不少传统诗词的创作组织活动,美国"四海诗社"、法国"龙吟诗社"、新加坡"全球汉诗诗友联盟"、日本"日中友好汉诗协会"以及马来西亚"马来西亚诗词总会"等。创作成就也很突出,比如,香港中文大学教授饶宗颐、加拿大哥伦比亚大学教授叶嘉莹、美国威斯康星大学教授周策纵等人的作品,都享有较高的声誉。

新疆当代诗词的创作,就是在上述大背景下发展繁荣起来的。

---

① 周笃文:《平钝、奇警及其他》,载周笃文、星汉主编《春风早度玉关外》,新疆人民出版社,1999,第 166 页。

第二节　新疆诗词百花园的万紫千红

随着 1987 年全国性诗词团体"中华诗词学会"的成立,1988 年在"昆仑诗社"的基础上,"新疆维吾尔自治区诗词学会"也正式成立,并创办了会刊《昆仑诗词》,各地州市也相继成立了诗词学会。1997 年,新疆生产建设兵团诗词楹联家协会成立,创办了会刊《绿韵》。这些标志着新疆当代诗词创作,进入一个有组织、成规模、有发表园地的新阶段。这一时期作者之多、创作热情之高、作品数量之富、题材之广、影响之大,前所未有,从而标志着新疆当代诗词创作进入繁荣发展的新纪元。

这一时期诗词作者众多,仅就新疆诗词学会和各地州诗词学会(协会)的会员统计,就有 1 300 余人。至于能诗而未加入团体者,也是大有人在。诗坛上出现了老、中、青三代甚至四代人同台竞技的火热局面。老诗人如刘萧无、王子钝、欧阳克嶷、孙钢等,依然宝刀不老;略年轻一些的如凌朝祥、孙传松、王爱山、于钟珩、李汛等,正焕发出旺盛的创作力;中年诗人如星汉、王亚平、唐世政等,已在全国诗坛产生很大影响;而其他 50 后、60 后、70 后,甚至 80 后、90 后等众多诗词作者,也都活跃于新疆当代诗坛。数代竞技,生机勃勃,争奇斗艳,可谓色彩斑斓。这一时期具有代表性的诗人主要有刘萧无、星汉、凌朝祥、王爱山、于钟珩、薛天纬、邓世广、孙传松、李汛、许波、王野苹、唐世政、王亚平、万拴成、蔡淑萍、明剑舟、纪昌盛、王翰林、李英俊、陶大明、王善同、周五常、道·李加拉、刘平俊、梁文源、方国礼、李仰山、贾治中、刘树靖、丁维才、薛维敏、刘刚、赵力纪、李新平、刘军、戴步新、王铭先、阎福雄、赵丽、赵天然、蒋本正、江化冰等等,他们都代表着不同诗人群体的创作成就。尤其是星汉、凌朝祥、王亚平、于钟珩、唐世政等,已成为具有全国影响力的诗坛名家。

这一时期作品数量之多可谓空前。据不完全统计,公开出版的新疆当代诗词选集有:胥惠民编注的《现代西域诗钞》,孙钢主编的《昆仑雅韵》,邓世广主编的《当代西域诗词选》,唐世政主编的《绿洲魂》《军垦颂》,星汉主编的《中华诗词文库·新疆诗词卷》,陶大明主编的《世纪绿韵》,王爱山、王善同主编的《新疆诗词近作选》等多种。众多诗人的诗词作品也结集出版，其中仅公开出版发行的个人诗词集，就在40部以上，星汉一人即出版有7部。至于在相关刊物上发表的诗词作品，则难以确计，估计有数万首之多。一定的量会表现一定的质，由此可窥见新疆当代诗词创作繁荣发展的一斑。

就作者身份而言，这一时期的诗词写手，可以说遍布于社会的各行各业。这里有大学教授、中小学教师、医生、工程师，也有行业领导、解放军将士、企业工人、个体从业者以及农民；不仅有退休的老一辈诗人，更有众多在职的中青年才俊，甚至在校学生；还有为数不少的女性诗人，以及蒙古族、俄罗斯族、回族、满族、苗族等少数民族作者。他们结合自己的人生经历、工作岗位以及扮演的社会角色等，从不同的视角来审视生活、反映现实，从而使得新疆当代诗词创作的题材内容、情感表达十分丰富。大到原子弹试爆、人造飞船上天，小到日常生活的游玩观赏、饮酒品茗、性情抒发等，无所不有。而描写新疆巨变、自然景物、风土民情的作品，则占着主流地位。一些新的建设成就与景观，如沙漠公路、水利设施、石油开采、西气东输、边防巩固、农村新貌等，都在诗中得以形象再现，使得作品承载着更多时代赋予的新内容。同时，对社会上不良风气的批评，对腐败等丑陋现象的针砭，也展示着当代诗词对现实生活的干预。这些作品歌颂也好，批评也罢，都洋溢着浓烈的爱国爱疆的炽热性情，凸显着诗人们的社会责任感。

就诗词形式而言，这一时期也是众体皆备，诸如律诗、绝句、词、古风、歌行、散曲等体式，佳作纷呈。尤其是长篇歌行、古风的大量涌现，则标志着新疆当代诗词创作，在体裁形式上的进一步拓展。比如，凌朝祥的《天山明月歌》《乌鲁瓦提放歌》《新城老兵恋秋歌》《东湖音乐喷泉歌》，王亚平的《横越天山行》《惠远古城放歌》，星汉的《车师古道行》《移摩古道行》，唐世政的《新桃花源行》，万拴成的《冰姑娘》，王翰林的《屯垦戍边唱大风·兵团组歌》，王野苹的《轮台白雪歌》，白垒的《叼羊歌》，李英俊的《塔里木河引洪歌》，等等，都是这方面的代表作。

新疆当代诗词，在全国大赛中屡屡获奖，也可见出其创作质量与影响。我们以中华诗词学会主办的"华夏诗词奖"来窥一斑。"华夏诗词奖"是由中华诗词学会设立，具有权威性的全国性诗词大赛奖，于2006年设立，每两年评选一次。我们看一下在历届评选中，新疆作者的获奖情况：

2006年在"华夏诗词奖"首届评选中，星汉《望贺兰》获二等奖，凌朝祥《乌鲁瓦提放歌》、邓世广《满庭芳·寄友》获优秀奖；

2008年在"华夏诗词奖"第二届评选中，万拴成《留别昆仑诗友》获二等奖；

2010年在"华夏诗词奖"第三届评选中,星汉、邓世广、万拴成三人诗作均获一等奖,唐世政诗作获二等奖,伏铁峰诗作获优秀奖;

2012年在第四届"华夏诗词奖"评比中,星汉《移摩古道行》获一等奖,邓世广《感事步放翁示儿韵》、张道理《鹧鸪天·月夜送肥》获二等奖,王爱山《念奴娇·岳阳楼》获优秀奖;

2014年在第五届"华夏诗词奖"评比中,简彦勇获二等奖,王爱山、李汛、王善同、明剑舟、刘树靖、道·李加拉获优秀奖;

2016年在第六届"华夏诗词奖"评比中,李汛、赵力纪、马晓燕、薛维敏获优秀奖,方基瑞、唐世政、赵天然、李仰山、巫信富、李勤生、陶大明、李来旺、樊君华获入围奖。这些获奖,彰显出新疆当代诗词创作的群体成绩。

至于获得其他全国性的诗词大奖,也是令人瞩目的。如星汉2017年获中华诗词学会、《光明日报》社、《诗刊》社、湖北省文联主办的第三届聂绀弩诗词奖之聂绀弩诗词创作奖;2015年在中华书局"诗词中国"组委会举办的"'诗词中国'最具影响力诗人评选活动"中,获"公众影响力大奖";2015年在中华诗词学会主办、江西省诗词学会、修水县委县政府协办的"纪念黄庭坚诞辰970周年全国诗词大赛"中获一等奖。薛维敏在国家农业图书馆主办,由中国诗歌学会、中华诗词学会、《诗刊》社、《中华诗词》杂志社、《光明日报》社等评选的"首届晴耕雨读田园诗全国诗词大赛"中获一等奖。

一些年轻人也在全国大赛中初展锋芒。如蒋本正获中华诗词学会、《中华诗词》杂志社主办的2017年度"谭克平杯"青年诗词奖,唐云龙获中华诗词学会、《中华诗词》杂志社主办的2017年度"谭克平杯"青年诗词奖提名奖。当年尚在大学读书的唐云龙,获由中华全国学生联合会和中华诗词学会主办的2015年"聂绀弩杯"中华学子传统诗词邀请赛一等奖,获由中国青年诗词楹联网主办的第四届"中青诗联杯"全国校园诗词楹联大赛诗词组一等奖。在其他各种诗词赛事中,获奖者还有很多,不再一一列述。虽然不能完全以获奖与否,来证明一个人或一首诗的创作水平,但这些获奖作品,却足以证明新疆当代诗词创作在全国诗坛的影响。

随着新疆当代诗词创作的繁荣,诗词批评也逐渐兴起。这首先体现在诗词集的序跋中。如前所述,新疆当代诗词出版了众多的诗词总集、别集,在这四五十部的诗词集中,每一部都有序言,有的甚至有两三篇,这一数目是相当可观的,其中不乏真知灼见。其次,是出现了为数不少的单篇论文,仅研究星汉的就有20余篇,如王佑夫《明月出天山——略评星汉西域诗的独特魅力》(《中国出版》2006年第4

期),《江山一统助诗情——星汉少数民族题材诗词论略》(《中央民族大学学报》2007年第4期),田子馥《唤醒自然,开拓想象——星汉《天山韵语》读后》(《中华诗词》2006年第12期),李志忠《求一个"新"字罢了——星汉诗词当代意识浅论》(《新疆教育学院学报》2006年第2期),赵义山《星汉亲情诗词论略》(《中国韵文学刊》2009年第4期),郑升《星汉西域诗中七绝的审美特征》(《中华诗词》2008年第2期),栾睿《星汉〈东天山诗稿〉述评》(《新疆教育学院学报》2014年第3期)等等。其他如,万拴成《袖里珍奇光五色——王亚平诗词简评》(《蒙自师范高等专科学校学报》2000年第1期),王亚平《大风歌罢气如虹——读王瀚林〈屯垦戍边唱大风·兵团组歌〉》(《兵团日报》2007年5月25日),许柏林《剑与犁的交响——读王瀚林〈屯垦戍边唱大风·兵团组歌〉》(《兵团日报》2007年5月25日)等,都能给人以启发。虽然这些评论,还集中在名家大家的个案研究,如星汉《天山诗派初探》《"新边塞诗"提法平议》那样,对宏观性问题进行探究的还很少,但也足以表明,新疆当代诗词的文学批评正在兴起,从一个侧面展示着新疆当代诗词创作的繁荣。

第三节　"天山诗派"的形成

　　地域性是区域文学赖以生存的原生土壤,作家自然而然地受到来自独特自然环境以及区域文化心理、审美习惯的影响,其作品也就彰显出特有的个性。新疆当代诗词创作,在众多诗人的共同努力下,凭借地域性特征和艺术成就在全国诗坛逐渐形成独特风貌,学界和诗界称之为"天山诗派"。

　　当然,这一认识有一个发展过程。在20世纪90年代,新疆当代诗词是被纳入"新边塞诗"范畴来论述的。比如,1995年在银川召开的第八届中华诗词研讨会上,首次于古体诗词领域提出"新边塞诗"的观点,并对以往的"新边塞诗"进行了总结,对未来的发展进行了探索。在会议论文中,就有不少对新疆当代诗词作家、作品的相关评价。1998年,第十一届中华诗词研讨会在石河子召开,也重点探讨了如何继承和发展边塞诗的问题。会后出版的论文集中,有19篇是讨论"新边塞诗"的。在这些评述中,涉及星汉、王亚平、凌朝祥、蔡淑萍、孙钢、孙传松、白垒等众多新疆当代诗词作者。2005年,时任《中华诗词》主编的杨新亭,在《新边塞诗创作可喜收获——序王子江〈牧边歌〉》一文中说道：新边塞诗派"历时十年，创作渐成风气。相继涌现出了王亚平、星汉、唐世政、周毓峰、凌朝祥、魏新河、秦中吟、赵京战等名家"，也是将新疆的王亚平、星汉、唐世政、凌朝祥四位诗词作者，纳入"新边塞诗派"来评价的。但"新边塞诗派"的提法，在诗词界也有争议。比如，星汉撰有《"新边塞诗"的提法平议》①一文，力陈"新边塞诗"提法之不可取。文章在分析古代边塞诗、边塞诗派特点的同时，重点阐释了20世纪80年代初，白话新体诗领域兴起的以新疆诗人周涛、杨牧、章德益等为代表的"新边塞诗派"，对其理论主张、创作特点、兴盛一时而又很快衰微的过程进行分析，指出这些事实"值得后来古体诗词'新边塞诗'的论者，对这一提法认真思考。"最后又从时过境迁、古今变化，现在的边疆早已不是古代边塞模样等方面进行阐释，指出"与其借尸还魂，不如脱胎换骨"，对于新疆当代诗词创作，不妨直以"天山诗派"称呼之。

"天山诗派"的概念，最早由王佑夫先生提出，首见于其与李志忠合撰的《远拓诗疆随牧鞭——星汉诗词论略》②，文章摘要中说："我国当代诗词界，新疆异军突起，形成'天山诗派'。"其后正文中又指出："此派领军人物，疆内疆外，众口皆推星汉。"由于该文主要是论述星汉的诗词创作，故而未对"天山诗派"概念的内涵、外延等特点作出阐释。但也点出，其形成直接受古代西域诗的润泽。而后，当代著名诗人熊盛元在为《当代西域诗词选(戊子版)》撰写的序言中说："余尝谓当今吟坛，就地域而言，传统诗词之流派特征尚不明显。然细加推究，似有四派引人瞩目：一是融入新诗写法，以新声新韵为主之关东诗派；二是运用杂文手法，抒发忧患意识之岭南诗派；三是恪守中古声律，追求幽窈境界之津沽词派；第四则是高绰铜琶铁板，豪唱大漠风烟之天山诗派。"③已简要概括出"天山诗派"的风格特点。进而认为"就渊源论，此派遥承高、岑诗风，激越沉雄，颇饶阳刚之气"。但由于时代不同，"吟屐所至，着眼点偏重于风光之奇特与民俗之新异，故每能拓前人未有之境，因而与盛唐边塞诗风又有所不同。"

2008年12月18日，在"新疆诗词学会成立20周年庆祝大会"召开之际，中华诗词学会发来贺信，指出："以雄浑壮阔为主调的'天山诗派'已初步形成，在全国

---

① 星汉：《"新边塞诗"的提法平议》，《中华诗词》2012年第1期。

② 王佑夫、李志忠：《远拓诗疆随牧鞭——星汉诗词论略》，《新疆师范大学学报》2006年第2期。

③ 邓世广主编《当代西域诗词选(戊子版)》，新疆人民出版社，2009。按：此序撰写于2008年夏天，内容为外界所广知，是在2009年8月《当代西域诗词选(戊子版)》出版之后。

产生了深远影响。"作为全国最高诗词组织的中华诗词学会,能够如此表述,则说明"天山诗派"作为一个诗词流派,已经以"雄浑壮阔"的独特风貌立身于中华诗坛,并且得到全国诗词界的认同。而后,星汉的《天山诗派初探》①一文,首次对"天山诗派"进行系统阐释。文章从西域诗因革的角度,通过对题材的选择、意象的组合、诗体的择取、表现手法的运用,以及创作队伍民族成分较多等因素的分析,归纳出"天山诗派"以雄浑壮阔为主调的艺术特征,使人们对"天山诗派"有了更为完整、具体、清晰的认识。

　　"天山诗派"的形成,大体上经历了一个由"不期然而然"的不自觉,到逐渐"自觉"凸显自身特征的发展过程。具体说来,2008年中华诗词学会的贺信发布之前,是不自觉阶段。诗界所以称为"天山诗派",是因为这一诗人群体,在全国各地多种诗词刊物上,以及疆内的《昆仑诗词》《绿韵》里,发表了众多题材、风格、精神风貌等相近的作品,其中不乏名家名作,激荡着读者的性情,进而引起人们的广泛关注。而这种特征、风貌的形成,显然与诗人们同处于一个自然地理、诗歌传统、社会氛围、人文风貌等大致相似的创作背景中,密切相关。2008年,中华诗词学会的贺信发布之后,新疆当代诗词作者们对于创建"天山诗派",进入了一个"自觉"的时期。比如,老诗人孙传松在得知中华诗词学会的贺信内容后,赋《天山诗派形成不易当珍惜之》七律一首:"天山诗派渐知名,边塞音徽钟吕萌。今古北庭宏阔韵,沧桑西域朴浑声。天时独厚鸣新籁,地利为雄著特征。冠冕得来真不易,廿年求索喜初成。"表明诗人已意识到"冠冕得来真不易",所以要倍加珍惜、要更加自觉努力。再如2011年,当时新疆诗词学会的会长王爱山在为《中华诗词文库·新疆诗词卷》作序时,大声呼吁:"我们虽然已初步形成了以雄浑壮阔为主调的天山诗派,但真正称得上天山诗派,作品有个性、有风格,为数尚少,悟已往之不谏,知来者之可追。我们应当加倍努力,以只争朝夕的精神为初步形成的天山诗派在全国叫响增光添彩,以不辜负全国诗友的殷切期待。"再比如,在新疆诗词学会第七届会员代表大会上,王爱山会长所作工作报告的题目就是《讴歌新时代,书写新篇章,努力巩固、提升"天山诗派"在全国的地位和影响》。由此皆可看出对于建设、发展"天山诗派",已经有了很强的"自觉"意识。所以我们认为,从创作实践、理论倡导、名家引领、诗界认同等方面来看,代表新疆当代诗词创作主体风格的"天山诗派"已经形成。而这,也是这一时期诗词创作发展繁荣的一个标志。

---

　　① 星汉:《天山诗派初探》,《新疆社科论坛》2010年第1期。

第五章　刘萧无诗词的宏大叙述

从区域文学的视角来审视新疆当代诗词创作，可以说刘萧无的诗词，鲜明地彰显着"地域性"与"共通性"相互渗透、共同作用的特点。其作品一方面有着特定的地域环境和文化风习的印记，一方面也在国家文化话语环境的浸润下，拥有时代主流意识的表征。这种既有地域性风貌、又有普遍性含义的艺术个性，使其作品被广泛接受。

在新疆当代诗词创作中，刘萧无是颇具影响的诗人。新疆人民出版社2001年出版的《刘萧无诗词选》，收其诗词作品800余首，较为全面地展现了刘萧无诗词创作的风貌。其诗词创作有着鲜明的特征：一是体裁形式丰富多样，既有格律近体、慢词、小令，也有古风长歌，还有当代诗人很少写作的散曲；二是作品的内容极为广阔，有硝烟弥漫战地生活的再现，有爱国赤子之情的抒发，有对祖国强盛、民族团结、新疆巨大变化的歌颂与礼赞，也有描写自然、咏物抒情、感悟人生、表达对生活的热爱之作。至于咏史怀古、讽喻谴责、唱和赠答、祝福亲朋、勉励后学、哀挽忆人的作品，也不在少数；三是情感激昂慷慨，风格大气磅礴。其作品不管是追溯过去，还是着眼现实，都紧扣时代脉搏，弘扬主旋律，呈现出一种英雄志士的气概，彰显着宏大叙述的文学特征。

第一节　生平经历与宏大叙述思维的生成

"宏大叙述"也称"宏大叙事""文学的宏大叙事,以反映宏大的社会主题和揭示历史发展的本质规律为己任。"[①]在艺术上则以善于描绘波澜壮阔的历史画卷、展现风云变幻的时代变迁、追求文学作品的史诗品格为特征。虽然"宏大叙事"的理念最初源自小说研究,但我们不能仅仅把它看作是小说的一种叙事方式,而应该看作是文学作品的"结构性要素和审美性要素,一种人类思维方式和精神性追求"。[②]所以"文学的精神承担,就是最根本的宏大叙述"。[③]纵观刘萧无的诗词创作,有着明显的"宏大叙述"的"思维方式"和"精神承担"。这种特征的形成,与刘萧无丰富的社会阅历以及投身革命的深刻人生体验密切相关。

刘萧无(1913—2004),北京市人。1937年"七七事变"后,刘萧无南下广州,辗转武汉、西安,于1938年到达延安,入抗日军政大学学习。1939年学习结束后,进入晋察冀根据地。历任抗大二分校文工团文美组组长,晋察冀军区抗敌剧社创作组组长、政治指导员,晋察冀二分区冲锋剧社社长,延安教导旅红星剧社社长,解放军第六军宣传科科长、文工团团长。1949年9月新疆和平解放后,随军抵达乌鲁木齐,任六军政治部文化部部长。1952年转业到地方,历任中共中央新疆分局宣传部文艺处处长、新疆维吾尔自治区党委宣传部副部长、新疆维吾尔自治区文联副主席、主席、党组书记等职。系中国作家协会会员、中华诗词学会顾问、新疆诗词学会第一、二届会长。丰富的人生经历和革命激情,浸染着刘萧无的诗词创作,影响着其作品艺术风貌的生成。

刘萧无在抗日战争和解放战争中经历了血与火的生死考验。抗战时期的诗

---

① 叶从容:《论当代中国小说的宏大叙事——以同一美学为理论视域》,《云南大学学报(社会科学版)》2014年第3期。

② 马德生:《关于文学宏大叙事的几点思考》,《河北大学学报(哲学社会科学版)》2011年第4期。

③ 贺绍俊:《重构宏大叙述——关于当代文学批评的检讨》,《中国社会科学》2004年第6期。

词未能保存下来,创作于解放战争时期的征战诗保留下来的也不多,其《马上吟》组诗仅有6题14首,但却具有全景式的史诗性质。这些作品形象地再现了1947年国民党军进犯延安,解放军战士为保卫延安而浴血奋战的场景,热情洋溢地赞颂了将士们同仇敌忾、英勇抗敌的大无畏精神。其中有的写战场上具体指挥作战的将军,如"一行书向万松沟,秉烛将军运战谋。强弱殊悬一御九,兵分寸土画山头"(《松树林》其一)。有的写运筹帷幄的国家领导人,如"中央何处作安排?陕北村村战火哀。闪烁灯光辉耀处,分明飒爽周恩来"(《真武洞》其二)。"三战三赢乐事多,周公一语一轩波。多情更有主席话,不复延安不过河"(《真武洞》其三)。也有写战地普通女护士的,如"可怜俊巧太娇娆,临阵独操手术刀。血雨硝烟七昼夜,中华儿女数英豪"(《松树林》其三)。也有写战斗胜利、俘获敌军旅长的,如"深谷崎岖数战俘,人人道我是兵夫。泥沙无意藏鱼目,自有擒王索骥图"(《青化砭》其三)。此诗末尾有一自注云:"我参加打扫战场,见一俘衣冠褴褛,但气度不凡,问之曰,我是伙夫,问身边战俘,异口同声,带一兵至远处,说,他是旅长。"诗注结合,可见出事件的幽默和作者的欣喜。而对于战争的残酷、战士们浴血奋战、保卫延安的生动描写更是震撼人心。如:

> 熹微弹雨攘尘烟,鼓舞军心稳若山。一壑一丘都浴血,头颅拼却保延安。
>
> ——《小林坪》

> 撼天动地战金盆,哀我国殇卫国门。剩得颓垣城一座,山河破损万民存。
>
> ——《松树林》

> 战罢壮歌还,相逢话不完。炙豚沽社酒,濯足冽延川。虎将依然在,牙旗何处安?忽传军令急,星夜再周旋。
>
> ——《战罢》

这些作品既描写了战争的残酷以及给边区人民带来的灾难,更赞扬了在"强弱殊悬一御九"的局面下,战士们浴血奋战、保卫延安的决心。既有"战罢壮歌还"的豪壮,也有"忽传军令急,星夜再周旋"的紧张氛围的再现,称得上是延安保卫战的史诗。这些诗词在反映战地硝烟的同时,又于大气磅礴中呈现着一种英雄气概,读后令人热血沸腾,可以说是硝烟弥漫战地生活的诗意描摹。

刘萧无的征战诗虽然保留下来的不多,但战争的洗礼,却为他以后的诗词创作奠定了基调:描写火热生活,抒发慷慨激情,奏响时代主旋律。

第二节 艰苦奋斗与社会巨变的真情礼赞

新疆各族人民在艰苦卓绝、建设新疆的奋斗中,取得了巨大成就。刘萧无的诗词,热情洋溢地赞颂着社会巨变。其《金缕曲·新疆维吾尔自治区成立三十周年》,在铺叙新疆巨大变化的同时,发出"青史无前例,三十年披荆斩棘,辉煌如此"的赞叹。其《一九八五年十月一日新疆维吾尔自治区成立三十周年,我来新疆也将三十六年了,值此良辰有感而作》,以七律组诗的形式,从"四九严冬出玉关,漠风凛冽雪弥天"开端,到"女娲若使来西北,应诧而今天柱坚"结束,形象地描写了解放军进疆"三军奏凯万民迎"的欢快,"荒原榛莽开新业"的艰苦奋斗,"新疆从古大家庭"的民族团结,以及"事业中兴仗后贤"的企盼等。其散曲【仙吕·点绛唇】《述怀》在展现新疆巨变的同时,抒发了作者热爱新疆的真挚情怀:

> 一自红旗迎日展,万民欢,春风吹醒莽天山。乐洋洋千家万户翻身战,急煎煎千村万落忙生产。歌不尽麦盖提,舞不尽吐鲁番。问古来天倾西北谁曾见,看如今沧海变桑田。(【油葫芦】)

> 民族大团结,举世堪模范。愿唇齿长依永恋。我今白发老苍颜,离不开这土地山川。大半生甘苦留连,有多少清夜良宵肺腑谈。几个已入了黄泉,几个还勤劳苦干。我怎能远离这父老兄弟,独自去陶然。(【尾】)

这首套曲由 8 支曲子组成,从不同侧面展现着社会、时代的主旋律,而作者热爱新疆的情怀,溢于言表。

那些对火热现实生活场景的具体描摹,也在慷慨激昂中彰显着宏大叙述的特征。比如,1956 年刘萧无曾被调往克拉玛依矿区任党委副书记,与石油工人昼夜奋战,这种经历使他一直对"石油"情有独钟。其诗描写在风云呼啸、一望无际的苍茫大漠,深藏于万仞地底的石油被勘探开采出来,这亘古未有之奇迹,令作者欣喜万分。而对石油工人在恶劣环境中的铮铮铁骨、慷慨激昂、战天斗地的雄豪气魄,给予了热情洋溢的赞颂。有时作者又以长题记事,聚焦社会现实。如《在如此浩浩平沙之中定一井位竟能一掷得卢,而且如此高产,看来一个特大油田已稳操胜券,钻井工人还在再接再厉向目的层继续钻进,次日深夜仍不能寐,又得七律一首》等都是近百字的长题,从一个侧面反映了作者以诗记史的创作精神。

至于一些篇幅短小的绝句,也是紧扣时代脉搏,在阔大的境界中,荡漾着英雄之气。如《九区看重油》其一:

> 平沙无际晓苍茫,折戟天骄作战场。四十年来重破阵,风云捷报送
油香。

此诗是诗人离休后重返克拉玛依,看到"重油"开采的情景激动不已,当即赋三首绝句中的第一首。诗歌首句描写环境,在一望无际的辽阔中染上了一种苍凉;次句以"折戟天骄"写石油工人的浴血奋战,在慷慨中又带上了一种悲壮;第三句一转,奋战四十余年又立新功,终于开采出"重油",欣喜之情溢于言表;结句以"风云捷报送油香",表达出对采油职工的热情赞扬。短短四句,却写得大气磅礴、慷慨激昂,不得不令人赞叹作者的襟怀与才气。

其词作也往往具有史诗品格,如《水调歌头·闻库车获大气田将设输气管线不胜欣喜》:

> 奇磺几时有,把酒问神州。峥嵘廿一世纪,花蕾乍绸缪。莽莽长江
嫌短,万里长城遍览,烽火筑新楼。西起帕米尔,东临沪海畴。　　张骞
梦,龟兹渡,塔河舟。手捧满瓯神焰,月白风清赤县,环保我先酬。西北
大开发,庙算胜头筹。

西气东输是当代中国经济建设中的一件大事。全词境界高远开阔,意象极富张力。那"莽莽长江嫌短,万里长城遍览""西起帕米尔,东临沪海畴"的描摹,"张骞梦,龟兹渡,塔河舟"的感叹,"西北大开发,庙算胜头筹"的政策赞美,读来都令人昂扬奋进。由于石油、天然气资源在国家建设中有着举足轻重的作用,再加上作者当年有着和石油工人共同奋战的切身经历,所以对石油工业巨大变化的赞叹,不仅情真意切,而且无比自豪,进而传达出石油工人群体的激昂情怀。

第三节　民族团结兄弟情深的反复咏叹

新疆是多民族聚居区,刘萧无在新疆生活了半个多世纪,他热爱新疆的山山水水,更热爱勤劳智慧的各族人民。刘萧无逝世后,他的老战友胡可在悼念文章

《记萧无》中说："从他寄给我们的《刘萧无诗词选》当中，我们深深地感受到他那马克思主义的民族观和几十年建设新疆的亲身经历。他对新疆各兄弟民族文化的深入研究和同各民族文艺家们的战斗友谊，已经使他成为一个怀有强烈责任感和自豪感的新疆人。"①刘萧无作为一个怀有强烈责任感和自豪感的新疆人，对于新疆各族人民维护祖国统一、维护民族团结的情结，有着深刻的感受与认同，创作了众多再现民族团结的诗篇。如《咏民族团结》《哭铁依甫江·艾里尤夫》《叙怀》《夜读偶成》，以及散曲【正宫·端正好】《团结》等都是这方面的代表作。先看一首《咏民族团结》：

> 本是同根叶与柯，五千年史最堪歌。辅车唇齿谁先觉，铁壁河山共
> 枕戈。乐府由来传法曲，神州何处不嘉禾。五湖四海齐声笑，率土为家
> 兄弟和。

诗中既有对民族融合的历史追溯与阐释，也有各族人民辅车相依，"铁壁河山共枕戈"，保家卫国共同奋斗的描述，更有对当下"五湖四海齐声笑，率土为家兄弟和"的民族和睦，共同发展的祝福与赞美。在另一首《咏民族团结》中，作者以"孤箭易摧束韧强，鱼如得水信倘佯"的比喻，来强调民族团结的重要性，进而揭示只有"五湖四海唯团结"，才能"万户千家幸小康"的道理。至于"时有魅魑窥我隙，莫教兄弟阋于墙"的告诫，更是为人们敲响了警钟。其散曲【正宫·端正好】《团结》，从周穆王西巡与西王母瑶池相酬、博望侯张骞凿空西域、汉公主乌孙和亲，一直写到"一从红日东瀛露，凯歌旋舞西隅奏。三山倒了工农吼，春风吹绿阳关柳"的中华人民共和国成立、新疆和平解放，热情洋溢地赞颂了自古以来各民族大团结，进而告诫人们：

> 分什么这族那族，论什么你优我优？齿和唇只能够相依为命，弟和
> 兄万不能燃萁煮豆。(【脱布衫】)

每当自治区召开文代会或作代会的时候，刘萧无的祝贺诗词，也是紧扣民族团结这个主题。如《祝新疆第四次文代会》有云："喝令大漠贻珍藏，气贯天山尽谪仙。切谱同心团结曲，春风旖旎百花妍。"其《祝第四次作家代表大会》写道："郊寒岛瘦都才子，群力峥嵘携手行。"其中表达的都是民族团结、携手并进的祝愿。

诗人不仅歌咏民族团结，而且对艺术创作、文化传播做出成就的少数民族艺术家也多加称赞。比如，《赠国画家吐尔地·伊明》：

---

① 中国作家网(http://www.chinawriter.com.cn)2004年10月30日22:12.

康里锋毫秀古今,酸斋度曲胜群伦。峥嵘文化维吾尔,妙手丹青第

一人。

首句中的"康里",即元代著名书法家康里巎巎。巎巎是西域康里部色目人,博通群书,尤擅楷、行、草等体,与赵孟頫齐名,世称"北巎南赵"。第二句中的"酸斋",即元代北庭(今吉木萨尔)畏兀儿人、著名散曲作家贯云石,号酸斋。任讷将其散曲与元代徐再思(自号"甜斋")的作品合为一编,称《酸甜乐府》。贯云石的散曲创作成就甚高,陈垣在《元西域人华化考》中说:"云石之曲,不独在西域人中有声,即在汉人中亦可称绝唱也。"[①]该诗一、二句从历史着眼,为下文的描写做铺垫,三、四句将笔触落到对吐尔地·伊明国画艺术的赞许上。吐尔地·伊明是新疆喀什人,年轻时就被博大精深的国画艺术深深吸引并沉浸其中,经过多年的辛勤创作,取得了令人瞩目的艺术成就,所以诗人称赞他是"峥嵘文化维吾尔,妙手丹青第一人"。

在多年从事文化事业的相处中,刘萧无与少数民族诗人、作家结下了兄弟般的深情厚谊,这从他的一些悼念诗作中可见一斑。比如,维吾尔族著名文学翻译家、诗人克里木·霍加去世后,刘萧无写下七绝一首《哭克里木·霍加》,表达了自己的深切悼念之情。诗云:

诗酒论交四十秋,不堪回首话边州。人间恸失奇才子,何事重修白

玉楼。

诗歌尾句中的"白玉楼",用《全唐文》中关于唐代诗人李贺去世情景的典故,借指克里木·霍加的不幸逝世。正因为相交多年,彼此欣赏,才会有"人间恸失奇才子"的情真意切的悲催感叹。而"奇才子"的称许,也并非虚言。克里木·霍加是诗人,又是现代维吾尔文学的著名翻译家。1957年起即在中国作家协会新疆分会工作,1980年当选为新疆作家协会副主席。20世纪五六十年代,他曾将维吾尔族诗人、作家的作品译成汉文,1956年出版的《黎·穆塔里甫诗选》就是较早的一部。同时又将汉族著名诗人如郭沫若、艾青、贺敬之等人的重要诗作,翻译成维吾尔文,推荐给少数民族读者。这首诗中情真意切的悼念,表现出作者对克里木·霍加逝世的惋惜。

刘萧无的长歌《哭铁依甫江·艾里尤夫》,对铁依甫江·艾力尤夫逝世的悼念,也是情真意切。铁依甫江·艾力尤夫先后出版的诗集有《东方之歌》《和平之歌》《唱不完的歌》《祖国颂》等多部,又曾任自治区党委宣传部文艺处副处长、自治区文联副主席、新疆作家协会副主席,是刘萧无多年的同事和朋友。《哭铁依甫江·艾

---

① 陈垣:《励耘书屋丛刻》(上),北京师范大学出版社,1982,第74页。

里尤夫》共有四十句,诗歌从"我年三十君更少,倾盖定交长安道"的青年相识写起,中经"联翩携手入都门,国庆周年气象新"的北京之行,再到"约君天南履大漠,采风何惧天涯阔。夜度戈壁寻红柳,乞得荧荧才熏手"的南疆采风之旅,以及"忽惊东邻坠涂炭,战火烧到三八线。慰军万里又同行,凯歌唱到板门店"的朝鲜战场的同甘共苦,等等,都在宏大叙事中形象地再现了两人交往密切、亲如兄弟的情谊,以及波澜壮阔的时代变迁。而对其不幸去世更是深感悲痛:

> 奈何风云多变幻,鹏未垂天翼未展,问天谁遣病魔来,天年何咎急如电。忆昔为党献终身,我与霍加作介殷。如今二子忽焉逝,剩我龙钟泣故人。哀我国殇泪雨倾,千秋自有世间评。二子名镌天山首,山作丰碑云作铭。

全诗惋惜悼念之情,真真切切,催人泪下,可以说是诗人用心血谱成的民族团结之曲。这种不同民族之间亲如兄弟的真挚情怀,显然是源自民族团结、兄弟情深的现实土壤之中的,有着鲜明的时代特征。

民族团结的思想贯穿在刘萧无整个诗歌创作之中。20世纪80年代后期,诗人针对歪曲篡改新疆历史的所谓三本书中散布的谬论,写了《夜读偶成》40篇,在《新疆日报》上连载。每篇以自己夜读史书而感赋的诗作开端,而后对史实进行阐释,用无可辩驳的事实,说明了新疆与祖国的历史渊源和不可分割的血肉关系,热情赞颂了几十位坚持祖国统一、维护民族团结的少数民族人物。诗人的良苦用心,跃然纸上。这些都显示出刘萧无的诗歌大都聚焦于社会现实而又激昂慷慨的特点。

第四节　赠答诗中的时代风云

赠答诗,是一种极容易写得客套空泛、琐碎应酬的诗词类型。但在刘萧无的笔下,却依然荡漾着时代风云,彰显着宏大叙事的史诗特征。比如,写给战友武靖的《赠武靖》:

> 逐日初旋逐鹿仍,戎衣慷慨一书生。金盆草檄难投笔,秦陇传烽又请缨。畎亩方规思筑舍,扶摇转瞬傲飞鹏。相看白首身犹健,笑语天山

话旧兵。

这首赠诗在宏阔的历史背景下展示出大跨度的生活领域。武靖于1938年入延安抗日军政大学学习,曾在晋察冀军区、西北野战军等处任宣教股干事、宣教科副科长等职,参加过百团大战和沙家店、宜川等战役。新疆解放后曾任中共迪化市(今乌鲁木齐市)区委宣传部副部长、军区空军政治部副主任、副政委。前四句用中原逐鹿的典故,叙述武靖在抗日战争、解放战争的疆场上书生驰骋。"金盆草檄难投笔,秦陇传烽又请缨"一联,正见其战斗中的激昂情怀。五、六句写新疆解放后到地方工作,而后又到空军任职,"扶摇转瞬傲飞鹏"一句,将武靖的飒爽英姿表现得淋漓尽致。诗歌的前三联以宏大叙事的思维,描述了武靖驰骋疆场的大半生,而厚重的时代、历史影像历历在目,一个书生戎衣,为民族解放和国防建设奋斗大半生的激昂慷慨的形象,跃然纸上。结尾两句回到眼前,在"身犹健"的"笑语"中,仍然彰显着宝刀不老的风采,让人感受到了那个时代的群体情怀。

而其写给石油专家史久光的《赠史久光》,则可以说是通过对一个人经历的描摹、咏叹,展现出中华人民共和国早期的一部石油开发史。其诗云:

老马前驱不失途,黑油山下运良筹。玉门叱咤锋初露,大庆风云志更舒。难忘识荆私立雪,重逢话旧且游湖。胸中一部石油史,欲问从心所欲乎。

史久光是石油钻探专家,1917年出生于北京,1936年考入河南焦作工学院矿冶系。1948年到玉门,任甘肃油矿局钻井部主管工程师,新中国成立前夕,为使钻井设备免遭破坏,积极参加护矿斗争。1949年甘肃油矿解放,原钻井部改为钻探大队,史久光被任命为大队长。诗歌的第三句写的就是此事。新疆解放后,史久光又到新疆石油管理局任总工程师,在独山子油田建设中提出一系列重要建议。1956年在新疆发现了克拉玛依油田,刘萧无被调往克拉玛依矿区任党委副书记,与史久光成了同事。这期间史久光凭借自己的聪明才智,先后组织了集油管线、选油站、克拉玛依至独山子输油管道、小炼油厂、发电供水等一系列油田基础建设。诗歌的一二两句即写此事。1960年初,大庆油田石油大会战拉开序幕,史久光又来到了轰轰烈烈的会战前线,被任命为战区八大总工程师之一。诗歌的第四句写的就是此事。最后两联由回忆转向重逢后的欣喜,热情赞扬了史久光为石油事业奋斗一生的精神风貌。全诗情真意切,而波澜壮阔的中华人民共和国早期石油开采的历史画面,历历在目。

再如写给文艺工作者的《赠伊萍》,诗从"四十年前西苑迎,春归丰盛夜谈兵"

写起,中经"过眼黑云同落魄"的"文革"遭遇,"匠心黄卷再躬耕"的执着,到今日"相看白发重逢日,杯酒论诗话纵横"的豪迈,其慷慨之情溢于言表。全诗使读者在接受真挚友谊熏染时,也感悟到社会历史的厚重内容。其他如,《赠余康》"幼年东海斗狰狞,壮岁旌旗万里征"、《赠魏风》"文心绝代传文水,国士千秋殉国碑"、《赠黄一中》"天涯寻梦海东边,绝塞医人四十年"、《赠马化民》"几回促膝话当年,军帐间连戈壁滩"、《赠任荣堂》"挥军鏖战黑油山,猎猎红旗百口泉",等等,都在个人咏叹的同时,展现了平凡人身上的英雄气概以及历史的风貌。

刘萧无写亲情的作品也善于在生命个体的喜怒哀乐中展现波澜壮阔的历史画面。如《赠内》:

> 回首金盆四十年,洞房栉比凿青山。愧无花钿添妆镜,恰有烽烟破梦衾。陇首榆中鏖战急,危山弱水并肩看。只今白发归林下,书剑生平话不完。

这是作者在"银婚"之际写给妻子的一首七言律诗,将阔大的历史场景融进了个人的情怀表达。首联回忆当年二人在延安简陋的窑洞里结婚,虽然简朴但充满着温馨。颔联描写在烽火连天的岁月,没有条件置办花钿妆镜的愧疚之情。颈联写当年虽然条件艰苦,但二人并肩作战,相互关爱,情意深长。尾联回到眼前,如今已经离休,归老林下,但"书剑生平"是说不完的话题。诗歌通过描写曲折丰富的人生经历,咏唱爱情的真挚、温馨,同样展示着时代风云的变迁。其《祝白羽、汪琦金婚之喜》也是如此。诗题中"白羽",即当代著名散文家刘白羽,是作者的弟弟。在刘白羽与妻子汪琦结婚五十周年之际,刘萧无写了这首诗予以祝贺。诗的中间两联"祸起苍黄悲易水,程兼陆海逗延安。搏烽鹊送经年喜,乘捷人归旷世欢",形象地再现了刘白羽在"七七"事变后,为投身抗日斗争辗转大半个中国,于1938年春到达革命圣地延安,在烽火连绵的抗日根据地出生入死,以及1946年又奔赴东北战场、进而随军南下解放全中国,并两度奔赴朝鲜前线的丰富经历,而时代的风云变幻历历在目。

刘萧无的祝寿、拜年之词,也从不作客套无聊之语,而是彰显着丰厚的时代内容。如《西江月·祝邢野八十寿辰》,以精炼传神的笔法,勾勒出两人在抗日战场的枪林弹雨中"从戎不投笔"的战斗画面,而生死与共的战友情谊跃然纸上。《鹊桥仙·祝王楠八十寿辰》中的"燕南倚马,常山携手,鼙鼓几经冬夏",也同样是在朴实无华的描写中,彰显着丰厚的内涵。而其七律《岁次庚午天马将临,向克拉玛依职工拜年》,也是紧扣石油会战的特点,对克拉玛依职工30多年来艰苦奋战所取得的成就,以及无私奉献的精神情怀给予了热情的赞扬。结尾的祝愿,也是落到"岁除事事安排了,骏马嘶风待远征"的继续奋斗上,洋溢着火热的时代气息。

　　文学的宏大叙述,由于所写事件带有普遍性特征,极容易形成空泛、概念化的特点。但我们读刘萧无的诗词,却觉得情真意切、个性鲜明。其原因就在于刘萧无诗词的宏大叙述,是以个体作为抒情的中心而切入的。他善于将宏大的政治历史、如火如荼的现实场景,与慷慨激昂的个人情怀以及所写人物的传奇经历紧相结合,从而在个体的生命表达中,展现了宏伟的历史画面,表达着崇高的主题。个人抒情与宏大叙述的完美结合,在情真意切中,进一步增强了诗词内容的丰厚与艺术感染力。刘萧无传统诗词的功力极为深厚,其诗词声律和谐,对仗工稳,重视音律,而又不为格律所限,可谓得心应手。在语言运用上,往往明快中带凝重,清丽中铸劲拔,晓畅中含委婉,通俗中富典雅,故而颇具艺术魅力。

第六章 "天山诗派"领军人星汉的诗词创作

在新疆当代诗词创作中,能开创新格局的首推星汉。其以名篇佳作数量之多、艺术成就之高、感染力之强,在海内外享有很高声誉,被诗界称为"天山诗派"的领军人。星汉的诗词创作,题材广泛,内容丰富。诸如丝路景观、民族风情、咏史怀古、新疆巨变、爱国情怀、社会生活、亲情、友情、个人性情等等,无不呈现笔端。在艺术上,往往立意新颖,境界高远,意象雄奇,鲜活灵动,想象瑰丽而又构思巧妙,雄豪、奔放中透着一种苍凉、凝重,具有很强的艺术冲击力和震撼力。而这种创作特性与作品风貌,只能从作家的个性特征与地域环境的相互作用来解释。

第一节 星汉的履历与诗词意蕴的厚重

星汉是新疆师范大学文学院教授,系中华诗词学会发起人之一,曾任第二届、第三届副会长,现为顾问;新疆诗词学会创建者之一,曾任副会长、常务副会长,现为会长。星汉作为中国当代诗词界的著名诗人,其创作成就的取得,与他的人生经历密切相关。

星汉,姓王,字浩之,1947年5月生于山东省东阿县后王集村。因特殊时期的惨淡状况,12岁随父母进疆谋生。17岁参加铁路工作,为学徒工、信号工,历时13年。铁路工程信号工的工作特点是"居无定所",常年奔波于荒无人烟的深山、草原、戈壁、大漠,星汉靠"大批判"用的一本(套)《中国文学史》和在帐篷煤油灯下抄写、背诵《论语》《史记选》《唐诗三百首》《宋词选》等,来滋补精神生活。农家子弟童年的艰辛、工作后环境的严酷,砥砺出星汉吃苦耐劳、自强不息、坚韧不拔的性格,同时也积淀着真切的生命体验。也正由于铁路信号工常年奔波的工作特点,使得星汉有机会充分领略大西北雄奇瑰丽、悲壮苍凉的自然风貌和人文景观,不仅开阔了视野、胸襟,也激发着创作欲望,他开始写作传统诗词。《天山东望集》即收其1968年至1976年创作的诗词51首。

1977年恢复高考后,跨入而立之年的星汉,考入新疆师范大学中文系。作为"文革"后的首届大学生,他和那个时代的所有学子一样,深感机会来之不易,故而废寝忘食地刻苦学习。在广泛汲取文化知识的同时,也如饥似渴地阅读、研究、创作传统诗词。《天山东望集》收其1977年至1980年的诗词20首。1982年星汉大学毕业,以优异的成绩留校任教,讲授中国古代文学。

星汉又是传统诗词研究的著名学者,为国家社会科学基金重大招标项目《全西域诗整理与研究》首席专家。出版有《清代西域诗辑注》(新疆人民出版社,1996年4月)、《清代西域诗研究》(上海古籍出版社,2009年12月)、《西域少数民族诗选》(与刘正民、许征合著,新疆人民出版社,1988年4月)、《中华曲综》(与汪普庆合著,中国和平出版社,1996年6月)、《历代西域屯垦戍边诗选注》(与王瀚林合著,新疆人民出版社,2001年9月)、《新疆风景诗一百首》(与栾睿合著,新疆人民出版社,1992年10月)等多部学术著作。同时,星汉还注重当代诗词研究。吴华峰、周珊主编的《观澜集——星汉教授七十寿辰学术纪念文集》(学苑出版社,2017年)一书,收入星汉已经发表的有关诗韵改革和诗词研究论文24篇。其中如《毛泽东对诗词格律的突破》《天山诗派初探》《"新边塞诗"的提法平议》《和谐社会说精品》《聂绀弩体浅说》等,都见解独到。而其关于当今创作传统诗词,应该废除"平水韵"的诗韵改革主张,更是在诗词界引起强烈反响。其论文《"该死十三元"平议》《今韵说略》《再说诗韵改革》《中华今韵简表》等,在条分缕析的同时又提出具体方案,受到学界的广泛关注。2019年由中华人民共和国教育部、国家语言文字工作委员会发布实施的《中华通韵》,星汉即为课题组主要成员之一。这种对古今诗词深入研究的学术造诣,集诗人、学者于一体的身份,对其诗词艺术风貌的生成,自然会产生很大影响。

星汉不仅学识渊博、功底扎实,而且于诗词创作,反对闭门苦吟。他年轻时即喜欢游历,年逾花甲尚徒步翻越天山、穿行车师古道。大半生,足迹遍及大江南北、长城内外,祖国的名山大川几曾游遍;至于新疆境内,更是无处不到,其于游历可谓"不惜血本"。这无疑开阔了视野,丰富了阅历,加深了对人生的感悟。再加上他勤于写作,故而作品颇丰。迄今为止,星汉出版的诗集有《天山韵语》(作家出版社,2005年7月)、《天山东望集》(中国文联出版社,2009年7月)、《新风集——中国当代名家线装诗集·星汉卷》(线装书局,2009年9月)、《古韵新风·星汉作品集》(线装书局,2009年12月)、《路石集·星汉卷》(中国书籍出版社,2015年12月)、《天南地北风光录》(与马来西亚黄玉奎合著,新疆大学出版社1997年10月)、《天山集》(与凌朝祥、李汛合著,新疆人民出版社,2016年12月)等多种。

星汉作为文史学者,对中国历史,尤其是西域史十分熟悉,而长期的边疆生活,又使其对国家统一、民族团结,有着切身的体会和感悟。所以其咏史怀古之作,往往境界高远,新意迭出,而尤显者正如王佑夫先生所说是"以中华一统的情结和诗心评说古人"。[1]如《念奴娇·伊犁河感怀》《水调歌头·谒昭君墓》《癸未冬游金上京遗址同阿城诸诗友》《西江月·兴隆山谒成吉思汗塑像》《贺新郎·由呼和浩特往谒成吉思汗陵》《吊元好问墓》《沈阳游故宫感赋》《谒史公祠,建祠始自多铎,褒慰出自乾隆,登梅花岭有感作此》等诗词,对解忧公主、王昭君、完颜亮、成吉思汗、元好问、多铎等的咏叹,都是站在中华一统的角度,来评说历史,抒发情怀。同时,在登临怀古中又关注着现实,其作品既有对古代平叛将士的赞颂,又有对当下企图分裂祖国者的谴责、警告。比如,《满江红·登格登山》:

> 我马长鸣,鞍桥外、荒原空阔。鞭指处,格登山上,草低风咽。天际新禾青浪卷,峰巅哨所红旗擘。想前朝、浴血固金瓯,戈相拔。 伊犁地,舆图裂;达瓦齐,挡车辙。但一挥长剑,烽烟沉灭。各族军民威势远,天山南北群情烈。读碑文、万岭荡回声,飞云泄。

格登山,位于今新疆伊犁昭苏县境内。清代乾隆年间,准噶尔内乱不息,为保证领土完整,乾隆皇帝决定出兵征讨。乾隆二十年(1755年),准噶尔部台吉达瓦齐势孤力穷,率残部逃往昭苏苏木拜河东岸的格登山。清军夜袭,大获全胜。达瓦齐逃往南疆后被擒。格登山上有《平定准噶尔勒铭格登山碑》,碑文为乾隆皇帝亲撰,记载了清军平定准噶尔部的格登山战役。词的上片,由眼前"天际新禾青浪

---

[1] 王佑夫:《江山一统助诗情——星汉少数民族题材诗词论略》,《中央民族大学学报(哲学社会科学版)》2007年第4期。

卷,峰巅哨所红旗掣"的边防巩固、欣欣向荣,触发了作者"想前朝、浴血固金瓯,戈相拨"的咏史思绪。下片追述清代讨伐达瓦齐的情景,既有"伊犁地,舆图裂"的悲愤,又有对"达瓦齐,挡车辙"的谴责,更有对"但一挥长剑,烽烟沉灭。各族军民威势远,天山南北群情烈"的平叛赞颂。结拍以景结情,情景相生,作者的激荡情怀跃然纸上。再如《水调歌头·临霍尔果斯河》:

> 伫立河西望,是我旧林丘。惊心史册翻过,不忍话从头。尚爱无涯芳草,一片斜阳轻抹,牛马正悠悠。车逐东风远,荡荡向东欧。　　国门里,起雄气,展新猷。云间赤帜飞舞,边阵映兜鍪。却笑封狐黠鼠,也欲张牙弹爪,说梦闭双眸。寸土自先祖,谁敢裂金瓯。

词题中的霍尔果斯河,发源于霍城县北部,南流入伊犁河,现为中国、哈萨克斯坦界河。光绪八年(1882年)以前,霍尔果斯河以西、巴尔喀什湖以东为中国领土,《中俄伊犁条约》签订后,割让给沙俄。这首词在"不忍话从头"的怀古中,更多的是对企图分裂祖国者的嘲讽和警告。在当今"云间赤帜飞舞,边阵映兜鍪"的金瓯永固中,竟然有"封狐黠鼠"想分裂祖国,这不是痴人说梦吗?!"寸土自先祖,谁敢裂金瓯"的慷慨陈词,掷地有声。全词沉郁激昂,铿锵有力,中华一统的爱国情怀,跃然纸上。

作为西域文史研究的著名学者,星汉的一些写景诗,也往往带着厚重的历史意蕴。比如,《轮台路上》:

> 轮台路上绿荫浓,老树清泉饮万盅。目送呼群回塞雁,翅翎犹鼓汉时风。

这是一首触景生情的即兴之作,描写作者在轮台路上的所见所感。一二句为平视,抓住"树"与"泉"写轮台路上的自然景观,呈现出一派欣欣向荣的景象;三四句仰望天空,看到"塞雁"在空中翱翔而引发感叹。此诗语言明白如话,初读不觉新奇,细品则韵味深长。"翅翎犹鼓汉时风"是全诗的关键,把读者的思绪由眼前的景色引向了久远的汉代对轮台的经营,起到画龙点睛的作用。诗题中的"轮台"有着悠久的历史,轮台最初为汉代西域三十六国[①]之一,公元前60年西汉在轮台的乌垒城设置西域都护府,管理屯田等事宜,而后唐代也在此屯田戍边,其遗址"轮台戍楼"至今犹存。以至于轮台在传统文化中成了边疆的代名词,宋代大诗人陆游68岁时还在呐喊"尚思为国戍轮台"(《十一月四日风雨大作》)。星汉作为一个熟知

①西域三十六国为我国汉代疆域内的地方政权。

西域文史的学者诗人,行走在轮台路上,触景生情,自然思绪万千。正如刘勰所说:"文之思也,其神远矣。故寂然凝虑,思接千载;悄焉动容,视通万里。"①作者正是在"翅翎犹鼓汉时风"的艺术媒介中,完成了"寂然凝虑,思接千载"的艺术构思,表达出"新疆自古就是祖国一部分"的意蕴。在写作技巧上,通过选取"雁翅鼓风"的意象,用一"犹"字,贯穿古今,与刘禹锡"旧时王谢堂前燕,飞入寻常百姓家"(《乌衣巷》)的艺术手法,有异曲同工之妙。不同的是,刘诗突出的是沧桑巨变,星汉的诗则彰显着历史的绵长久远。此诗因自然风物而感发,又以社会生活为核心,进而生成作品内容的厚重,给读者以无尽的联想。

再如《尉犁老胡杨树》:

老去金风一梦长,蓝天黄叶染秋凉。熬成遍体胡杨泪,犹向行人说大唐。

诗题中的"尉犁"在今新疆巴音郭楞蒙古自治州境内,也是历史名城。西汉称为"尉犁国",隶属于西域都护府管辖,唐代于此设渠犁都督府,故而历史上有尉犁、渠犁等称谓。胡杨,是大漠英雄树,它的根、干、支、叶能吸收很多盐分,故而在地下水盐碱含量很高的戈壁荒漠,照样枝繁叶茂倔强生长。当体内盐分积累过多时,便从树干的节疤和裂口处将多余的盐分自动排泄出来,形成白色或淡黄色的块状结晶,俗称"胡杨泪"。诗中的"老胡杨树",指尉犁县城东北一个罗布人家宅院中的千年古胡杨,该树历史久远而依然茂盛。诗的前两句写景状物,描摹老胡杨树长满黄叶的枝丫伸向蓝天,染凉了整个秋季。后两句运用拟人手法,赋胡杨于性情。"说大唐"是全诗的聚焦点,诗歌的意蕴也由此生出。老胡杨树的"讲说",让人联想到汉唐时期对西域的经营,而岁月"熬成"的"胡杨泪",则成了艰辛创业的象征。诗中不仅表明新疆自古就是祖国不可分割的一部分,也让读者感悟到今天的新疆建设,是古代西域开发的延续,我们应该珍惜、维护当今新疆的大好形势。这两首七言绝句,都在时空交叉、古今联动、写景状物中,生成了作品深远的历史意蕴,从而使短小的七绝篇章,变得意境深邃,淳厚有味。

---

①刘勰:《文心雕龙·神思》,载王利器《文心雕龙校证》,上海古籍出版社,1980,第187页。

第二节　时代、山水、民族风情的纵情吟咏

　　讴歌我们这个伟大的时代,是星汉诗词的重要内容。星汉畅游祖国各地,访古寻胜,纵笔书写,赞颂着社会的发展与繁荣。如《参观三峡大坝感赋》《曹妃甸工业区》《参观引大入秦工程感赋》《青藏铁路火车上夜望》等都是如此。而对新疆的山川风物以及社会的巨大变化,星汉更是引吭高歌。在这方面,他有着自觉追求。其在《天山韵语·后记》中说:"新疆是养育我的地方,我热爱新疆。模仿前贤,写点儿东西,以证新旧之变,这就是《天山韵语》要出笼的初衷。"此语虽然平和,但却道出一片赤子之情。我们看两首作品:

　　　　五十年前事,一见暗心惊。西征虎旅居处,掘地覆柴荆。上对苍天无愧,下接黄泉何惧,大野数寒星。谈笑与风雨,餐饮伴蚊蝇。　　辟荒漠,引雪水,赖人耕。军旗映日如血,换得稻田青。我向高楼广厦,但愿红男绿女,勿负老屯兵。试看酒杯里,犹有汗珠盈。

　　　　　　　　　　——《水调歌头·石河子博物馆见兵团地窝子照片感赋》

　　　　于阗古国稻香盈,绿到昆仑第几层? 只为一生掏赤胆,便教千水舞青绫 。情操今日夸王蔚,魂魄前身即李冰。父老心声何处觅,颂歌都在半空凝。

　　　　　　　　　　　　　　　　　　　　　　——《谒王蔚墓》

星汉讴歌时代的作品,往往因具体事件的触动而生发感慨,在饱含激情中以小见大,彰显时代精神,故而真切动人。第一首词由所见当年兵团战士住"地窝子"的照片而触动心弦。起句即摄人心魄:"五十年前事,一见暗心惊"! 所以"暗心惊",是因为意想不到:当年战场上威风凛凛的"西征虎旅",在铸剑为犁、开垦荒原时的居所,竟然是"掘地覆柴荆"的"地窝子",其艰难困苦可想而知。而他们在"上对苍天""下接黄泉""大漠数寒星""餐饮伴蚊蝇"的艰辛环境里,胸中荡漾的却是"无愧""无惧""谈笑与风雨"的慷慨与乐观。这正是那个时代的大无畏的革命精神。词的下片写今昔巨变,表明正是当年兵团战士流汗流血的艰苦奋斗,才换来了今天的"稻田青"和"高楼广厦"。结尾对"红男绿女""勿负老屯兵"的期盼,也就引人

深思了。第二首诗是拜谒王蔚墓时生发的对勤政为民者的赞颂。王蔚生前是和田行署副专员,著名的水利工程师,一生为发展和田的水利事业,鞠躬尽瘁,死而后已,深受和田各族人民爱戴。此诗以凝练的语言,生动的形象,恰当的典故,描写王蔚的业绩、精神,以及和田父老乡亲的感激之心,字里行间洋溢着真诚的赞美之情。其他如,《参观乌鲁瓦提水利枢纽工程》《过沙漠公路》《瞻石河子广场军垦第一犁塑像感赋》《参观农一师幸福农场》《与诸诗友雨中赴一三零团场采风》等,都展现着新疆的巨大变化,荡漾着浓烈的赞颂情怀。

星汉纵情新疆山水,陶醉民族风情,足迹"行遍天涯"。而其登高必赋、触景即吟的诗人气质,促使他写下大量吟咏山水风物的作品。那雄峻的雪域冰峰、奇丽的山川风景、浓郁的乡土民情,在其笔下显得五彩斑斓。我们看几首作品:

> 此地风光绝,九州无匹俦。云波常袭足,松浪欲倾头。雪拥青崖稳,风吹赤日流。登高天地远,一望散千愁。
>
> ——《六月二十七日翻天山》
>
> 雪岭摩天正上方,驱车坠入百花囊。羊群随意银镶碧,野卉无言紫间黄。截路瀑流声似怒,缠云奇石势如狂。牧人归处斜阳晚,一缕清风马奶香。
>
> ——《果子沟》
>
> 南指昆仑下,驱车入浩茫。千田披碧绿,一水破玄黄。山影牛羊远,风声草木香。乡情巴扎里,笑语话康庄。
>
> ——《溯喀拉喀什河》

第一首写新疆天山。首联出语即惊叹这里风光绝佳,九州山峦都难以和它媲美。接下来两联,从"云""松""雪""风"等角度,具体描摹山峰之高俊、松涛之磅礴,以及大雪覆青崖的雄奇、"风吹赤日流"的奔放,令人叹为观止。尾联以自己登高远望、心胸开阔、愁绪尽消的感受,进一步烘托天山的雄奇壮丽。第二首描写北疆伊犁的果子沟。果子沟位于西天山的霍城县境内,全长28千米,地势险要,沟中长满野生苹果、山杏等各种果树花草,景色优美动人。首联写果子沟上方是"雪岭摩天",险峻无比,而行入沟中则是如坠"百花囊"中,令人眼花缭乱。中间两联对仗工巧,色彩艳丽,意象鲜明,既有"羊群随意银镶碧,野卉无言紫间黄"的清幽,又有"截路瀑流声似怒,缠云奇石势如狂"的奔放,动静相衬,优美与壮美相得益彰。尾联则描摹出一幅生活气息极浓的画面,那牧民毡房飘来的马奶芳香,令人心醉。全诗状物写景形象生动,使人如身临其境。第三首描写南疆和田喀拉喀什河流域的景观。喀拉喀什河,源于喀喇昆仑山麓,流经墨玉县后汇入和田河。河中盛产墨玉,故史称"墨玉河"。此诗写沿喀拉喀什河行走所见之景。在写法上又与前诗不同,它不是聚焦于某一处景观,而是采用"移步换形"之法,展现出一幅画卷长廊。首联写出发,而"入浩茫"一语,正见出和田大沙漠的地貌特征。中间两联,写随着车辆行进,大漠出现了绿洲奇观:千亩良田碧绿流波,而一条喀拉喀什河冲破黑石黄沙,向远处流淌,滋润万物。往前行又见山坡草地牛羊成群,随风飘来的野草清香,沁人心脾。尾联转为社会景观的描摹:在货物琳琅满目的乡镇集市上,维吾尔族老乡欢声笑语,谈论着生活的美好。全诗移步换形,流走飞动,而喀拉喀什河流域美好的自然景观和人文风貌,如在目前。

星汉的写景诗,不仅境界高远开阔,画面生动活泼,而且还蕴含着浓烈的激情,具有很强的艺术感染力。如《火烧山》:

千年大漠旧精魂,羞向青山说入群。遍体自烧犹未尽,下烧红柳上烧云。

诗以拟人的手法,写吉木萨尔县五彩湾境内的火烧山,是千年大漠的"旧精魂"凝聚而成。它赤身火红,寸草不生,所以并不想进入郁郁葱葱的青山之列,而是甘于在戈壁"自燃"。火烧山在"遍体自烧"的悲壮中,也"烧"红了大漠的坚韧红柳,"烧"红了天空的戈壁云霞。"烧"字的三次重叠复沓,传神地勾勒出整个宇宙空间,所生成的火焰飞腾的悲壮景观。诗人对火烧山形象作如此描摹,显然是注入了西部人慷慨悲壮的火热激情,从而呈现出一种迥异于翠绿青山的另样的磅礴生命力。恰如刘勰所说的"写气图貌,既随物以宛转;属采附声,亦与心而徘徊"。[①]诗人在随物赋形、心物相感中,荡漾着热烈的情怀,不仅使作品生成了强烈的艺术感染力,也使读者的眼界、心胸,为之开拓,为之震撼,在领略西部山川壮美的同时,引发出超越"火烧山"本身的丰富联想。

新疆是多民族聚居区,独特多彩的民族风情,引起众多诗人的吟咏。而星汉的这类作品,则是更多的聚焦于普通民众的日常生活,其笔下的少数民族民间工匠、草原歌手、农民、牧民、妇女、儿童等形象,无不清纯可爱、栩栩如生。洋溢于诗中的那种新鲜、亲切、欣喜之感,充分体现着作者的"接地气"。这种特点的形成,与其出身于农家的人生浸染,应有很大关联。从艺术上看,这些作品或如人物素描,或如场景速写,寥寥数笔,而神态、情韵毕现。在展现新疆民族独特风情的同

---

① 刘勰:《文心雕龙·物色》,载王利器《文心雕龙校证》,上海古籍出版社,1980,第278页。

时,别具一番动人的魅力。我们仅以体制短小的七言绝句,来窥一斑:

九分黄土一分水,手里山河已改形。昨夜不言操作苦,泥壶装入半天星。

——《英吉沙赠维吾尔族陶者》

但融顽铁一炉青,砧上轻锤起乐声。时价平平交易好,不教烦恼进凉棚。

——《英吉沙赠维吾尔族锻小刀者》

烦忧都付西风烈,百载沧桑才一瞥。鞭指乱云飞渡时,银须已染天山雪。

——《察布查尔草原逢牧人》

树荫碧染络腮胡,一马轻蹄仪态舒。巴扎归来天尚早,菜园屋后又提锄。

——《伊宁县吐鲁番圩孜书所见》

马蹄荡处大荒开,三两女郎香抹腮。柯尔克孜衣饰改,也如模特入城来。

——《阿图什途中书所见》

葡萄架下煮砖茶,写字巴郎带看瓜。白日当空幽院静,抹金萱草正开花。

——《伊犁农家》

第一首诗写英吉沙县城用黄土制作陶器的民间匠人。他们技艺娴熟,常常工作到深夜而从不言苦。"泥壶装入半天星"一语,不仅描摹出手工艺人的辛勤劳作,也传达出手工艺品的精美。至于"手里山河已改形"的描写,不仅展现着制陶艺人的娴熟技艺,也蕴含着"劳动本身就是一种创造"的本质特征,颇具韵味。诗中明快、浪漫的格调,洋溢着作者的惊叹与赞美。第二首诗写英吉沙小刀的锻造者。英吉沙小刀是闻名遐迩、享有盛誉的工艺品,其锻造纯用手工。"砧上轻锤起乐声",既是实写工匠锻刀之声,抑扬顿挫有如音乐,也传达出匠人劳作的快乐。而"时价平平交易好",则彰显着民间工匠在当时经济大潮冲击下,仍然崇尚公平交易的淳朴情怀。第三首诗,描写察布查尔草原上饱经沧桑的锡伯族老牧民。末句"银须已染天山雪"的肖像描画,是全诗的聚焦点,诗歌一二句的议论、第三句的描写,均由此而生发。把画龙点睛式的重要一笔置于句末,不仅给人留下的印象十分深刻,更能唤起读者的遐想,使人觉得意犹未尽。锡伯族原本生活于我国的东北,乾隆二十九年(1764年),在平息准噶尔之乱后,清政府为了加强伊犁地区防务,从沈阳抽调锡伯族官兵1 000余名,连同眷属4 000余人西迁伊犁,组建锡伯营,开始了集军事、行政、生产等功能于一体的"兵屯"。锡伯族西迁之后,繁衍生息,为维护祖国统一和新疆的稳定作出了巨大的贡献。正因如此,诗歌前两句才有烦恼都付西风、瞬间已过百年的感慨。他们虽然在屯垦戍边中老去,但豪气犹存。诗中"西风烈""天山雪"的雄放意象,以及"鞭指乱云飞渡"的神态描摹,再加上选用铿锵短促的仄声韵脚,便使作品染上了浓郁的沉雄色彩,而锡伯族老牧民的形象也带上了百年沧桑的古朴与凝重。第四首写维吾尔族农民的勤劳。一二句描写人物肖像,"络腮胡"写其外貌,"仪态舒"见其神态,而以"树荫碧染""一马轻蹄"来限制修饰,则点明了人物的农民身份。写人必然要和一定的时间、地点、事件相联系,才能突出其精神情怀。所以接下来作者选取了特定的生活细节,描写这位农民从集市回来后,看到天色尚早,于是又提锄下地干活。这一情节看似平常,其实颇具匠心,因为它形象地再现出维吾尔族农民淳朴、惜时、勤劳、奋进的精神风貌,颇具白描的神韵。全诗语言浅显通俗、明白如话,就像农民一样质朴,而画面则鲜活生动,情味深长。第五首写的是柯尔克孜族姑娘。她们擅长骑马,随着时代的发展变化,也更加爱美,进城时打扮得犹如模特一般,时髦而靓丽。作品从一个侧面反映了改革开放后,边疆各少数民族女性精神面貌的变化。第六首诗,写维吾尔族农家儿童,一边读书写字,一边帮着父母照看瓜地,大有"农村孩子早当家"之意。而"抹金萱草正开花"描摹,一语双关,既是写景,又是作者联想中的判断:这样勤奋而又懂事的孩子,长大后一定会成为优秀的人才。这种美好愿望的寄托,用的正是屈原"香草美人"的比兴手法,故而含而不露,韵味深长,称得上是"状难写之景如在目前,含不尽之意见于言外"。

历来绝句中,为人物造像的很少,而为少数民族普通民众塑像的,更如凤毛麟角。星汉善于观察,精于描绘,他的这些七言绝句,在亲切、自然、平和、从容中,以清新的语言,将人、事、情、景融于一体,使得人物形象栩栩如生,各臻其妙。在拓展传统西域诗歌题材的同时,也客观再现了当代新疆民族团结的社会现实。

星汉对社会现实,不仅有"美",也有"刺"。其针砭时弊,往往入木三分,而对官场的不良风气,尤为深恶痛绝。这里有直接描写,如《千佛洞见为小童驱鬼事,感赋》。诗写在荒郊野外、又脏又乱的千佛洞,"黑且肥"的巫婆,"手持铃铛串"正为患者驱鬼。此时忽见"豪车城里来,威风杂傲慢。车主仰油头,太太露粉面。自称级别高,做官非本县。"在介绍四岁小儿的病情后,巫婆开始"作法":"母子蒙红绸,巫婆施手段。闭目头频摇,咒语口中念。铃声满虚空,神水喷弥漫。夫妻甚虔诚,磕头如捣蒜。"而孩子却是"已受惊""依人全身颤""从此一生中,心理难康健。"作者在诗的结尾感叹:"闻到请大神,花钱须过万。台上讲话时,此举谁曾见?"此诗铺叙描写并用,颇具白居易新乐府诗的味道。其中官员在巫婆面前"磕头如捣蒜"的愚昧,花钱万元请大神的"豪掷",与其"台上讲话时"的冠冕堂皇,形成鲜明对比,诗的意蕴便自然而现。星汉对官场不良风气的批评,更多的是在观景、咏物中,顺手一击,荡漾着"诗"的韵味。如《癸未冬牡丹江入雪堡见人物塑像作》:

> 小城围就小乾坤,兼备形神可乱真。我似官场见公仆,热心人对冷
> 心人。

观看冰雕,在北方可谓司空见惯,无甚新奇。但此诗却写得别具韵味。一二句描摹具象,从环境写到人物,称赞其"兼备形神可乱真"。但接下来并没有"跟踪报道",写其如何形神兼备、可以乱真,而是笔锋一转:"我似官场见公仆,热心人对冷心人。"在不动声色中,将某些"公仆"对普通百姓的冷漠,描摹殆尽。其他如:

> 依稀当日旧容颜,内里全无一寸丹。也似今朝名利客,官场学样与
> 人看。
>
> ——《开封包公祠观塑像有感》
>
> 鹤算孤高未见真,虚声千里到青云。但凭一顶红帽子,便向家禽夸
> 立群。
>
> ——《丹顶鹤》
>
> 脚踏三江岁月闲,手头宽绰惹人攀。也无心肺也无骨,不倒原来有
> 靠山。
>
> ——《乐山大佛》
>
> 不言辛苦不言忙,轨道遵循日月长。但使胸中群众在,高低上下又
> 何妨!
>
> ——《咏电梯》

这几首诗意象鲜明,语言通俗而又畅达明快。不论是面对包公祠塑像"依稀当日旧容颜,内里全无一寸丹"的感叹,还是对丹顶鹤"但凭一顶红帽子,便向家禽夸立群",对乐山大佛"也无心肺也无骨,不倒原来有靠山"的描摹,抑或"但使胸中群众在,高低上下又何妨"的期盼等,都能一语道破现实生活里某些侧面的真相,而引人深思。这些作品表明,无论是"美"还是"刺",都彰显着诗人关注现实的社会责任感。

第三节　亲情、友情、个人性情的真切表达

亲情、友情是人类最美好最纯真的情感,也是人的个体生命中最可留恋、最可宝贵的精神财富。星汉的这类作品情浓、情深,真切动人。如《乙亥三月昌吉野外葬父》一诗,抒发老父辞世后的哀痛。前四句写老父亲历经三次时代变迁,在艰辛的生活中惨淡支撑、操劳一生。"万里携家求一犁""榆关北又玉关西"的描写,将一个父爱如山、携家挑担、奔波操劳的慈父形象,展现得历历在目。作者的感恩之情,也溢于言表。后四句书写自己的愧疚与悲痛。父亲辞世之"茫茫",自己大半生之"碌碌",都在"泪洒天涯春草碧,暮云远去夕阳低"的情景描摹中,表现得淋漓尽致,可谓真切动人。其《土豆吟》,则通过对父亲携家进疆、于荒山种植土豆聊以充饥的生活追忆,表达对亡父的思念。诗的最后写道:

> 而今白头猛回首,屡见白云成苍狗。老父长眠守天山,坟前来浇三
> 杯酒。三杯酒,跪清明,一盘土豆双手擎。生死隔,音信绝,墓碑高竖冷
> 似铁。烧纸又增泪水热,我随悲风长鸣咽。纸灰飞起空中灭,悲风随我
> 长鸣咽。

真挚深切的情感,令人读之动容。再如《己巳除夕医院侍母》,首联诉说多年不能照顾母亲的愧疚。颔联叙写医院陪侍母亲时的担心、焦虑,夜不能寐等,都是母子挚情的体现。颈联回忆母亲在艰辛的环境里,操心、关爱子女的生活细节,则是寸心难报春晖的真情流露。尾联"惊闻爆竹满街巷,知是人生一岁移"的感慨,既呼应诗题中的"除夕",又凸显出孝敬父母、时不我待的情怀。

如果说这些对父子、母子亲情的再现,带着一种感恩、愧疚、悲怆的话,那么对夫妻情爱的描摹,则荡漾着一种温馨。如《返京途中车过戈壁怀内》:

> 火车长路费沉吟,大漠深深夜亦深。新月如钩欲西下,上加泪点即
> 成心。

诗写离别后对妻子的思念。当列车行进于苍茫大漠之中,夜色深沉,而作者的离愁也充盈整个空间。目睹车窗外,新月如钩,作者于思念中突发奇想,那挂于西天的如钩新月,加上我的相思"泪点",不就是一个"心"字吗!于是有了"新月如钩欲

西下,上加泪点即成心"的咏叹。这一想象可谓奇妙,它不仅写出内心思念的凄苦、真挚,又扣合妻子"文字心"的"心"字,一语双关,堪称妙绝。夫妻恩爱、心心相印之情,溢于言表。星汉又善于精选典型性的生活场景或细节,来再现夫妻之情。比如,《十二月十一日夜业余大学授课归舍》:

> 脚下高低似酒威,扑身片片雪花肥。高楼灯黑一窗亮,知是妻儿待
> 我归。

此诗选取一个大雪纷飞的寒冬夜晚,作者为业余大学授课后临近家门的典型场景,表达夫妻间的相濡以沫以及亲情的美好温馨。一二句极力铺排漆黑夜晚雪中跋涉的艰辛。"似酒威"三字,把在雪路行走、跌跌撞撞、深一脚浅一脚的狼狈相,刻画得栩栩如生。一种业余上课贴补家用、筋疲力尽的生活酸辛感,油然而生。但第三句却一转,摄取了一个"高楼灯黑一窗亮"的特写镜头,那在大片黑暗中透出的小窗灯光,不仅使得诗作画面色彩鲜明,而且使作者的心头瞬间一颤,那是妻子和女儿在"待我归"呀!家人在寒冷的深夜尚未入睡的等待、担忧、牵挂与关心,都在这一画面中得以呈现。诗人顿觉虽然劳苦,但却非常温暖温馨。这种"无声胜有声"的亲情描摹,正是此诗的动人之处。

星汉在亲情吟咏中,描写父女之情的作品最多。在其女剑歌小学、中学、大学、研究生以及出国读博等不同生活阶段都有诗作,可见舐犊情深。仅举两首绝句,一窥豹斑。如《乙丑元宵夜车中作》:

> 一别边城山水长,情思雪野两茫茫。遥闻儿唤难成梦,闲看车轮碾
> 月光。

星汉曾长期在外学习调研,对女儿的牵挂之情难以自已,故而时常系之于诗。这首绝句就是在寒假结束重返京师的途中所作。元宵夜本是与家人团聚、与爱女观灯的美好时刻,但作者却要与亲人别离。这种落寞而又难舍难离的情怀,在诗歌"情思雪野两茫茫"的辽阔凄冷境界中,表现得含蓄蕴藉而又淋漓尽致。正是因为情深意切,才会产生"遥闻儿唤"的错觉,而难以成梦的无尽思念,则又化成了"闲看车轮碾月光"的无奈。末句中的"闲看"绝非等闲之笔,车轮碾轧着窗外的月光,实际上也碾轧着作者的心灵,蕴含着作者的爱女深情。再如《回家初见剑歌》:

> 片时呆立似含疑,俄尔高呼报母知。恐我今天还复去,抱头双手不
> 稍离。

诗歌描写别离多日与女儿初见的情景,惟妙惟肖。不论是"片时"的"呆立",还是"俄尔"的"高呼",都把女儿见到久别父亲时的那种初而乍疑,进而惊喜的情境,表现得栩栩如生。而"抱头双手不稍离"的动作表情,进一步表现了女儿恐怕父亲再

度离开的依恋之情和不舍之态。全诗极写女儿对父亲久别重逢的依恋,而父亲对女儿的挚爱之情,也在文字之外得以展现。

星汉写友情,又往往运用新颖而恰当的比喻,以景结情,在含蓄蕴藉中,动人心脾。如其:

> 铺梦烟云落眼前,唤回春雨夜吟缘。思君恰似盘山路,百里柔肠到顶巅。

——《过阿尔泰山寄友人》

> 轻车盘绕伴秋高,时有飞云慰寂寥。此日思君心似火,化成红叶满山烧。

——《过吕梁山寄友人》

第一首写作者乘车翻越阿尔泰山之际对友人的思念。一二句由眼前所见朦胧之景,引发对当年"春雨夜吟"的美好回忆,思念之情充溢胸中而难以尽言。故而三四句借助"思君恰似盘山路,百里柔肠到顶巅"的比喻,来表达情怀的真切,于含蓄蕴藉中给人留下丰富想象的余地。第二首中诗人思念朋友的火热情怀,也没有直接描述,而是以"化成红叶满山烧"的意象来表达、彰显"思君心似火"的热烈,于"虚实相生"中表达出友情的真挚。

星汉奋进、抗争、孤傲、耿介而又旷达的个性,也在诗中得以袒露。如《骆驼刺》,便在咏物中彰显着抗争与孤傲:

> 根穿大漠向天争,每借逆风舒性灵。寂寞千年堪自慰,老来依旧愣头青。

"骆驼刺"这种植物,扎根于土地养分非常贫瘠的戈壁大漠,但却有着顽强的生命力。在此诗中,作者不仅赋予它倔强"向天争"的性格,而且还有着"每借逆风舒性灵"的孤傲、自得。尽管身处荒凉戈壁、千年寂寞,但到老也不会改变自己翠绿的本色。内心的坚韧与对信念的坚守,溢于言表。"愣头青"一词,可谓一语双关,它既指骆驼刺的青绿颜色,也指做事冲动、不管不顾、不计后果的人。诗人对景物的审美观照,实际上是在观照自己,物象正是心象的投影。此诗在"自嘲"的背后,所表达的是不甘从俗、我行我素和放荡不羁的个性情怀。难怪其妻读此诗时说:"夫子自道也。"①这种倔强甚至悲壮的性情,在《过沙漠胡杨林》中表现得也很突出:

---

① 剑歌:《天山韵语·序》,作家出版社,2005。

飞沙起处任颠狂,自耐天涯四月凉。就简删繁也如我,苦撑诗骨向苍苍。

胡杨,生长于环境恶劣的沙漠,但坚韧挺拔、生命力极强。诗的前两句为胡杨画像:它顶风傲立于戈壁沙漠,任凭飞沙走石的击打而毫无惧色;虽然时至四月,新疆寒冷的大地尚无绿色,但它仍然在寂寞苍凉中等待盎然春意的到来。后两句将自我形象融入其中,于心物相交中传达出坚韧、执着、逆境中顽强抗争的性情。

其他如,"遇事每吹心眼好,放言难改嗓门粗"(《六十初度》其二),"老子平生何惧险,前程不用小儿扶"(《己丑首夏,徒步经车师古道翻越天山,小儿剑荻侍》),"实心尔我喜相逢,何惧云山路万重"(《昭苏访草原石人》)等诗句,也将其耿直豪爽的个性,表达得虎虎生风。至于"白云苍狗变幻频,不死依然朝前走"(《车师古道行》),"人生旅程多磨炼,移摩古道何足算。回首白雪映霜丝,赢来豪气冲霄汉"(《移摩古道行》),"口诵太白蜀道难,手指青天奋力攀。天山鸿古我未老,敢与天山比坚顽"(《天山日光城浴雨》)等,又在砥砺前行中带着一种豪气。而"精神于我风飘絮,朝野由人鬼画符"(《六十初度》其二),"茫茫天地外,何必问前程"(《奎屯道中》),"前途何必晴阳照,稳步平川自可寻"(《雨中下武当山》),"无铜臭,缺官瘾,有书香。一身轻便吟骨,行处自昂昂"(《水调歌头·独登海宝塔》)等,则彰显着性情的旷达。

袁枚曾说:"诗者由情生者也,有必不可解之情,而后有必不可朽之诗。"[①]星汉对新疆这片热土有着酷爱之情,无论是对社会发展变革的赞颂,还是对山山水水、民族风情的描摹,都是从肺腑流出;而对亲情友情个人性情的咏叹,也是情真意切。故而其诗词能在盎然的情趣中,深深打动读者。

第四节　星汉诗词的艺术风貌

星汉娴熟诗词音律、技法,其创作不仅各体兼擅,而且佳作纷呈。他的七言绝句,善于选取自然或生活中的精彩片段,予以聚焦特写,用最经济的艺术手段,营

---

① 袁枚:《随园诗话》卷五《答蕺园论诗书》,人民文学出版社,2006。

造出优美的境界,抒发着灵魂深处的激情与感悟,含蓄蕴藉,语近情遥。他的律诗,若拟之古人,则是李白的气质、杜甫的写法:情感恣肆、放荡不羁,而又对仗工稳鲜活,在反复推敲锤炼中,追求着"语不惊人死不休"的效果,故而令人心动神摇,激赏不已。这与他自己所说在"玩儿命写诗"的创作态度,密切相关。其词则意蕴厚重,往往在参差跌宕中,荡漾着郁勃、雄奇之气。而古风歌行如《车师古道行》《移摩古道行》等,也是声韵铿锵、气势磅礴,读之令人激昂振奋。

星汉诗词以鲜明的艺术个性和突出的创作成就,引起学界的广为关注。李修生先生认为其诗以"真性情,有韵味"著称,①王佑夫先生称其"创造新境,自成高格"。②褚宝增则将星汉列为"国龄四杰"之首。其在《诗坛"国龄四杰"说》中认为:"论与共和国几近同龄的诗词大家,仿'初唐四杰'制,名曰'国龄四杰'。当推新疆星汉、上海杨逸明、江西熊盛元、重庆陈仁德,简称'王杨熊陈'。王诗斗深斗狠,无有出其右者;杨诗争巧争新,无有出其右者;熊诗游学游艺,无有出其右者;陈诗宗正宗雅,无有出其右者。"③

至于星汉诗词的艺术风格,学界也有具体描述。如王佑夫先生认为:"星汉诗词的主导风格,当以'清新雄奇'四字许之。"④而更多论者,则以"豪放"称之。如诗界泰斗刘征老先生在《新风集·总序》中说:"星汉豪放,逸明清健,亚平骚雅。"⑤和谈博士则运用统计学方法,以星汉《天山东望集》为例,检数其诗词用语,指出其中带有豪放色彩的"豪"字出现了55次,"放"字有58处,"雄"字出现了71次,"壮"字有36处,"狂"字有44处,"啸"字有38处,"剑"字有42处。而表示婉约色彩的"娇"字只有11处,"柔"字有17处,"嫩"字有3处,"媚"字有3处。⑥以证星汉对豪放之语的偏好。这些阐述,都颇有见地。我也曾将《新风集》中杨逸明与星汉的作品对读,感觉读杨先生诗如品清茶,读星汉诗如饮烈酒,茶、酒皆饮中珍品,但趣味不同。虽然,若静而思之,又觉古今诗人"豪放"者众多,犹如戏曲舞台之"脸谱",属于一种类型的特征,并不能充分显示出星汉的独特个性。那么星汉诗词的独特个

①《清代西域诗研究·序》,上海古籍出版社,2009。
② 王佑夫、李志忠:《远拓诗疆随牧鞭——星汉诗词论略》,《新疆师范大学学报(哲学社会科学版)》2006年第2期。
③ 褚宝增:《诗教煌煌》,中国大地出版社,2017,第73页。
④ 王佑夫:《明月出天山——略评星汉西域诗的独特魅力》,《中国出版》2006年第4期。
⑤ 易行主编《新风集》,线装书局,2009。
⑥ 和谈:《浅论星汉先生诗词的艺术风格》,《中华诗词》2012年第3期。

性是什么呢？

风格即人。诗人有个性，作品才会独具风貌。元末的杨维桢曾说："诗者，人之情性也，人各有情性，则人各有诗也。"（《李仲虞诗序》）这里的情性不是泛指感情，而是指因人而异的个性。星汉的个性是什么呢？易行先生曾从星汉做事之"怪"，来谈星汉个性。比如，星汉反对平水韵，但自己作诗却是既合新韵又严守平水韵。出版诗集让小女作序，孩子对"个中酸甜苦辣"说不清楚，说什么"也都没有错"，等等。进而感叹："星汉很怪，怪得让人摸不着头脑！"诸多怪事，"也算符合他特立独行的精神吧！"①以"怪"见星汉之特立独行，可谓中的之言。

言为心声。我们还可从星汉诗词中所袒露的情怀，来看一下他的个性。星汉是多情、至情之人。这在上述亲情、友情诗中已见一斑，但并不限于此。比如，《马嵬坡》：

> 又值东风绿满坡，明皇不见旧山河。倘能一语来承罪，未必三军敢倒戈。栈道梦魂悲路远，墓门杨柳带情多。当时我是唐天子，定代阿环系素罗。

古今诗人吟咏马嵬坡的作品很多，大多指向唐明皇的荒淫误国，或者对杨玉环红颜薄命抒发感慨。但星汉却是："当时我是唐天子，定代阿环系素罗。"一个多情才子的形象，跃然纸上。至于《雁荡灵峰观音洞香火甚盛，求签者亦夥。某女大学生求签得下下，沮丧之极，求余解之。余笑谓："此签归我，灾难降我，尔可无虞矣。"彼笑而去。感赋》："读书历事老来多，生死无须问佛陀。一向铁躯能受难，再加数难又如何？"题、诗互参，又见其在"多情"中，伴随着潇洒旷达。星汉至情的率真，也常常出人意料。如其清明上坟，祭奠先人，将自己的著作焚于墓前，来慰藉亡灵，道是"不烧冥纸烧文字，此是故乡灯火钱"（《年来出版著作四种，清明焚于严慈墓前》），则又在真性情中带着一种率性而为。而上节所引《骆驼刺》《过沙漠胡杨林》《六十初度》《己丑首夏，徒步经车师古道翻越天山，小儿剑获侍》《昭苏访草原石人》《车师古道行》《移摩古道行》《天山日光城浴雨》《奎屯道中》《雨中下武当山》《水调歌头·独登海宝塔》等作品中的诗句，又袒露着星汉坚韧、倔强、奋进、粗豪、抗争、孤傲、耿介而又旷达的个性。

结合星汉的人生经历、为人处世以及其诗词中袒露的个性情怀，可以说山东汉子的性情底色、深刻的人生体悟，与新疆巍巍崇山峻岭、茫茫戈壁大漠的环境浸

① 易行主编《〈新风集·星汉卷〉编后》，线装书局，2009。

染,形成了星汉多情率真、坚韧孤傲、粗豪大气、执着进取而又潇洒旷达的个性。再加上才子的灵气、学者的功底,以及娴熟的写作技艺,便使其诗词呈现出独特风貌。

艺术风貌,是作品的情感内容与艺术特色的综合表现。由于星汉的诗词数量众多,题材多样,艺术风格也显得丰富多彩。若大而论之的话,则可以说在雄奇奔放之中流荡着一股磅礴的豪气,是其诗词情感的主调;而在触景生情之际,充满奇思妙想的精巧构思、亦庄亦谐的笔法、清新活泼的语言,与厚重的意蕴、奔放的豪情相融共振,而生成的新奇意境,则是其诗词的艺术魅力所在。正所谓"有性情""有境界"也。下面从诗中有我、激情奔放,构思巧妙、想象奇特,古今交融、意蕴厚重,亦庄亦谐、妙趣横生等方面,做些阐释,来感受一下星汉诗词艺术境界的"沁人心脾"与"豁人耳目。"

诗是以情动人的,"感人心者,莫先乎情"(白居易《与元九书》)。星汉的诗词情感浓烈,其直抒胸臆者,自不待言,即使写景,也都有一个激情奔放的"我"在,故能打动人心。我们看两首绝句:

> 碧空飞落万山惊,天马松涛助壮声。我出穹庐抬醉眼,狂流似向酒
> 杯倾。

> ——《天山白杨沟观瀑》

> 雪峰四面是谁栽,俯首无言直费猜。何必穹庐愁酒尽,帘掀即放大
> 河来。

> ——《布尔根河边痛饮,醉后作》

第一首前两句,描写天山白杨沟瀑布的咆哮轰鸣与满山松涛的奔腾声响相融共振,气势磅礴。正是在这种天地震撼的艺术氛围中,"自我"登场了:诗人从哈萨克毡房走出,"抬醉眼"眺望瀑布,瞬间生出"狂流似向酒杯倾"的浩叹。那狂奔直泄的瀑布,竟像倒入酒杯的烈酒,作者开怀豪饮的情态、奔放激荡的襟怀,跃然纸上。这种激情的注入,正是全诗的灵魂,不仅表现出景观的雄奇,更见出人物的奔放性情。第二首诗也是在飞动的自然景观中,跳动着诗人的激情,使得诗篇在流走飞动中,荡漾着一股豪迈奔放之气。其他如《己卯夏登冰达坂望一号冰川》中"万紫千红脚下抛,空山一啸破幽寥",《甲申人日自乌鲁木齐乘机赴伊犁,下望天山》中"谈笑乘风逐日西,乱峰借我布雄奇",《经艾肯达坂下天山》中"马趁秋声开草域,我披雪影到人间",《丁亥夏游天山神木园》中"我与肩头众飞鸟,齐声吟唱各忘形",《过昭苏草原》中"南风吹绿过昭苏,千里荒原荡一呼",等等,都在山水中宣泄

着主观性情,从而使其笔下的山水带上浓烈的感情色彩,增强了作品的感染力。

作者的个性决定了作品的创作特色,星汉即使走出新疆的吟叹,也往往落笔于名山大川,荡漾着一股雄豪之气。如《水调歌头·戊寅秋观黄果树瀑布》:

> 寒瀑自天降,千里走滔滔。直教大地为鼓,万古任狂敲。震起青山无数,都向晴云高处,挺拔展长腰。山又撑红日,日又把霞烧。   洗鄙吝,扫怯懦,淡牢骚。心随雪浪东去,浩荡卷新潮。不负山河雄壮,不负杯中佳酿,吟兴正扶摇。趁此星河水,对景试挥毫。

词中不论是上片的描景,还是下片的抒怀,都浸染着作者性情的奔放与雄豪。

构思巧妙、想象奇特,是诗词创作出奇制胜的法宝。星汉写诗,总是有着许多奇思妙想,故而能别开生面,新人耳目。如其《游卢沟桥感赋》:

> 石狮依旧对苍苍,亲见八年烽火狂。此地夕阳西下后,朝朝带血起扶桑。

当代诗词中描写中国人民浴血奋战的抗日题材作品众多,其中以"卢沟桥"为题材的不在少数。但此诗却构思巧妙,立意别开生面。前两句写卢沟桥上的石狮子作为历史见证,"依旧"面对苍苍青天、茫茫大地,呐喊呼号,彰显着当年全民抗战的"烽火狂"。鲜明生动的形象,为下文蓄足了气势。后两句的意象描摹,想象新奇,寓意深刻。"此地夕阳西下后,朝朝带血起扶桑",意为随着地球的运转,那卢沟桥畔落下的烈士鲜血染红的夕阳,明朝又带着淋漓的血迹在"扶桑"升起,日复一日,年复一年,周而复始。中国将士抗战的惨烈,日本帝国主义的残暴,都在这一艺术境界的描摹中,表现得淋漓尽致。而对国人以及日本人的警示,更是意在言外。全诗在虚实相生的巧妙构思中,以鲜明的意象,表现出苍凉悲壮而又沉郁厚重的历史意蕴,含蓄蕴藉,令人唏嘘。此诗在2005年"纪念抗日战争胜利60周年'红金龙杯'诗词楹联大赛"中获特等奖,评委的评语谓:"大有人天震怒,日月变色之概,非神来之笔难臻此境。"可谓中的之言。

星汉诗词的奇思妙想,也体现在自然风光的描写上。如《草原日出》:

> 日轮拔地带风声,千里新红压草青。堪笑牛羊梦醒后,却寻昨夜满天星。

首句写草原日出,而以"拔地"状之,既雄浑有力,又新奇无比。不仅"拔地"而起,而且还"带"出呼啸的风声,在奇特的想象中,将如轮之日喷薄而出的气势描摹得淋漓尽致。第二句"千里新红压草青"的"压"字,十分传神,将太阳初升,千里红霞压低辽阔草原的恢宏景观,刻画得惟妙惟肖。三四句笔墨一转,以新奇的想象、拟人化的手法,描写"牛羊梦醒"而仍寻找"昨夜满天星"的情景,显得奇妙而有趣。正是这种孩童般天真的奇思妙想,才为读者描绘出一幅生动活泼、色彩鲜明、颇具情韵而又带有童趣的草原日出图。

星汉游历山水、触景生情之际,奇思妙想往往出神入化。如其《入天山遇微雨口占》:

> 雨点一车云一溪,雨停又得半天霓。时髦我欲学商贾,运向家中售与妻。

一二句写雨中行车景观、雨后天山云霓,清新而自然。三四句却忽生奇想,欲将山中美景"运向家中售与妻"。这样的奇思妙想源于情感的驱动,而在瞬间完成形象的创造,产生独特的表现力和动人的意趣。其他如,《过巩乃斯沟》写青山是"青山却似当垆女,不醉今宵不放行",《赤壁雨后竹林》写雨后竹林是"此君真是敲诗者,不放行人总拍肩",《与江苏诸吟友滆湖夜饮》写湖中夜饮是"满船诗句风吹起,百里寒湖尽楚骚",《庐山黄崖瀑布》写瀑布是"说与玉皇当治漏,银河只恐水无多",《雨中望巫山》写雨中巫山是"神女难留真铁汉,任他行雨又行云",《饮中泠泉》写饮泉水是"映入须眉泉饮我,掬泉我更饮云天",《清平乐·新源傍晚暴风雨》写暴雨则是"谁把银河捅破底,如发群峰一洗""原是嫦娥寂寞,伤心大放悲声",而《水调歌头·游天池》写自己游天池又是"我把湖光姿色,编作花环顶戴,且看满头诗。"这类艺术想象,在思维活动的瞬间突破日常时空限制,呈现出自由而亲切的心灵状态,而趋向于对纯真与赤诚的诗意回归。这主要依赖于星汉敏锐的观察力和对现实生活、日常景观的深刻认识,同时又能捕捉住事物最富特征性的一瞬间,在巧妙的构思、奇特的想象中予以艺术的描摹、揭示,故而颇觉新奇。

由于星汉有着厚实的历史文化知识,使其在诗词创作时往往"精骛八极,心游万仞"①。所以在写法上,或于怀古中融入当今画面,或在描摹现实中掠入历史踪影,从而使作品呈现出历史影像与现实画面交融叠加的特点,诗词也就有了厚重的意蕴。这类艺术形象往往具有感性情感内容与理性思考因素相融合的审美特点。如《桂枝香·高昌故城怀古》:

> 残城故屋,展历代兴亡,教我披读。闻说车师五战,山凝遗镞。法师驻马谈经日,纵肠空、气通天竺。侯姜威猛,戈挥雪止,马蹄轻速。　　登临意、如城高筑。借莽荡边风,输情千斛。远望荒原一抹,无言翻绿。斜

---

① 陆机:《文赋》,载郭绍虞主编《中国历代文论选》第一册,上海古籍出版社,1979,第170。

阳波血依山久,见流霞天外如瀑。驴车归处,炊烟渐起,葡萄新熟。

诗题中的"高昌故城",在今吐鲁番市东南46千米的火焰山乡。为西汉派驻车师前国的屯田部队所建,时称"高昌壁"。因汉代曾在此设"戊己校尉"管理屯田等事宜,故又名"戊己校尉城"。唐贞观年间,麴氏高昌王勾结西突厥截断丝绸之路,唐太宗遂派侯君集攻灭高昌王国,改置"西州"。史载唐僧玄奘西游,路过麴氏高昌国,曾在外城西南部的佛寺内讲经。纵观全词,时间上跨越古今,空间上历史情景与现实画面叠陈。汉朝与匈奴的"车师五战"、唐代的"侯姜威猛"以及"法师驻马谈经"的历史描述,把读者引向了遥远的历史时空。而"远望荒原一抹,无言翻绿""驴车归处,炊烟渐起,葡萄新熟"的现实描摹,又将读者拉到了眼前。作品在历史与现实画面的叠陈交融中,表现出历史征战已成过去,而迎来的是"驴车归处,炊烟渐起,葡萄新熟"的宁静与温馨。再如《癸巳春过鲁克沁》:

　　　火焰山前路,春风晓日晴。弦翻木卡姆,人住柳中城。苜蓿冲天去,
　　葡萄压地生。行行三十里,绿色满头倾。

诗写作者在鄯善县鲁克沁镇所看到的景象。"苜蓿冲天去,葡萄压地生"的画面,展现出一派蓬勃的生机,而"弦翻木卡姆,人住柳中城"的描写,又使全诗呈现出历史的纵深感。鲁克沁是吐鲁番木卡姆的发源地,其历史渊源可以追溯到高昌乐以远时期,而柳中城则是汉代鲁克沁的称谓,西汉时曾于此地屯田,东汉西域长史府也设在这里。尾联"行行三十里,绿色满头倾",境界开阔而色彩浓郁,作者的欣喜之情溢于言表。全诗巧妙地将历史的掠影和现实的画面叠加在一起,为读者创造了丰富的想象空间,诗中维吾尔族民众生活的闲适与环境的优美,也就有了历史纵深感。

其《沁园春·鄯善县南库木塔格沙漠已辟为景区,中有班超父子沙雕像。乙酉初冬,与新疆诸诗友游此》,写的是游览鄯善县库木塔格沙漠景区的情景。作品中现实与历史画面的交融,使激昂情怀的抒发更加真切动人。词云:

　　　这个沙盘,天地生成,向我移交。似九州形胜,收藏此地;千秋岁月,
　　凝结今朝。两汉戎旌,三唐铁马,路过谁曾正眼瞧!今来者,是扪天吸
　　海,酒圣诗豪。　　　黄沙白草青霄,伴山下红旗拂日飘。看生机风起,丝
　　绸古镇;雄心泉涌,戈壁新潮。永捧金瓯,遥铺画幅,更待挥毫放胆描。
　　君知否,有书生报国,不亚班超。

此词为纪游之作。词中所描写的库木塔格沙漠,是由吐鄯盆地的大风挟带流沙沉积而成。放眼望去,一座座大小错落的沙丘和一道道高低不平的沙垄,绵延远去,

浩瀚而壮观。词中的班超,是汉代名将,曾两使西域,为维护祖国统一、促进民族融合,作出了突出贡献。词中追忆的"两汉戎旌,三唐铁马"的历史影像,与眼前的"山下红旗拂日飘""生机风起,丝绸古镇;雄心泉涌,戈壁新潮"的现实画面相对举,在咏歌"千秋岁月,凝结今朝"的"永捧金瓯"上,将古今联系起来,进而抒发"有书生报国,不亚班超"的慷慨情怀。这种历史影像与现实画面的交融,无疑增强了作品意蕴的厚重感。

星汉的一些作品往往在轻松愉悦中给人以启迪,荡漾着亦庄亦谐、妙趣横生的"诗趣"。袁中道曾说:"天下之趣,未有不自慧生也。山之玲珑而多态,水之涟漪而多姿,花之生动而多致,此皆天地间一种慧黠之气所成,故倍为人所珍玩。"[1] 当然,这种大自然中的固有之"趣",还需要诗人的灵机妙悟,才能在艺术中得以展现。星汉有着聪慧的灵机,以及穿透事物表象的感悟能力,面对多姿的自然景观和社会现象,多能在瞬间的直观感受中注入睿智的哲思,作品也就有了一种动人心弦的"理趣"。我们看几首绝句:

> 居高日夜走雷声,跌落人间气自平。从此潺湲山外去,长舒心曲一身轻。
>
> ——《庐山三叠泉》
>
> 处处无门处处门,通幽曲径费精神。平生不会弯弯绕,自是前程碰壁人。
>
> ——《游路南石林》
>
> 妖猴借扇枉相传,未必死灰无复燃。因在人间最低处,便将窝火怒冲天。
>
> ——《吐鲁番过火焰山戏作》
>
> 无心总被有心牵,几度沉浮一线悬。看客有人惊幻梦,从今再不到台前。
>
> ——《越南下龙夜观水上木偶戏感赋》

第一首写庐山三叠泉瀑布,但与一般的描写奔腾咆哮不同,而是将诗情聚焦于奔腾后的落入平川,诗的意蕴也就有了新意。此诗中的瀑布意象,既可以是挣脱某种束缚、阻碍而舒心自由的写照,也可以是官居高位而平安着陆者的心态描摹等等,给人留下了丰富的感悟空间。第二首写游览石林的感受。前两句扣住具体特

---

① 袁中道:《珂雪斋集》卷一《刘玄度集句诗序》,上海古籍出版社,1989。

点来状物,石林之曲折,历历在目。而接下来却是:"平生不会弯弯绕,自是前程碰壁人。"这种身临其境而生出的奇想,在貌似自嘲的口吻中,让人领悟到诸如耿直磊落,或者见风使舵等为人处世的现实情境。第三首诗写吐鲁番的火焰山,名为"戏作",实则有着深刻的寓意。一二句以孙悟空借扇扑灭火焰山是"枉相传",来为下文做铺垫。三四句对"火焰山"做出新解:"因在人间最低处,便将窝火怒冲天。"火焰山位于全国海拔最低的吐鲁番,内心"窝火"长久积郁,故而冲天而起。这种对自然景观的妙解,自会引发人们对世事人生的感悟。第四首诗写观看木偶戏表演的感慨。一二句写木偶戏的具体表演,前台人物的沉浮由后台人物的一线牵引,虽然做出种种逼真情态,但都是别人操纵的结果。三四句写作者的感悟:"看客有人惊幻梦,从今再不到台前。"既然"看客"能从幻梦中惊醒,那么读者阅读此诗,也会生出许多联想。正如别林斯基所说:"诗人用形象来思考;他不证明真理,却显示真理。"①而这,正是此类作品的艺术魅力所在。

星汉性情洒脱,待人接物无拘无束,时常把日常"性灵"以诙谐的方式道出,给人一种幽默嬉笑的愉悦感。如其写亲情的《剑歌被选为少先队中队长》:

> 大红等号臂间悬,近日双眸斜左边。只怕针穿额头破,白牌才未挂
眉前。

诗中"大红等号",指少先队中队长的徽章标识,一般用白底方形塑料制成,中有两道红杠,佩带时用别针别于左臂衣袖上。被选为中队干部,是品学兼优的表现,故而家长、学生都很看重。但诗中父亲的自豪,却是通过孩童的情态来表现。"近日双眸斜左边"一语,采取白描手法,聚焦于孩子的情态,将当选后的自豪、欣喜、美滋滋的神态,表现得活灵活现。而"只怕针穿额头破,白牌才未挂眉前"两句,更是异想天开、妙趣横生。此诗"情""趣"相融,画面生动活泼,在表达纯真情思的同时,彰显着灵性飞动的谐趣,读之令人解颐。星汉善于将日常生活中互相矛盾、反常错乱的细节,加以提炼、点染,在近乎开玩笑的幽默口吻中,对现实中一些不合理现象加以嘲讽,含蓄深刻而又诙谐别致。故而其诗中的"谐趣",并不浅俗,而是包含着多维内容。如《初戴老花镜自嘲》:

> 于无有处有还无,明镜高悬慰小儒。世事岂能浑到此,用真眼看便
糊涂?

---

① 别林斯基:《智慧的痛苦》,载《别林斯基选集》第二卷,满涛译,上海文艺出版社,1979,第96页。

人老眼花自是常理,眼花配镜更是常情,在这老年人必须经历的小事中,诗人却有着自己的妙悟,其作品也就在幽默中引人深思,在睿智中荡漾着诙谐。

其于生活中的酸楚,也常以滑稽戏谑的笔触来展示,在"自嘲"中,给人一种"戚而能谐"的审美感受。如《论文完成后口占》:

> 千古文章几夜熬,书生待遇往高调。按劳分配非空话,赢得金星满眼飘。

此诗写熬夜加班完成学术论文后的感慨。首句描摹撰写"千古文章"的艰辛,接下来三句感叹社会上的分配不公。"按劳分配非空话,赢得金星满眼飘"两句,出语委婉而风趣。诗人借助双关手法,将写论文熬夜赢得满眼飘"金星"的"金",与金银财宝的"金"相关联,在谐谑中嘲讽现实中的"空话",进而表达内心的牢骚与激愤。这种性灵独抒的辛酸感悟,用风趣诙谐的笔调来表达,便生成了异样的审美效果。再如《葡萄沟食葡萄》:

> 周身染绿入冰壶,一饱已贪无再图。万贯贾儿休傲我,而今满腹是珍珠。

于吐鲁番葡萄沟吃葡萄,新疆人可谓司空见惯,但此诗却荡漾着谐趣。一二句在比喻中描写饱餐葡萄的自得神态,极其自然。但接下来两句的陡然急转,更令人称奇。清贫知识分子的狂傲、郁勃之气,在奇妙的比喻中,跃然纸上。而细读又不免哑然失笑,因为你这"珍珠",不是那"珍珠"啊!作者又何尝不知,只不过是借助比喻双关,营造幽默诙谐的氛围来自嘲而已。其《打鼾自嘲》也有类似特点:

> 豪气储胸力万钧,南柯梦里显精神。平生功业君休笑,也是惊天动地人。

睡觉打鼾本是生活常事,星汉以谐谑化的笔调写来,便觉新奇解颐。诗中"南柯梦"典故的点染、"惊天动地人"的一语双关,形象地再现出诗人豁达、超逸而又带有几分牢骚的个性情怀,可谓风貌独具。

前人论诗趣常常强调一个"奇"字,而这种"奇"又应符合日常生活的人情物理。比如,苏轼就说:"诗以奇趣为宗,反常合道曰趣。"①我们说,星汉作品的奇趣,正在于其描写人情物理时,以"反常"凸显新意,而细细玩味,却又深契事理。将这种"反常合道",以轻松、俏皮的语言说出,便在睿智中彰显出灵心穿透事象的诙谐与新颖。

---

① 惠洪:《冷斋夜话》引,载《中国历代诗话选》,岳麓书社,1985,第367页。

诗词之"趣",是诗人主体之"趣"的投影。在创作过程中没有诗人性情与感悟的共振,诗趣是难以呈现的。南宋诗人杨万里曾说:"从来天分低拙之人,好谈格调,而不解风趣。何也?格调是空架子,有腔口易描;风趣专写性灵,非天才不办。"①正因为星汉有着诗人的睿智与灵气,以及穿透表象的感悟能力,所以不管是面对玲珑多姿的自然景观,还是世人皆见的日常现象,都能独到地参透个中奥秘、悟出新意,并予以巧妙表达,其作品也就有了鲜明的特征。

星汉在诗学观念上,是追求雄放壮美的。所以他的诗词不论写景咏物,还是情怀抒发,时常带有一种豪气。这除了诗人的自身性情及地域浸染外,也与其主动追求有关。星汉对此虽无专门阐释,但其作品却袒露着这种观念。如《水龙吟·辛未新秋登滕王阁》词中云"已惯登高望远,但平生、厌烦文弱",其《西江月·登阅江楼》也说"登高最厌叹兴亡,没个英雄模样"等,都是明证,不再详述。

---

① 袁枚:《随园诗话》卷一,人民文学出版社,2006,第2页。

第七章　凌朝祥等对体裁的拓展

在新疆当代诗词创作中,凌朝祥是颇具影响力的人物。其诗词以鲜明的特色充实着"天山诗派"的主体特征,尤其是对"歌行体"的开拓,为新疆当代诗词创作中的诗体,从过于偏重格律对仗的近体诗走向近体诗与歌行体、古风体的多元化建构,树起了一面旗帜。周五常对古风歌行的推波助澜、王善同对散曲的创作等,也都可圈可点。

第一节　凌朝祥的诗词创作

凌朝祥是全国知名诗人,也是"天山诗派"的代表作家。其以诗词创作之丰、品味之高,赢得了诗词界的广为评说。李书卷认为"他的诗充满了一个'情'字,与新疆这块热土、与兵团的屯垦戍边事业有着不解的情缘。"[①]王佑夫评其诗"多以平实之语,言平实之志""笔之所致,皆为心底之歌"。[②]庄严也认为:"他有一颗纯真的、挚爱的、为人类生存和发展而跳动的诗心。他的诗词,每一字、每一句都是在诗心的和弦上弹奏出的乐章。"[③]金持衡则赞其感悟能力,认为"其

①《天山明月歌·序一》,作家出版社,2008。

②《秋水长天集·序》,新疆生产建设兵团出版社,2012。

③庄严:《一抹余霞连地界　二分明月照天山——略论凌朝祥诗词的三重境界》,《诗词月刊》2010年第7期。

理解生活的功夫与体察生活的功夫都是令人钦佩的。"①至于凌朝祥诗词的艺术风格,星汉以"气韵沉雄"许之。②其他如,旗峰、李善阶、李中林、王野苹、陶大明、孔汝煌、安李等,也从不同角度对凌诗进行了评介,多为中的之语。我们先看一下凌朝祥的生平和创作道路。

凌朝祥(1933—2022),字吉臻,四川阆中人。曾任新疆诗词学会秘书长、副会长、常务副会长,兵团诗联家协会常务副主席兼《绿韵》诗刊主编,中华诗词学会名誉理事、新疆诗词学会名誉会长、新疆生产建设兵团诗联家协会名誉主席等。凌朝祥少时喜爱诗词,1948年秋曾仿《婉容词》写了一首揭露农村抓壮丁的长诗,获阆中县立中学免费入学奖励。1950年参加土地改革,为宣传土改和抗美援朝编写了许多金钱板、莲花落和花鼓词。1951年6月考入西北军区军事干部学校,同年10月调入新疆军区。1956年集体转入新疆生产建设兵团,分配在工一师政治部做文化工作,历任编辑、记者、宣传处副处长、办公室主任等职。1955年开始在《新疆日报》等刊物发表新体诗、小说和散文。"文革"中下放到和静"五·七"干校劳动,开始学习创作传统诗词。1984年底,凌朝祥受新疆生产建设兵团党委宣传部委派,参加《自治区成立三十周年成就展览》筹备组,担任文字设计兼序馆副馆长,与同为筹备组成员的诗词名家王延龄有了更多交往。后来在创作《念奴娇》词作为展厅序言的过程中,又与诗坛名宿刘萧无、王孟扬相识,使其对传统诗词有了进一步认识。1986年调入自治区宗教局,而后加入"昆仑诗社",又结识了李般木、王子钝、欧阳克巍、孙钢、孙增礼、星汉等众多诗词名家,在切磋砥砺中,凌朝祥的传统诗词创作进入成熟期。1994年退休后,仍然执着进取、笔耕不辍,其诗词创作进入高峰期。到目前为止,正式出版诗集有《天山明月歌》(作家出版社,2008年),《尘海屐印录》(作家出版社,2008年),《秋水长天集》(新疆生产建设兵团出版社,2012年),《天山集》(与星汉、李汛合著,新疆人民出版社,2016年),《伏枥集》(中国书籍出版社,2020年)等,使其成为新疆当代诗坛颇具影响力的人物。

凌朝祥是一位颇具诗人气质和诗人品格的作者,阅读他的作品,时常感到一股清新奔放之气扑面而来。他曾说:"巴山蜀水给了我童年的幻想和灵气,雪山大漠又赋予我青壮年时期的浪漫情怀,迟暮之年有幸游历全国各地的名山大川,启迪了我的黄昏智慧,终于从诗词这门高雅艺术中找到了人间最可宝贵的真善

---

① 金持衡:《诗家山水情》,载《秋水长天集·附录》。
②《天山明月歌·序二》。

美。"①凌朝祥的诗词,题材内容丰富多彩,诸如祖国大好山河、名胜古迹、时代风云、城乡巨变,友朋雅聚、酬唱赠答等等,无不呈现于笔端。而对新疆风景风物的描绘、屯垦戍边的壮歌,以及时代命运与个人情怀交织在一起的激昂慨叹等,尤为动人。其诗词形式也是诸体皆备,既有绝句、律诗,小令、长调,也有古风、歌行,可谓佳作纷呈。

凌朝祥的绝句,往往含蓄蕴藉而又清新活泼。如《牧区晨曲二首》:

溪水潺潺路纵横,晓风轻送读书声。羊群咩咩毡房外,惊起栖鸦绕树鸣。

牧草青青杂野花,炊烟袅袅几人家。白鹅引颈迎垂老,忙了村姑煮奶茶。

两诗中的景物、人物、事件、情怀,都活灵活现。而且有动有静,动静结合,一幅鲜活生动的牧区生活画卷,历历在目,而作者的欣喜、赞叹之情也溢于言表。一些描摹自然景观的作品也是唱叹有致,在起承转合中,洋溢着浓郁的情趣。比如,《游南山大峡谷绝句六首》其二:

满沟秀木织长河,万顷松涛涌碧波。峡谷幽深天籁静,流泉汩汩送情歌。

此诗写景也是视听结合,以动衬静,别具一番情趣。那宁静的峡谷林荫中,松涛阵阵,泉水汩汩,天籁之声犹如曲调悠扬的情歌,让人心旷神怡。而《其五》则以颇具艺术张力的动景,展现出天山大峡谷的磅礴气势:

峰回路转日光寒,马鹿兜风云海间。岩上苍鹰惊客到,冲开一片蔚蓝天。

诗写作者在跌宕起伏、峰回路转的峡谷中前行,让人感觉连日光也带着令人惊悚的寒意,那栖息于岩上的苍鹰,受到游客的惊扰而展翅怒飞,竟然"冲开一片蔚蓝天",状物写景可谓奇妙异常。有时其诗中又透着一种人生的谐趣,如《新春自嘲》:"少小清风伴赤身,长成忧道亦忧贫。老来财富知多少,面是黄金发是银。"读之令人会心一笑。

凌朝祥的律诗,或轻柔,或奔放,大多音律和谐,对仗工稳,而又情景交融,颇具意境美。如七律《天池情思》:

瑶池玉液绿参差,一见倾心恨晤迟。水映天光腾汗马,湖装山色隐

---

① 凌朝祥:《我的诗词情结》,载《秋水长天集》,新疆生产建设兵团出版社,2012,第149页。

琼枝。静如仙子春眠去,柔似嫦娥曼舞时。半掩红妆菱镜里,谁人对此
不情痴。

诗写游览天池的感受。前四句借助比喻描写天池的水光山色,所营造出的审美画
面,鲜明动人,而"一见倾心恨晤迟"的情怀抒发,则荡漾着作者的欣喜。后四句运
用拟人的手法,从不同角度凸显出天池"绝代佳人"般的靓丽夺目,令人神往。全
诗如梦如幻,和谐自然,在含蓄蕴藉中彰显着浓郁的艺术情趣。其反映社会巨变
的律诗,也能在工稳的对仗、铿锵的韵律中,彰显出厚重的意蕴。如五律《登铁门
关新楼》:

> 铁壁千寻险,雄关几度秋。苍龙朝北去,孔雀向南游。大漠风烟尽,
> 丰田稻麦稠。高歌开拓者,一笑胜王侯。

此诗写作者登铁门关新楼的所见所感。首联描写库尔勒铁门关的奇险与历史的
悠久,为下文的抒情做了铺垫。颔联写登高所见,对仗极为工稳,出句写南疆铁路
吐(鲁番)库(尔勒)段建成通车,戈壁大漠,铁龙飞驰;对句写铁门关所扼的孔雀河
水奔流而去,新建的水电站正发挥着巨大的作用。颈联以对比的手法写今昔巨
变,"大漠"与"丰田"的对举,"风烟尽"与"稻麦稠"的意象映衬,在工稳的对仗中,
凸显出沧桑巨变的丰厚历史意蕴。尾联直抒胸臆,对边疆的建设者给予了热情的
赞颂。

从诗词写作技巧上来说,律诗的对仗,是最能检验诗人功底的。凌朝祥的律
诗中意象鲜明、对仗工稳的句子随处可见。如"青螺随浪转,白鸟绕船翔"(《春渡
洞庭湖》),"花落三更雨,泉敲四季钟"(《峨眉山万年寺纪胜》),"红叶经霜老,苍松
带雨新"(《林区》),"草浅花争艳,林深鸟乱啼"(《登天台山华顶峰》),"两岸奇峰排
玉柱,一江碧液弄轻绸"(《漓江游》),"堤梳秀发溪中水,梅绽芳洲锦上虹"(《登花
溪麒麟山远眺》),等等,不仅意象鲜明,给读者营造出丰富的想象空间,而且对仗
工巧、音韵铿锵,展现着作者娴熟的律诗创作功底。

凌朝祥的词,意象生动,往往于雄奇奔放中带着一股坚韧不拔、不屈不挠的气
韵。我们看两首作品:

> 班公城上,望斜阳似火,焚风将歇。我自登高凌碧宇,鼓角笳声泯
> 灭。犹记当年,孤师奋勇,刀溅匈奴血。扬鞭跃马,情倾多少豪杰。
>
> 历尽风雨沧桑,江山如画,青史翻新页。博望通商开雪域,三藏取经
> 情切。大帅筹边,将军屯戍,代代旌旗掣。廉颇老矣,仰天羞对明月。
>
> ——《念奴娇·登盘橐城感怀》

本是昆仑山下客,往事蹉跎,功罪谁评说？ 万里奔腾求自在,天荒地老勤拼搏。　　堪笑人间关卡扼。扼又如何,野马丝缰脱。睡狮醒来重抖擞,金波万顷从天落。

——《蝶恋花·咏壶口瀑布》

第一首词为怀古抒怀之作。词题中的盘橐城,位于喀什市东南郊的吐曼河岸边,原是西域三十六国①之一的疏勒国行宫。汉朝时,匈奴时常侵扰、掠夺、阻断丝绸之路,臣服于匈奴的疏勒国王兜题即居住在盘橐城。汉明帝永平十六年(公元73年),班超奇袭盘橐城,并以此为根据地抗击匈奴,恢复了中央政权对西域的统治,重新开通了丝绸之路。班超在西域的威望很高,不久后便被朝廷委任为西域都护,直到70岁时才卸任回到长安。班超在盘橐城驻守长达17年之久,故而此城也被称作"班超城"。词的上片作者"登高凌碧宇",在触景生情中,展开对班超当年事的追忆,情怀慷慨激昂,洋溢着浓郁的赞美和倾慕之情。下片又历数博望侯张骞"凿空"西域、唐三藏西行取经、清帅左宗棠收复新疆、共和国将军王震屯垦戍边等英雄业绩,在"代代旌旗掣"的感慨中,抒发自己"廉颇老矣,仰天羞对明月"的情怀。虽然作者有着"羞对"的惭愧,但以廉颇自喻,其壮心不已的豪气依然激荡人心。第二首词是对景抒怀。那冲破道道关卡阻扼奔腾万里而来、从天咆哮而落的"壶口瀑布"意象,正寄托着一种百折不挠、越挫越勇的精神情怀,足以使懦者自省自励。这些都体现着诗人艾青所说"诗是人类向未来所寄发的信息,诗给人类以朝向理想的勇气"②的特征。

第二节　凌朝祥对歌行体的开拓

凌朝祥的格律诗词,取得令人瞩目的成就。但如果把其置于高手林立的西域诗坛来整体审视,那么就会发现,凌朝祥能为新疆当代诗词创作开疆拓土、彰显独特风貌的,还是当属其歌行与古风。在当代诗词创作中有一种现象,这就是人们

---

① 此处"西域三十六国"为汉代我国疆域内的地方政权。
② 艾青:《诗论》,人民文学出版社,1980,第173页。

大多关注的是律、绝和词。诚然,格律诗词凝练精美,音律和谐,有章可循而易于记诵,再加上千年来无数才俊的精心锤炼,使其成为一种炉火纯青的艺术形式,产生了众多脍炙人口、广为流传的名篇佳作,引起人们的关注和青睐自是情理之中的事情。但中华诗词绝非仅指格律诗词,古体诗也有众多的名篇佳作,这已为源远流长的中华诗史所证明,自不用多言。实际上,对当前诗坛重格律诗词而轻古风创作的现象,已经引起有识之士的关注。比如,《中华诗词》2019年第12期"卷首语"刊发的尹贤《呼唤古风》的文章,即认为"古体诗与近体诗并重,是中国诗歌的传统""古体诗与近体诗各有优长",呼吁"诗人们学习前贤,胸襟开阔,勇于攀登",创作出更多的古风力作。这也代表了众多读者的心声。

就新疆当代诗词创作而言,歌行古风卓著者当属后来离开新疆的王亚平和一直坚守在新疆的凌朝祥。在新疆当代诗坛,凌朝祥以其歌行、古风创作时间之早,作品数量之多,艺术成就之高,以及反映社会生活面之广泛,而成为这一领域的佼佼者。

从时间看,凌朝祥的歌行体创作,一是时间较早,二是绵延不断。自1990年的《葡萄美酒醉仙歌》始,到1997年其代表作《天山明月歌》发表,而后一直佳作纷呈。时至近日仍有《我为武汉唱战歌》《钟南院士笑了歌》等新作品问世。从内容看,凌朝祥的古风、歌行,题材十分广泛。其中有对社会巨变的咏歌,如《过山村》"自从联产搞承包,贫瘠土地变富饶,更喜去年废白条,芝麻开花节节高";有对抗洪救灾、军民奋战的描摹,如《老龙吟》所写"生死关头轻生死,中华儿女多如此""渡江战后五十年,碧血犹溅长江水";有对环卫工人的礼赞,如《乌鲁木齐白雪歌》;有对夫妻创业的吟咏,如《杏林神泉化酒歌》;也有对防疫专家的歌颂,如《钟南院士笑了歌》;还有对社会现实的干预,如《华夏有高楼》,借咏叹世间居住条件的悬殊,为弱势群体发出不平之鸣;《古猿吟》则以"灵蛇吞象犹不足,欲壑逾填逾无度"等描写,对贪官进行辛辣嘲讽。至于对乡情乡贤的咏歌,如《故里行》《嘉陵江触景放歌》《太初历法赞》《兔年新正访乡贤杨林由老师二十四韵》;对饮酒的咏叹,如《葡萄美酒醉仙歌》《在新疆暨古城奇台第四届储酒文化节开坛仪式上拟乐府古题将进酒二首》《蓬莱八仙醉酒歌》;以及《当代天马歌》中"永不退役"情怀的抒发等,都荡漾着浓浓的情韵。在新疆当代诗词创作中,还没有哪一位作者的歌行、古风,反映着如此广泛的社会生活和精神情怀。

当然,凌朝祥的歌行最动人的,还是那些倾注着浓郁的个人生命体验而酿就的有关屯垦戍边、新疆巨变的深情咏歌。凌朝祥是位老军垦战士,对屯垦戍边以及新疆的社会巨变,有着真切的体会和感受,此所谓"能感之";同时他又是一位感情充沛、慷慨激昂的诗人,所以也就选择了奔放淋漓的歌行体来"写之"。关于歌行体的特点,明人徐师曾在《文体明辨序说》中有一个阐释:"放情长言、杂而无方者曰歌;步骤驰骋、疏而不滞者曰行;兼之者曰歌行。"①表明歌行体的特征首先是"放情",可以无拘无束、淋漓尽致地张扬作者奔放的情志;其次,是"长言""杂而无方",意即歌行体诗歌体制宏伟,篇幅漫长,可以容纳更为丰富的情、景、事,且无"格律"可言,句式的长短参差、音节的低昂错落、声韵的平仄安排等,完全出自内容与情绪表达的需要。故而能够在纵横开阖、起伏跌宕的结构中,酣畅淋漓地抒发作者浓烈的性情。因此,歌行体也就成了凌朝祥最青睐的诗体。其《天山明月歌》《乌鲁瓦提放歌》《新城老兵恋秋歌》《东湖音乐喷泉歌》《吐哈油田行》等,都是这方面的代表作。

比如,《天山明月歌》凡127句,计千余言,可谓结构宏伟,篇幅漫长。全诗以"我"为视角,通过对"天山""明月"意象的反复吟咏,将三者融为一体,在时空的统一与跳跃中,把自己西出阳关的经历、见闻、感慨,以及对兵团创业成就的热情赞美紧密结合,抒情回肠荡气,动人心脾。诗歌开头即大气磅礴,既有"一轮明月出天山,万里长空飞玉盘"的空间境界描摹,又有"屈子月下行吟久""魏武横槊赋诗篇""太白金樽常对月""东坡把酒问青天"的时间穿越,从而在高远的境界中,引发出自己面对天山明月的浩歌。这里有自然景观的再现,如"天青月白光莹洁,满山塔松次第高""瑶池倒悬碧玉镜,波光粼粼照天阙""博格达峰与天齐,冰峰高挂团栾月"等,但更多的则是在"月出皎皎兮""月出皓皓兮"中,对屯垦戍边、社会巨变的描摹:

> 月出皎皎兮,伊犁河水日夜翻滚不停歇,两岸沃野迷望眼,苹果花开香雀舌。乌孙山下牛羊肥,天马飞奔汗如血。月出皓皓兮,清辉洒遍库尔勒,无边梨花引稻花,博斯腾湖滔滔雪浪卷起万顷芦荻秋月白。死亡之海翻龙沙,大漠胡杨吐新芽,油气喷涌三千丈,欲上九天洗月华。不毛之地生春草,龟兹歌舞落杏花。罗布泊上风雷吼,惊起铁龙满载明月奔腾呼啸向天涯。

在诗中天山之北的伊犁,天山之南的库尔勒、龟兹、罗布泊等工农业繁荣的巨幅画卷,历历在目。而后作者又追溯历史,从"长云几度暗雪山,狼烟欲毁金固残"的汉

---

① 徐师曾:《文体明辨序说》,罗根泽校点,人民文学出版社,1962,第104页。

唐,到"喜有新栽杨柳三千里,长引春风度王关"的清代,再到1949年解放军进疆、弓刀追叛匪、造田学延安、新城展笑颜、荒原变成米粮川等描写,将兵团人的屯垦戍边以及当下改革开放所取得的巨大成绩,展现得淋漓尽致,可谓是一曲慷慨激昂的军垦壮歌。作者在感慨"北登阿尔泰,西上惠远城,莽莽昆仑峰十万,塞上无处不月明"的同时,又联想到"我本峨嵋山下客,从小偏爱峨嵋月",进而转入自己由蜀入疆的情怀抒发。这里有"峨嵋山月不畏寒,万里迢迢伴我到天山"的追忆,也有"四十余年弹指间,茹苦含辛人未闲,铺开大漠绘彩图,挥动铁笔作长竿,月色随心翻作浪,逢险助我渡狂澜"的人生奋斗经历,更有"莫道征夫朱颜老,宝刀不减月光寒!莫道天府之国美如画,如今天山脚下片片绿洲赛江南"的塞上豪情。最后以"我与天山共明月,明月与我共天山。安得天山明月夜夜圆,清辉遍洒人世间。安得瑶池春水化美酒,我与明月年年岁岁岁岁年年共饮共醉共天山"的美好祝愿而结束。全诗境界开阔、内容丰厚,在描述自己大半生感情历程的同时,彰显着对新疆这方热土及其巨变的由衷赞美与挚爱。而其艺术上的妙处在于,这种磅礴奔腾而又真挚的情怀抒发,是紧紧伴随着天山明月的优美意境,在回环往复、一唱三叹中而展开,故而令人心动神摇。

其《东湖音乐喷泉歌》,通过对音乐喷泉的描摹,表达对新疆巨变的赞美之情。诗歌首先铺陈渲染喀什的音乐喷泉:"呼刺一声泉飞雪,五彩灯光照夜白。鲸喷水柱万丈高,欲上九天洗明月。夹岸人群隐约动,歌声掌声共拍节。"接着对喷泉伴着音乐变换出的种种形态给予了形象的描绘,先如"姚黄魏紫竞风华"的牡丹花,又如牵拉攀附袅娜缭绕"赤橙黄绿共一家"的牵牛花,画面恬淡优美;接下来"忽而化作采油塔,油气源源掩龙沙。忽而化作长青树,绿叶青枝满天涯",画面又奇崛奔放,令人目不暇接。诗歌的精神情怀最终落到对历史与现实的赞美上:"天飘左公柳,地垦王震田。雄鹰高翔帕米尔,莽莽昆仑拥冰川""君不见东湖水通中南海,北京喀什紧相连。盘橐古堡巍然在,固我金瓯两千年",喜悦欣慰之情溢于言表。

其《新城老兵恋秋歌》,由"塞上风光秋色好,新城八月秋未老"开端,抒发"我今高唱恋秋歌,不信秋光留不住"的情怀。作品浓墨重彩地描摹着兵团新城石河子的秋景:"硕果累累挂枝头,繁花片片缀绿洲。油葵朵朵迎人笑,珊瑚玛瑙满田畴""林荫小道连大都,琼楼玉宇列天柱。更有持枪荷锄手,卸去戎装作商贾"。作者内心的激动,来自石河子当年的荒凉和兵团人的艰辛创业。诗写石河子的过去是:"衰苇残梭搭窝棚,泥砖土墙垒店铺。白日狐兔沿街走,夜晚狼嚎伴鬼哭。"而当"解放大军西出塞"后,兵团人开始了艰辛创业:"君不见开荒造田第一犁,军垦健儿走如飞。肩拉纤绳犁破土,血汗凝成金银堆。""日出日落年复年,月缺月圆指顾间。酸甜苦辣多少事,春风化雨润良田。"正是兵团人的艰苦奋斗,才有了边疆巨变。作品热情洋溢地赞美着兵团人的奉献精神,以及"莫道春尽红颜老,儿孙犹唱《新疆好》,前赴后继三代人,遍洒秋光向天笑"的豪迈。而作者"我今恋秋又颂秋""我与秋水共衔杯""我挽秋光长驻新城朝夕相伴永不归"的情怀,也历历在目。这里的慷慨高歌,丝毫没有矫揉造作,没有虚假粉饰,因为它是一个兵团老战士的切身感悟,是多年屯垦戍边真挚情怀的自然流露。

王国维曾说:"诗人对宇宙人生,须入乎其内,又须出乎其外。入乎其内,故能写之;出乎其外,故能观之。入乎其内,故有生气,出乎其外,故有高致。"①凌朝祥这些描写新疆建设者的歌行体诗歌,都倾注了作者"入乎其内"的生活激情与真切的人生体验,同时又能"出乎其外"地凭借诗的艺术技巧予以形象再现,故而能引起读者的共鸣,成为具有震撼力的佳作。

凌朝祥的歌行体诗歌,抒情的方式也多种多样。有的侧重叙事抒情,有的侧重写景抒情,有的侧重描写抒情,也有的议论伴着情韵而生,等等。而在艺术技巧上,又善以奇特的想象、多彩的比喻来状物写景,使作品荡漾着浓郁的浪漫色彩。如《天台路》《醉探奇石馆》等,都有着生动的展现。

在传统诗词中,歌行与古风以其特殊的形式优势,可以拓宽诗歌反映现实生活的艺术空间,可以加大表现重大题材的力度,也便于奔放情感淋漓尽致地抒发。从这个角度而言,我们认为凌朝祥大力创作歌行古风的价值在于:为使新疆当代诗词创作的诗体,从过于偏重格律对仗的近体诗,走向近体诗与歌行、古风体的多元化建构,树起了一面旗帜,其意义与影响是深远的。当然,凌朝祥的歌行、古风在艺术上也尚有可提升之处。诸如有的章法结构不够凝练紧凑,稍显冗长拖沓;有些语言缺乏锤炼,略觉粗疏而不精致;个别段落韵律不协等,都是应该引起注意的。

纵观凌朝祥的诗词创作,可以说其作品的突出特征就是情真、情深,以情动人。读其作品,时时可以感受到一种绝假纯真的"童心",一种歌颂祖国、赞美家园的"赤子之心"。其写景抒情之作,字里行间无不洋溢着对生活的挚爱与热忱,而

---

① 王国维:《人间词话》,靳德峻笺证、蒲菁补笺,四川人民出版社,1981,第75页。

这也正是其"山水诚无意,诗家自有情"诗学理念的最好注脚。而其诗词的风格则是昂扬奔放,我们从其上述作品中已能有所领略,不再赘述。

第三节 周五常、王善同的诗词创作

周五常,1944年生。号潇湘游子,湖南永州市人,新疆沙雅县建设局退休干部。系中华诗词学会会员、新疆诗词学会常务理事、阿克苏诗词学会副会长。著有《雪泥鸿爪录》等。

周五常的诗词创作题材广泛,技艺娴熟,长篇短调多有佳作。其古风歌行激昂慷慨、情真意切,对新疆当代诗词体裁的拓展起到推波助澜的作用。如《大明湖春行》《初访神木园》《哈得油田放歌》《武昌东湖行吟阁怀屈原》《盛世华章惊天地》《世纪伟人颂》等,都有可圈可点之处。我们看一首《初访神木园》:

> 驱车载酒向天山,寻访梦中神木园。谁将偌大绿宝石,嵌在云山缥缈间。游人竞向林中去,曲径通幽闻鸟语。一程一景一重天,遮天蔽日树连树。九龙揽海势凌云,腊榆双飞永不分。牛蛙鳄鱼争出动,鸳鸯戏水总相亲。圣水流芳林苑蔚,千年枯木发新翠。飞来奇树竟无根,百思难解其中秘。林间芳草绿如茵,点缀山花更诱人。爽气清香沁肺腑,山泉洗心远俗尘。古意苍茫将军墓,土色斑驳沐风雨。金戈铁马去不还,而今幸有神木护。虬枝巧架通天门,传闻越后可通神。飞黄腾达非吾意,但学陶令觅天真。席地野餐酌菊酒,人醉花阴香盈袖。放浪形骸且狂歌,清风徐来凉初透。兴酣不觉晚霞飞,收拾诗囊带笑归。"戈壁明珠"夜入梦,梦醒诗熟现朝晖。

此诗首二句点题,驱车、载酒、奔向天山寻梦的描摹,透出一股豪壮之气。而"谁将偌大绿宝石,嵌在云山缥缈间"的设问,又强烈地拨动着人们好奇的心弦。诗中的"神木园",位于新疆阿克苏地区温宿县境内,在天山托木尔峰南侧的前山区,占地40余公顷,是国家AAAA级旅游景区。神木园周围戈壁荒丘,浩瀚纵横,而园内却流水潺潺,芳草萋萋,古木苍劲,郁郁葱葱。诗人用"偌大绿宝石""嵌在云山缥缈间"来比喻神木园,可谓奇妙而贴切。"神木园"最独特的自然是树木之奇,所以接下来便以"曲径通幽闻鸟语""遮天蔽日树连树"的叙述,引入对"神木"的具体描摹。神木园树种多样,山柳、箭杨、野杏、核桃、桑树、白蜡、榆树、沙枣等都聚集于此。最大的一棵杨树,直径有6米多,须数人方可环抱。这些古树树龄都很长,传说有的树龄可达上千年。因大漠风向等地理原因,古树生成各种各样的奇异状态,有的曲折盘旋、贴地匍匐;有的躯干壮硕、挺拔高耸;有的根部已朽、树冠却依然繁茂;有的树头与根部相连,分不清哪是根、哪是枝。可谓盘根错节,纵横交织,千姿百态,展现着戈壁绿洲的神奇。作者心动神摇,浓墨重彩地描摹了九龙搅海、牛蛙出池、鳄鱼出谭、圣水流芳,以及鸳鸯树、无根树、通天门等奇特神木景观,令人惊叹不已。"虬枝"以下几句由写景转向抒情。"通天门"指的是一棵树龄上千年的古老山柳,衍生了四棵树干,全是倒地而生,树干形成的造型,恰似一扇通向天空的大门。作者的情怀即由此而生:"飞黄腾达非吾意,但学陶令觅天真。"诗中"放浪形骸"的狂歌,"收拾诗囊带笑归"的惬意,"'戈壁明珠'夜入梦"的温馨等,都呼应着"神木园"的神奇。此诗谋篇布局,结构谨严,不枝不蔓,叙事、写景、抒情水乳交融;而用韵则是平仄交替,四句一转,如行云流水,铿锵自然,进一步增强了作品的动人魅力。

周五常的格律诗词,也往往求新求变,意蕴深长,彰显着其"采撷新诗意,回归大自然"(《龙庆峡泛舟》)的诗学主张。其写天池是"半湖云树半湖雪,一棹烟波一棹诗"(《天山天池吟》),写龙庆峡是"鸟穿崖畔树,鱼戏镜中天"(《龙庆峡泛舟》),其行走天山是"穿云海,上达坂,履冰川""欲效雄鹰振翅,欲学苍松傲雪,豪气贯长天"(《水调歌头·天山行》),其登上岳阳楼是"万顷烟波消块垒,一湖风月演沧桑"(《登岳阳楼》),等等,都能令人耳目一新。下面我们看一首《咏浮云》:

> 暮卷朝飞霄汉行,一尘不染自高清。随风聚散居难定,伴月浮游步不停。常可弥空消酷暑,时能化雨润苍生。逍遥乐与烟霞共,宇宙无涯任纵横。

诗史上多有咏浮云者,但往往都寓以贬义,此诗则令人耳目一新。首联以"飞行霄汉""一尘不染",状浮云之高洁;颔联扣紧一个"浮"字,写其随风聚散、居无定所、伴月浮游、永不停歇,于奔波中透着勤勉;颈联以"弥空消酷暑""化雨润苍生"来描述"浮云"的功能、贡献,而以"常可""时能"状之,又表明这种贡献并非偶尔为之;尾联以与烟霞共舞、任意纵横,写浮云的逍遥、自在。此诗状物,可谓惟妙惟肖,同时又给人以超出"物"外的联想:一个品行高洁、居无定所、哪里需要哪里去、勤勉奉献而又自得其乐的人物形象,如在目前。

　　王善同,字慎独,号天池居,1954年生,山东郓城人,新疆阜康市人大常委会退休干部。系中华诗词学会常务理事、新疆诗词学会副会长、《昆仑诗词》主编、《中国当代散曲》编委。在新疆当代诗词创作中,写作散曲的不多,而取得较高成就的更少。王善同则是诗、词、曲兼擅,而其散曲的成就,也彰显出新疆当代诗词创作体裁的多样性。

　　王善同的诗、词题材广泛,而重在陶冶性情。"惯将低调隐蓬蒿,诗史千年独尚陶"(《书怀》其二),"已然年又始,野鹤度云闲。淡泊陶彭泽,孤清晏小山"(《闲慨》)等吟咏,正是其创作情趣的写照。而这种自觉追求,也生成了其诗词萧疏、恬淡而又时见清新的风格。我们看几首作品:

　　　　牧马天山下,悠闲自悦心。冰溪鸣石窍,坡雪接云襟。气越青霄涧,风平白叟岑。烹茶思远古,与客饮疏林。

　　　　　　　　　　　　　　　　　　　　　　　　——《博格达峰下》

　　　　夕阳难舍老农庄,漫撒斑斓绣水塘。星落挂竿春路远,风吹拂面夏时凉。和谐百慨亏烦事,静谧一更先素妆。撂下红尘亭上叙,无茶无酒好时光。

　　　　　　　　　　　　　　　　　　　　　　　　——《六运湖浅夜》

第一首五律描写博格达峰下的触景感怀。中间两联对仗工稳,意象鲜明,有动有静,颇具气势。而全诗抒发的则是"烹茶思远古,与客饮疏林"以及"悠闲自悦心"的闲适、恬淡。第二首七律描摹"六运湖浅夜"。前三联描摹农庄傍晚之景,以"夕阳难舍老农庄"开端,用笔巧妙。这里难舍老农庄的不仅是"夕阳",还有作者的心态。故而尾联"无茶无酒好时光"的绾结,正是恬淡闲适情怀的再现。作者写景有时又在静谧中带着一种温馨、活泼。如:

　　　　横断天山五月游,芳菲碧野小溪流。只身陷入妖娆阵,无那蹁跹戏白头。

　　　　　　　　　　　　　　　　　　　　　　　　——《天山蝴蝶谷》

　　　　撵着小河陶醉,暖风拂面时乖。阳光蓦入牧人怀,新绿多姿多彩。坡上银星千点,流云幻影蓬莱。春歌翁动杏花腮。古丽眉山浅黛。

　　　　　　　　　　　　　　　　　　　——《西江月·库尔德宁草原一瞥》

第一首诗写天山蝴蝶谷,那一望无际的碧野、到处盛开的鲜花,令人心旷神怡,凸显出天山的秀美。尤其是那"陷入妖娆阵"的作者情态、众多蝴蝶"戏白头"的鲜活画面,在幽默中又荡漾出浓郁的生活情趣,可谓唱叹有致。第二首词写库尔德宁草原的景色,有动有静,有远有近,有景观有人物,显得清新自然。而"搴着小河陶醉""暖风拂面时乖""流云幻影蓬莱""阳光蓦入牧人怀""春歌翕动杏花腮"等描摹,尤为鲜活生动。

从艺术层面来看,王善同的诗词在写景、叙事、抒怀之际,往往侧重于画面的勾勒,故而含蓄蕴藉,情感动人。如《踏莎行·首府车站》:

> 走下月台,回身几度,迢迢四十多年路。朝昏晴雨数难清,如今白发随风舞。　　敢忆当年,茫然四顾,不知身去能何处。阴沉雾笼雪花稀,三天碾子沟边伫。

词作者于乌鲁木齐车站的触景感怀,读来十分动人。如今的"白发随风舞"、当年的"茫然四顾"等画面,不仅情态逼真,而且引人遐想。尤其是"阴沉雾笼雪花稀,三天碾子沟边伫"的追忆描摹,在艺术上颇得晏小山"当时明月在,曾照彩云归"的神韵。

王善同的散曲创作,既有小令,也有套曲,风格上洒脱畅达、时带谐趣。其写景之作,往往典雅畅达,画面鲜明。如:

> 塘边草舍谁家?绿绕疏篱一匝。蔷薇花美葡萄架,风浣村姑秀发。
>
> ——【中吕·醉高歌】《农家》
>
> 遍野秋香,玉米棒槌长。砍倒金黄,星散是牛羊。径来犁铧几张,瞬间仪态万方。播种忙,心里埋希望。旁,归马江潮状。
>
> ——【双调·碧玉箫】《秋野》

第一首写农家风貌,采用焦点透视,在塘边草舍、绿绕疏篱、蔷薇花开、葡萄满架的背景衬托下,聚焦于"风浣村姑秀发"的特写镜头,画面优美而动人。第二首写"秋野",是散点透视。全曲十句,随着视线的移动,两句一换,通过五幅画面,将遍野秋香的农业丰收、农民收割、放牧、犁地、播种等金秋大忙季节的景、事、情,鲜明生动地表达出来,作者的喜悦之情也溢于言表。

其叙事、抒情之作,又带着一种洒脱、幽默。如:

> 二人世界,三余时外,各凭兴趣心求快。尔诗台,我歌台,各还各底相思债。一统江山游四海。春,重庆街;秋,深圳街。
>
> ——【中吕·山坡羊】《老两口》
>
> 天高云淡,山明水湛,缆车一架丹青嵌。倚松杉,浴烟岚,三三两两把风光赚。绿女红男啥不敢?高,兴不减;低,兴不减。
>
> ——【中吕·山坡羊】《山中》

第一首写一对老夫妻的日常生活,语言通俗,明快畅达,折射出的是时代的祥和、生活的安定。第二首写"绿女红男"的山中旅游,画面优美而情怀激昂。如套曲【双调·新水令】《旅行》等,也都表现着"一路悠闲,潇洒情无限"的情怀。至于一些讽刺现实生活中不良风气的作品,如【中吕·朝天子】《投稿群戏谑吐槽》、【中吕·朝天子】《拉票诗词大赛》等,则在幽默诙谐中针砭着时弊。

第八章　自可思维不仰人
——于钟珩等教师群体的诗词创作

在新疆当代诗词创作中,于钟珩、许波、赵力纪、薛维敏、李新平等都是各具风貌的诗人。教师的身份、素养,使他们善于独立思考。其诗作在张扬自我性情的同时,歌颂着真、善、美,也针砭着假、丑、恶,从不同侧面展示着教师的所思所感。

第一节　于钟珩的诗词创作

于钟珩,号学稼,生于1942年,甘肃天水人。新疆乌鲁木齐市第九中学高级教师,擅长书法、绘画。曾任新疆诗词学会副会长,现为顾问。主编有《当代中华诗词集成·新疆卷》。其作品散见于《海岳风华集》《二十世纪中华词选》《中华诗词文库·新疆诗词卷》《昆仑雅韵》《中镇诗词选》《当代中华诗词集成·新疆卷》等多种诗词选集和诗词刊物。

于钟珩的诗词涉猎题材多样,诸如咏物记事、咏史怀古、唱和酬答、赞美祖国壮丽山河、歌颂新疆优美风光等,都有佳作。而在新疆当代诗词创作的大格局中,能够别开生面的当属那些关注国计民生的作品。

于钟珩是一位善于独立思考的诗人。他"骨傲",但不狂狷;尖

锐,但不刻薄;冷静,但不冷血。其《我思我在》云:

> 梦幻生涯记未真,烦忧满涧百年身。镜中幸见头颅在,自可思维不仰人。

这种自可思维、不随波逐流的个性,在其诗词中多有流露。如《题画梅绝句》(其一):"铁骨冰心玉一枝,著花正是岁寒时。何须蜂蝶传消息,自有清香天地知。"此诗托物言志,可谓其性情的自画像。"铁骨冰心"见其人品,"自有清香天地知"则见其坚持本我的自信与执着。那些直抒性情的作品表达得更为酣畅,如《金缕曲·奉谢曾渊如先生惠赠大著〈看剑集〉》下阕:

> 惟将肝胆酬师友。笑浮生,庸庸过客,穷途奔走。绛帐生涯甘寂寞,斗米不争鸡口;岂肯向、侏儒俯首! 孤傲十分疏懒甚,只心灯灿灿长相守。云路远,祝君寿。

词中将自己不屑于蝇营狗苟,而甘于寂寞,执着于教书育人的生涯,以及"孤傲十分疏懒甚,只心灯灿灿长相守"的刚直情怀,表达得淋漓尽致。再如其《叠韵奉和世广乙酉岁末怀人之作》其一:

> 白眼望天目自空,只将新句细研砻。诗人独有一支笔,点染春光入画中。

首句借用阮籍的典故描写自己性情的孤傲,但接下来的三句,又展现出作者并非像阮籍那样的玩世不恭,而是在孤傲的同时,对生活充满了热情。"诗人独有一支笔,点染春光入画中"的自我描摹,让人感觉到的是温馨而非冷漠。这正是其人其诗个性鲜明之处,这与其知识分子的思维方式、教师的职业特点,应该密切相关。

而其《暮春夜雨》,则以直抒胸臆的方式,表明作者"丹心犹热"的性情。诗云:

> 一灯独对夜凄清,冷雨敲窗梦未成。倚枕低吟闻笛赋,挥毫难写抱关情。杏花零落才人老,诗思沉浮胆气横。漫道儒冠多自误,丹心犹热为苍生。

于钟珩抒发情怀的作品,往往在孤傲中带着一种沉郁,又于沉郁中透着一种雄豪与炽热。这首《暮春夜雨》就是如此。诗写作者在一个暮春雨夜的所思所感。首联营造的孤灯独对、长夜凄清、冷雨敲窗、夜不能寐的艺术境界,凄婉而动人。颔联用了两个典故描写作者心态,意味深长。"闻笛赋",指晋代向秀途经亡友嵇康故居,听到邻人吹笛,不胜悲叹,而写的《思旧赋》。赋中表达的是对亡友的怀念。唐代刘禹锡在被贬二十三年后应召回京,途经扬州与白居易相会时曾借用此典,写出"怀旧空吟闻笛赋,到乡翻似烂柯人"(《酬乐天扬州初逢席上见赠》)的诗句,来怀念友人、感叹岁月流逝。"抱关",语出《孟子·万章》,本指守门小吏,后来也借指地位卑微者。明代抗倭英雄戚继光有"冰霜谁识抱关情"(《三屯新城工成志喜(其二)》)的诗句。于钟珩借用这两个典故,描写自己暮春雨夜的忧郁感伤,虽然难以确指因何人何事而起,但可以感受到的是哀悼才艺超群、刚直不阿而又英年早逝的友人。应该也是下文"儒冠多自误"的感慨触因。颈联在叹惜"杏花零落才人老"的同时,内心激动,故而在诗思沉浮中,胆气横生,格调变得激昂。进而喊出"漫道儒冠多自误,丹心犹热为苍生"的心声。这里的"儒冠"显然是指知识分子,他们"丹心犹热",为了天下苍生,"自误"又何妨!而这也正是作者的情怀。全诗情调沉郁而又不失昂扬,彰显的是"为苍生"的一片"丹心"执着。

正是由于作者"骨傲尚存黎庶念"(《庚寅阳春月与家人同游香港清水湾海滩有作》),所以对民生疾苦颇为关心。如《庚寅清明,赋此书感》:

> 塞上高寒草未青,黯然心绪过清明。春晖梦断椿萱影,荆树凋伤手足情。扼腕难言尘海事,拯灾厌听颂歌声。愁怀远系王家岭,矿难频仍举世惊。

"清明"之际,作者心绪黯然,愁绪满怀。这里固然有亲人"梦断"与"凋伤"的因素,但更令作者"扼腕难言"的"愁怀",却是王家岭矿难中那些鲜活生命的消失。其心系民生的一片丹心,于此可见。其《国庆节后别有所思漫赋》:"华诞真教举国狂,流光溢彩汇汪洋。但求国富存公道,莫以人均计小康。大款驱车呼宝马,小民觅食走他乡。神州处处庆佳节,钞票由谁敷胜场?"针对贫富悬殊,作者喊出"莫以人均计小康"呼声,也正是对国计民生的关注。

其对保护人类生存环境的呼吁,也展示着作者的大爱。如《据报道近期北方多地天气酷热异常,有破纪录者。乌垣大热亦逾往年,此皆天灾人祸所致也》写道:

> 热浪冲腾暑气张,流金大火炙城乡。慈云消逝难为雨,旱魃猖狂频致殃。天不仁民悲刍狗,人因逐利毁苞桑。何年重返佳环境,百族安居岁月长?

诗中对全球变暖的忧虑,对生态环境遭破坏的愤慨,溢于言表。甚至参观硅化木也会浮想联翩,感慨现实环境的污染恶化。如《奇台恐龙沟地质公园观赏硅化木恐龙化石有作》,由"遥想洪荒岁,森林郁苍苍",写到"环境惧恶化,环宇多祸殃",进而呼吁"居安思危殆,世界非天堂。天人贵合一,史鉴射寒光"。亦可见出其对环境恶化的关注。

由于作者"长将冷眼观斯世"（《偶感漫题》），故而对社会上的不良风气也给予嘲讽。如其《丁亥岁杪大雪，感事写怀》：

> 冰封瀚海岁将阑，别有忧思感百端。雪暗寒潮弥大野，风推云阵卷层澜。腐贪劣迹何曾敛，黎庶生涯尚未安。厌向荧屏消永夜，艳歌疯舞正狂欢。

此诗作于2007年。首联写岁末大雪，作者百感交集。颔联"雪暗寒潮""风推云阵"的描写，即是渲染岁末大雪的阴森氛围，也为颈联当时社会上"腐贪劣迹"的嚣张做铺垫，而"黎庶生涯尚未安"的感叹，正见出作者对民众生存的关心。尾联对当时文艺舞台追求盈利、歌舞表演粗俗不堪的现状，表达了强烈的不满。其《寄寓香江客窗岑寂感事书怀偶成一律时近阳历新年》，对那一时期文艺舞台"举世痴迷阿堵物，可怜文化到邪门"的一切向钱看、演出粗俗不堪的节目，而深感厌恶。其《暇日闲游香港清水湾海滩写怀》由"清水湾"水之清，联想到人世之污浊。"愚氓堕欲海，拜金唯争利。权贵势熏天，贪墨无羞耻。道德滑坡下，浊淖污天地。教育成市场，文化谁承继？泛滥假恶丑，披猖益恣肆。"显出诗人对物欲横流的否定。至于"群儿尽忘红羊祸，夜夜朱楼沸管弦"（《春日感事》），则对青年人不能牢记历史、反思历史表现出忧虑。

其对贪官之愤恨，尤其溢于言表。《杂感四首》其一云：

> 人间物欲正横流，酒绿灯红映画楼。排列琼筵陈水陆，驰来宝马尽王侯。销金帐里美人醉，反腐声中"黑脸"愁。泉下和珅应窃笑，原来公仆可同舟。

此诗作于2008年。诗中对世间物欲横流的感叹，对贪官骄奢淫逸的愤慨，笔锋之犀利，揭露之深刻，可谓震撼人心。

诗人针砭现实，感叹"俗世潮流与道违"（《秋杪漫题》）的同时，对社会的变革、发展充满着希望。其《仁德仁弟以新作七律见赠即步其韵写怀恰逢壬辰中秋》，就是赞美青年人网络反腐的。诗云：

> 算来马齿只徒增，赏月更登楼一层。厌向荧屏观闹剧，何如书案对孤灯。拜金朝市人争利，作秀名场我不能。网络江湖腾少俊，喜他正义有担承。

诗的前六句以自己虽然对现实中的丑恶现象深恶痛绝，但无法遏止，只能洁身自好的描摹，为最后两句做铺垫。全诗在对比中热情地赞美了众多年轻网民，通过网络揭出贪腐人物、腐败事件的正义之举。其他如,《庚寅春分日阅读林贤治〈五四之魂〉偶成》其一"和谐愿景久相期,社鼠城狐与世违。犹待启蒙传正道,再迎德赛报春归"等,也表达着"江山万里凭描绘,重建中华第一流"的希望。而在《暇日闲游香港清水湾海滩写怀》结尾,发出"愿得滂沱雨,洗尽人间秽"的呼喊,也寄予着改造社会不良风气的愿望。凡此都可看出于钟珩的诗词,在针砭现实、批判丑恶的深处,蕴藏的是对生活的热爱。可以说,关注现实、悲天悯人的炽热情怀,是于钟珩诗词思想情感方面的一个突出特色。

　　于钟珩传统文化底蕴厚重,诗词创作技艺娴熟。激情、豪气与广阔胸襟的相融共振,使其作品生成了雄豪奔放的艺术风貌。在体裁上各体兼擅,而慢词尤见功力,往往在高远境界的描摹中,荡漾着郁勃奔放之气。《八声甘州·塞垣秋意》《念奴娇》《金缕曲·天池记游》《八声甘州·乙丑冬月赴奇台途中感事怀古》等,都是这方面的代表作。我们看一首《八声甘州·己丑暮春与达生庆梅贤伉俪同登八达岭长城赋此书怀》:

> 踏长城苍莽望重山,雉堞接天高。正寒风凛冽,层云渺漫,万窍呼号。眼底秦关汉阙,雄峙对青霄。阅尽千秋史,俯瞰今朝。　　漫道鬓霜人老。尚心雄万夫,不让英髦。任尘氛掠地,湖海共逍遥。看人间,鱼龙曼衍;问天公,底事醉酕醄?凭身手,再攀高去,意共云飘。

词的上阕描写八达岭雄奇壮丽的景观,气势恢宏;下阕抒发怀抱,"漫道鬓霜人老,尚心雄万夫,不让英髦"的进取精神,"再攀高去,意共云飘"的人生志向等,都激荡人心。全词意象鲜明、纵横驰骋,荡漾着一股雄豪之气。

　　即使是短小的绝句,也往往带着一股激荡的豪气。如其《南疆杂咏》:

> 大漠平沙黄复黄,追云逐日向南疆。轻车一去二千里,短梦应难到故乡。

> 十年结社梦昆仑,未睹昆仑石一痕。此日开怀相对笑,摩天雪岭眼前奔。

第一首写乘车去南疆的途中感受,尤其是以"短梦应难到故乡"的感慨,突出了"轻车一去二千里"的速度之快,欣喜之情溢于言表。第二首写自己参加"昆仑诗社"已经十年了,却未曾亲睹过昆仑山,今日有幸躬践斯地,其激动之情奔涌而出。"此日开怀相对笑,摩天雪岭眼前奔"两句,正彰显出作者激情的奔放。

第二节　许波的诗词创作

许波(1934—2016),祖籍湖南湘潭,出生于南京,字寒涛,别名许石麟,号梦雨斋主人。1958年毕业于华东师范大学外语系,1960年7月至新疆伊犁。后任教于伊犁师范学院,为副教授。系中华诗词学会会员、新疆诗词学会会员。其作品主要见于《中华诗词文库·新疆诗词卷》《昆仑雅韵》《当代西域诗词选》《当代中华诗词集成·新疆卷》等诗词选集和《中华诗词》《新华诗叶》《岳麓诗声》等诗词刊物。

许波的诗词创作,题材多样,而最具个性的是那些抒写自我怀抱、抒发人生感慨的作品。这些诗词苍凉幽怨,常常于浓烈的情感中击人软肋。体裁上以律诗与词居多,凸显着作者诗词创作的深厚功底和娴熟技巧。

翻开许波的诗词,一股浓烈的忧伤感扑面而来。恰如他自己所说"百感苍茫忆旧声,湘骚楚些总伤情"(《鹧鸪天》),使其在新疆当代诗词创作群体中,别具一格。我们看一下他的《遣怀》:

> 书剑飘零事业荒,遥瞻前路复茫茫。诗成灯灺悲天老,梦断凉生觉夜长。已逝华年馀白发,方来苦绪似春江。抛残红豆情难尽,犹洒相思泪万行。①

诗以"书剑飘零事业荒"破题,以"犹洒相思泪万行"绾结,中间以大量的凄清悲凉意象,抒发志向成空的幽怨怀抱,令人唏嘘不已。再如《陌上花·忆昔遣怀》:

> 西风骤起,平沙摇动,蓦然秋晚。绿水桥边,难忘那回低唤。记曾金榜题名事,只是惹人肠断。想桐花渐蓁,紫箫声咽,梦回孤馆。　　怅青春易老,心期暗许,几度霜林红染。扑面寒潮,又把栖鸦惊散。素心折柳何堪忆,凄切遥天远雁。纵江郎、写得离情千缕,俱成虚幻。

词以"西风骤起,平沙摇动"的奔腾意象开端,颇具豪气。但接下来"蓦然秋晚"的转折,则使情怀的抒发带上了一种沉郁。而这正是"记曾金榜题名事,只是惹人肠断"的人生苦难所致。下阕"怅青春易老,心期暗许,几度霜林红染。扑面寒潮,又

---

① 星汉主编《中华诗词文库·新疆诗词卷》,中国文史出版社,2012,第102页。

把栖鸦惊散"的描写,则把人生经历的坎坷跌宕、希望中又有所失望的情怀,表现得淋漓尽致。全词在"纵江郎、写得离情千缕,俱成虚幻"的幽怨中,戛然而止,其抑郁之情跃然纸上。

这种迟暮的忧伤感,弥漫于他的许多作品之中。如"问当年折桂,而今华发,生平事,凭谁语""身世飘零如许! 叹天涯、依然羁旅。黄沙扑面,乱云堆岫,几多愁绪。漫抚湘弦,欲弹还罢,故园何处?"(《水龙吟》),"踏破寒沙,半生前事,醉抚青衫,岁华如水。魂梦依依,但为伊憔悴。听惯啼鹃,玉笛声怨,洒遍思乡泪。"(《醉蓬莱·廻雁峰游目》),"伐木崇岩,穷耕大漠,欲歌欲哭都难。月黑风凄,唯将泪染红笺。青春只许牛棚度,咽悲声、销却华年!""抽筋断骨何人惜,叹飘零、彻夜无眠"(《高阳台·忆昔》),"经年离恨思春草,失路悲歌说玉关""幽辉满地人寰冷,愁听琵琶带泪弹"(《中秋望月答越人》其一),等等,都在抑郁苍凉中,将一个英雄失路、幽怨感伤而又浩然长叹的抒情主人公形象展现得栩栩如生。

许波诗词的这种特点,与他的人生经历密切相关。其在《悼林昭》的诗序中,讲述了自己的遭遇。他于1954年考入华东师范大学外语系就读,1957年"竟以'意欲反党罪'而沉沦于炼狱。"1960年"被遣送伊犁劳改,垂二十年。九死一生,幸留微命。"故而其抒发自我怀抱,多凄苦悲凉之词。

当然,作者也并非一味地感伤,在"写尽愁心泪已无"(《中秋望月答越人》其二)的情景下,也有"任纷纷白雪满华颠,故我尚依然"(《八声甘州》)的坦荡,甚至还有超越苦难的旷达,如《凤凰台上忆吹箫》:

> 云与山齐,雪随风厉,倩谁伴我吹箫。怅海棠偷敛,枯树轻摇。为觅天涯绿讯,凝睇望,物外迢遥。思君远,魂飞冷夜,梦破残宵。 滔滔,一腔旧怨,如浪涌寒江,且息还潮。甚此情难老,犹喜擒雕。毋把庚郎愁赋,千万遍,写在眉梢。眉梢上,殷勤待描,字字春娇。

上阕中"云与山齐,雪随风厉"的环境,"思君远""梦破残宵"的忧伤,以及下阕"滔滔,一腔旧怨,如浪涌寒江,且息还潮"的感慨等,都与其他诗词中反复诉说的愁怨极为相似,但结尾"毋把庚郎愁赋,千万遍,写在眉梢"的情怀抒发,则表现了作者的反思。尤其是"眉梢上,殷勤待描,字字春娇"几句,在表现超脱苦难的同时,更有着对希望的追求。再如其《一剪梅·寄远》:

> 怅望伊河水不东。河上冰封,心上冰封。怒云狂雪阻归鸿。天也蒙蒙,地也蒙蒙。 怕道重逢只梦中。情自融融,春自融融。误他相约醉东风。人在花丛,诗在花丛。

词的上片，就眼前的冬天景色，极写环境的清冷、内心的死寂、茫然。而下片的"情自融融，春自融融""人在花丛，诗在花丛"，又荡漾着对美好前景的追寻。其他如，"不须媚俗抛娇态，独抱寒香惜岁华""自恃冰魂矜素质，何须俗世托虚名"（《梅花八首依清人张问陶韵》），"憔悴只馀双眼在，坚冰原上盼春鸿"（《独步天山脚下雪野中口占》），"莫道残荷无绿意，枯根深处正春浓"（《游莫愁湖有感》），"馀生但剩如椽笔，写出风流万种情"（《鹧鸪天》），"赋罢闲情酒一杯，平生幸未学低眉。门前冷落无他事，但遣诗思共蝶飞"（《己丑秋日杂咏》），"空敛手，失红缨。唯将词赋筑长城"（《鹧鸪天》）等，或托物言志，或借景抒情，或直抒胸臆，都表达出对纯真性情、高洁志向的坚守与追求。由此可见出，许波的诗词情怀，是郁愤而不失优雅，忧愁却不失风骨。

许波命运多舛、被遣出关，却依然用自己的诗笔关注社会、描摹人生。这里有对社会不良风气的嘲讽，如《有感于诗人大会留影》：

权贵居中稳下来，两边循序再分开。妙龄少妇前排坐，白发诗人后面偎。敬老尊贤成俗套，媚官有术待娇陪。闲时偶读《钱神论》，方觉吟坛亦可哀。

此诗将"诗人大会留影"的情景，娓娓道来，语言通俗平淡，却又意味深长。这里既有对主办者安排的不满，更有对弥漫于社会各个角落"钱能通神"现象的悲哀。因其是写诗人相聚，故而对世俗中官本位现象的嘲讽就更显深刻。

而更多的是对伊犁风情的描摹。许波常年生活于新疆伊犁，深深热爱着这片土地和人民。这类诗词清新自然而又生动活泼，在其作品中别具一番风貌。我们看一下《浣溪沙·伊犁风情画》：

默默低头献奶茶，眉如新月脸如霞。一春心事付桃花。　　紫燕呢喃风不定，绿枝摇曳柳欹斜。依稀记得那人家。[①]

小小T衫窄窄衣，垂肩长发降云披。不笼骏马跨轻骑。　　一路歌飞花絮落，两行柳拂鬓鬟低。惹人心醉是相携。

未忘当年赋请缨，阳关西出展雄旌。白杨环绕护名城。　　三十六陂春水绿，八千里路塞云横。左公杨柳尚青青。

这组词作共有九首，从不同侧面展现着伊犁的风土民情。这里选的第一首描写的是在少数民族家中做客的情景，而风物人情、居住环境，历历在目。第二首写随着

---

① 邓世广主编《当代西域诗词选》，新疆人民出版社，2009，第172页。

时代的发展,民族风情的变迁,少数民族青年穿着T恤、牛仔裤、长发披肩,出行也不再是骑马,而是代之以轻骑摩托,展现着时代的发展和多民族聚居区域文化的融合。第三首在描写伊犁风光赏心悦目的同时,又融入了历史意蕴。"左公杨柳尚青青"一句,既是写眼前实景,又赞美清代名将左宗棠收复新疆的业绩,可谓以少总多。

许波的诗词在艺术上最突出的特点,就是情景交融,意境浑然。作者在创作技巧上,善于借景抒情、以景衬情,进而营造出含蓄蕴藉的诗境,动人心脾。如《独步天山脚下雪野中口占》:

怕访亲朋只伴鸥,虽生犹死已无求。如何华发飘零尽,还结春山细雨愁。

此诗一二句抒怀感叹,尚觉平平,但第三句以问句一转,逼出第四句的以景结情,则是妙笔。在残雪未尽、春山细雨的迷离朦胧境界中,作者浓郁的、孤寂无助的悲凉心境,令人遐想无极。其他如,"独立感苍茫,销尽斜阳""几回低唱月昏黄,唱到春风怜瘦影,人老他乡"(《浪淘沙》),"滔滔汨罗水,谁与共长吟"(《乙酉杂诗》),"婉婉清愁,零乱如飞絮"(《青玉案·琵琶亭》),"自爱芸窗多寂寂,一帘疏雨润春枝"(《春归》),"冻宇尚无南雁至,夜寒飞泪鬓双皤"(《九五老诗人周退密教授以戊子至日见示感而有作步原玉奉寄》),"倚斜阳怅望,残霞抖艳,雾迷烟树"(《水龙吟》)等众多作品,都带有这种特点。

纵观许波的诗词创作,既多哀怨悲凉之气,又有清新明快之风,而最突出的则是以情动人。从诗主性情的角度来说,许波的那种人生坎坷、百感交集、击人软肋的苍茫咏叹,无疑更具有"诗"的本质与意味。

第三节　赵力纪、薛维敏、李新平的诗词创作

赵力纪,1955年生,山东莒县人。1982年毕业于新疆师范大学中文系,新疆商贸经济学校高级讲师,系新疆诗词学会常务理事。

"知青"生活的砥砺、"文革"后的"天之骄子"、教师生涯的酸甜苦辣等人生感悟,使赵力纪的诗呈现出一种倔强、顽强的进取精神。我们看几首咏物诗:

漫空寒雪覆千山,呼啸冰风势甩鞭。任是夕阳悄遁去,依然傲骨向苍天。

——《冬日白杨》

源于峻岭赴河行,一路风涛不用惊。莫说已成圆滑相,击之依旧硬铮铮。

——《鹅卵石》

丛丛白草漫无垠,戈壁荒滩倔强身。纵使枯干制成帚,犹能扫净万年尘。

——《白草》

核桃大树古风悠,虬干苍皮绿叶稠。纵使中空人上下,犹能结果满枝头。

——《和田核桃王》

第一首咏冬日白杨。在寒雪纷飞、冰风呼啸、夕阳遁去的,苍茫、肃杀、冷寂的环境里,冬天的白杨树尽管枝叶凋零,但傲骨依然坚硬,挺拔的枝干直指苍穹,坚守着初心与志向。第二首咏鹅卵石。鹅卵石于崇山峻岭被急流狂湍一路冲进河谷,外表虽然被磨去棱角、变得圆滑,但内里却依旧是"硬铮铮",荡漾着屡遭磨难而初心不改的倔强。第三首中的"白草"即芨芨草,为多年生草本植物。生长于碱性土壤的草滩戈壁,花呈淡绿色,一丛一丛颇为壮观。秋天变白,细长、坚韧的茎秆,可以制作扫把。"白草"在戈壁荒滩倔强生长,已显其生命力之顽强,而枯干后制成扫把,犹能为人类"扫净万年尘"。其坚韧、倔强的性情,于此可见一斑。第四首所咏的老核桃树,位于和田,据说已有五百年历史,当地人称之为"核桃王"。这棵老树的粗大树干已经空心,顽童甚至可以从树洞爬上爬下,但其枝叶茂盛,仍然"结果满枝头"。生命力之顽强、奉献情怀之执着,令人震撼。其他如《贺新郎·天山咏》中"向苍茫、笑我如君倔,胸万壑,满头雪"的咏叹,《咏白鹅》中"沉思追想天鹅祖,翅膀常扇欲远征"的描摹,《红柳吟》中"酷热遒枝怒,严寒靓影雄。蓬蓬凛然气,长驻我心中"的自许等,都荡漾着顽强、进取的情怀。一些登临游览的诗作,也能在思考中给人哲理的启迪。如《半山亭》:

风尘一路此间停,沐浴晨曦数壑青。多少英雄豪杰士,曾经毁在半山亭。

此诗为登临南岳衡山于"半山亭"小憩时所作。一二句叙事写景,清新自然,而登临的辛苦与惬意也油然而现。第三句一转,在俯仰古今中抒发"多少英雄豪杰士,曾经毁在半山亭"的感慨,给人以哲理的思考与启迪。全诗在情、景、理的融合中,彰显出作品内涵的厚重。

赵力纪衣着古板,为人朴讷、不善言笑,而为诗却鲜活生动。一些日常生活的描摹,颇具情趣。如:

> 硝烟十载卅年工,眷恋家乡返岭中。东井水甜夸老祖,西山黍盛耀丰功。晨思园圃人常去,夕诵诗词意渐通。偶一问吾唐宋句,茫然四顾话秋虫。

——《丁亥年书赠父亲》

> 暮临贴上灶王神,供品多多敬意真。鱼肉喷香熏老眼,果糖滋润抹甜唇。大人端坐心追想,稚子斜瞄手欲伸。小院梧桐寒雪落,屋中春暖夜方黉。

——《腊月二十三》

第一首写作者探望父亲时的情景。赵力纪的父亲出生于沂蒙山区,15岁参加八路军,经历了抗日战争、解放战争、抗美援朝战争的洗礼,从军十年复员后到西北边陲工作近30年,晚年因思乡情切,返回原籍。诗的首联对其父大半生慷慨激昂的经历以及对家乡的眷恋,一笔带过,为下面描摹晚年的日常生活留足了笔墨。颔联、颈联写其父返乡后生活的惬意,晨去园圃、夕诵诗词、"水甜夸老祖"的神态历历在目。而尾联最为生动,当其父偶尔问及唐宋诗词,作为"科班出身"的自己却不能随时应对,只好顾左右而言他。这种颇具情趣的情境描摹,将作者瞬间的茫然、尴尬而又矜持的情态,表现得活灵活现。第二首写腊月二十三民间祭灶神的情景。那些"鱼肉喷香熏老眼,果糖滋润抹甜唇"的供品,体现着"敬意真"。然而这种"敬意",是只限于大人的,孩子们绝不如此。"稚子斜瞄手欲伸"的描摹,将孩童的天真、嘴馋、顽皮的情态逼真地描绘出来,使得"庄重严肃"的祭灶氛围,在鲜活生动的日常描摹中,变得极富生活情趣。其他如,七言绝句《乡村偶得》,在"闲敲棋子夕阳辞,蝉息蛙鸣月渐移"的恬静氛围里,展现的"最喜邻家三岁侄,也依姐姐背唐诗"的画面,鲜活生动。《太平河垂钓》中"粼粼碧水润长空,漫棹扁舟览秀容"的惬意,"随意垂纶风拂面,悠然钓起一青峰"的幽默,《题背背篓采药的老人岩》中"曰师采药已千年,云海茫茫万座峦"的苍茫,"远望老人装满篓,欲呼暮霭又遮拦"的迷离等,都在情、景、人的融合中,描摹出鲜活的画面。

其写新疆风情,又是流走奔放,豪气四射。如:

> 草原坦荡,飞箭雷鸣豪气涨。钩镫悬身,舒臂叼羊鞭马奔。 雄

鹰横截，几易其人拼抢烈。一骑飞驰，终点欢腾天马嘶。

——《减字木兰花·叼羊》

　　大河奔泻，挟雷韵、喷吐琼花寒雪。想必壮怀幽谷束，夺峡豪云千叠。天马嘶鸣，牧歌奔放，两岸风烟阔。胸开目射，胡笳天际声烈。

　　遥想持节张骞，乌孙优待，丝路驼铃热。紫塞雄关闻膴篥，惠远古城明灭。少穆雄风，季高豪举，留与今朝阅。青穹万里，且看高矞苍鹘。

——《念奴娇·望伊犁河感赋》

　　第一首词描写的"叼羊"，是新疆哈萨克等民族非常喜欢的一项体育活动，其特点是对抗性强、争夺剧烈，被誉为"草原上勇敢者运动"。该词无论是一二句渲染的"叼羊"氛围，还是中间四句展现的"叼羊"过程，以及最后的比赛结局等，都在一系列比喻、描摹中，张扬着奔放的气势和豪气。第二首词写眺望伊犁河。上片写景抒情，气势磅礴。开端三句，在先声夺人中将听觉、视觉融为一体，伊犁河奔腾汹涌的气势如在目前。"想必"两句，是对庞大气势形成缘由的解释，因为"壮怀幽谷束"，所以"夺峡"出谷后才会"豪云千叠"，这里显然融入了作者对人生的哲理思考。"天马"三句将视野移向伊犁河两岸，在视觉、听觉交相互动中，展现出一片颇具生机的广阔画面。过拍写作者的感受，在"胸开目射"中引起俯仰古今的遐想。下片怀古，厚重奔放。从汉代张骞持节"凿通"西域，到清代林则徐、左宗棠满怀激情地经营新疆，他们的业绩、贡献，名垂青史，"留与今朝阅"。歇拍以眼前的雄阔景观，绾结胸中的豪迈情怀，可谓韵味悠长。全词结构谨严，流走飞动，风格奔放大气，读之令人胸胆开张。其他如，《沁园春·喀纳斯观鱼亭远眺》《贺新郎·塞外雪》《沁园春·禾木抒怀》《上昆仑》等，都带有这种特点。其古风歌行如《白杨林行》《军垦第一犁》《沙雅魔鬼林行》《戊戌夏独库公路行》《庚子夏独库公路行》等，也是气势奔涌，意象雄奇，往往令人应接不暇。

　　赵力纪擅长联对，在全国征联大赛中屡屡获奖，故而其律诗往往对仗工巧，意象鲜明。如"水咸新叶盛，风劲韧茎长"（《芨芨草》），"谷静人青眼，雾开峰碧螺"（《三清山晚归》），"涧鸣流白雪，风荡拂青松"（《雨霁》），"奔涌清流平野绿，欢鸣翠鸟晚霞红"（《于布尔津县漫步额尔齐斯河畔》），"浩渺洞庭帆似叶，苍茫湘地雾流情"（《登衡山峰顶抒怀》）等，多有可圈可点之处。

　　薛维敏，1950年生，安徽舒城人。1987年新疆教育学院中文系本科毕业，博尔塔拉蒙古自治州中学高级教师，系新疆诗词学会理事。

薛维敏的诗词创作在题材选择上，以抒发个人性情、游览山水、状物写景者居多。其抒情遣性带有较浓的传统文人的情趣，诗词中时常咏叹的是对功名的淡泊，对诗书的痴迷，对自然风光的青睐。如"尘事肝肠外，诗书肺腑中。风波归一笑，岂复计穷通"（《秋日偶感》），"人生倥偬事如烟，留待诗心谱素笺""怀抱略陈时得句，陶然绝胜弄琴弦"（《理稿即兴》），"黄卷寒窗犹恋我，青山云树尚招人。心事浩茫有寄，长歌短调唯真"（《风入松·吟身盘点》），"诸公唱和清诗在，惯霜天就菊，抱月云眠。展卷轻吟，三杯意胜参禅"（《高阳台·边塞生涯四十年感怀》），"淡功名，轻利禄，得开怀""砚常磨，涂醉墨，慰灵台"（《最高楼·逸居闲题》），"攀险始知天地阔，赋诗方觉性情珍""闲散任由云漫野，暂凭山水长精神"（《自遣》）等等，都可以看出这种特点。其抒情遣性，也喜欢用典。如"请缨今是终军老，报国原非贾傅才"（《最高楼·逸居闲题》），"狷狂渐却风兮身，大腹成枵剩阮贫"（《自遣》），"无觅八仙蓬岛，慵与庄生迷蝶，我自泛孤舟。不作钓鳌客，不作种瓜侯""大鹤漆园高卧，白鹿青崖留迹"（《水调歌头·抒怀》），等等，都带有浓郁的传统文人色彩。

在体裁上，薛维敏各体皆有佳作，而尤善慢词。可以说，以慢词记载自己的游踪、模山范水、抒发感慨，是其诗词的一大特色。如《念奴娇·天山秋阔》《绮罗香·大漠夕阳》《八声甘州·温泉春晓》《念奴娇·博乐赋》《木兰花慢·秋访博乐艾比湖畔胡杨林》《水调歌头·癸巳秋游哈巴河五彩滩》《摸鱼儿·梦游天山神秘大峡谷》《木兰花慢·龙年游喀纳斯湖》《八声甘州·沙漠红柳》《水龙吟·塞上春雪》《锦堂春慢·罗布泊龙堆写意》《齐天乐·额尔齐斯河晚眺》《八归·昆仑》《集贤宾·楼兰古国畅想曲》《望南云慢·过严子陵钓台》《雨中花慢·雨浥轻尘看合肥》《醉蓬莱·斜雨过大理》《望海潮·贺兰山怀古》《雨中花慢·向晚登山海关城楼》《小楼连苑·塞罕坝印象》等等，都能看出这种特点。

薛维敏的诗词创作技艺娴熟，多有名篇佳句。其慢词深得铺叙之法，而又腾挪变化，时见新意。我们看两首描摹新疆风物的作品：

> 云隐峻嶒，脉走西东，地老天荒。看黄沙大漠，天遗圭璧；重峦叠嶂，雪毓芬芳。月卧冰峰，风吟旷谷，飞瀑栖霞射紫光。梦初醒，正翩跹起舞，抖尽苍凉。　　惯看尘世沧桑，崎岖路，千秋荡回肠。忆仙人联袂，云蒸凤渚；瑶池饮客，酒泻龙乡。锷刺苍穹，宝锋未老，独领山川美素装。壮华夏，看风流今日，再谱华章。
>
> ——《沁园春·天山》

鞭影催天马，迤逦柳凝烟。春循丝路潮来，追梦到边关。奄现楼兰芳草,镜展瑶台云鬓,大漠也缠绵。壮曲须空远,瀚海正宜弦。　　驾昆仑,驰紫塞,掠长川。冰河解冻,歌去挥墨写斑斓。一脉龙堆越古,盈耳鸣沙穿壁,绝响震人寰。不负千秋志,一曲入云天。

——《水调歌头·塞上春声》

第一首描写带有新疆地标式的景观——天山。词的上片前三句为总写,极摹峰峦之高、山脉之长、时间之久远,虽是铺排,但各有侧重,故而不觉重复拖沓。接下来七句分写,景观描摹色彩鲜明,且视听结合,动静相衬,那"月卧冰峰,风吟旷谷,飞瀑栖霞射紫光"的意境,着实令人动情。"梦初醒"三句进一步融入作者的情感,用拟人手法描摹天山的情态,让人联想到天山的新貌、社会的巨变,可谓言有尽而意无穷。下片将自然风光与人文历史交相描摹,在反复铺陈、渲染中,奏响"壮华夏,看风流今日,再谱华章"的洪钟大吕,使摹天山与咏新疆融为一体。第二首写塞上春声。对塞外之春的描摹,从清代西域诗开始,就已经对王之涣"春风不度玉门关"的咏叹大做翻案文章了,如"春风早度玉关外,始悟旗亭唱者非"(国梁《郊外》),"千骑桃花万行柳,春风吹度玉门关"(邓廷桢《回疆凯歌》其八),"应同笛里边亭柳,齐唱春风度玉关"(萧雄《草木》),"十里桃花万杨柳,中原无此好春风"(裴景福《哈密》),等等。所以今人写诗,不再谈论春风是否度玉门关,而是具体描摹西域春色。薛维敏这首词,独特之处在于写"春声"。用文字表现声音本是一件难事,古人多用比喻,如"大珠小珠落玉盘"之类。但该词却通过拟人手法,以绘大漠春之状,来写塞上春之声。开端四句描摹塞上"春"来之状,前两句偏重于静态,后两句偏重于动态,动静结合,形神毕现。"衾现楼兰芳草,镜展瑶台云鬓",则以轻柔喻体,绘塞上春状,以突出"大漠也缠绵"。歇拍宕开一笔,由缠绵转向"壮曲"。过片写"春"驾昆仑、驰紫塞、掠长川的雄奇奔放之"状",同时由"绘状"转向"摹声""驾""驰""掠"等动词都让人联想到奔驰行走的声音。接下来"冰河解冻""歌去挥墨""盈耳鸣沙穿壁,绝响震人寰"等,则直接写"春"之声。最后落到"不负千秋志,一曲入云天"的主旨上。其他一些怀古词如《望南云慢·过严子陵钓台》《望海潮·贺兰山怀古》等,也是辗转腾挪,情韵深长,不再赘述。

李新平,祖籍甘肃武威,1959年出生于乌鲁木齐市。1982年毕业于新疆师范大学中文系,曾任中学教师、新疆西单商场党总支副书记,系新疆诗词学会副会长兼秘书长。

李新平诗词对个人性情的抒发,凸显着坚韧、倔强、进取的情怀。如其《帕米

尔鹰》:

> 云霄搏击冠群英,笑傲苍天气自生。断骨锥心翎更健,饥肠绝命志
> 尤精。岂图浪漫花中戏,偏向崎岖壁上行。每忆飞崖慷慨死,男儿怎不
> 奋长缨?①

诗后有自注:"帕米尔鹰寿约七十年。据传幼时其母断其翅骨,从高处推下迫其飞翔;使饥以砺其志。生命将终时,触悬崖而死。"这首七律描绘了帕米尔鹰悲壮而惨烈的生命过程,而搏击长空的雄姿、笑傲苍穹的气魄以及"偏向崎岖壁上行"的坚韧、执着等,都包蕴着不畏艰险的进取精神。故而尾联由物到人,直抒胸臆,慷慨奋进之情溢于言表。其《五十抒怀》中"万里引吭歌一曲,诗书伴我上高岑"的吟咏,《月夜寄儿》中"云天丰羽翼,尘海觅航标"的叮咛,《读〈追梦屐痕〉致戴桂祥先生》中"屐痕辉晚照,我辈敢踟蹰"的自勉等,也都带有同样的特点。

李新平诗词在取材上的特点是关注现实,奏唱时代主旋律。如《国庆抒怀》《十八大闭幕感怀》《永遇乐·中华颂》《念奴娇·新中国华诞喜赋》《沁园春·纪念邓小平南方谈话二十周年》等,都荡漾着热爱中国共产党、热爱祖国的赤子之情。有些作品又能以小见大。如《总书记复信达西村》,选取2005年5月4日、2008年6月9日中共中央总书记胡锦涛、2014年9月16日中共中央总书记习近平给新疆维吾尔自治区尉犁县达西村复信的具体事件,热情洋溢地赞颂了党和国家领导人对边疆、对基层民众的关爱与勉励。

李新平关注现实的独特之处,在于时常聚焦于日常生活中普通人物的平凡事迹,在叙述、描写礼赞中,于平凡见崇高,进而折射出时代的精神风貌。我们看几首作品:

> 沉寂边村落,凝神望碧空。群峰千鸟静,原野一旗红。熠熠天山雪,
> 拳拳赤子衷。古稀当益壮,旭日舞东风。
>
> ——《边境国旗手》

> 达瓦昆湖泪眼濛,群山呜咽起悲风。村村踏遍音犹在,户户望穿影
> 已空。丝尽春蚕织华锦,心殚圣女建奇功。殷殷热血何曾逝?化作朝霞
> 日日红。
>
> ——《姜英》

第一首诗赞美的是位于中国边境兰干村的维吾尔族村民胡达拜地·依明,每天在自家院子升国旗的事迹。前两联写景叙事,描写边境村落环境的寂静,那熠熠天

---

① 星汉主编《中华诗词文库·新疆诗词卷》,中国文史出版社,2012,第143页。

山雪的纯洁,映衬着的正是拳拳赤子心的忠贞。诗前有小序云:"73岁的新疆阿克苏公安边防支队吐木秀克边防派出所护边员胡达拜地,在位于边境的兰干村,每日义务升国旗已达20年。"诗序结合,可以看出,20年不管雨雪风霜、严寒酷暑的执着、坚守,展现的正是维吾尔族老人的炽热爱国情怀。此诗取材平实而意蕴厚重。国旗是一个国家的象征,五星红旗是中华人民共和国的标志,升国旗的行动凝聚着对祖国的热爱与敬重,而这于少数民族聚居的新疆边境地区,尤具现实意义。诗人形之于歌咏,表达的正是对爱国情怀的赞扬。第二首诗礼赞的是带领维吾尔族农民致富的科技副乡长姜英。诗末自注云:"姜英生前系新疆岳普湖县色也克乡副乡长,她为使维吾尔族乡亲走上致富之路累死在田间,年仅28岁。"姜英是位汉族女子,1998年从喀什农校毕业,毅然来到贫困县岳普湖县的色也克乡工作。2004年任主管科技的副乡长,她每年有300多天走村访户,做科学种田讲解、示范,手把手地教农民解决生产难题。2006年的冬天,严寒突降,为保护大棚作物不受损失,姜英带领群众连续奋战,当盖好最后一块防寒膜时心脏病突发,倒在温室大棚上。姜英把火热的青春和生命,献给了她热爱的维吾尔族乡亲,献给了她所追求的带领农民脱贫致富的宏伟事业。这种精神情怀,令人感动不已,故而诗人形之于咏歌。此诗略去姜英带领农民脱贫致富的具体过程,而从殉职后村民的心情落笔,构思颇具匠心。首联融情入景,传达出维吾尔族村民为失去一个好乡长而极度悲恸的情怀。诗中湖水山峦泪眼朦胧、呜咽悲伤的氛围营造,颇具杜甫"花溅泪""鸟惊心"的艺术情韵。颔联对仗工稳,意蕴厚重。"村村踏遍"写姜英行踪,"户户望穿"写村民思念,而"音犹在""影已空"的对比反衬,生动地传达出维吾尔族民众的怀念、悲伤之情。颈联赞扬姜英的精神与业绩,出句以"春蚕到死丝方尽"之意,赞美姜英带领农民脱贫致富以致献出年轻生命的精神;诗中以"圣女"来比喻姜英,充分表达出色也克乡民众对姜英的感激之情,同时也与首句"达瓦昆湖"相呼应。尾联"殷殷热血何曾逝? 化作朝霞日日红"两句,作为全诗的缩结,不仅色彩夺目,而且意蕴深长,炽热中透着悲壮。

其他如,《新疆武警医院院长庄仕华》,描写"一袭戎装四十年,边关送诊踏云端"的外科医生庄仕华救死扶伤、为民解除病痛的事迹。礼赞其"卅万征程随志远,八千锦幛映心丹"的情怀,歌颂其虽功勋卓著,但仍然坚持每天手术、查房"老骥扬蹄不卸鞍"的精神。李新平礼赞的这些平凡人,有汉族,也有少数民族,是新疆各民族大家庭日常生活的缩影,在看似"平凡"的事迹中,展现着时代精神的崇高。

　　李新平的创作意识有着明显的纪实性倾向，而诗词的本质又是以抒情为主，对事件、背景难以尽述，于是便借助"小序""自注"等艺术手段予以弥补。比如，《策勒》一诗，歌颂策勒人民"沙暴千年何忌惮，今朝不敢到门前"的治沙业绩，但只有七言八句的律诗自然难以尽述事件、背景，故而作者运用"小序"来加以说明："策勒县城曾于汉、明、清三次被塔克拉玛干流沙淹没而迁城。改革开放以来，策勒人民经 30 余年苦战，逼迫城门沙丘后退 5 公里。"诗、序结合，情、事互参，可谓相得益彰。其他如，《楷模》以小序介绍 90 岁高龄的火箭专家李俊贤院士，捐赠 300 万元用于培养科技新人和帮扶困难退休职工的事迹；《一剪梅·访中国红军第四军医院旧址怀红军女战士曾志》以自注介绍："解放后曾志同志曾任中央组织部副部长，但她的长子石来发及孙子仍留在井冈山当农民"；《永遇乐·百年世博梦圆上海》以小序述说："清人陆士谔 1910 年在《新中国》书中预言百年后中国将举办世博，其所说时间、地点、项目与今天的现实几乎完全吻合。"凡此种种，不仅有助于对作品的理解，也使其诗词彰显出鲜明的纪实性特征。

第九章　屯垦戍边唱大风
——兵团诗人的诗词创作

新疆生产建设兵团,担负着国家赋予的屯垦戍边的光荣使命。60多年来,兵团人在天山南北的塔克拉玛干、古尔班通古特两大沙漠边缘,以及戈壁荒滩和人烟稀少、自然环境恶劣的边境沿线,白手起家,于不毛之地兴修水利,开荒造田,建立了一个又一个农牧团场,把戈壁荒漠改造成生态绿洲,创造了人类发展史上不可磨灭的奇迹。独特的生活环境和人文情怀,滋润着兵团诗人的创作灵气,造就了一大批优秀的诗词作者。他们的作品形象地展现着兵团的光辉业绩和兵团人的精神风貌,成为新疆当代诗词创作中的一方重镇。具有代表性的诗人有白垒(1921—)、王野苹(1923—2000)、官福光(1930—)、李英俊(1932—2020)、万拴成(1937—)、李学广(1937—)、唐世政(1944—)、纪昌盛(1948—)、王亚平(1949—)、王瀚林(1959—)等等。

第一节　唐世政的诗词创作

唐世政(1944—),四川邻水人,石河子市物资局退休干部。青年时期即发表新诗、散文,步入中年转习传统诗词。曾任中华诗词学会理事、常务理事,新疆诗词学会常务理事,新疆生产建设兵团诗词楹联家协会副主席,现为石河子诗词学会会长。主编有《军垦颂》《绿洲魂》《总设计师之歌》《红羊悲歌》等多部诗词集。王亚平称其"身在宦海而心系诗坛,诗词兼擅而落笔有奇趣"。①唐世政诗词涉猎的题材丰富多样,诸如屯垦戍边、绿洲风情、山水景物、缅怀先烈、历史反思、人生感叹、亲情友情等无不呈现于笔端。其于诗词形式,各体也皆有佳作,表现着不同的艺术风貌。短章如七言绝句、小令词等,清新自然,颇具情韵;而长篇歌行则激昂慷慨、意蕴深沉;至于七言律诗,则又浸染着沉郁顿挫的风骨。

唐世政作为兵团系统的代表诗人,对新疆生产建设兵团艰苦创业的历史与取得的巨大成就,亲经亲历,情有独钟,故而时常诉诸笔端予以形象的反映与歌颂。如其2010年获得第三届"华夏诗词奖"二等奖的长篇歌行《新桃花源行》②,就是如此。全诗122句,近千言,既有对今日石河子桃园灿烂美景的激情礼赞,也有对兵团艰辛创业的历史回忆,于时空交叠的写景叙事中,酣畅淋漓地展现着兵团人的命运浮沉与喜怒哀乐,颇具艺术感染力。诗歌开端以"我"的视角,浓墨重彩地描摹新桃花源里"东来一夜春风急,细雨催开桃花妍""千朵万朵压枝低,千树万树如云霓。翠鸟争鸣香雪海,满园蓬勃尽生机"的迷人景观,极尽铺陈渲染,作者的欣喜也油然而生。接下来笔锋一转,从"座中白头人"的"老军垦"视角,展开对兵团创业历史以及人生经历的客观铺叙。这段"老军垦"的叙述长达70句,近500字,既有解放军进疆、铸剑为犁、屯垦戍边、建设新城的描写,也有老兵种植桃树的酸甜苦辣,还有"文革"十年间种桃老兵的身世遭遇,以及"文革"后的时代变迁。这些铺叙、描写,在歌颂兵团人创业艰难的同时,也展现着兵团人的命运浮沉。诗歌结尾作者再次走向前台,抒发自我怀抱:"我闻此语百恨吞,满座戚戚泪湿襟""诗坛我亦如此花,随时兴衰堪咨嗟。当年曾与赏花者,半恨凋零半天涯。"全诗抒情、叙事,既借鉴了杜甫《兵车行》的手法,也有着白居易《琵琶行》的影响。诗中"老军垦"的命运情怀,是群体的代表,带有"泛抒情"的特点,而由此引发的作者对个人命运的喟叹,则是一己之情的抒发。全诗在"缘事而发"的基础上,通过"旁白式"与"自述式"相结合的叙述方式,将个人命运与群体情怀融为一体,真切而动人。

唐世政描写新疆生产建设兵团屯垦戍边成就的短章,则显得清新自然,极富情趣。如其《北湖春晓》:"一睹湖光不忍归,飞龙阁畔尽芳菲。漫天春水无穷碧,

---

① 王亚平:《诗官歌·小序》,载《绿洲魂》,新疆人民出版社,1998,第29页。

② 星汉主编《中华诗词文库·新疆诗词卷》,中国文史出版社,2012,第230页。

细浪粼粼照夕晖。"描摹兵团人在石河子北部荒滩沼泽地上建起的水库美景,令人心旷神怡。其《莫索湾垦区纪行·农家》"庭院深深笑语哗,葡萄小蔓上篱笆。细伢轻掩柴扉去,责任田边送早茶",以及《莫索湾垦区纪行·晚归》"布谷声声柳嫩黄,野风微伴夜来霜。马蹄得得归来晚,汗透春衫月上墙"等,都显得清新自然,很有范成大《四时田园杂兴》的韵味。由于兵团业绩的辉煌、作者情感的丰富,有时一首作品难以尽言,故而作者往往采用组诗的形式予以描摹。如《浣溪沙·花园农场采风》(五首):

> 雨过新晴景色迷,几行烟柳护新堤。粉墙翠荫碧琉璃。 残雪初融争播种,春风窥户乍闻鸡。双双燕子啄春泥。
>
> 十里平湖一望宽,雪山倒影白云闲。浮桥摇浪笑声喧。 几树桃花新雨后,一排毡房晓风前。姑娘汲水手纤纤。
>
> 一夜春风涨绿丛,隔年有约又相逢。夭桃吻面自慵慵。 婉转枝头闻鸟语,痴情花蕊怨东风。小溪十里怅流红。
>
> 写罢新词兴致浓,琵琶手鼓舞凌空。深情蜜意托飞鸿。 燕子斜飞风剪剪,驼铃幽梦月溶溶。桃花粉雨一天红。
>
> 留照花间一笑颦,小桥流水绕芳村。京腔京韵亦销魂。 美酒三杯诗百首,流莺千啭妒鸣琴。一身花气半留痕。

词题中的"花园农场"即兵团143团,是由南泥湾359旅进疆部队的一部分与陶峙岳起义官兵的一部分共同组建的团场。1958年朱德元帅来石河子视察时,称赞该团似花园,遂改名为"花园农场"。这里经过几代兵团人的艰苦奋斗,呈现出一片欣欣向荣而又祥和温馨的景象。词中既有自然景观,也有人文风貌,其"烟柳""桃花""平湖""燕子""春泥"等意象,展现的是塞外犹如江南的景观,而"雪山""毡房""驼铃"等意象又凸显着边疆特色,至于"京腔""京韵""琵琶手鼓"等意象,则以小见大,展现着民族的团结、文化的融合。这些浓郁、祥和、欢快、极富兵团生活气息的描摹,使人如沐春风。其《浣溪沙·石河子四时吟》,描写军垦新城石河子一年四季的景观,也是自然清新,情趣悠长。词云:

> 绝域春光锁嫩寒,琅琅声里几婵娟。边城香雪马蹄残。 衰草黄芽方破土,老榆呵冻始苏眼。柔枝小燕正呢喃。
>
> 漫步长街绿意流,繁花满眼缀枝头。将军铜像远凝眸。 军垦馆中忆军垦,丰收亭畔话丰收。此身疑在画中游。
>
> 万里关山雁阵横,微霜漠漠晓寒轻。茫茫棉海夜鏖兵。 几架珍

珠垂秀树,一枝彩笔赋秋声。骚坛结伴似鸥盟。

　　一夜西风不胜寒,梨花千树弄娇妍。斯时斯景也陶然。　　　对酒时

时唱新句,挑灯夜夜读华篇。推窗遥望路漫漫。

石河子是军垦新城,被誉"戈壁明珠",为西北最适合人类居住的城市。这里优美的景色,形象地展示着新疆生产建设兵团的辉煌业绩,成为兵团人屯垦戍边巨大成就的一个缩影。石河子在1949年之前,只是从乌鲁木齐至伊犁间的一个小小食宿点,位于准噶尔盆地南缘的戈壁滩上,因有一条卵石沟,宛如一条流淌着的石头河,而被称之为"石河子"。1950年春,王震、陶峙岳指示二十六师进驻绥来、沙湾一带,经过对地形、水源、地质等情况的全面勘探后,认为石河子是利于开发的处女地,于是开始了艰苦卓绝的石河子垦区的开发建设。如今白手起家、拔地而起的石河子新城,已成为世界闻名的现代化城市。这组《浣溪沙》词语言浅近,画面清新而情趣盎然。这里的四时之景优美温馨,诸如春天的"柔枝小燕正呢喃",夏天的"繁花满眼缀枝头",秋天的"几架珍珠垂秀树",冬天的"梨花千树弄娇妍"等都清新可爱,使人产生"此身疑在画中游"的感觉。而这些优美的自然风光与"琅琅声里几婵娟""军垦馆中忆军垦,丰收亭畔话丰收""茫茫棉海夜鏖兵""对酒时时唱新句"等人事活动、精神情怀融合在一起,生成了一幅生活气息极浓的边城风俗画。其他如,《天山夏牧场联欢》《伊犁行三首》等,都在清新自然中荡漾着动人的情趣。

其写乡情、亲情、师生情、同学情的短章,也往往诗境优美、情真意切。如《蜀乡吟草三首》《回校偶题二首》《访熊大成同学》等都是如此。我们看一首《回校偶题二首》其一:

　　杏花落尽李花迷,悦耳书声高复低。四十年来恍似梦,少年景物尚

依稀。

一二两句视听结合,写回到母校的所写所闻,画面清新,洋溢着温馨与欢快。三四句的一转一合,于少时景物依稀,老来恍如梦幻的感慨中,传达出无尽情思,给人留下丰富的想象空间。

至于缅怀先烈、感慨时事以及人生咏叹的七言律诗,则是情感深沉,彰显着沉郁顿挫的风貌。如《谒川东游击队烈士陵四首》《六十五岁感怀五首》《谒孔明墓》《重登岳阳楼》《谒包公墓》《车过綦江彩虹桥》《庐山感事》等,都是如此。

第二节　万拴成的诗词创作

万拴成(1937—),河北无极人。1963年毕业于新疆大学中文系,在新疆生产建设兵团农八师143团及石河子市任高中、中专、大学教师37年。曾任中华诗词学会第二届理事,新疆兵团诗联家协会副主席,石河子诗词学会第三、四届副会长。多年来笔耕不辍,在诗词创作、诗词研究等方面,取得了较为突出的成就。

万拴成的诗词创作关注现实,所涉题材多样。诸如风光纪行、酬唱送别、写景抒情等多有佳作,而讴歌兵团历史、赞美兵团精神的作品尤为动人心魄。在艺术上其绝句短章写景抒情,意蕴深长;七言律诗对仗工稳、韵律谨严而又清新流丽;至于慢词、歌行等长篇,则是境界开阔、情怀激荡。我们看两首描写屯垦的慢词:

> 喜春来,雪融冰化,一犁界破千古。苇湖荒碛人初动,惊起黄羊狐兔。无暇顾。正掀卷、层层泥浪尘尘雾。汗流如注。况荆棘丛生,披星戴月,血滴新新土。　千秋业,分秒休停脚步。尚多余勇可沽。将军战士天山麓,共挽犁绳一束。愁日暮。纷纷道、蚊叮蛇咬鼠钻裤。拉犁不误。待烽火台边,麦翻金浪,看我银镰舞。
>
> ——《摸鱼儿·军垦第一犁铜像》

> 果海花林,红墙碧瓦,巍峨一楼高矗。万里风烟,帅令此颁布。更时时、锣鼓喧天,授勋嘉奖,英烈名传千古。君看楼前,有老兵漫步。
>
> 回首当年,创业崎岖路。风雪弥漫夜,持钢枪守土;挽木雪原,竟冻残手足。更峡山瀚海剿顽匪,青松下,多少坟茔埋俊骨。楼上红旗,正带血飞舞。
>
> ——《向湖边·军垦第一楼》

这两首慢词在取材、构思上有一个共同特点,就是借观瞻屯垦新城石河子市的几处纪念性景观而引发感慨,在触景生情中咏歌新疆生产建设兵团创业的艰辛与成就的辉煌,热情洋溢地礼赞兵团人拼搏进取的精神情怀,作者慢词的写作功底也展现无遗。第一首《摸鱼儿》借"军垦第一犁铜像",描写当年创业的艰辛。将士们在"荆棘丛生""苇湖荒碛""蚊叮蛇咬鼠钻裤"的恶劣环境里,"共挽犁绳一束"

"披星戴月,血滴新新土"而义无反顾。结拍"待烽火台边,麦翻金浪,看我银镰舞"美景想象,生动地描摹出创业者的豪情与乐观。第二首由目睹兵团中枢所在地"军垦第一楼"而触发思绪。这里曾有"帅令"的屡次颁布,曾有"锣鼓喧天,授勋嘉奖"的多次庆功。而眼前的"老兵"楼前散步,则引发出作者对当年"创业崎岖路。风雪弥漫夜,持钢枪守眼前的;挽木雪原,竟冻残手足""青松下,多少坟茔埋俊骨"的历史回顾。结拍"楼上红旗,正带血飞舞"的戛然而止,正彰显出兵团人屯垦戍边的惨烈,也拓展了读者的想象空间。除了创业的艰辛、戍边的惨烈,兵团人的劳动细节、生活场景以及丰收的欢快,也在作者笔下得以再现。如《朗州慢·清泉(浴女雕像)》,描写作者面对浴女雕像而生发的感慨与回忆。作品开端从视觉、嗅觉角度着墨,描写"红柳燃花,白杨舒叶,黄昏沙枣飘香"的周边环境,荡漾着一派温馨艳丽的生活气息。接下来落到"开荒累日,尘汗如浆"之后的洗浴上,"轻呼女伴,惊鸿一掠,影落寒塘。似湘灵、玉骨冰肌,暂洗清凉"的形象描写,展现着女子的妩媚与欢快。词中对女工"为虻咬蚊叮,黄泥涂面,鬼饰魔妆"等防护措施的描摹,对"机耕么妹,淋漓汗、油玷面庞"耕作情景的再现,都是兵团女性一心为了生产而不顾及自身形象的真实写照,读后令人在雄豪中感到一丝酸楚。但"时才模样,频相觑、笑破肝肠"等相互嬉戏的场景再现,又在浓郁的生活情趣中透着活泼与轻快,兵团女工的精神风貌跃然纸上。《木兰花慢·绿风(舞女雕像)》,描写的是辛勤劳作后喜获丰收的欢快。词中"大碗砖茶代酒,长桌瓜果飘香""繁弦急管,豫剧秦腔。撩人蒙歌维舞,旋绿裙、天地久低昂"的生动画面,荡漾着兵团人浓郁的生活情趣。其他如,《玉蝴蝶·谒王震将军铜像》《八声甘州·谒周总理纪念碑》《贺新郎·军垦第一井》《望海潮·军垦博物馆》等,都以细腻、写实的笔法,形象地再现了兵团人从将军到普通农工屯垦戍边的艰辛、乐观、开拓进取的精神情怀。由于万拴成常年生活在兵团,是屯垦戍边、建设新疆的亲历者和见证人,备尝创业进程中的酸甜苦辣,所以写得真切动人。

万拴成的歌行体诗歌也颇具特色。如《冰姑娘》以细微独特的生活题材,反映边防战士用鲜血和生命保家卫国的宏大主题,雄奇中荡漾着慷慨悲壮,强烈震撼着读者的心灵。其获"全国第三届华夏诗词奖"一等奖及"当代军旅诗词奖"一等奖,的确是实至名归。而一些抒发个人情怀的歌行也是情真意切。如《留别昆仑诗友》开端即点明作诗缘由:"十五出阳关,大漠看孤烟。白发归燕赵,老泪别天山。"接下来叙述自己在新疆几十年的经历:"天山北麓龙虎地,水分九派曾灌园。回首一望北庭路,三分酸楚七分甜。"这里的酸甜苦辣,既有"画饼充饥冬筑路,望梅止渴夏收田"的劳作艰辛;也有"十年沥心勤读苦,雪夜萤窗书卷寒。红羊一劫斯文尽,书焚砚碎心凄然"的政治酸楚;更有"绿洲一望千里翠,亘古洪荒展大观。琼楼座座排云起,有我砌墙一块砖"的贡献后的欣慰。而更多的则是铺排渲染与诗友的真情厚谊:

> 阅尽边关风云色,推心膜拜竹林贤。慷慨昆仑诸诗友,敲诗斗韵共盘桓:瑶池翠袖舞毡帐,碧波朗月映诗笺;中秋北湖观鱼跃,银辉笑语满游船;昌乐胜景角黍美,一樽清酿祭屈原;朝阳阁畔聚诗杰,高岑豪气欲冲天;更有红湖饯别饶深意,慰我心潮澎湃忆少年。①

而诗歌结尾的感慨,尤为深沉:"今别矣!老来忽觉燕山景物新,携将天山月色入京门。高揖轮台东门诗酒客,举杯勿忘京华肠断人!"其与新疆诗友难以割舍的情怀,催人泪下,真切动人。

其《荷砚歌》描述自己在"秋花秋草被秋霜""诗书千卷成灰烬"的年代,倍感忧伤,而一沙碛之客登门售卖"状如荷叶擎翠柄"的古砚,诗人解囊买之,借以慰藉愁肠。接下来描写"忽报伟人来边疆""欲留塞北翰墨香",礼宾前来借砚,用毕后欲留展览室供游人观赏。诗人予以婉拒:"蹉跎身世须臾过,不求闻达求心情。藏书已作灰飞去,愿留此砚伴余生。"诗歌在极力渲染荷砚之美的同时,表达出古砚对作者精神的慰藉:"读书每至月西斜,清风入户落灯花。人倦出砚神思旺,百虑全消乐无涯。"而在结尾处,诗人的个性情怀表达得淋漓尽致:

> 人生有志不上燕王黄金台,手把诗骚心游万仞亦壮哉!闲愁溶进荷砚砚池层层浪,挥毫泼墨长存浩气满胸怀!

全诗在纵横跌宕的铺陈叙述中,抒情主人公的自我形象,始终占据着诗歌抒情的中心位置,从而使一个有着浓郁文人情志而又刚直孤傲的知识分子形象跃然纸上。

万拴成的七言绝句,写景抒情,韵味悠长。其写景如《艇游天池》:

> 碧玉犁开水一痕,半生碌碌暂偷身。他年鞭挂杏坛树,踏遍松风片片云。

全诗紧扣"艇游",写景状物形象逼真,情怀抒发细腻真切,而以"他年"的期盼结尾,进一步突出了天池美景的迷人,意蕴悠长。其他如,《石河子北湖游二首》《鹧鸪天·长虹大桥》等写景之作,也是在情景浑然一体中荡漾着动人的情趣。其抒情

---

① 星汉主编《中华诗词文库·新疆诗词卷》,中国文史出版社,2012,第6页。

如《石河子艾青诗歌馆落成致贺四首》其一：

> 卓荦英才自锦囊，从戎延水润华章。秋深人冷诗未冷，隔海犹闻翰墨香。

短短四句不仅彰显了著名诗人艾青的人生经历和超绝诗艺，而且含蓄蕴藉，景仰之情溢于言表。"秋深人冷诗未冷"描写特定环境，尤其耐人寻味。

万拴成的七言律诗往往在巧妙的构思中展现着明丽清新的艺术境界，彰显着作者厚实的诗词功底。具有代表性的是《昌乐胜境五咏》等。我们看两首作品：

> 曲廊迤逦接亭栏，傍岸春舫染柳烟。竹树参差云外赏，芝兰馥郁槛前观。绿如西子水偏巧，娇比鑫湖荷更妍。何用买舟飞九派，敲诗月夜此盘桓。
>
> ——《昌乐胜境五咏·江南水乡》

> 巴郎筶鼓起歌台，引我情豪踏月来。卡姆妙音传古韵，胡旋翠袖动吟怀。莺藏碧树偷声巧，鱼跃明湖舞翅开。柳绿花红福乐场，夜阑户户唤人回。
>
> ——《昌乐胜境五咏·福乐歌台》

"昌乐胜境"是位于乌鲁木齐的一处人工园林，景色优美。《江南水乡》一诗，描写塞外如同江南。作者通过"曲廊""亭栏""春舫""柳烟""竹树""芝兰""绿水""娇荷"等极富江南意象的风景描摹，彰显着景观的清新怡人。而《福乐歌台》一诗，则又凸显出新疆的区域特点。首联以"先声夺人"之法，写巴郎手鼓的惊奇吸引作者循声而来；颔联从视觉的角度写民族歌舞，状物逼真；颈联用侧面烘托的手法描摹歌舞之美妙，而"莺偷声巧""鱼跃翅开"的描摹极富生趣；尾联以"柳绿花红福乐场，夜阑户户唤人回"的鲜明画面收束全篇，余味无穷。全诗清新流丽，自然动人，作者游赏的欣喜之情跃然纸上。而韵律的精严、对仗的工稳，则彰显着作者的艺术功力。

万拴成的诗词颇具一股豪气，即便吟咏友情也是如此。如《鹧鸪天·亚平晋京》四首就是这方面的代表。我们看一下其二：

> 塞外相逢应有缘，少年才气正翩翩。边关屡试凌云笔，海内争传宝剑篇。　　吟洱海，赋天山，看花听鸟踏歌还。兴来轻展射雕手，摘得骚坛几桂冠。[1]

---

[1] 王爱山、王善同主编《新疆诗词近作选》，中国文联出版社，2019，第21页。

这首词是为王亚平离开新疆赴云南后又去北京任《中华诗词》执行主编时所作。词从回顾二人在石河子的交谊开始,以生动的语言描摹王亚平的创作经历,盛赞其诗才的超群、诗作的魅力。而"凌云笔""射雕手"的比拟等,都透出一种雄豪。全词气势高昂,情感真挚,多用典故而又自然流畅。

第三节 王亚平的诗词创作

王亚平(1949—),四川盐亭人,少年时期来到新疆生产建设兵团。20世纪70年代从军西藏,全国恢复高考后考入山东曲阜师范学院中文系,1982年毕业返回新疆,先后在石河子、阿克苏等地任教、工作。1995年调入云南蒙自师范高等专科学校中文系。曾任中华诗词学会副会长、《中华诗词》执行主编、新疆生产建设兵团诗联家协会名誉主席、新疆诗词学会顾问。王亚平是全国著名诗人,出版有《说剑楼诗词》《当代诗词研究》等。学界对王亚平诗词的评论颇多,比如,刘胜华主编的《王亚平研究》(新疆生产建设兵团出版社,2010)以及相关序跋、散见于报刊的单篇论文等。凡此都可以见出王亚平的诗词创作已经取得突出成就,本文主要论其在新疆之作。

王亚平在新疆生活了30多年,祖国西部的奇异景观、风土人情激荡着作者的胸怀,他以如椽巨笔真诚而慷慨地描写着心中的感动。比如,《横越天山行》,以400余言的篇幅,描写一日之内乘车横越天山的所见所感,在磅礴的气势中极力渲染天山景物的险怪雄奇。其写民族风情、草原风貌的词作,又清新自然,形象地展现出多民族地区的风土人情。如《浣溪沙·葡萄沟情歌》:

手鼓轻敲暮影遮,悠悠荡荡过篱笆。篱边闪出艾迷拉。 舞步翩翩惊夜雀,歌丝袅袅醉秋花。葡萄架上月如纱。

该词绘声状物可谓惟妙惟肖,寥寥数语将那月色的朦胧、葡萄架下的温馨、悠扬的手鼓乐曲、优美的民族舞姿,展现得如在目前。其《乳燕飞·天山深处与哈萨克牧民联欢》词,则淋漓尽致地描写着草原风情。全词以"塞上风光美",作为写景抒情的立足点。上片重点描写草原之景美,那高远巍峨的群山雪峰、绵远流长的蜿蜒溪水、吐蕊的山花、花丛中的蜂来蝶往等壮美、优美相融合的画面,令人神往。下片描写联欢会的欢快,重在写人美。帐内"春潮沸"的氛围、飞越毡房的悠扬歌声,惹人心醉;帐外驰马而过、哈萨克族姑娘"洒落几多妩媚"的英姿,令人惊叹;而"携手踏歌情难已"的集体歌舞,更展现着民族间的团结、祥和与亲密无间。结拍以景结情,意蕴悠长。全词有远山,有溪水,有野花,有人物,有歌舞,有骏马,有雄鹰,在动静结合中,融壮美与优美于一炉,犹如一幅辽阔清新、充满情韵的草原风景画。其他如,"手鼓情长意重,故故绕旗旌。马上鞍前女,舞影娉婷"(《八声甘州·塞上又春生》),"撩人处,看轻扬轻落,一缕鞭梢"(《沁园春·姑娘追》)等描摹,都展现着草原风情的美妙。

王亚平多年生活在兵团,对屯垦的艰辛、兵团人的奋斗以及所创造出的光辉业绩,有着切身的体会与感悟。其描写屯垦的作品往往荡漾着开拓进取的激昂情怀。如《沁园春·吊地窝子》上阕:

> 学古人居,迎万重沙,对百丈冰。任椽间一孔,长流月色;门边数隙,时漏风声。莫合烟浓,垦荒梦美,鼻息如雷摇壁灯。闻鸡起,伴南泥湾调,耕落残星。

词作选取当年屯垦开拓者居住条件之恶劣而精神情怀却极为淡定、乐观的生活细节,将兵团人吃苦耐劳、艰辛创业的奉献进取情怀,展现得活灵活现。再如《沁园春·忆军垦犁》中的描写:"看一犁破土,荒滩春涌。双纤并力,大漠弦惊。体屈弓张,息凝劲发,此际无声胜有声。淋漓汗,正浇开新蕾,驱逐残冰。"通过生动的画面,把当年军垦将士双肩拉犁、荒滩躬耕的雄姿展现得栩栩如生,于悲壮中透着雄豪。其他如,《浣溪沙·石河子风情四阕》描写兵团新城石河子"路畔层楼腾瑞气,街心花圃吐芳馨",描写屯垦农场"地头宅畔柳参差,白杨列阵护长堤""鬼祟西瓜藏翠蔓,娇羞苹果醉高枝"等,都洋溢着兵团人的欣喜与自豪。而《北湖秋月歌》以长篇巨制,描摹二十世纪五十年代军垦战士艰苦奋斗,在石河子北部碱滩沼泽地开辟出一座人工水库的壮丽美景。诗中激昂慷慨的情怀抒发,荡漾着"人称江南风景秀,山水风流看不够"的激动。

王亚平诗词的艺术造诣令人瞩目。万拴成称其"各体兼善,尤长于词和歌行",[①]可为确评。在整个新疆当代诗词创作的大舞台上,王亚平歌行的成就尤为耀眼。他的歌行在全国性诗词大赛中也屡屡获奖。如《惠远古城放歌》1992年获

---

① 万拴成:《袖里珍奇光五色——王亚平诗词简评》,《蒙自师范高等专科学校学报》2000年第1期。

"老龙口杯"全国诗词大赛一等奖,《龟兹梨花歌》1994年获"李杜杯"全国诗词大赛二等奖。易行在谈到王亚平的歌行体长诗时说:"环顾当今诗坛,像亚平这样能将这一诗体运用自如,且能出新出彩的诗家并不多见。"①纵观王亚平的歌行,笔者认为有着如下三个特点。

一是流畅恣肆而又不枝不蔓、结构谨严。歌行体的形式特征是"长言""杂而无方"。这种篇幅漫长、也无"格律"限制的歌行,最容易写得散漫杂乱。但王亚平的作品却能够张弛有序、浑然一体。比如,其《横越天山行》共有63句,428字,洋洋洒洒数百言,但却结构谨严,脉络清晰。这就在于作者巧妙地安排了时空顺序,既有纵向的时间贯穿,又有横向的空间转换。诗从"今我来思日初红"写起,至"回首日暮万山红,残霞斜挂擎天石"结束,以线性时间贯穿始终,脉络清晰。而空间腾挪,移步换形,井然有序,在乘车盘旋迤逦而上中,依次描写了北麓山脚、山腰、山巅,以及登顶后顺山蛇行而下到达天山南麓的不同景色及感叹,场景画面的铺排、性情的抒发,有条不紊,在控纵自如中,显得十分紧凑。

二是写景抒怀往往穿越时空、古今交叠,增强了作品内涵的厚重。比如,《横越天山行》重在描写天山的奇险、奇特,但融入了"唐人歌吟掀天涌,化作横空山万重"的感叹。《北湖秋月歌》重在写夜游石河子北湖的美景,也融入了"对此我欲放歌喉,因忆范文正公清风皓月岳阳楼。又念张公若虚生花妙笔真不朽,春江花月千秋万代豁吟眸"的情怀抒发。《岭南行》写1994年岁暮"李杜杯"诗词大赛获奖作品揭晓,作者从新疆赴广州参加颁奖大会的情景,在描摹现实的情怀中,又融入了"长诵东坡岭南句,梦中呼唤荔枝去""虎门销烟云水怒,三元里前声如雷""黄花岗上多人杰""广州起义卷惊涛"等历史画面的描摹。《惠远古城放歌》旨在歌颂因禁烟而谪戍新疆的林则徐,自然以历史诉说为主,但也融入了"伊江两岸气象新,游人误入丹青里。篱畔鸟啁啾,红果缀枝头。草低牛羊见,秀色满田畴。葡萄架下鸣手鼓,红裙花帽胡旋舞。舞到意兴遄飞时,一轮皓月江心吐"等现实场景的再现。至于《甲午百年长歌》本为感慨百年中国历史,自然有着更多的古今叠加。凡此等等,都在古今时空的交叠中彰显出作品意蕴的厚重。

三是情怀抒发一泻千里,痛快淋漓,呈现着撼动人心的艺术张力。王亚平的歌行,将明人徐师曾所说的"放情"特征展现得淋漓尽致。其作品情感饱满激荡,往往在纵横开阖、起伏跌宕的旋律中,酣畅淋漓地张扬着作者的情志。如《横越天

---

① 易行:《新风集·王亚平卷·编后》,线装书局,2009。

山行》的"哟嗬嗬！君不见自古男儿志在四海意纵横,暗呜叱咤挟雷霆",《北湖秋月歌》的"君不见而今北湖秋月壮边关,游人赞声不绝口。君不见吾今挑灯狂草北湖秋月歌,满纸月色涛声流光溢彩直上重霄九",《惠远古城放歌》的"君不见古城城北林公手植立地擎天青枫树,枝枝叶叶风里雨里相摩相荡掀怒潮！""君不见当年林公遗恨化江涛,至今如怨如恸如泣如诉声呜咽。君不见吾今浩歌一曲东方红,日照江流汹涌澎湃沸如血"等等,都荡漾着难以遏制的奔放之情,给人以心灵的震撼。其他如,《长乐山人作书歌》《万公硬笔书法歌》《诗官歌》《哭焦裕禄》《欣欣居士抚琴歌》《龟兹梨花歌》《南征歌留别塞上诸诗友》等,也都荡漾着澎湃的动人激情。

至于王亚平诗词的风格特色,学界常以"骚雅"称之。如刘征《新风集·总序》中说:"星汉豪放,逸明清健,亚平骚雅。"①王亚平自己在《大边塞诗畅想》一文中也说:"笔者不敏,力追骚雅。"其实就王亚平的新疆诗词作品看,其突出的特点还是雄豪奔放。这在其上述歌行体作品中已有突出的表现,而其他短章也往往如此。如《水调歌头·车过天山》下片"一声清啸,霓霞拥我上冰峰。一览群山尽小,云起云飞如画,万里快哉风。兴发思题壁,笔落气如虹",在激荡奔放的情怀抒发中带着一股雄豪之气。其咏物之作《八声甘州·白杨》写白杨"对疾风乱雨冷冰霜,正气振千家""生性刚强倔强,昂首笑风沙""阳关外,鼓千重浪,直上云霞"等,表达的也是一种坚韧、豪迈的情怀。甚至于离别之作也是如此,比如,1995年离别新疆时所作的《金缕曲·留别塞上诸诗友》:

　　水击三千里。负青天、蓦然回首,莽苍而已。三十年前初出塞,小试扶摇双翅。问几度、云飞云起。直上冰峰观沧海,竟轰然醉倒青云里。题断壁,写豪气。　　　老来忽动图南意。美滇池、苍山洱海,四时凝翠。摘取南天春烂漫,海角天涯频寄。长梦绕、西游故地。临别何须挥浊泪,笑阴晴圆缺寻常事。将进酒,拼一醉。

词中不仅以"水击三千里"的大鹏自喻,而且明确说"题断壁,写豪气"。其自我画像也是"直上冰峰观沧海,竟轰然醉倒青云里",离别之情则是"临别何须挥浊泪,笑阴晴圆缺寻常事。将进酒,拼一醉",真是豪气干云。这应该与新疆雄奇、壮阔风物的浸染以及西部人勇于拼搏的坚毅、豪放的性情密切相关。

---

①《新风集》,线装书局,2009。

第四节　屯垦戍边的群体讴歌

　　众多兵团诗词作者,作为屯垦戍边事业的参与者和见证人,都热情洋溢地讴歌着兵团人雄奇悲壮、可歌可泣的奋斗历史和辉煌业绩。仅1998年唐世政主编的《军垦颂》一书,就收作者165人,诗词作品700多首,其中作品大多彰显着雄豪悲壮的美学风貌。这在歌行体作品中表现得尤为突出。

　　兵团创建初期本着"不与民争利"的宗旨,将屯垦地点大都选在绿洲边缘的戈壁大漠或盐碱荒原,自然环境极为恶劣。比如,古尔班通古特沙漠边缘的石河子垦区、奎屯垦区、五家渠垦区,塔克拉玛干沙漠边缘的阿拉尔垦区、库尔勒、焉耆垦区,以及盖孜河两岸荒原草湖垦区的开发、重盐碱区哈密垦区红星二场的开发等等都是如此。艰苦恶劣的自然环境,带给兵团人的不是恐惧,而是旺盛的征服与抗争的生命力。兵团人在与严酷的环境搏斗中,有着更多的慷慨激昂与艰辛悲壮。这种惊天地、泣鬼神的奋斗历程,强烈地震撼着诗人们的心灵,他们渴望寻找一种畅快抒发的艺术形式予以表达。而歌行体诗歌与生俱来的抒情本质,以及宏大的篇制、自由的韵律,在铺写阔大场面、抒发奔放情怀等方面,有着得天独厚的优势,因而受到诗人们的青睐。这类作品的抒情,往往以叙事为立足点,间以景物渲染烘托,从而使情怀的抒发有了坚实的生活基础。而最具代表性的是王瀚林的《屯垦戍边唱大风·新疆生产建设兵团组歌》。

　　《屯垦戍边唱大风·兵团组歌》,①是一首近万字的歌行体诗歌。全诗分为历史篇、战略篇、戍边篇、创业篇、女兵篇、英模篇、成就篇、号角篇、展望篇等九部分,重点描述了新疆生产建设兵团屯垦戍边、艰苦创业以及取得巨大成就的全过程,称得上是兵团屯垦戍边业绩的宏大史诗。全诗以《历史篇》作为引子,揭示出屯垦戍边是历代王朝经营西域的千古良策。其妙处在于不是直白述说,而是以诗的语言描摹出形象的画面,在叙述议论中伴随着浓烈奔放的情感抒发。开端即显得慷慨激昂:"君不见屯垦戍边治国安邦千古策,各族兄弟携手同心建家国。君不见西出

---

　　① 王瀚林:《屯垦戍边唱大风·新疆生产建设兵团组歌》,《中华诗词》2008年第3期。

阳关烽烟漫卷瀚海月，共御外侮屯兵百战立功业。"而后运用铺叙手法，历数两汉、隋唐、元明清对西域的经营，结尾以"俱往矣！天山犹峙千秋雪，关河鼓角悲声咽。一夜春风吹面来，千树新芽换旧叶"，导入了国家的"战略篇"。其描写解放军挺进新疆、屯垦戍边，气魄宏大：

> 解放大军过西凉，将军请缨赴大荒。塞北草原秋风劲，铁流千里进新疆。建业立家天山下，万古屯田谱新章。

接着历数中央决策后，王震、张仲瀚、陶峙岳亲自部署、身体力行，开始了"铠甲未解但'归田'，十万大军战荒原"的屯垦戍边历程。

此诗的一个突出特点就是将宏观叙事与具体描写紧相结合，既有将军的身影再现，更有普通人的肖像描绘，生动形象地展现出兵团人不怕牺牲、英勇奋斗的爱国情怀。比如，《戍边篇》写和田平叛：

> 叛匪和田恶浪掀，声声边报举烽烟。徒步行军八百里，'死亡之海'枕戈眠……沙暴袭来天地暗，驼队惊乱难着鞭。英雄捐躯埋沙海，洒泪挥师入和田……埋骨无须桑梓地，人生处处有青山。生前征战千万里，死去还入'十三连'。胡杨军魂今犹在，生前死后三千年。

无论是军情的紧急、环境的险恶、行军的神速，还是将士们为国赴难、视死如归的精神情怀，都描写得绘声绘色，慷慨悲壮。作品描写兵团普通职工于巴尔鲁克山拒敌，也是十分惨烈：

> 此地当年警笛急，敌军轻骑铁蹄催。绑我职工驱我畜，边民挥锹怒扬眉。军垦女儿孙龙珍，卫国护边献双身。呐喊冲向"三角地"，血沃边地人未归。六月胎儿迎弹雨，忠魂伴着彩云飞。

巴尔鲁克山地处我国与苏联的分界处，"三角地"为我国所有，苏联称之为有争议地区，后勘界划归我国领土。孙龙珍烈士当年冒着弹雨冲向敌人之际，已经怀有6个月的身孕。作者以饱蘸激情的笔墨，描写军垦女儿孙龙珍舍生忘死、卫国护边的壮举，极富震撼力，生动的细节描摹将兵团人强烈的爱国情怀表现得淋漓尽致。

至于寻常生活中兵团人的"戍边"情景，也在诗中得以形象再现。比如，山洪暴发，农工们为阻界河改道而拼死抗洪：

> 飞流倾泻天地翻，阿河改道蛟龙怒。忍看国土漂流去，农工恰似出山虎。跳入惊涛成砥柱，浪起浪落芭蕾舞。脚踏边境三尺地，心系祖国万顷土……半月抗争封决口，肆虐洪水退汀渚。守土有功英雄业绩垂青史，血肉长城感天动地前无古！

诗中的"阿河",即阿拉克别克河,是一条界河。按国际惯例,两国的国界在河流中心,如果河水改道,部分国土将非我所有。所以山洪暴发时为阻界河改道,兵团农工舍生忘死、跳入惊涛,奋力搏击。其他如,家住界河边的沈桂寿,"一生常怀守土责",自制旗杆、国旗立于院旁,"界河牧羊数十载,创业巡边北风朔""年年岁岁红旗飘,心怀祖国苦亦乐"等描摹,都彰显着兵团人自觉的护边使命。

《创业篇》则酣畅淋漓地描写着兵团人"屯垦"的艰辛与豪壮。其创业之初的情景是:"千古荒原飘军旗,十万大军踏春泥。作战图上绘蓝图,瞄准仪当水平仪。路断粮绝月有余,芦根沙枣聊充饥。衣上硝烟犹未散,拉动军垦第一犁。"诗写随着新疆全境的解放,十万解放军战士就地转业,组建新疆生产建设兵团,在戈壁大漠奏响了兵团人屯垦戍边的历史乐章。而利用作战地图来描绘建设蓝图,借助瞄准仪充当测量仪器,以及生活艰辛、人工拉犁、开荒种地的情景描摹,奇特而豪壮,极富有艺术感染力。至于描写创业之初环境的艰苦,更是让人惊叹不已:

> "大漠行宫"地窝子,缕缕地下炊烟起。夜来风雪手脚皴,面目全非青复紫。四野无人莽苍苍,屯田故地添新址。野猪狐狼掩不住,时隐时现无定止……飞沙夹石暗天光,屋顶飞卷无寻处。被单枕巾蒙头盖,醒来被面尽沙岗。

将士们居住条件的简陋、自然环境的荒凉,令人震惊。在这样恶劣的环境里开荒种地更是艰辛无比,不仅要忍受暴风狂沙的摧残,还要面对酷热奇寒的磨砺。这里有"飞沙走石如弹雨,狂风席卷腾格里。五十小时无白昼,昏天黑地尽披靡。菜苗瓜秧风吹死,小树才绿拔根系。砖坯散作满地土,吉普吹落林带里"的沙尘肆虐;有"正午吴牛喘月时,热浪袭人手烫伤"的酷热威逼;有"白须白眉白头发,小伙变成'老寿星'""馍馍冻成冰坨坨,敲碎啃下尽'咯嘣'"的奇寒磨砺;还有"蚊虫结队空中旋,叮肿犹踏上班路"的蚊虫侵扰,等等。凡此都在让人瞠目结舌的同时,强烈地感受到创业的艰辛。而兵团人并没有退缩,而是在艰难的磨砺中勇往直前,生成了人类少有的豪迈与刚毅:

> 战士拉犁赛骅骝,耕牛气喘丢后头。八人拉犁气死牛,耕畜不足不发愁。一寸耕地一滴汗,一步一呵写风流。屯边将士不畏苦,为国甘作孺子牛。

正是这种刚毅、执着的拼搏奋斗,使得兵团人在戈壁荒漠创造出人类的奇迹:"君不见昔日豺豹出没荆棘丛,三年苦战柳荫浓。君不见而今学校工厂白杨里,千顷绿茵见证当年筚路功。"其他如,《女兵篇》对女工"巾帼未可轻年少,纵死犹闻侠骨香"的赞美,《英模篇》对医生毡房巡诊"水壶干馕肩上挎,骑马背箱不辞劳"的咏歌,对带病奋战"十年深山出壮举,军垦新羊美名传"的育种科技人员的描摹,对种棉能手"为暖天下不顾身,塔河植棉播火人"的赞颂等等,都形象地再现出"屯垦戍边百万兵,群英恰似满天星"的兵团群体的光辉业绩。全诗最后以对兵团精神的礼赞而结束:

> 君不见杀敌流血生产流汗唯愿祖国边疆无限好,奉献青春奉献子孙
> 不为勒石千里稻粱谋。而今无数优秀儿女报国戍边不辞远,富民固边科
> 技兴边甘洒热血写春秋!

王瀚林运用典型化的手法,以近万字的篇幅,淋漓尽致地描述着兵团创业中的人物事迹,彰显出屯垦戍边事业的雄奇与悲壮。而全诗在起伏跌宕的叙事中,洋溢着奔腾呼啸、苍凉悲壮而又动人心魄的炽热情怀,这正是作品打动人心的地方。正如闻一多先生在评论卢照邻、骆宾王的长篇歌行时所说:"仅仅篇幅大,没有什么,要紧的是背面有厚积的力量撑持着。这力量,前人谓之'气势',其实就是感情。"[1]这篇《屯垦戍边唱大风·兵团组歌》中厚积的情感,既有兵团人艰苦奋斗、开拓进取、无私奉献、悲壮豪迈的性情激荡,也有作者由衷歌颂的炽热情怀的抒发。正是这种回肠荡气的浓烈情感与惊天地、泣鬼神的事迹描摹,交融互动,使作品生成了磅礴的艺术张力。

以歌行体诗歌来描写屯垦戍边题材的作品,是新疆当代诗词创作中一道亮丽的风景线,产生了不少优秀的作品。如李金香的《塔河滚滚歌军垦》,以波涛浩渺的塔里木河起兴,描写了兵团"荷锄枕戈吻边土,将士同锅共甘苦。忙务桑麻闲练兵,内防颠覆外拒虎"的亦兵亦农的特殊性质,追述了"劲旅长缨系延安,雄风不减南泥湾。旗映五湖英雄汉,知青离沪出阳关"的兵团源流与人员构成。酣畅淋漓地描写出兵团人艰苦奋斗以及取得的巨大成就,这里有"地窝草铺砍土镘,披星戴月斗暑寒"的奋斗艰辛,有"柳筐挑走穷和白,铁牛呼出金银川""稻海棉涛泛绿浪""桃李满园沐春晖"的农业丰收,也有"机器轰鸣震厂房""百货琳琅竞妩媚"的工商业繁荣。最终落到对兵团群体热情洋溢的歌颂上:

> 我借塔河歌军垦,浊浪未改赤子心。大鹏虽去龙凤在,虎将雄兵柱
> 乾坤。大河滔滔旗猎猎,长城何惧北极雪。戍边儿女擎红旗,照亮天山

---

① 闻一多:《宫体诗的自赎》,载《唐诗杂论》,中华书局,2009,第128页。

一轮月。①

李英俊的《塔里木河引洪歌》，也在回环往复、荡气回肠的情感抒发中，再现了20世纪50年代兵团农一师治理塔里木河修建水库的业绩。其中描写王震将军的神态气势，栩栩如生：

> 胡子将军人中杰，屯垦戍边迎风雪。南泥湾里传美名，西域洪荒动魂魄。遥空一望塔河妍，洪水滔滔美资源。抚须一笑拦洪水，修个水库浇花园。②

而诗的主体内容仍然是描写群体形象以及热火朝天的工地情景："铁牛如虎车如蚁，人流涌动沸工地。隆冬雪舞战旗飘，夜战燃薪日以继""夫妻竞赛比高低，咀啃凉馍笑眯眯。"等等。同时也赞美了艰苦创业后边塞的巨大变化："舒眉稻浪连云起，万吨棉绒出神州""农垦健儿当年引洪建绿洲，如今花香果熟粮棉遍野绣金秋。"其《屯垦老兵歌》，赞扬的也是兵团人"献了青春献子孙，痴情犹胜塔河水"的奉献精神。

肖致义的《塔里木河放歌》，也在慷慨激昂的抒情中，描写塔里木河周边景色、历代对西域的经营，进而引出"惊雷隆隆滚神州，十万大军出天山。安邦定国主席令，且守边关且屯田"的兵团人屯垦戍边。在历数兵团业绩的同时，赞叹兵团人"千秋青史记胜绩，功与塔河天山齐"。结尾抒情颇为豪迈：

> 君不见塔河奔腾咆哮几万年，盘古开天两岸如此变化史无前。伴随铁路西进大开发，且看塔里木人大显身手再创辉煌谱新篇！

其他如，官福光的《喀拉库勒行》，描写"三五九旅出阳关，红旗雄矗塔河边""二牛抬杠砍土镘，一窝麦子一身汗""夫妻父子相挑战，冰天雪地芦滩宿""君不见林带遮天鸣翠鸟，水网交叉泳锦鳞""君不见凉秋处处牛羊肥，院落家家瓜果香"，等等，也是对兵团艰苦奋斗以及辉煌业绩的赞美。李海莲的《古尔班通古特大沙漠先驱颂》，叙述1958年共青团农场先锋队初至古尔班通古特大沙漠的雄壮："旗入戈壁格外红，车载壮士车亦雄。左冲右突穿楂海，扬起尘沙掩碧空。"歌颂的仍然是"临难伤身不伤心，欢乐偏从苦中寻"的乐观情怀。王亚平的《北湖秋月歌》，描写原本的碱滩沼泽地，后经军垦战士艰苦奋斗建成水库的北湖景色，抒发"而今北湖秋月壮边关，游人赞声不绝口"的欣喜，也带有同样的特点。白垒的《新出塞

---

① 星汉主编《中华诗词文库·新疆诗词卷》，中国文史出版社，2012，第132页．
② 唐世政主编《军垦颂》，解放军文艺出版社，1998，第88页。

曲》抒发军垦战士的赤子情怀："丈夫誓许国,忧乐系天下。海内皆兄弟,到处即为家。愿效鹏飞水击三千里,安能局促终生类井蛙?"同样激荡人心。

当然,从整体来看这类歌行体诗歌也存在着不足。一是从情感内容来说,由于题材本身的相似性,便不可避免地出现重复现象,读得多了会给人似曾相识的雷同感觉。所以后来作者要注意创新。"所谓创新,并不是追求文字表面的奇诡生僻,也不是说前人用过的词句,后人就不能再用。诗的创新,关键是在于能否自出新意。"①这主要取决于作者观察视角的独特、构思的巧妙、意境的新颖等。二是从艺术上看,有些歌行体作者才气不足,缺乏厚实的写作功底,以至于内容散漫,语言直白,缺少韵味,进而影响了作品的艺术感染力。歌行体貌似自由率意,不受约束,似乎容易写作,其实不然。于此前人已有论述,如胡应麟就说:"至于五言长律、七言长歌,'非博大雄深,横逸浩瀚之才,鲜克办此。'"②方东树也说:"诗莫难于七古。七古以才气为主,纵横变化,雄奇亦由天授,不可强能。"③可见,只有激情饱满、艺术底蕴深厚的诗人,才能把握好歌行体纵横开阖、跌宕起伏、奇正变化的创作技巧。这应该引起"歌行体"作者的深思。

与上述歌行体作品雄奇悲壮的全景式描写不同,兵团诗人的一些绝句、小令、散曲等短章,则呈现出清新自然的艺术风貌。这些作品往往选取一些特定的生活画面,将笔触聚焦于某一具体事物或景观,以浅近的语言、写实的笔法,展现着兵团生活的优美画面,在生机盎然的描摹中荡漾着作者的欣喜,而对今昔巨变的真诚礼赞蕴含其间。我们看几首作品:

> 柳绿新城战旗红,楼台花木碧葱茏。玛河两岸青青色,触入轻烟细雨中。
>
> ——王野苹《过石河子值雨》
>
> 过客重来旧地游,分明闹市疑蜃楼。新城矗起石河子,花满长街果碰头。
>
> ——李信中《军垦竹枝词》
>
> 清湖水库好公园,十里长堤排钓竿。昔日将军驻马处,而今胜景赛江南。

---

① 张文勋:《诗词审美》,云南人民出版社,2005,第183页。
② 胡应麟:《诗薮》,上海古籍出版社,1979,第50页。
③ 方东树:《昭昧詹言》,人民文学出版社,1961,第258页。

——蓝万涛《五家渠水库公园》

在大漠荒滩建起的军垦新城石河子、五家渠等现代化城市,正是兵团人艰苦奋斗的缩影。这里一改当年的荒凉,而呈现着花木葱茏、瓜果飘香、优美靓丽的蓬勃生机,令人神往。而对于垦区农场的咏歌,也荡漾着温馨与欢快:

> 田畴锦绣望无涯,近水农家绿树遮。新屋檐前闻燕语,羊欢鸡唱满庭花。

——王菁华《垦区即景四首·农家》

> 檐下冰融滴水闲,芦鸡觅食乍出栏。春风一夜度关山。　几树青阳筛嫩暖,数家瓦舍笑声欢。新犁欲试到田间。

——杨法震《浣溪沙·农场春早》

> 陌头添柳色,遍地起春耕。一日犁千亩,惟闻马达声。

——董公恕《春耕》

诗中颇富生机的春景描摹,清新自然;而燕语鸡唱、瓦舍笑声的画面,又在动静结合中荡漾着盎然的生活情趣。至于农田耕作,已经没有了人工拉犁的艰辛,而代之以机械化。这些逼真生动的描摹,使读者的欣喜之情也油然而生。这种欣喜更来自丰收的欢快:

> 霜染果林红,棉山映塞空。花场喧笑语,雁阵唱秋风。

——赵君周《秋场小景》

> 田畴减翠着银装,姑嫂采棉日夜忙。万顷稻粮也上场。酿秋光,一半儿银山一半儿黄。

——杨成栋【仙吕】《一半儿·农场秋景》

正是这种执着进取、艰苦奋斗、开发边疆、建设边疆进而赢得兵团繁荣昌盛的生命体验,使得老军垦们深深爱上了塞上家园。宋风帆"昔日人犁垦大荒,建成花圃蝶蜂忙。余生不唱阳关曲,已把新疆作故乡"的由衷咏唱,表达了兵团人的共同心声。当然,由于兵团诗人众多,一些诗词短章也有格律不严、音韵不谐,甚至出韵出律现象。而语言苍白、缺少形象,没有诗词韵味的作品也不在少数。这些理应引起作者的注意。

在兵团诗人群体中,还有一人值得关注,他就是李仰山。其特点有二:一是其人为兵团农工,1964年由甘肃武威自流来疆,落户于石河子花园农场从事农业生产,自称"样样农活都干过"。近而立之年又走上养蜂之路,奔波了40多个春秋;二是其诗的题材颇具特色,大半生"怀揣甜蜜,背负艰辛"的养蜂生涯,激发了作者的激情,创作了大量的有关"甜蜜事业"的作品,出版有《花海觅韵》诗词集。《花海觅韵》收入绝句、律诗570首,词50首,其中170余首写到了蜜蜂和养蜂业,如此集中地描写同一题材,在当代诗词创作中实属罕见。这里有"餐风饮露披星月,一顶帐篷便是家""日里品尝甜与苦,夜间只影伴蜂眠"的艰辛与孤独,也有"夜夜红楼传蜜语,牛郎隔岸望娇妻""荔枝树下望明月,一片清晖又湿衣"的思念,而更多的是"金蜂引我赏桃花,一路飞来万顷霞""蜂飞花树携琴舞,人入芳丛画里游"的喜悦,以及"帐篷作别墅,人住花丛中""朝朝闻鸟枝头语,夜夜伴蜂花下眠"的惬意。凡此都是养蜂人多姿多彩生活的真实写照。一些养蜂生活的画面描写,也颇具情趣,如《养蜂之家》:

> 碧纱窗外果林深,小鸟登高唱好音。又见枝头红杏笑,孙儿携我听蜂琴。

诗中不仅描绘了惬意的生活场景和情趣,而且在动静相衬、视听结合的画面中,传达出作者的欣喜。"又见枝头红杏笑,孙儿携我听蜂琴"的优美境界令人神往。其他如,"桃花映照蜂姑面,惹得诗家乱品评""金蜂陶醉歌新曲,飞上枝头去撒娇"等,或白描,或拟人,都充满着浓郁的情趣。

也正是由于作者常年置身于花丛中,使其生活、性情与大自然融为一体,故而其写景之作也有着真切浓郁的生活气息,非走马观花者可比。如《小院》:

> 门前绿鸭戏清流,院里鲜蔬吃到秋。燕子低飞常做客,蛙鸣声里话丰收。

如果说"戏清流"的绿鸭、"话丰收"的蛙鸣,还是人人可见、可闻、可感之景的话,那么,"常做客"的低飞燕子、"吃到秋"的院里新鲜蔬菜,则有了时间的长度,非久居之人难以道出。其《一剪梅·牧乡》描写牧区的风光也颇具特色,词云:

> 春雨潇潇洒边疆,绿了山乡,暖了心房。炊烟袅袅牧歌长,越过毡房,越过山梁。　　流水潺潺奏乐章。花树飘香,奶酪飘香。红鬃烈马逐牛羊,马也风光,人也风光。

全词语言通俗,明白如话,而境界开阔。人物、景物,以及烈马、牛羊的画面描写,不仅形象鲜明,而且颇具韵味。至于《枣园秋色》写枣园风光也很有情趣:"断续篱笆隔野烟,园中玛瑙坠枝弯。秋阳吻出胭脂色,又染门前一景观。"不仅描写逼真,比喻恰当,而且遣词造句颇显老道,比如,"秋阳吻出胭脂色"的"吻"字,"又染门前一景观"的"染"字,都生动形象,增强了全诗的艺术魅力。而这样的作品出自一个养蜂人之手,则又不能不令人感慨万端。当然,纵观《花海觅韵》中的作品也有不足。其一,由于题材相对集中,一些作品的语言使用以及形象的描绘难免雷同;其二,有些作品缺乏诗味,显得质木无文。

综上所述,可以看出,兵团诗人长篇歌行的价值在于:作者以全方位的客观视角,再现兵团人屯垦戍边、建设新疆的人生经历和生命价值,以及开拓进取、顽强奋斗、执着奉献的精神情怀。由于作者都是兵团宏伟事业的参与者与见证人,作品又以兵团群体创业的艰辛、骄人的业绩等客观存在,作为情感抒发的基础,故而真切动人。这种激荡、炽热情怀的抒发与恣意铺排、奔放跌宕的歌行体相融合,便形成了壮怀激烈的"放情"特征,强烈震撼着读者的心灵,也使作品染上了浓郁的励志意蕴。而那些清新自然的诗词短章,在展现兵团农场今昔巨变的繁荣景象的同时,也丰富着兵团诗词刚柔并济的艺术风貌。可以说,兵团诗人的诗词创作,为新疆当代诗坛增添了光辉灿烂的一页。

第十章　边疆万里金汤固
——军旅诗人的诗词创作

雄踞祖国西北的新疆,约占全国陆地总面积的1/6,5 600多千米的漫长边境线,约占全国陆地边境线的1/4。在这片辽阔的土地上,不畏艰辛、勇于奉献的解放军将士,神圣地履行着卫国戍边的职责,上演着众多壮怀激烈的人生传奇。他们在履行卫国戍边职责的同时,也以诗词记录着当代军人的生存状态和精神风貌。在新疆当代诗词创作中,具有代表性的军旅诗人是方国礼上校、喻林祥(笔名蒲阳)上将、姚铁山少将、刘平俊少将、梁文源大校、赵英大校等。其中方国礼出版有《罗布泊诗草》(解放军文艺出版社,1997),喻林祥出版有《戍楼诗草集》(中国书籍出版社,2014),梁文源出版有《征途如画——新边塞诗集》(新疆人民出版社,2014)等。

第一节　核试验基地的全景描摹

新疆罗布泊,是一片传奇而又神秘的土地,让中国人挺直腰杆的第一颗原子弹,就在这里试爆成功。中国核试验的成功,凝聚着众多创业者的心血,他们可歌可泣的英雄事迹,在新疆当代军旅诗词中多有展现,而方国礼的《罗布泊诗草》,则可说是对核试验基地全景式的集中描摹。

方国礼,1954年生,安徽枞阳人。1974年入伍,在罗布泊核试验基地工作了20多个春秋,被授予上校军衔。其《罗布泊诗草》由张爱萍将军题写书名,全书共收诗词151首,分为艰苦创业篇、春雷巨响篇、功臣风采篇、英模风范篇四个部分,而当代军人的奋斗、奉献精神充溢于字里行间。

罗布泊核试验基地的自然环境十分恶劣。方国礼《念奴娇·漠野垦荒》上片写道:"茫茫漠野,念春花碧草,梦中难觅。怒吼狂风天地暗,似削群峰三尺。篷帐沙侵,泉流苦涩,空有楼兰国。几丛红柳,抗风相伴芦荻。"荒无人烟、狂风肆虐的自然环境,令人惊悚,彰显着基地建设的艰辛。这里的气候变化无常,夏季酷热,冬季严寒:"御寒营帐冷,避暑紫烟熏"(《临江仙·勘察试验场区》)。战士们居住的则是地窝子:"帐篷难御暑寒侵,地窖作城阙"(《好事近·戈壁创业》)。但在自然环境、生活条件十分艰苦的情况下,战士们的情怀却是昂扬激越,充分彰显着当代军人的本色。其《鹧鸪天·工地纪事》写道:

> 推石筛沙分外忙,浑身汗雨亦无妨。收工号起黄昏近,集会歌飞晓月藏。　　篝火灿,笛声扬,感人故事荡肝肠。金沙奇袭重围破,倍长精神入梦乡。

词的上片写推石筛沙、挥汗如雨、工地沸腾的白天奋战,下片聚焦于收工后的篝火晚会,在"篝火灿,笛声扬"的氛围中,重温着当年红军万里长征、战胜千难万险的英雄气概,正可见出当下军人情怀之激烈。其他如,"采石制砖修路,摘满天星月"(《好事近·戈壁创业》)的夜间奋战,"热火朝天劲,豪情逐浪高"(《巫山一段云·大漠汽车兵》)的情怀抒发等,都彰显着解放军将士的昂扬斗志。

作品对于核试验基地的科技攻关,也有着形象的再现。如《一剪梅·夜战》:

> 伏案钻研白发生。灯灿工棚,火热军营。书山学海独钟情。立志攀登,破浪前行。　　歧路弯弯勇世平。雾去光明,霞染光明。叩开谜底一身轻。耳畔歌声,漠野歌声。

词写科技人员克服困难、挑灯夜战,以及最终攻克难关的欣喜,历历在目。其他如,"帐篷秉烛照无眠,奋笔宏图呈现"(《西江月·核试验场》),"学海精深,科坛律细,万无一失先联试"(《踏莎行·排险情》),"披荆斩棘,看起志摇篮,科坛挥笔"(《桂枝香·核测试攻关抒怀》)等描写,都将科技工作者迎难而上、夜以继日、自强不息的精神,表现得淋漓尽致。

诗集里许多作品赞颂着核试验基地的模范集体。如《临江仙·"模范气象站"

阳平里》,写的是1960年在远离部队的戈壁深处组建的一个基地气象站。这里气候变化无常,冬季气温下降到零下30℃,夏季又高达40℃,还常刮7~8级大风。在恶劣的环境中,他们艰苦奋斗,住帐篷、睡地窝、喝苦水,坚守在戈壁滩上,为核试验提供着各类气象资料,1966年被国防部授予"模范气象站"荣誉称号。其他如,《首次核试验中气象处》《太常引·题原气象处气象室》等作品,也是赞美气象人员艰苦奋斗、反复分析研究、果断作出预报的业绩。而《核辐射侦察先锋连》中的先锋连,则是在"烟云滚滚凌空去,烈焰熊熊卷地来"的情况下,冲进爆区及时取样。至于《六州歌头·钻探取样英雄营》《菩萨蛮·赞劈山凿洞功臣营》《"硬骨头六连式连队"某工兵六连》等,都是对先进集体所作贡献的描写赞颂。

除了群体描摹外,还有众多的"个体写生"。这里有领衔挂帅、"荒原勇开拓"的聂荣臻元帅(《瑞鹤仙·聂荣臻元帅》),有坐镇核试验基地"石屋运筹如昔"的张爱萍将军(《念奴娇·首次核试验总指挥张爱萍将军》),有"驾长车、始定标桩位"的基地司令员张蕴钰将军,以及常勇、张震寰、李觉等数位将军的身影。核试验中科学家的奉献精神、报国情怀,也在"个体写生"中得以展现。如冲破重重阻挠回到祖国,而后加入原子弹、导弹研制的钱学森:"磨剑事,宏观握;经冷热,微观琢。正雄姿焕发,赤诚拼搏"(《满江红·"国家杰出贡献科学家"钱学森》),如为中国原子能科学事业作出卓越贡献的钱三强:"闯难关,穿云霭。欣作人梯,追赶新时代。名播科坛惊世界。蚕吐丝华,伏案英姿在。"(《苏幕遮·核物理学家钱三强》)以及朱光亚、程开甲、邓稼先、王淦昌等数十位核物理科学家的情怀,都展现得十分感人。

而众多普通士兵,也在平凡的岗位上做出不平凡的业绩。他们兢兢业业、志在奉献、勇于牺牲的精神铸成了当代军人的"军魂"。如《鹧鸪天·"雷锋式职工"王成富》,描写1956年入伍的某部修理加工厂的王成富:"敲敲打打成高手,比比量量架彩虹。"在平凡的岗位上勤奋工作,出色地完成了历次核试验中的部分铁件加工任务,正所谓"螺钉虽小立奇功"。其他如,《汽车节油模范徐锦洲》等,也再现了普通士兵的贡献。而对一些在核试验中献出宝贵生命的战士的礼赞,更是震撼人心。如《蝶恋花·优秀参谋王书培》

> 地下雷鸣初擂鼓,开路先锋、生死何曾顾! 火海刀山昂首去,回收数据驱迷雾。　　杀手无声荒漠布,奋斗牺牲、核盾忠诚铸。尘土飞扬迎泪雨,英雄化作参天树。

词中的王书培1956年入伍,曾任核试验基地试训部组织指挥科参谋,1969年在回收地下核试验数据时,因一氧化碳爆炸而牺牲。这首词于沉痛中带着激昂悲壮,在"生死何曾顾"的精神礼赞中,揭示了"核盾忠诚铸"的现实。其他如,《雷锋式的好战士易建国》中记述的为抢救失火汽车而光荣牺牲的易建国,《鹧鸪天·司钻手谢德成》中记述的因高空作业钢丝绳断裂而壮烈牺牲的谢德成,《煤矿瓦斯检验员马玉先》中记述的为抢救矿井中毒战友而英勇牺牲的马玉先,等等,他们都以自己的热血与生命诠释着当代军人的本色。正如作者所赞叹的:"奋斗牺牲源本色,一腔碧血映朝晖"(《抢救国家财产战士王生》)。

其他如,《第一次空爆核试验》《江城子·两弹结合试验》《谢池春·氢弹试验成功》《青玉案·首次地下平洞试验》《夜游宫·首次竖井核试验》《定风波·我国最后一次空爆核试验》《暂停前的一次核试验》等作品,又展现了不同方式的核爆试验,可以说是中国核试验的"简史",有着很强的认识价值。

方国礼的《渔家傲·命名马兰村》《忆江南·核试验基地首府马兰(二首)》《破阵子·马兰感怀》《马兰抒感》《水调歌头·马兰电视台》《苏幕遮·马兰军邮局》《虞美人·题马兰子女中学》《西江月·马兰幼儿园》等,都描写了马兰基地的今昔巨变。我们看一首《南乡子·马兰印象》:

> 拔地起高楼,处处新容放眼收。掩绿摇红花竞放,歌讴。万苦千辛
> 造绿洲。大漠老黄牛,默默耕耘志不休。硕果留香人敬业,千秋。兴我
> 中华创一流。

词以通俗的语言,展现出高楼林立、树木成行、花草遍地、湖水荡漾的戈壁新貌。"马兰"也成了一种精神象征,承载着方国礼对军人情怀的真诚礼赞。其咏物词《忆江南·马兰草(八首)》以凝练的笔法,从不同侧面反复歌咏着以马兰草为象征的核试验基地的军人"一任北风吹""冰雪凝寒肝胆热""创业鬼神惊""大漠塑军魂"的奋斗奉献精神,令人激动不已。这种军人生活与生命的本真,感动着无数人。

第二节　边防将士的情怀再现

在新疆漫长的边境线上,卫国戍边的解放军将士上演着一幕幕激荡人心的人生传奇。新疆当代军旅诗词,热情洋溢地咏歌着边防军人壮怀激烈的风采。这里有驻守边关的艰辛与军人豪情的抒发,有艰苦训练、敢打必胜的军事演练的描摹,

而爱国、爱疆、爱人民、爱军营的军人情结,更是表达得淋漓尽致。

戍边的艰辛在曾任新疆军区政治委员喻林祥上将的笔下,有着生动的再现。这里有漫长的积雪期:"七月霜尽八月寒,冰凝三尺巡逻难"①(《题白哈巴边防连》),"莽莽雪原隐归路,萧萧战马悲天寒"(《题红山嘴边防连》);有变幻无常的气候:"乍晴乍雨六月雪,时暖时寒五更冰"(《过界山达坂》);有山高缺氧的磨砺:"高寒缺氧冰山客,爬冰卧雪戍边人"(《宿营三十里营房医疗所》);有风沙肆虐:"朔风摘帽沙打脸,苦泉饮马馕充饥"(《题阿拉山口边防连》);有蚊虫的骚扰:"戍客原无幽静处,边敌蚊虫两俱多"(《视察北湾边防连》);还有饮水的艰难:"三十一年背水吃,梦里甘泉也觉欢"(《过甜水海兵站》)等等。

在这种遥远、苍凉、寂寞、艰辛的环境里,即使只是静静地守候在哨位上,已是令人景仰的英雄,何况还要履行执勤巡边的重任!边防将士们炽热的报国激情,在军旅诗中有着浓烈的表达。1958年入伍、曾任新疆军区政治部副主任的姚铁山少将,在《冰山哨卡》中写道:

> 哨卡冰封刺骨寒,官兵雄踞铁门关。边疆万里金汤固,马革何需裹尸还。②

首二句描摹哨卡自然环境的恶劣与艰苦,而聚焦于边防战士戍守边关的"雄踞"风姿,在渲染烘托中,士气的昂扬油然而现。三四句赞美边防官兵以身许国的雄心壮志和保卫家园的牺牲精神,为了祖国的尊严、人民的利益,他们随时会献出自己的生命。"前贤报国不惜死,后辈戍边岂贪生"(喻林祥《悼念康西瓦烈士陵园》)的情怀抒发,正是边防战士的共同心声。

边防军人职业的特殊性,决定了其生活方式、人生目标、价值观念的独特性。一些常人视为难以忍受的情景,比如,寂寞、单调,甚至与家人无法通信,等等,军人都要坦然面对、勇于承受。喻林祥上将《冬咏阿勒泰》写道:

> 关山路断炊烟少,悬崖哨孤马影单。征人半载家书绝,但愿边庭长相安。

诗于"征人半载"句下有自注:"新疆阿勒泰军分区有三个边防一线连队因大雪封山,半年不通公路。"可见,边防战士忍受着异常的孤独。但报效国家、保境安民的

---

① 喻林祥:《戍楼诗草集》,中国书籍出版社,2014,第32页。本章所引喻林祥诗词均见此书。

② 星汉主编《中华诗词文库·新疆诗词卷》,中国文史出版社,2012,第211页。

军人职责,使得他们勇于牺牲自己的一切。刘平俊少将《海子口兵》写道:

> 晓沐晨晖晚送霞,老龙头上度年华。惟怀报国精忠愿,保卫金山黎庶夸。①

诗中的海子口,是阿尔泰山中的一个高山堰塞湖,冬天漫长,冷得出奇。而海子口哨所的战士每天都是晓沐晨晖、暮送晚霞,在这"老龙头上度年华"。他们所以能够忍受寒冷、寂寞,在边防线上默默奉献,就在于心中"惟怀报国精忠愿"。

环境的严峻与艰苦,不但没有吓倒英勇的边防军人,反而练就了他们的钢筋铁骨和昂扬斗志。如刘平俊《边防纪行·冰雹》:

> 一阵狂风卷地起,雪球冰雹自逍遥。英雄豪气增无减,鲜艳红旗哨卡飘。

将士们在狂风冰雹面前,泰然自若,豪气干云。面对冰山飞雪,荡漾着的也是一种惊喜:"云淡风轻边地行,冰山烨烨也多情。邀来无数散花女,一夜琼花满大营"(刘平俊《边防纪行·夜雪》)。其他如,"惯踏高山揽白云,风霜雨雪更强身"(刘平俊《戍边曲四首》之一),"戍边自是男儿志,茹苦含辛付笑谈"(喻林祥《隆冬慰问南疆官兵》),"更喜风霜添斗志,终生只唱戍边歌"(刘平俊《界碑》)等,都是将士情怀的写照。而这种面对种种艰辛而生发出的昂扬斗志,显然源自将士们卫国戍边的炽热情怀。

正是边防将士的枕戈待旦、奉献牺牲,才有了边境的安宁。梁文源大校有着铿锵有力的表达:

> 风硬能添飞弹力,雪狂不减斗争情。边关长垒金汤固,尽是军人血铸成!(《战斗演练》其六)②

诗中慷慨悲壮的情怀抒发,真是力透纸背,直抵人心。这种军人风骨、男儿品格与豪情壮志,铸就了新疆当代军旅诗词的雄奇与悲壮。

和平时期军队的中心任务,就是军事训练。"天下虽安,忘战必危"。军人大无畏作战精神的培育、英勇强悍战斗力的生成,以及技能、韬略的娴熟等素质,都来自平时的刻苦演练。新疆当代军旅诗词形象地再现了边防将士武备不懈、辛勤操练、敢打必胜的豪情。请看刘平俊少将的《登北屯点将台》:

---

① 星汉主编《中华诗词文库·新疆诗词卷》,中国文史出版社,2012,第86页。

② 梁文源:《征途如画——新边塞诗集》,新疆人民出版社,2014,第24页。本文所引梁文源诗词均见此书。

挂甲拓荒人几代,传薪接棒戍边来。虽逢盛世无征战,拉练依然上将台。

诗的一二句写登高所见、所感、所思。"北屯"始建于1958年。当年新疆生产建设兵团副政委张仲瀚登上得仁山顶,踏勘新疆北部屯垦戍边选点事宜,将新疆生产建设兵团第十师师部驻地命名为"北屯",意为兵团屯垦最北之地。诗中几代人"传薪接棒"的戍边咏叹正源于此。诗的后两句由"点将台"引发出武备不懈的思绪:虽然盛世没有大的征战,但世界风云诡谲,边境隐患随时可能出现,边防军人时刻不能放松警惕。这种居安思危的忧患情怀、危机意识,正体现了当代军人的责任感和使命感。一些具体战略战术的演练也在新疆当代军旅诗词中有所展现。比如,梁文源《野战师机动进攻演习》"阴雾起时能隐蔽,白霜冻后利行军。向心机动分三路,梯队进攻编四群"等描写"机动进攻",具体而生动。《夜宿淖毛湖边防连》写夜间"年轻上尉持枪立,细对沙盘说戍边"的情景等,都给人留下丰富的想象空间。

由于战争残酷无情,所以平时的训练,除了战略战术的演练外,还旨在磨砺战士的勇敢、坚韧,以生成强烈的战斗精神。梁文源对此有着精彩呈现:

千里行军兽鸟惊,傍河埋灶扎连营。黄昏冷雨湿锅盖,半夜冰雹打帐篷。山脚狼嚎星欲落,滩头军号夜将明。戎麾复向边关去,头上高山队队迎。

——《昆仑山露营》

诗写某次昆仑山行军露营的全过程。首联破题,颔联具体描摹,将士在冷雨中野餐、在"半夜冰雹打帐篷"下睡眠,再加上颈联"山脚狼嚎"的烘托,其"露营"的艰辛历历在目。尾联写天将亮时滩头军号响起,战士们又迎着高山攀登。这种超出常人的坚韧、勇敢是军人的基本素质,无论环境多么恶劣、条件多么艰苦,他们都会用昂扬的斗志、飞扬的激情催生强烈的战斗精神。其他如,"汗流似雨透征带,热浪如炉灼马鞍"(《勘察阵地》)的艰辛,"生命禁区无所惧,险山恶水度如闲"(《翻界山达坂》)的坚韧,"铁骑三千乘月出,分弓欲射大王营"(《演练》)的战斗意志等,都彰显出将士们慷慨激昂、敢打必胜的精神信念。这样的士兵才会在国家需要的时候,不惜抛头颅、洒热血。

热爱人民,是中国人民解放军的优良传统,这不仅是军民鱼水情的表现,也是人民军队的立军之本。所以每当地方百姓遭遇灾难,英勇的解放军总是冲在第一线。刘平俊的《阿山抗雪救灾吟》组诗,形象地描绘出阿勒泰地区遭遇暴雪袭击时解放军救灾助民的情景。我们看一下其中的《出兵》：

> 北向当空望，阿山雪海中。孤村离岛远，困畜草棚空。火令疏封道，
> 分兵破险冲。茫茫天地暗，昼夜笛声隆。[①]

诗写大雪封山，民情危急，将士们接到军令后，火速救援。战士们昼夜奋战、奋不顾身的精神，疏通道路、运煤炭、送草料、救民于水火的情怀，真切而动人。其他如，"草断群羊瘦，棚寒厌马鸣""兵援农牧场，满载夜间行"（《援牧》），"豪情催铁甲，热血化冰川。救助情真切，倾心解倒悬"（《征途》）等，都把将士们救灾助民的情景表现得栩栩如生。边防军的及时救援，让农牧民感动不已："灶上炊烟起，门前泪语频"（《助农》），"喜见寒流去，红旗荡五星"。（《援牧》）而作品中"不为民安乐，谁能献此身"（《助农》）的咏叹，正是对解放军爱民情怀的由衷赞美。喻林祥《记新疆巴楚县大地震》，描写在"天崩地裂巴楚城，三乡一镇霎时倾"的危急情况下，解放军"官兵闻讯风雷动，此时最是见真情"，彰显的也是人民军队为人民的情怀。

西部边关的优美、平静，百姓的安居乐业等题材，也摄入军旅诗人的镜头，其中蕴含的是边防将士热爱边疆的情结。我们看一下梁文源的作品：

> 黄昏铁骑度关山，晓逐征鸿西踏边。尘静绝无兵犯界，边平时见马
> 耕田。牧民渐返添新户，商客多回易旧关。晴午荒原暖如睡，路边无雪
> 野芦斑。
>
> ——《西部边关行》
>
> 东风次第到天涯，塞上风光日夕佳。杨柳欲舒今岁叶，蒹葭先褪去
> 年花。农园半露葡萄蔓，山野多生苜蓿芽。今日征程八百里，频催战马
> 快鞭加。
>
> ——《出塔城市沿中哈边境南下至阿拉山口》

诗写巡边所见，人民群众安居乐业的情景历历在目。而清新的画面，浓郁的地域特色，表达的正是军人对边疆的热爱。其他如，《行军过准噶尔盆地》中"大漠春来塞草青，征车如在画中行。杂花竞艳媚行客，野鸟相呼不识名"的描摹，也把边疆春暖花开、风和日丽的优美景色，描绘得淋漓尽致，作者的欣喜之情油然而现。这些迥异于传统边塞军旅诗的描写，洋溢着新的时代风貌，使得蒲阳上将发出"边庭自古悲歌壮，塞垣忽觉莺啭明"（《读梁文源诗作有感》）的赞叹。

---

① 陶大明主编《世纪绿韵》，新疆生产建设兵团出版社，2014，第121页。

充满生机的新时代军营的日常生活,也呈现于军旅诗人的笔端。如刘平俊《军营新貌》:"绿水湾湾自在流,骆驼峰下白云游。归鸿不识栖休地,营院新成战士楼。"诗写军营的环境,于优美画面中彰显出的是对军营的热爱。其《夜雨初晴》:"号声破晓雨初停,杨柳依依草色青。近水远山云帐里,但闻战士早操声。"以视听结合、动静相衬的手法,描摹出军营日常生活的蓬勃生机。而节假日的欢快情景,也在诗中得以展现,如梁文源《连队过年速写》:

> 柳营烟火彻云霄,一望昆仑影动摇。爆竹声中老怀壮,旌旗阵里少
> 年豪。歌词有趣兵亲作,锣鼓生情手自敲。最爱银龙双队舞,天花烂漫
> 彩云高。

这里有"彻云霄"的烟火,有"影动摇"的昆仑,有"双队舞"的银龙,有"老怀壮""少年豪"的军人气魄,更有"歌词有趣兵亲作,锣鼓生情手自敲"的情趣。军营的节日气氛、士兵的欢快情态,如在目前。一些个人抒怀的作品也表达着对军营的热爱。如赵英大校《休假》:

> 大漠风沙伴戍边,回乡休假好清闲。然归故里才三日,夜里常常梦
> 塞关。①

诗中选取军人休假探亲的一个生活细节,在起承转合中,将军人对军营的热爱表现得淋漓尽致。

第三节　新疆当代军旅诗词的艺术风貌

从艺术风貌看,雄奇悲壮的主体风格、刚硬军旅意象与冰山大漠意象的融合、诗注结合的纪实性手法等,是新疆当代军旅诗词的突出特征。

新疆当代军旅诗词的主体风格是雄奇悲壮。"悲"与"奇"生成于环境的恶劣与戍边的艰辛,"雄"与"壮"则来自边防将士的豪情与气魄。这种风格构成,在作品中浑然一体。如方国礼《念奴娇·漠野垦荒》"怒吼狂风天地暗,似削群峰三尺""几丛红柳,抗风相伴芦荻"中,红柳、芦荻的坚韧与抗争,彰显的是一种悲壮;而"齐心

---

① 王爱山、王善同主编《新疆诗词近作选》,中国文联出版社,2019,第301页。

醧战,健儿神采洋溢"的军人形象,则又让作品染上了豪健的色彩。蒲阳的《上昆仑》也具有代表性:"荒原漠漠无寸草,沙砾漫漫有余音。战士饮雪甘茹苦,老夫岂敢惜此身。"诗中前两句意象的苍凉与后两句情感的激昂相融共振,生成了一种慷慨悲壮的风格。至于梁文源的《塞上口占》也是大气磅礴:

> 金戈铁马天山雪,鼓角旌旗大漠风。半月长驱三万里,气吞边塞势
> 如虹。

诗中场面之阔大、意象之雄奇、气魄之恢宏,使得气吞万里的军人豪气扑面而来。其他如,"冰封绝壁人难进,雪锁悬崖马不前。脚下团团云雾滚,胸中股股热潮翻"(姚铁山《誓守中华第一山》)的冰山巡逻,"当年入伍三千士,剑气熏成白发人"(刘平俊《思念战友》)的壮怀激烈,"边塞难忘风雪夜,激情伴着雪花飞"(刘平俊《寄退伍老兵》)的昂扬斗志等,都彰显着气吞山河的豪迈和不怕牺牲的尚武精神,从而使新疆当代军旅诗词荡漾着雄奇悲壮的风貌。

新疆当代军旅诗词作者常年戍守边塞,他们的所见、所思、所感、所悟,已经融入西北特有的自然景观之中。故而其诗词创作,在对刚毅硬朗的军旅意象、冰山大漠意象的摄取中,融入了奔放的情思,营造出新疆当代军旅诗词特有的苍凉、刚硬与豪健。军旅诗人们善于摄取惊悚的大漠、冰山等意象,进而生成作品的艺术张力。比如,梁文源《从哈密向吐鲁番行军遇风暴》:

> 大漠风尘起,天山昏不开。狂沙穿马眼,飞石碎轮胎。雾黑旌旗折,
> 云黄草木摧。霎时昼如夜,四野兽鸣哀。

诗从风、沙、石、雾、云、兽等物象落笔,描写浩阔大漠的风狂沙猛,可谓汇聚了苍茫瀚海的野性,在令人感到惊悚的同时,感受到边防将士大漠行军的雄奇悲壮。再如蒲阳《昆仑行组诗·过库地达坂》:"千山万壑路漫漫,玉带蜿蜒十八盘。路转峰回余一线,车逢绝处不忍看。"其描写昆仑之高、冰峰之峭、道路之险,也在"不忍看"的感受中凸显着奇崛。至于"铮铮傲骨刺青天,敢斗狂沙护塞边"(刘平俊《乘机巡逻·丛林》)的戈壁"丛林"意象,"张开两翼雕翎箭,狐兔匆匆各自逃""莫问征程凶险事,穿云破雾一年年"(姚铁山《飞鹰诗五首》)的威猛而又义无反顾的雪山雄鹰意象等,都彰显着顽强的生命力。

这些大漠冰山意象与刚硬的军旅意象融为一体,在彰显边防将士坚韧顽强的同时,也生成了作品的刚健风骨。比如,梁文源《行军途中赠随行诸校尉》:

> 铁骑踏平千里雪,战旗卷起万山风。弯弓敢射昆仑虎,赤手能擒大
> 漠熊。

诗中的"铁骑""战旗"等军旅意象与"千里雪""万山风"等雪山意象,用"踏平""卷起"等动词相连,在生动的艺术境界中烘托出戍边将士的战斗豪情和必胜信念,显得刚健有力。军旅意象与大漠意象的融合,在新疆当代军旅诗词中俯拾即是:"风硬能添飞弹力,雪狂不减斗争情""豪情催铁甲,热血化冰川""铁马征蓬荡塞尘""铁骑拂晓出城南,电闪星飞过玉关""兵气回环连战垒,狼氛缭绕动寒关""西风烈烈行营绿,北斗灼灼利剑寒""金戈铁马天山雪,鼓角旌旗大漠风"等等,莫不如此。这些扑面而来的"飞弹""铁骑""铁马""铁甲""战旗""利剑""兵气""剑气""哨卡""将士"等军旅意象,与苍茫的戈壁瀚海、高耸入云的冰峰雪山、铺天盖地的狂风暴雪,以及顽强的红柳、胡杨、骏马、雄鹰等大漠意象交相辉映,使我们不仅领悟到边防的艰辛、将士的豪气,也感受到新疆当代军旅诗词雄奇悲壮、苍凉刚健的诗风。

新疆当代军旅诗词还有一特征,就是诗注结合的纪实性。"纪实性"本是中国当代军旅诗词的一个传统,毛泽东、陈毅等老一辈革命家的作品就是很好的说明。而"以诗存史"的手法多种多样,新疆当代军旅诗词,时常运用诗注结合的方式来突出纪实性,而最具代表性的是方国礼。其《罗布泊诗草》多在诗词末尾加注释,来交代所咏事件的背景、过程等。我们知道,诗词的本质是抒情,追求含蓄凝练,即便纪实性作品也难以展开详尽叙述,而核试验基地的情景,又超出常人的认知范畴,读者如对背景、过程不了解,则会影响对作品的接受。而诗注结合,则较好地解决了这一矛盾,同时也增添了诗词的情趣。如《烽火台》:

红柳拍枝鞭旷野,飞沙作浪暗云天。朝离暮聚燃烽火,不报凶情报

凯旋。

读者对"烽火台",一般是有认知的。但读此诗却不甚了了,为什么会"不报凶情报凯旋"呢?请看作者自注:"古燃烽火多报战争,今考察队员为防队友迷失方向,约定在点火处汇集。"诗注结合,正呈现出考察队员在特殊的环境中因地制宜的聪明才智。而"烽火台"与原有作用的不同,又使作品充满了情趣。再如《水调歌头·张郭庄》,读词的题目,似写一村庄;读词作:"荒野路难觅,戈壁地无名。汩汩流泉不息,远去小溪清。一片绿洲舒目,几处红花入梦,驿站且为营。张郭庄如岛,饮马赏风情",又像是写一驿站,而"加油鼓劲参试,笑语慰官兵。多少平凡小事,无数辉煌业绩,茹苦换和平""沙海歌红柳,披绿尽忠诚"等语,又好像是写军营,令人如坠十里雾中。但读到作者自注:"张郭庄,古时称为破城子,距马兰105千米,是马兰和场区之中转站。曾有一道路维护队居此,因队长姓张、指导员姓郭而得名。"

疑惑便迎刃而解,如不加注,自然会影响作品的感染力。其他如,《采桑子·功勋榆树沟》,赞美的是一沟榆树。其自注云:"功勋榆树沟,指当年筑路大军驻扎戈壁深处,粮食供应不足,吃蔬菜更难,他们就摘下榆叶、榆串清水蒸煮,一饱饥肠,终渡难关,故冠以'功勋'二字。"诗注结合,可见出基地建设的艰辛。

至于一些生活琐事的描写,也在诗注结合中彰显着历史的真实。如《渔家傲·夫妻树》,写一对夫妻无意中在罗布泊基地一棵榆树下相遇"喜地欢天飞泪雨"的情景。词后作者自注云:"基地初创时期,王茹芝副教授和丈夫同时接到秘密调令时,严格遵守着'上不告父母,下不告妻儿'的保密条令,只含糊地告诉家里'有工作,要出差',然后悄悄离家,神秘而行。一天,他们在罗布泊一棵榆树下等车时,偶然相见。原来他们都是为着同一个任务而来。张爱萍将军听到这个动人的故事称赞不已,并说那棵树就叫'夫妻树'吧!"凡此等等,都增强了《罗布泊诗草》的纪实性特征和艺术感染力。

综上所述,可以看出,新疆地理环境以及驻防军人的特殊性,决定了新疆当代军旅诗词的独特内容,在这里我们看到了解放军将士的别样人生。他们的艰辛、坚韧、乐于奉献、不怕牺牲的情怀,以及高昂的士气、壮美的生命力,铸就了新疆当代军旅诗词的诗魂。而刚硬的军旅意象,与带有西部野性的大漠意象的相融共振,则生成了新疆当代军旅诗词雄奇悲壮的刚健诗风,增强了作品的审美震撼力,诗注结合的手法,也增强了作品的艺术容量和感染力。

新疆当代军旅诗词创作中的不足,主要表现在以下几个方面:一是缺乏年轻诗人。上述新疆当代军旅诗词作者,都已退役而步入老年。笔者孤陋寡闻,虽经多方搜集,在公开出版发行的诗词刊物和选集中,没有发现年轻作者。这与军外新疆当代诗词的创作情景形成鲜明对比。所以培育年轻军旅诗词作者,是新疆当代诗词的当务之急。二是在题材内容方面还有很大拓展空间。现有作品主要是对和平时期的戍边往事、军事演练、军营新貌,以及救灾场景的艺术再现。所抒发的也主要是军人勇敢、坚韧、奉献等高尚动人的情怀,缺乏对军人复杂内心世界以及个性心理的表达。三是一些作品在艺术上尚嫌稚嫩,有的过于直白,有的过于拟古,有的缺少动人的意境和悠长的韵味等,都应该引起创作者的注意。

第十一章　余晖犹映满天红
——"夕阳红"群体代表诗人的诗词创作

在新疆当代诗词创作中,人数最多的是所谓的"夕阳红"诗人群体。他们大都自幼喜爱古典诗词,但因工作繁忙而无暇顾及,退休后有了闲暇时间,而精神需求也需要重新寻找寄托,于是传统诗词的创作就成了他们的最爱,在执着追求中取得了可喜成果。"君看夕阳归落处,余晖犹映满天红"(王爱山《与老战友登鹳雀楼》),正是这一景观的形象写照。王爱山、孙传松便是这一诗人群体的代表。

第一节　王爱山的诗词创作

王爱山(1939—),湖南湘阴人。1959年应征入伍,1965年由山东诸城空军部队复员到新疆喀什工作。历任办事员、干事、秘书、新疆喀什地区水泥厂党委书记、疏附县委书记、喀什地委副书记,新疆维吾自治区供销社党委书记、主任等职,高级经济师职称。曾任新疆诗词学会第五届、第六届会长,现为新疆诗词学会名誉会长。

就王爱山的主要工作经历而言,是没有多少时间和精力来从事诗词研究与写作的。但其退休后却醉心于诗词创作,由于人生阅历丰富,再加上勤学苦练,十几年间取得了骄人的成绩。出版有《王爱山诗词书法选》(天马图书有限公司,2002年)、《鹤鸣集》(新疆人民出版社,2007年)、《当代诗坛五杰佳作选》(合著,作家出版社,2011年)等诗词集,可谓成果丰厚。星汉在为《王爱山诗词书法选(第二集)》作序时,称其为"快枪手",说:"去年十二月《王爱山诗词书法选》出版,对头儿一年,第二集又将面世,这于常人实在难能。"并称其"诗集中佳作频出,颇为可观"。诗坛名宿林从龙则盛赞王爱山对诗词的热爱与执着追求:"一个多年从事党政工作的领导干部,竟然在退休后的短短几年里,写出了三部诗词书法集,这怎不令人佩服!"并称其五言律诗"气势宏大,意境开阔,构思新颖,对仗工整,颇见功力"(《鹤鸣集·序》)。王爱山取得的创作成绩,显然与其坚持不懈、执着追求密切相关。他在《王爱山诗词书法选·后记》中说自己"对古典诗词的学习追求是执着的,不管这条路多么遥远,多么难攀,也在所不辞,奋力向前"。久而久之,就会"熟能生巧,巧能升华"。又在《抒怀》中写道:"致仕心非歇,学诗忙不迭。笔耕边塞云,韵钓昆仑雪。"其热爱中华诗词、勤奋学习、辛勤耕耘、执着创作的心境,于此可见一斑。正是这种坚韧不拔的努力,成就了王爱山诗词创作的佳绩。

纵观王爱山的诗词创作,可谓诸体皆备,五绝、七绝、五律、七律、古风、歌行、小令、长调,都有佳作,而五言律诗尤为人称道。早年军旅生涯的磨砺、多年领导岗位的历练,造就了他坚韧不拔的刚健性格以及敏锐的洞察力和高度的社会责任感。他的抒情言志之作,往往感情炽热,奔放豪迈,弘扬着时代主旋律;而写景咏物则意蕴丰厚,引人深思。在风格上,则显得气势宏大、境界开阔、奔放豪迈,在一定程度上代表了"天山诗派"的主体特征。

作为"夕阳红"型的诗人,王爱山从事诗词创作时已进入暮年,但王爱山的作品没有那种老年暮气或闲适心态。读其诗作,扑面而来的是一股老当益壮之情、慷慨激昂之气,时时令人振奋。如其五律《七十抒怀》云:

　　　岁老雄心健,拿云可上天。无诗空自饮,有梦莫愁圆。山险非关石,

　　鱼肥不在川。平时胆就壮,何况遇牛年。

诗作情感真切、热烈,在直抒胸臆中,表达着积极进取、老当益壮的豪迈情怀,一个性情豪爽的抒情主人公如在目前。其他如,"豪气未因时运减,依然潇洒笑春风"(《七秩抒怀》),"人贵雄心壮,莫叹梦难圆"(《水调歌头·博湖感赋》),"既将身许国,何必问前程"(《答战友》),"壮心仍未减,谁与共飞舟"(《游喀什东湖感怀》),"君看夕阳归落处,余晖犹映满天红"(《与老战友登鹳雀楼》),"把盏话平生,豪言

伴酒增""沉浮多少事,不悔戍边庭"(《丙戌元宵感怀》),"策马吟新韵,横刀奏凯歌"(《纪念王震将军诞辰一百周年》)等,都表现着作者奋斗进取、老当益壮的雄豪性情。

其写景之作也往往境界开阔高远,情怀奔放激烈。如《满江红·重游喀纳斯湖》:

> 紫气环山,云围处,一湖秀色。抬望眼、冰峰争俏,翠连天接。碧水情留天下客,卧龙舞戏边陲月。正秋声,鸟语醉游人,心愉悦。 世间事,终难测;人生怨,不宜结。看前程路远,物华高洁。壮志不挥忧国泪,雄心岂惧征途血。愿神州,快马再加鞭,齐飞越!

上片写登高所见,而紫气环山、冰峰争俏、翠色连天、碧水荡漾、边陲明月、鸟语醉游人的景色描写,不仅画面阔大高远,而且壮美迷人。下片抒发情怀,"壮志不挥忧国泪,雄心岂惧征途血""愿神州,快马再加鞭,齐飞越"的描写,正是高远志向、奔放情怀的再现。其他如,《念奴娇·大漠赋》等,也都带有这种特征。

这种雄壮情怀与豪放风格的形成,一方面源自作者早年军旅生涯的积淀、磨砺,以及在南疆多年工作所造就的刚健性格和进取精神,另一方面也和作者主动追求豪放壮美的诗词创作观念密切相关。王爱山对诗歌的认识是:"诗能醒世精神振,笔可耕耘豪气增。"(《和唐生午先生》)可见,他看重的是诗歌提振人的精神、增添人的豪气的润染、鼓舞功能。其在《三亚杂吟》中说:"悠然举目望长空,我好登高唱大风。"在《赠朱镇钦先生》中说:"昆仑飞雪载春来,助我行吟壮我怀。"在《贺新疆诗词学会成立20周年》中说:"苍穹不负骚人志,长教昆仑赋壮吟。""雄浑孕育天山派,豪放凝成边塞云。"在《赤壁怀古》中说:"我吟豪放句,学唱大江东。"等等,都表明作者是在有意识地主动追求豪放诗风,抒发雄壮情怀。

丰富的人生阅历以及多年领导岗位的处事历练,使得王爱山养成了善于观察、勤于思考的思维特点,以至于对人们常见的事物,也往往有着敏锐、独特的洞察力。故而一些写景咏物之作,在思索人生、抒发情怀的同时,能抓住特点,写出新意。而这种"新意",正是作者自我性情的表现。如《竹》:

> 屋后多姿竹,长年翠满山。但因心不实,怕出玉门关。

中国传统文化中有着浓郁的恋"竹"情结,翠竹因其挺拔、坚韧、有节、脱俗,成为历代文人吟咏赞美的对象。如王徽之"何可一日无此君"(《世说新语·任诞》)的感叹,苏轼"宁可食无肉,不可居无竹。无肉使人瘦,无竹使人俗"(《于潜僧绿筠轩》)的表白,以及郑板桥"咬定青山不放松,立根原在破岩中。千磨万击还坚劲,任尔东西南北风"(《竹石》)的情怀寄托,都是如此。甚至于曹雪芹在小说《红楼梦》中,为突出林黛玉的人格情操,专门为其所居住的潇湘馆设置了翠竹萦绕的环境。可见,对翠竹的赞美歌颂,早已成为人们的惯性思维。但王爱山的这首咏竹诗却能独出心裁,别开生面。诗人结合西域地理、气候特点,融入自己的生活经历与情怀感悟,从而写出了新意。诗前有小序云:"余系湖南人,家乡多竹。20世纪80年代任疏附县委书记时,曾几次移植,均未成功。"表明此诗的创作,是有着现实生活作为基础的。但诗歌的巧妙之处在于,抓住竹子空心的特征,而在西域又难以成活的现象,展开丰富联想,认为竹子是因为"心不实",才未能"西出玉门关"。这一结论,虽没有科学依据,但却是无理而妙,无理而有情。因为作者在对"物"的描写吟咏中,联想到西出玉门关的"人",于潜在的对比中,生成了丰富的言外之意,从而引发读者的想象与联想:西出玉门关、建设祖国边疆者,都是心地实诚、无怨无悔之人。全诗不仅构思巧妙,而且融入了作者切身的生活感悟与生命体验,进而完成了对大批由其他省市奔赴新疆的建设者的赞美与歌颂。全诗借物赞人,含蓄蕴藉,意味深长。

其五言绝句《橘》也在丰厚的意蕴中彰显出新意。诗云:

回忆家乡橘,常年绿满坡。只缘怀屈子,不肯过淮河。

楚地自古多橘,且果味甘美,而移徙北方,则成了又苦又涩的枳。所以晏子使楚时对楚王说:"婴闻之:橘生淮南则为橘,生于淮北则为枳,叶徒相似,其实味不同。所以然者何?水土异也。"(《晏子春秋·杂下之十》)王爱山在其诗中结合自己的人生感悟,对"淮南为橘,淮北为枳"的现象给予了新的阐释:橘树是因为怀念、留恋屈原,才不肯过淮河。在赋予橘树以人的精神情怀的同时,生成了作品的新意。而这种新意又饱含着深厚的文化意蕴,让人联想到伟大的爱国主义诗人屈原。屈原作有享誉古今的咏物名篇《橘颂》,诗中运用拟人手法,通过类比联想,将橘树"受命不迁,生南国兮"的习性,与人的精神、品格结合起来,表达出自己虽然遭谗被疏,但仍然矢志不渝,心存热爱故国乡土的情怀。王爱山此诗通过对橘树"不肯过淮河"现象的独特解释,表达出对屈原以及历代仁人志士坚贞爱国情怀的热情赞美,使作品彰显出丰厚的思想意蕴。

上述二诗中,"但因心不实,怕出玉门关""只缘怀屈子,不肯过淮河"的描述,衡之以自然物理,理不可通,征之以现实之事,事皆没有。但出现在诗中,却显得真切而动人,因为它饱含着炽热的情怀,足以引起人们的共鸣,这也正是诗词作为艺术作品的独特神奇之处。这其中的奥妙,叶燮在《原诗》中有恰当的阐述:"可征之事,人人能述之,又安在诗人之述之?"①确实,符合物理、现实中实有的事情,人人都会述说,哪里还用得着诗人来叙述呢? 其实,古典诗词中许多名句,都有着无理而妙的情景。比如,王之涣的"春风不度玉门关",苏轼的"不应有恨,何事长向别时圆",等等,都是如此。春风度玉关,是自然常识,而月亮的圆缺,更与人间的离别团聚绝无关联,但在诗中却都是至情、至真、至理之语。这就在于诗词创作,往往情理交融相生,情愈深则理愈真。

再如《红杏》:

> 身处园林貌不扬,羞同桃李竞芬芳。出墙非为争春色,意在抛枝引
>
> 凤凰。

写"红杏出墙"而蕴含哲理的名篇,当属宋代叶绍翁的《游园不值》,此诗虽然受叶诗影响,但却写出了新意。这就在于作者将自然景观与社会现象相联系,由"红杏出墙"的意象,联想到新疆为了快速发展而招商引资、吸引人才的社会现实,也就有了"意在抛枝引凤凰"的表达。这种对借助外力促进新疆繁荣昌盛的渴望与期盼,正是作者从政多年的人生体验的再现。而《钓台》也是在"翻案"中写出新意,展示自我性情。诗云:"严公归隐大名垂,如此高风不可为。应与黎民共忧乐,岂能只顾自安危。"诗歌语言通俗明了,对历代赞美严子陵归隐行为的观点给予了否定,这种"应与黎民共忧乐"的情怀,显然是在借题发挥,表达自己的担当意识和进取精神。这正是所谓"诗者吟咏性情"的最好阐释。

新疆当代诗词创作中咏物诗众多,但咏"棉花"的很少。王爱山似乎有着浓厚的"棉花"情结,其《鹤鸣集》中收有《忆江南·棉花颂》三阕、《浣溪沙·棉花颂咏棉寄意三首》、七律《咏棉花》等。这类作品,可以说是咏物种类的创新。其《咏棉寄意》其一云:

> 名花不是花,圣洁白无瑕。体贴情无限,身心暖万家。

诗写棉花虽然以"花"命名,但却不是供人观赏的"花",它的功能在于"暖万家"的实用价值。这本无新奇,但拟人手法的运用,则引起读者的联想。"圣洁白无瑕""体贴情无限"的描写,赋予"棉花"以人的情感、品德,"棉花"就成了社会上那些品德高尚、不事张扬、关心体贴、送人温暖之人的写照。

王爱山的其他一些咏物诗也往往或含哲理,或抒己怀,在物我交融中,给人以启迪、感染。如《沙石料》:

---

① 叶燮等:《原诗 一瓢诗话 说诗晬语》,霍松林校注,人民文学出版社,1979。

石沙独自不成浆,恰似篱笆未打桩。但与水泥融合后,便能凝固若

金汤。

诗歌通过对沙石与水泥融合方能建成牢固大厦的吟咏,给人以工作中应该相互合作、发扬团队精神等多方面的启迪。再如《风筝》:"飘飘洒洒上蓝天,既像神仙又像鸢。道是自由难自在,只缘背后有人牵。"通过"飘飘洒洒上蓝天"、貌似自由却被人操纵的风筝形象的描绘,也带给人以思考。而《沙枣》则寄予了作者扎根新疆的志向,诗云:

馨香浓郁胜名花,生长荒滩亦恋家。四海诚邀心不动,愿留边塞缀

红霞。

新疆当代诗词创作中,咏沙枣的作品很多,往往突出的是沙枣树的花香,或者在恶劣的环境中坚韧挺拔、迎风斗沙。而此诗则用拟人化的手法,描写沙枣树扎根边疆的志向:"四海诚邀心不动,愿留边塞缀红霞。"这既是"夫子自道",又是对大批抵御各种诱惑而扎根边疆的建设者的赞扬,在当时社会上出现大批"孔雀东南飞"的背景下,显得尤其具有现实意义。其他如,《无花果》"只图果实不图花,生长庭园羞露华。待到秋风金色染,喜将甜蜜送千家",所体现的不慕虚荣、只求奉献的精神;《葵花》"身虽沙土立,心向太阳倾。纵使风霜袭,难移是性情",所表现的是恶劣环境中的坚定执着;《西公园赏菊》"宁开寒露节,不媚艳阳天"中的精神追求;《雪莲》"已惯高寒不问年,只将心事付云烟"的旷达,等等,都在写景状物中展现着人的心路历程和精神风貌。

我们常说诗歌贵在创新,但其要旨并不在于追求语言文字表面的奇诡生僻,而是作品意蕴的创新,只有写出新意,才会令人激赏。叶燮在《原诗》中曾说:"出而为情、为景、为事,人未尝言之而自我始言之,故言者与闻其言者,诚可悦而咏也。使即此意、此辞、此句虽有小异,再见焉,讽咏者已不击节;数见,则益不鲜,陈陈踵见,齿牙余唾,有掩鼻而过耳。"[1]可见,诗歌创作不能模拟抄袭,否则会令人"掩鼻而过"。王爱山的一些写景咏物诗,正是因为写出新意,所以才会受到读者喜爱。至于为什么会写出新意,笔者认为,除了作者的性情所致之外,还在于王爱山有着明确的创新意识。其《杂咏》诗云:"末节枝微看正常,但空佳句着时装。连篇废话嚼无味,满纸豪言带旧腔。画水再柔难做浪,绣花虽好不闻香。劝君莫作陈词客,汲纳新潮出锦章。"可见,作者对当今诗坛一些写家,只在诗词创作的"枝

---

① 叶燮等:《原诗 一瓢诗话 说诗晬语》,霍松林校注,人民文学出版社,1979。

微末节"上下功夫,仅仅注重形式的音律平仄,而忘记了诗歌意蕴的创新,表示出不满,所以发出"劝君莫作陈词客,汲纳新潮出锦章"的呼唤。王爱山有着创新意识,在创作实践中也追求着创新,这对新疆当代诗词的创作而言,应该是超出作品以外的启迪。

王爱山的诗词,在题材上多有开拓。如《神仙湾哨兵》描写高山雪域保家卫国的巡逻哨兵,即置之于全国诗坛,也是新鲜别致的。诗云:

> 哨卡银中立,巡边两鬓斑。头临红日暖,脚踩白云寒。带雪归营帐,
> 和冰煮菜团。问君何所想,惟有国家安。

诗歌首联点出"哨卡"的位置,描写哨兵肖像。"银中立"突出了高山雪域的自然环境,而"两鬓斑"则是为人物画像,描摹高山雪域气候奇寒,哨兵巡逻时两鬓挂满霜雪,状物写人如在目前。颔联描写哨兵巡边的情景,不仅对仗工稳,色彩鲜明,而且在"暖"与"寒"的对照中,又引人联想到哨兵的精神情怀:有强大祖国的关爱和支持,自己又在为祖国做贡献,故而"头临红日",倍感温暖;有了这样的情怀,一切艰难险阻、辛酸苦寒都会被踩在脚下。颈联具体描写"带雪归营帐,和冰煮菜团"的宿营画面,突出了巡边哨兵生活的艰辛,衬托出高原雪域巡边哨兵"问君何所想,惟有国家安"的爱国情怀。

王爱山诗词的主导风格是奔放豪迈,但也有清新淡雅之作,体现着风格的多样化。正如他自己所说:"随身携带玲珑剪,好把秋光细细裁。"(《重阳登红山》)一些"细细裁"的写景之作,往往玲珑剔透,清新自然。如《天池之晨》:

> 朝池涵百秀,碧水彩云横。雪拥银盘靓,山含珠玉明。高峰拴落月,
> 幽谷隐流星。曙染层林艳,霞飞万象生。

抓住"晨"来写天池之景,不仅形象鲜明,对仗工稳,而且刻画细微,在毫发毕现中透出勃勃生机。其他如,"林静秋流韵,雕盘翅带锋"(《秋日登雅山》),"雪煮荒原绿,冰融溪水寒"(《过天山寄友人》),"鞭响千峰绿,冰消万壑幽"(《北疆农村即景》),"欲从蹊径返,怕染一身红"(《南山踏青》)等等,都能抓住景物的特点,加以提炼升华,从而产生了很强的艺术感染力。

总而言之,王爱山虽然退休后才执着于诗词创作,但却取得了可喜的成果,可谓"余晖犹映满天红"。其作品诸体皆备,题材广泛。一些优秀的作品,抒情言志,奔放豪迈,写景咏物,意蕴丰厚,有着动人心弦的艺术感染力。其创作中也存在着不足,诸如有些作品意脉不能相连,有些作品语言过于直白等,虽然瑕不掩瑜,但也应该引起作者的反思,以求创作出更多的精品。

第二节　孙传松的诗词创作

孙传松（1925—2016），山东蓬莱人。毕业于中国人民大学。1960年由国家税务总局选调支援边疆，一直在新疆西部边境县霍城工作。曾任霍城县委副书记、副县长，1984年调中共伊犁哈萨克自治州纪律检查委员会任常委，1988年离休。曾任新疆诗词学会理事、常务理事、顾问、伊犁州诗词学会副会长等。出版有文集《晚晴文存》（中国文联出版社，2009年），著有诗词集《磨杵集》《八十过隙》。

从孙传松的诗词创作道路看，他也属于"夕阳红"型的人物。其在《八十过隙》序言中说到自己爱诗、学诗、写诗的经历："我对诗词有着一种特殊偏爱，即不解之缘。少年时期受长辈熏陶，虽然未入门径，却埋下种子；稍长寄人篱下于役口腹，缺少自由无法写作；解放了参加工作，初恐误涉谬种，继惮文字为累，又间隔多年。迨粉碎'四人帮'，进入文艺春天，复萌拾笔之念。一九八八年离开工作岗位，面对人生转折，避免岁月虚度，幼年埋下的诗词种子破土重生，由尝试而执着，一发难收。"这种对传统诗词少年爱好，中年无暇顾及，晚年执着写作，进而取得耀眼的成绩，犹如灿烂的晚霞一般，正体现出"夕阳红"诗人群体的典型特点。

孙传松的《八十过隙》诗词选集，基本上代表了其诗词创作的主要成就。集中收有五七言绝句110首，五七言律诗350首，词曲90首，共计550首。孙传松的诗词带有明显的纪实性特征，正如他自己所说是"记录平生行旅，回忆沿途阅历"。孙传松在中国西部边境前沿县工作20余年，经常赴一线，下基层，支农支牧，吃过苦，受过累，又深入边境线，搞军民联防，"界河边桥，风声鹤唳，河决雪崩，留下了许许多多难忘的回忆"。这种对边界、边防、边情、民情的体验和感悟，成为其晚年诗词创作的重要源泉。因此，边塞风情、边疆建设，以及爱国爱疆的个人情怀、个人经历的描摹，构成了其诗词题材的主要特色。

其作品展现着浓郁的伊犁草原风情。如《巩乃斯草原揽胜》：

> 游乐草原上，无声扰梦魂。琅嬛青岭抱，旃帐白云扪。雨濯苔痕滑，
> 风斜月影昏。越溪无别径，横搭老松根。

诗写巩乃斯草原四周青山环绕，旃帐与白云相依，展现着草原的壮美；而细雨青

苔、风斜月影、"老松根"横搭小溪之上,又展现出草原夜景的幽静与神奇。而作者轻松、欣喜的情怀也跃然纸上。其《尼勒克之春》绝句二首,也颇具草原情趣:

> 四月坡阴雪,紫羔嬉草滩。柳梢披五彩,户户晒花毡。

> 策马寻诗去,追春陌上游。桃花新吐艳,红了黑山头。

这两首五言绝句,语言质朴而形象鲜明,犹如速写白描一般,将尼勒克春意盎然的景象,展现得栩栩如生。像"紫羔嬉草滩""户户晒花毡""桃花新吐艳,红了黑山头"的描摹,可谓情韵悠长。其他如,"散牧牛羊曲水隈,金黄牧草垛成堆""坡头泥屋叠成楼,木栅柴扉绿欲流""画里风情挡不住,家家苹果出墙头"(《尼勒克草原风情》)的美丽景观,都令人赏心悦目。至于"最数牧人厨艺好,流脂滴脆烤全羊"(《尼勒克草原风情》)、"碗啜醇醪醺赤颊,手抓脟肋饯黄昏"(《毡房欢度古尔邦节》)等,又彰显出草原牧民朴实、好客的生活情趣。

作者的人生经历和个性情怀也在诗中得以体现。如《四十年前初进新疆》,就是对过往的回忆:

> 抱犊移家历险艰,征程迢递说支边。天寒夜度乌鞘岭,衣薄朝翻嘉峪关。跋涉直前云与月,安危度外后追先。定居知在界河岸,风雪欲来遍燧烟。

诗的首联写当年携亲抱子、离开京城、举家搬迁、远赴新疆的情景,颔联写途中天寒衣薄的艰辛。接下来颈联一转:"跋涉直前云与月,安危度外后追先。"将作者慷慨的报国情怀表现得淋漓尽致,大有岳飞"三十功名尘与土,八千里路云和月"的韵味。尾联写自己在新疆的住处,于苍凉中彰显着责任的重大。全诗在具体的情景描摹中,传达出国家对开发建设新疆的重视,以及支边者的昂扬奉献精神,在以小见大中,凸显着史诗特点。至于对当年边疆环境的描摹,如"西到无西步始停,高山脚下戍边城"(《边城自抚》),"一方赤土寒生色,半壁孤城水自流"(《初到新疆》)等,也令人唏嘘。虽然边疆环境艰苦,但作者报效国家、建设新疆的情怀,却是昂扬奔放的。其《塞上豪情》十六首就是这方面的代表作。我们看一下其二:

> 当年投笔请长缨,未著戎装也远征。瞭望台前曾纵眼,筹边楼里记谈兵。林擒解渴呼停马,野味加餐看放鹰。鞭指索桥河界外,书生襟抱满豪情。

诗写当年主动请缨支边的满腔热血,描摹边塞生活的奔放画面,都洋溢着豪迈的激荡情怀。而且这种情怀至老不衰,如其《伊犁情结》:

> 岁月崆峒五十年,增华踵事结情缘。驰骋丝路三千里,踊跃天山百

二旋。马牧高冈流汗血，鹰翔绝塞耐风寒。枥头老骥长嘶日，未悔迢迢出玉关。”

此诗画面鲜明生动，在描写、议论中，作者建设边疆、至老不悔的伊犁情结，历历在目。其他如，“支边自古甘磨砺，回首沧桑我自雄”“纵是世间风景好，边城不靖不心安”等，都抒发着建设边疆、保卫边疆、至老不悔的英雄气概。

诗中对支农支牧的回忆以及草原游历的感悟，也多令人耳目一新。前者如五律《支牧追忆》：

挥鞭赴牧区，查圈护羊瓶。蜷膝眠毡帐，扬鞭逐马蹄。防蛇穿羊鞜，扪虱漫宽衣。横越天山麓，一跳过涧溪。

诗歌描写诗人骑马挥鞭深入牧区，夜眠于毡帐，竟连睡梦中都是扬鞭逐马蹄的模样。诗中“支牧者”形象的描摹，于艰辛中透着一种豪气。后者如七律《丝路抒情》：

丝路流连那拉提，豪情直欲扑天霓。旃庐夜听深山雨，牧道朝行湿露蹊。眼阔方知心域小，步高转觉抱怀低。古今多少沧桑事，痕印犹留旧雪泥。

诗前两联写作者游历那拉提草原，夜来听雨，朝行露湿的优美景致，令其流连忘返。后两联写游览后的人生感悟，既饱含哲理，给人启迪，又带着一种厚重的沧桑感。

孙传松的诗词，诸体兼备，而以律诗为最佳。其对仗尤为绝妙，如《那拉提草原》中间两联云“峰自天边起，云向绝处飞。心因诗放浪，身被画包围。”不仅视野开阔，画面鲜明，而且诗人的喜悦之情跃然纸上。其他如，《赴赛里木湖途中》中间两联：“鸦噪回声重 ，凫嬉踏浪轻。云吞山半黑，雨过草全青”等，都是状物写景的佳作。其作品的艺术风貌，多姿多彩，而主导风格则是情豪笔健，气势磅礴。这于上述作品已有所领略。其描写辽阔的草原、奔驰的骏马、一望无垠的大漠、凛冽的寒风暴雪等，都带有磅礴的气势。如“满川巨石大如斗，一路孤村寥若星”（《四十年前初进新疆》），“鹤唳凄凄烽燧重，熊咆凌厉雪霜寒”（《支边曲》），“鬣马轻裘踏雪山，险崖绝顶勒雕鞍，边陲形胜倚云看”（《浣溪沙·崆特梁苏行》），“戍楼听角，长鞭驯马，宝刀断水。大漠穷秋，碛沙驰骋，继踪千里”（《水龙吟·塞上吟》）等，写景雄奇奔放，而“青鬓终成白发，誓把这、遥疆重塑。西部异彩纷呈，赤子问心不负”（《双双燕·支边痕爪》）等，则又荡漾着奋发的豪情。即使短小的绝句也有这种特点，如《夏云》：

绝顶叠烟云亦峰，云峰景色淡于空。白云犹怨天山矮，再接峰峦一万重。

此诗写景境界清新,而气势雄豪,后两句尤为震撼人心。

可以说孙传松的诗词,以其题材内容的纪实性,艺术风格的情豪笔健,以及作为"夕阳红"型诗人的突出成就,凸显着他在新疆当代诗词创作中的自家风貌。也可见出新疆当代诗词创作中,"夕阳红"群体的特点和成就。

第十二章　刚柔并举色斑斓
——女性诗人的诗词创作

中国是诗的国度，但纵观中国古代诗歌史，女性作家可谓凤毛麟角，这显然与封建社会男女的不平等密切相关。即使随着文化教育的逐渐下移，唐宋而后中下层女性有了一定的读书吟诗机会，到清代也出现一个女性诗词创作数量大增的局面，但其内容仍限于闺阁。至于近现代女子走出家庭而吟唱如秋瑾等，虽开历史先河，但毕竟是极少数。由此可以看出，女性诗词创作并非一个孤立的存在，而是与社会制度、意识形态、文化教育等诸多因素密切相关。随着时代鼎新，中华人民共和国成立，社会制度发生重大变化，宪法对男女平权的保障，使女子有了同男性一样平等接受教育和从事社会工作的权利。女性文化素养的快速提高、社会阅历及胸襟视野的日益开阔，使得女性诗词创作出现了前所未有的繁荣局面。在新疆当代诗词创作中，出现了众多女性，如刘淑芳（1933—2010）、戚长生（1933—）、周肖榕（1936—）、邓介欧（1936—）、雷凤英（1942—）、蔡淑萍（1946—）、陈清琦（1946—）、刘瑞莲（1946—）、党新菊（1948—）、马春香（1948—）、高风云（1949—）徐雪萍（1956—）、王娟（1959—）、栾睿（1960—）、孙忠云（1963—）、陈孝玲（1965—）、匡英（1968—）、万忠君（1968—）、熊春华（1968—）、阎夕（1968—）、王英（1970—）、赵天然（1972—）、吴梅（1972—）、马晓燕（1974—）、侯明月（1974—）、赵丽（1975—）、邓艳红（1979—）、吴小燕（1994—）、陈修歌（1995—）等等。纵观新疆当代女性诗词的创作，在内容情感上既有时代激荡的男子气，又有女子的独特性情；而艺术上女性独特视角与轻柔意象的摄入，使她们的作品染上浓郁的轻柔、婉约风貌,从而展现出新疆当代女性的生存状态和精神风貌。

第一节 时代激荡的刚健气

女性写作诗词虽然古已有之,但其题材大多狭窄,风格往往柔弱。其创作困境,明代女子梁孟昭有一客观描述:"我辈闺阁诗人,较风人墨客为难。诗人肆意山水,阅历既多,指斥事情,诵言无忌,故其发之声歌,多奇杰浩博之气;至闺阁则不然,足不逾阃阈,见不出乡邦,纵有所得,亦须有体,辞章放达,则伤大雅。朱淑真未免以此蒙讥,况下此者乎? 即讽咏性情,亦不得恣意直言,必以绵缓蕴藉出之,然此又易流于弱。诗家以李、杜为极。李之轻脱奔放,杜之奇郁悲壮,是岂闺阁所宜耶?"①梁孟昭的诉说,有着女性的切身体验:男性诗人可以"肆意山水,阅历既多",而女子则是"足不逾阃阈,见不出乡邦",社会处境影响了女性诗词创作的视野。而社会伦理对男女的不同规范,也影响着创作风格:男子"指斥事情,诵言无忌,故其发之声歌,多奇杰浩博之气",因而激荡豪放;而女性"辞章放达,则伤大雅""必以绵缓蕴藉出之",故而缠绵柔弱。可见,正是由于古代男女社会处境的不同,造成了诗词创作内容及风格的性别差异。

中华人民共和国成立后,新的社会制度确定了女性作为社会主体的资格。"时代不同了,男女都一样""男女平等""妇女能顶半边天"的理念和现实,重新塑造了女性的身体和精神。男同志能做到的,女同志也能做到,男女从事着同样的工作,面对着同样的外部世界,有着同样的见识。由于诗词创作源于生活实践,故而男性诗人描写的,女性作者也能够描写,题材上没有了界限;男子可以雄奇奔放,女性也可以慷慨激昂。女性诗词有了不同于传统的特色,这在新疆当代女性诗词创作中也有着明显的体现。我们看一下马春香的《鹧鸪天·忆军垦》:

> 塔水扬波大漠烟,千军万马卷春澜。南修大坝夯歌起,北建新渠碧浪翻。 盐碱地,草泥滩,柳筐铁镐战冬寒。钢筋铁臂擒沙怪,汗洒西陲现绿原。

马春香曾在新疆生产建设兵团农二师工作。词写当年在塔里木河畔开垦农田的

---

① 梁孟昭:《寄弟》,转引自乔以钢:《中国女性与文学》,南开大学出版社,2004,第53页。

会战情景,那"千军万马卷春澜"的阔大、奔腾场景,大漠风烟、夯歌声起、寒冬奋战、"钢筋铁臂擒沙怪"的生动意象等,都荡漾着催人奋进的慷慨激情,在风格上颇具阳刚气质。其他如,蔡淑萍《水龙吟·石河子广场,对大型雕塑〈军垦第一犁〉〈天山上的女人〉感赋》中,对自己"廿载茫茫戈壁,也曾经、雪狂风怒"的兵团生活回忆,对当年开荒造田,"一声呐喊,万钧力聚,荒原破土"的情景描摹等,都在雄浑阔大的境界中荡漾着一股激昂奔放之气。

新疆女性诗人也同男性作者一样,热情礼赞着为国家作出重大贡献的历史人物和当代俊杰。如蔡淑萍《念奴娇·左公柳》:

雄关古道,百年柳、老干苍苍如铁。引得春风三万里,道是左公亲植。记得当年,抬棺出塞,要补天西北。玉鞭遥指,万丝千缕争碧。

一箭能定天山,久安长治,恃战功焉得?劫后平凉新稻熟,桑映酒泉澄澈。逝者如斯,江山日异,后世沾恩泽。斜阳归雁,似将功过评说。[1]

这首词貌似咏物,实为咏史。清朝同治四年(1865年),浩罕汗国在英国支持下派遣阿古柏率大军侵入新疆,烧杀抢掠并建立伪政权。光绪元年(1875年)5月左宗棠被任命为钦差大臣,督办新疆军务,着手收复新疆。《清史稿》说"宗棠舆榇发肃州"。这种抬棺出征的英雄气概、誓死保卫国家、与入侵者决一死战的决心,极大地鼓舞了士气,也激荡着后人。左宗棠收复新疆的途中,率领将士广植柳树,绿化西北,为百姓造福。词中所咏的"左公柳",承载着左宗棠建设边疆的热忱和造福西北百姓的情怀。词的上片,起首三句写景状物,苍凉悲壮,接下来化用杨昌浚《恭颂左公西行甘棠》中"新栽杨柳三千里,引得春风度玉关"的诗句,描写左宗棠造福百姓的恩德。"记得"三句再现历史,极写左公气魄。词的下片抒发"江山日异,后世沾恩泽"的感慨,"万丝千缕争碧"的"柳"意象,"斜阳归雁,似将功过评说"的"雁"意象,都在高远的境界中引人沉思遐想,而历史沧桑感油然而生。词的题材、写法、情怀都与男性作家的书写并无差异。再如,赵丽的《纪念佟麟阁将军殉国七十八周年》:

未续长歌泪染襟,幽燕往事怕重寻。一从血誓军中歃,当有龙泉壁上吟。枪击宛平声入梦,身捐南苑痛锥心。青山恨抱忠贞骨,北望萧萧云气深。

佟麟阁是中国"七七事变"后,抗日殉国的第一位高级将领。1933年即率部参加长

---

① 星汉主编《中华诗词文库·新疆诗词卷》,中国文史出版社,2012,第266页。

城抗战,取得喜峰口大捷,1936年任国民革命军第二十九军副军长,驻守平津。1937年卢沟桥事变,他率部奋勇抗击日本侵略军,在北平城外南苑与日军激战时壮烈殉国,年仅45岁。诗写对佟将军的敬仰、赞叹之情,沉郁顿挫,字里行间荡漾着一股悲壮之气。赵丽描写当代英杰也是大气磅礴。请看《喝火令·感动中国人物林俊德院士》:

> 纵死真无悔,由来国亦家。请缨从此走天涯。罗布泊风长记,碧血蘸黄沙。　　白发痴无减,青书德有加。此情应许向天夸。说与流霞,说与马兰花,说与漠风荒月,感动我中华。

词中的林俊德院士是中国爆炸力学与核试验工程领域的著名专家、解放军原总装备部某试验训练基地研究员,一生兢兢业业,奉献拼搏。他为国铸核盾,参与了从1964年的第一颗原子弹于罗布泊爆炸到1996年的最后一次地下核试验的全过程,为国防事业作出突出贡献。他执着科技攻关,把冲击波测量技术成功应用到常规军事训练中。在2012年身患绝症之际仍在病房争分夺秒搞科研,直到5月间病逝。2013年荣获"2012年度感动中国十大人物"荣誉称号。这首词以形象的语言、阔大的境界,描写了林院士为了国防事业"请缨从此走天涯""碧血蘸黄沙"的奋斗奉献,以及对科研"白发痴无减"的执着拼搏。而"此情应许向天夸"的精神礼赞,也带着一股阔大激荡之气。其他如,孙忠云的《航天畅想》《卜算子·贺神舟飞船载人成功》等,也带着一种豪情。

女性作者也时刻关注着现实、思索着人生,既有对人性贪婪的拷问、对社会丑恶现象的激愤,也有对新疆经济发展的由衷礼赞。比如,栾睿的七言绝句:

> 性本天然质本洁,长随碧浪任漂泊。自从琢磨沾富贵,人间巧取更豪夺。

> ——《访和田玉石市场有感》

> 山清玉秀本天然,万古千秋漱逝川。惊见人心深似海,今朝欲壑更难填。

> ——《惊见玉龙喀什河万人掘玉现场》

第一首写玉石市场所见所感。一、二句描述玉石天然质洁、不染尘俗的本性,同时为下文的议论做了铺垫。第三句一转,感叹自然界的玉石经过人间琢磨,沾染了富贵,便瞬间成为巧取豪夺的对象。第二首写作者惊见玉龙喀什河万人掘玉现场的感慨。诗作略去熙熙攘攘、人山人海、大到挖掘机、小到镢头砍土镘、纵横交错的掘玉现场的情境描摹,而将笔墨落在对玉石秀洁本质的赞叹以及"人心深似海"

的"欲壑更难填"上,深得绝句创作之法。两诗均是触景生情、有感而发,在玉石秀美质洁的天然本性与人类巧取豪夺、欲壑难填的对照中,鞭笞着人性的贪婪。

她们对社会丑恶现象充满激愤,比如,刘瑞莲《过火焰山》,想到的是"愿借天公一把火,尽烧腐恶现清廉"。而对西部大开发、新疆经济的发展变化,更是由衷礼赞,如刘淑芳《开发新疆有感》:

旭日东升紫气冲,新疆开发古今雄。草原万里角声起,遍地英雄唱大风。

在雄伟的意象中,抒发着带有普遍性的大众情怀,洋溢着一种激昂奔放的豪迈。赵丽的《工业园区印象》,则以新的边塞意象礼赞着社会的发展。诗云:

只道蛮荒梦未苏,平沙谁见起高炉。君来无复阳关叹,大漠长烟已不孤。

作者巧妙地选取工业园区耸立的高炉意象与大漠孤烟意象的两相媲美,在对比映衬中描写出边疆巨变,凝聚着历史的厚重感,而豪迈之情溢于言表。

她们写景视野开阔,带着一种大气。如赵丽"姹紫嫣红次第开,层林曲水断浮埃。北山遥望参差绿,一片天风带雨来"(《车览和静北山生态公园》),"绿风吹动岭云开,我自天山深处来。一架飞虹才识得,归程已报近三台"(《过果子沟大桥》)等,都是境界阔大、动感极强,丝毫不见弱女子的扭捏姿态。有时写景还带着一种瘦硬,如"怪石狂犬妖吐气,惊魂迷谷鬼梳头。曲身九九盘龙卧,列嶂千千碧水流"(陈清琦《游天山神秘大峡谷》),词中光怪陆离的景色描写,令人惊诧。

她们的离别之情也写得十分潇洒:"不须怅惘赋阳关,乡谊诗缘抵万言。若得清交真似水,年年相忆似浩川"(蔡淑萍《小秦王·留别新疆诗友之二》),"一曲放歌将进酒,长风浩荡起边陲"(蔡淑萍《石河子席上赠诸诗友》)等,都是如此。至于时光流逝、世间恩怨等一己之情的抒发,也往往显得慷慨旷达。如"世间坎坷何须怨,都付沧桑一笑中"(匡英《新正寄友》),"莫道流光霜染鬓,正少年心事闻鸡舞。心动处,志如许""待平生功业从头树。寒夜白,日初曙"(蔡淑萍《金缕曲·赠人》),"但有真情在,何忧世道难"(匡英《游五彩湾古海温泉》),"东风起处听吟啸,情满天山杨柳津"(匡英《南山白杨沟徒步感怀》),"秋色依然千里外,登高共赋老年狂"(刘瑞莲《重阳登高五一水库》)等,都在旷达中透着一股昂扬。

凡此种种,都表明女性作者与男性的创作并无二致。这一方面是因为女子走入了慷慨激荡的社会生活,与男性面对着一个共同的世界,生活在相同的时代氛围中。女性和男性共同凝视着世界,而不是作为对象被男性凝视。另一方面也是女性作者创作的自觉追求,正如蔡淑萍所说:"大漠雪山瑰丽姿,长风万里动奇思。高岑遗响终须继,莫把浮嚣作入时。"(《小秦王·关于新边塞诗》)

在新疆当代诗词创作中,女性作者这种对社会生活的广泛取材,以及所展现出的开阔视野、奔放风格、慷慨激昂情怀等,有着重要的现实意义和文学史价值。其现实意义在于作品中的精神情怀能唤起众多读者的共鸣,给人以鼓舞激励;其文学史价值则在于,这些作品不仅记录了当今女性的生存状态,而且突破了古代女性诗词"以柔为美"的审美内涵,丰富了中国女性文学的美学风貌。

第二节　女子的独特性情

"诗主性情"是中国文论的重要理念,也是历代诗词创作的已然实践。女性作为一个群体,又有着自身特点。从社会层面来说,女性是时代主人翁,面对着和男人同样的世界;而从自然层面来讲,她们又有着自己的生理、心理特征和特殊的人生体验。女性身份的多重性,彰显出女性写作的丰富性。新疆当代诗词创作中的女性作者,在描写与男性共同面对的外部世界的同时,更是淋漓尽致地描写着自己的内在世界。她们从不同层面展示着自己的风采,显露着女性特有的才情与敏思。这些自我存在的性情书写,诸如女性素材、女性欢快、女性忧伤等,都成为新疆当代诗词创作中的一道风景。

取材的生活化、情感化、个性化,本来就是诗词创作的重要特征。女性的诗词创作,自然而然地描写着她们特有的日常生活与情感。如赵丽的《高跟鞋》、王娟的《鹧鸪天·回娘家》、赵天然的《母亲节小记》、陈修歌《虞美人·伞》等,都带着女性特有的体验与认知,以此建构着属于自己的语言表达和写作模式。比如,赵丽的《高跟鞋》:

> 虐尽金莲总不嫌,行来每顾影纤纤。娉婷只合高擎起,疼痛由它到趾尖。①

诗写女子穿高跟鞋的切身感受,在身与心的纠结中,张扬着女子爱美的性情。一

---

① 王爱山、王善同主编《新疆诗词近作选》,中国文联出版社,2019,第296页。

些女性常用之物也成了她们的描写对象。如陈修歌《虞美人·伞》：

> 身轻旋似团团月，十二相思骨。红尘万事有前因，一柄撑开天地亦温存。　　笙歌隐约江南岸，曲尽人离散。灞桥擎着到天明，犹记那人眸里有星星。

词写女子常用的"伞"，可谓构思巧妙。无论是"身轻旋似团团月，十二相思骨"的惟妙惟肖的状物，还是"灞桥擎着到天明，犹记那人眸里有星星"的相依、相恋、相思，都在意味深长中荡漾着女子的情思。王娟的《鹧鸪天·回娘家》也具有代表性。这组词作包括《回家》《见娘》《烹饪》《家宴》《离家》五首，热情洋溢地描写了出嫁多年的女儿"伴夫携子看亲娘"的全过程。这里有"早起心急不忍妆"的急迫，有见娘时"弯腰搂定母亲坐"的深情，有"撒欢洗手入厨房"的聊以慰藉，有"觚筹交错喜盈窗"的老幼欢快，更有"才小聚，又离伤"的依依不舍等。鲜明生动的生活画面，将女性的情感特征表现得淋漓尽致。女子能够回娘家自然是欢快的，当不能回娘家时便充满着无尽的思念。赵天然的《母亲节小记》云："五月犹寒塞外天，一回萧瑟一凄然。亲情万里无由寄，泪语槐香到梦边。"以塞外的天寒、萧瑟，衬托女儿思念母亲的凄然情怀。其"贴心纵有小棉袄，远在天边难御寒"的女儿感叹，"老来爱惜手机甚，但恐儿声听不真"（《与远在内地农村的父母通罢电话感而叹》）的父母牵挂，都写得情真意切。这些作品里，没有奇险的境界，没有高深的哲理，而只是家长里短、日常生活的描摹，但却充溢着浓郁的女子性情，带着女性特有的体验与认知，自然是男性作家无法比拟的。

女性在诗词中展示着属于自己的欢快。她们爱春、爱花、爱细雨蒙蒙。暖风习习、鲜花盛开、春意盎然的优美，正与女子的本性相合，故而她们对春天有着本能的喜爱。在这方面，赵丽的作品显得尤为突出。其《盼春》写道：

> 一任双眸望欲穿，馀寒消了绿方还。漫从燕燕裁云剪，数到霏霏落雨天。性懒不劳忧世事，桃红自许上吟笺。临窗更问垂杨柳，已序春风第几篇？

诗中通过"双眸望欲穿"的殷切期盼、"数到霏霏落雨天"的焦急等待、对"垂杨柳"的临窗询问等描写，将一个企盼春天到来的女子形象描摹得栩栩如生。其他对"春风"的赞美如"本是东君使，元知草木心。红描疏蕊浅，青点宿芽深"（《春风》）等，都彰显着女性对春天的喜爱。赵丽写花也颇具情韵。如《再访杏花拈得"来"字》：

> 依约前踪认，有花深浅开。度墙先一笑，为报故人来。

此诗属于王国维所说的那种"有我之境"的作品,鲜明的形象中蕴涵着浓郁的情感韵味。诗中那"深浅开"的杏花,"为报故人来""度墙先一笑"的形象,在艺术移情中将作者的欣喜情态表现得活灵活现。正所谓"以我观物,故物皆著我之色彩"。①至于描写"深为低语浅为思"(《咏桃花》)的桃花,"破萼枝头灼灼开"(《滨河公园即景》)的李花,"清香应可待,冷艳不须怜"(《莲花》)的莲花,以及"浓着胭脂淡着香"(《海棠》)的海棠,等等,都形神毕肖。

女性不仅写春、写花,更爱写春天花丛中的自己,这些灵动活泼的形象,荡漾着女性的欢快。请看:

> 蝶绕蜂围兴自酣,十分春意贮山南。织成云锦花千树,隔着烟霏梦一帘。　　香雪海,旧罗衫。闲愁不许上眉尖。思来欲共芳菲近,也把轻红试与簪。
>
> ——赵丽《鹧鸪天·赏杏花》
>
> 不是东君点笔迟,风流总在燕来时。春归一笑开青眼,雨过多情发嫩枝。　　柔寸寸,影依依。轻丝十万待传诗。长条恰够佳人手,折个春风赠与伊。
>
> ——赵丽《鹧鸪天·咏柳用梅师"长条恰够佳人手"句》
>
> 尘埃逃却不知愁,一任嫿妍醉眼眸。坐赏山南初雨后,看花开上女儿头。
>
> ——赵丽《一万泉赏山花》
>
> 春风桃李莫相违,点点轻红欲逐衣。只怕一开还一谢,多情未敢带花归。
>
> ——赵丽《赏桃花》

第一首在"织成云锦花千树""蝶绕蜂围兴自酣"的氛围中,女孩"也把轻红试与簪"的折花插头动作,正表现了春天到来"闲愁不许上眉尖"的女性情怀。第二首在"春归一笑开青眼,雨过多情发嫩枝"的咏柳状物中,"折个春风赠与伊"的动作描摹,把一个灵动活泼的女子形象刻画得惟妙惟肖。第三首"看花开上女儿头"的欢快,第四首中"只怕一开还一谢,多情未敢带花归"的惜花情怀,都表现着女性的多情与敏感。其他如,赵天然《春意》"日近清明景气融,如酥小雨忽西东。和风眷眷留人处,几点山桃欲绽红"的清新,陈修歌《南山小驻》"排空云势荡春烟,千里飞鸿

---

① 王国维:《人间词话》,四川人民出版社,1981,第4页。

去渺然。忽觉风来天地窄,万花俯首我身前"的奇巧,等等,都表现了女性对春光、花草的青睐。这些作品所描写的对春、花的由衷喜爱,彰显的正是女性的自我存在意识,她们与大自然中的春光、花卉共呼吸、同命运,彰显着与自然花草灵犀相通的兰心蕙性,表现着与男子不同的女性生命和女性情怀。

女性又是心性细腻、多愁善感的。举凡春愁秋怨、离别伤感、凄苦相思、悲情相恋等女性生命中的忧伤,都在她们的笔下表达得凄楚动人。如周肖榕的"旧梦萦回君不见,孤身对影伴斜阳"(《相思》),"夜雨敲窗惊梦醒,相思尽在雨声中"(《无题》),"思君恰似伊河水,日夜奔流无歇时"(《思君》)等,写相思之苦,幽怨而感伤。

这种忧伤的情感,在女性的词作中表现得尤为突出。词这一体裁大盛于两宋,而以婉约为正宗。李清照"词别是一家"[①]的理念,强调的正是词体与诗体的区别。而词偏重于缠绵蕴藉、细腻婉约的重要特征,与女子的气质天性十分相近。词史研究专家严迪昌曾说:"词从某种意义上说,它是更多地呈现女性特质的一种抒情诗体。"词所具有的婉柔缠绵特点,按理说"应是更适合女性作家来发挥的。"[②]由于女性气质与词体的天然契合,使得女性作者往往选择词来抒发离别、相思之情,在凄楚哀怨中透着缠绵悱恻。先看两首长调:

> 蓦闻笛,车发何须恁疾!心神黯,呵去积霜,泪眼盈盈隔窗泣。经年竟一夕。　　长忆,娥眉屡嫉。千般恨、今日去休,一任天山限南北。和丰宿孤驿。但冷月凄清,荒野沉寂。何堪回首伤离席。伊瘦损依旧,乱愁新种,今宵何处月下立?怕徒惹忧戚。　　斜日。晚风急。正两两三三,牛马归匿。苍茫大漠思无极。待雁字重到,雪原新碧。关山飞度,似梦里,觅旧迹。
>
> ——蔡淑萍《兰陵王》

> 驿边夜色,正卷云伴月,依稀残笛。一蝶别枝,毕竟西风忿吹摘。含恨今朝萎逝,谁借得、胭脂三笔?一笔怨,两笔伤心,红泪和尘席。
> 秋国,独悄寂。渐染岭黛痕,夜露微积。远人亦泣,殷切清宵醒相忆。曾梦如花笑靥,端看久、双眸含碧。底事里、梳不尽,那时想得。
>
> ——陈修歌《暗香·次韵姜夔旧时月色》

---

① 李清照:《词论》,载郭绍虞主编《中国历代文论选》第二册,上海古籍出版社,1979,350页。
② 严迪昌:《清词史》,江苏古籍出版社,2001,第590页。

蔡淑萍的词写离别之情,当是进修班毕业与同学离别返回北疆团场时所作。词中"车发何须怎疾"的留恋,"泪眼盈盈隔窗泣"的伤怀,以及"和丰孤驿""冷月凄清,荒野沉寂""斜日,晚风急"的环境描写,都浸染着浓郁的纯挚、凄苦的情感。这种缠绵婉约的风格,读之令人动容,使人不由想起宋代周邦彦的名作《兰陵王·柳》。陈修歌《暗香》词,写相思相恋,可谓思今念往,缠绵悱恻。其中"含恨今朝萎逝,谁借得、胭脂三笔? 一笔怨,两笔伤心,红泪和尘席""曾梦如花笑靥,端看久、双眸含碧。底事里、梳不尽,那时想得"数句,尤为动人。《暗香》词调,是姜夔自度曲,也是姜词中的代表作。陈修歌这首次韵之作,技巧娴熟而意象清新,其出于90后之手,令人惊叹。

一些中调小令,抒发思乡之情,也写得凄楚动人。如蔡淑萍《菩萨蛮·中秋》:

星稀月小天高远,草枯霜冷惊栖雁。独立晚风前,宵深未忍眠。

月明千万里,乡思无穷已。不敢问姮娥,家山夜若何?

词写中秋之夜思念家人的情怀。那"独立晚风前,宵深未忍眠"的不眠形象,"不敢问姮娥,家山夜若何"的忐忑惦念,都把思乡之苦情表达得淋漓尽致。其他如,"阿母傍柴扉,清泪纷如霰。游子衣单月似霜,隐隐青山远"(《卜算子·伤逝》),"重九,重九,魂系故家窗牖"(《转应曲·重阳》),"今夜峨眉,月应无恙,何处照乡愁"(《少年游》)等,都在久久不能忘怀的思念中,荡漾着一种深沉的忧伤。

这种忧伤情怀的表达,在赵天然的作品中尤显突出。其写春愁、写相思、写离别、写人生苦闷,字里行间充满着幽怨感伤。比如,其《凤凰台上忆吹箫》:

零落梅花,残陈小径,随风漫卷轻愁。又暮春时节,独立桥头。心事皆如东水,流去也、怅惘幽幽。年年是,飞红泣血,涨绿凝眸。   休休,柳条折尽,牵不住征帆,梦乱烟洲。渐望人行远,珠泪难收。堪那朝霞暮霭,都见我,遍倚云楼。真真怕,桃飘李飞,尽付渠沟。

这首词写春愁。时光流逝的怅惘,柳条折尽、行人远去的无奈,以及桃飘李飞的担忧,都带着一种女性特有的忧伤。其写相思:"枝头春梦赊,叶下青青子。儿女共初心,相思嗟若此"(《题青梅二首》其一),也在含蓄蕴藉中浸染着伤怀。再如"韶光漫度水东流,一尺青丝百尺愁"(《闲愁》)的幽怨,"一遍幽思,一遍雁声传,一遍此情深忆,剪烛待何年"(《喝火令十首》其七)的相思企盼,"独自莫登临,红尘知己少、更伤心"(《小重山》)的孤独,"十载他乡留倦客""帘下听寒蛩"(《临江仙·中秋》其一)的寂寞,"春花秋月指间沙"(《鹧鸪天十二韵》之十)的枉自嗟呀等,都是如此。其他如,邓艳红"花未语,意难陈。低吟长忆梦中人"(《鹧鸪天》),"红烟翠雾寄深情,斜阳已被相思染"(《踏莎行》),吴小燕"纵情深、心也凄迷"(《别君后》),"权把今生,万般离恨,揉进诗笺"(《伤别》)等,都带着浓郁的女性忧伤。

这些纯女性的取材,不管是欢快还是忧伤,都显现着女性写作的独特性。而艺术上女性视角与轻柔意象的摄入,则又进一步强化了这种特征。

第三节　女性视角与轻柔意象

女性作者在诗词创作中,大多从女性视角来审视外部世界的山山水水、风土人情。而对轻柔意象的摄入,也使作品彰显着更多的女性气质和女性风貌。

这类作品往往聚焦于女性形象,而且描写得活泼灵动。比如,蔡淑萍《行香子·新疆风情》"悠悠琴韵,妙舞娇娘。正裙儿飞,眼儿媚,手儿扬"的生动描摹,再衬以"客心醉、不为琼浆"的侧面烘托,便使妩媚灵动的新疆女子形象,跃然纸上。其《达坂城风力发电站赋》选取的视角也颇具女性特点。诗写达坂城的风力发电站,本属工业题材,但却以"妙曲一出天下名"开端,这里的"妙曲"指的是著名作曲家王洛宾整理编曲的维吾尔族民歌《达坂城的姑娘》。诗歌开头巧妙地以隐形存在的"姑娘"为下文做了铺垫,所以在悬想达坂城山水时,也就有了"从来地灵育人杰,应是山似眉聚水似眼波横"的颇具女性特征的比喻。在听到达坂城是"一年三百六十日,满川碎石随风走"的大风口时,心中荡漾的是对女子生存状态的怜悯:"我闻此语心若失,眼前摇曳娉婷姿。如花人耐风沙恶,令人念之复怜之。"在亲眼看到达坂城风力发电的巨大气势后,想到的又是"忽思控制室中白衣者,达坂城姑娘长辫高盘美目盈盈影娟娟"。全诗到此戛然而止,作者对女性的偏爱,在独特的视角中展现得淋漓尽致。

女性诗人走向大自然,以女性的视角审视山水,山水也就染上了女性的秀丽。如赵丽《阿蓬江漂流》:

一筏真如掌上轻,江波初绿雨初晴。妆眉不与山争秀,人在阿蓬画里行。

诗写漂流,不是急流滂湍、汹涌澎湃,而是"波初绿""雨初晴""一筏真如掌上轻",

充满着女性般的轻柔明快。后两句"妆眉不与山争秀,人在阿蓬画里行"的描写,将女性的美融入山水,在两相辉映中,进一步突出了山川秀美如画。其他如,《初访天山大峡谷》感受到的是"衣带松花香细细",《渭户沟留别即赴奇台县一万泉景区》看到的是"刺玫偏带女儿娇",《宿天池古榆山庄临别得句》描写的是"鬓同山水绿,心与自然亲"。其写水是"长河最是多情甚,九曲回肠十八弯"(《鹧鸪天·丙申孟秋巴音布鲁克草原》),其写山是"盘山三十曲,一曲一回肠"(《临江仙·天池留别》),凡此等等,都带有清丽婉约的风貌。

至于意象的选取也颇具轻柔特征。翻开作品,扑面而来的是花意象、细雨意象以及古典幽怨意象。比如,自然界的花卉在她们的笔下几乎都出现过。如赵丽《一万泉赏山花》《莲花》《赏桃花》《鹧鸪天·赏杏花》《咏黄菊》《咏海棠》,赵天然《咏白玉兰》,等等,不胜枚举。春天花卉意象的密集出现,张扬着女性的轻柔、欢快,而对细雨意象的青睐,则使作品带上柔美朦胧的意境。

赵丽诗中春雨意象颇多,如《细雨》《浣溪纱·雨中游园》《雨中作》《浣溪沙·夜行小雨忽至》,等等。其他一些题目中没有出现"雨"的诗词,也往往包含着"雨"意象。这一方面是因为新疆属典型的温带大陆性气候,一年中降水量很少,下雨总能给人带来欣喜;另一方面,春雨蒙蒙的朦胧境界,如梦如幻,更适合女性的心境。所以在她们的笔下也就有了五彩纷呈的表现。请看几首赵丽的作品:

> 细雨霏霏未肯收,烟云深处见轻柔。眉依杨柳初含碧,身近丁香已结愁。一种心情言不得,三春寒意采无由。因花数到双肩湿,暮色随人入小楼。
>
> ——《细雨》

> 顶雨来寻曲岸幽,渚边招手见兰舟,素裙红伞立桥头。 荷上珠团清可掬,指间香聚湿难留,一回欢喜一回愁。
>
> ——《浣溪纱·雨中游园》

> 夜色重看几许真,晚风依约拂花身。小珠轻点肯无痕? 云字雨笺俱浪漫,眼波眉影两沉沦。不教心绪与人分。
>
> ——《浣溪沙·夜行小雨忽至》

《细雨》全诗被朦胧的"细雨霏霏"意象所浸染。无论是"眉依杨柳初含碧"的写景,"身近丁香已结愁"的抒情,还是"因花数到双肩湿"的动态描摹,以及"一种心情言不得,三春寒意采无由"的情思迷离,都笼罩在"细雨"意象的氛围中,进而生成如梦如幻的境界。《浣溪沙·雨中游园》抒写"雨中"寻觅"曲岸幽"的女性情怀。那细雨中"素裙红伞立桥头"的鲜明形象,那"荷上珠团清可掬,指间香聚湿难留"的情境描摹,都在委婉细腻中展现着女子"一回欢喜一回愁"的多情而善感的心性。而细雨与夜色相融的《浣溪沙·夜行小雨忽至》词作,更是在朦胧中又带上了一种轻柔。其他如,"及物春风都化雨,恼人花事总无情""伞下还宜七分滴,三分留与夜和卿"(《雨中作》),"鸟声花外细,峰色雨中肥"(《努尔大峡谷徒步》),"云起峰移影,雨过泥带香"(《丙申清明南山行》)等诗中的雨意象,都为作品中的抒情写景增色不少。有时作者也用春天细雨打比喻,如《鹧鸪天·参加南山笔会有寄》:

> 沂水春风一脉承,松涛相和鸟相迎。高低峰在云中看,浓淡诗从别后呈。　　根尚浅,鬓犹青。后生奉手问先生。心田得润丝丝雨,多少诗芽悄悄萌。

全词画面生动,情感真挚,明快畅达。"丝雨"意象的比拟,又使作品带上女性的细腻与轻柔。

如果说花、细雨等自然界意象的书写,营造出女性作品的一种轻柔与朦胧,那么一系列古典意象的摄取,又使作品形成婉约、凄美的意境。而赵天然尤擅摄取古典意象。如《喝火令十首》之四:

> 旧地深深院,幽兰伴竹居。倚风摇曳满阶除。芳岁直如春梦,痕迹有还无。　　画黛余思矣,吟窗可记欤?掌中纨扇缀双珠。只记桃红,只记笑相扶,只记那时明月,半壁影疏疏。

词写对旧时爱情的追忆。其中的"深院""幽兰""画黛""吟窗""纨扇"等,都是古典诗词中经常出现的与爱情相关的意象,可以给人更多的遐想。至于回忆相识情景的"桃红"意象,让人想到崔护的"人面桃花相映红";回忆当年欢快场景的"笑相扶"意象,让人想到欧阳修的《南歌子》"走来窗下笑相扶,爱道画眉深浅入时无";表达离别怅惘的"那时明月"意象,让人想到晏几道的《临江仙》"当时明月在,曾照彩云归"。全词在密集的古典爱情意象的浸染下,完成了怅惘幽怨情怀的抒发,也生成了作品婉约凄美的意境。至于《喝火令十首》之七中以"红笺""檀袖""幽思""雁声""楚天明月"等意象,营造"剪烛待何年"的相思哀伤意境,《鹧鸪天十二韵》之五中以"丁香""春心""花影""幽香""芳菲""飞红"等意象抒写春愁等,都在自然意象与古典意象的密集组合中,显现着缠绵悱恻、深情感伤、幽怨婉约的女性风格。当然,从另外一个角度来说,这种对古代作品的熟悉,对古典意象的青睐,虽然整体意境浑融,但给人似曾相识之感,损伤了作者自己的语言创新。

从新疆当代诗词创作的整体而言,女性作者的诗词创作,充分展示了她们的艺术才华和审美体验,以及心灵深处的情感意蕴。她们以独特的女性题材、女性情怀,拓展了新疆当代诗词的题材内容;而独特的女性视角、轻柔意象以及缠绵细腻性情的抒发所形成的温和婉约的审美特征,丰富了新疆当代诗词以雄奇奔放为主的艺术风貌,彰显着新疆当代诗词创作风格的多样化。

纵观新疆当代女性诗词的创作,也存在着不足。一是有影响、成就突出的作者较少,女性诗词整体创作水平有待进一步提高。二是受阅历影响,一些年轻作者题材不够开阔,多限于山水游览、写景咏物、酬答唱和等,所抒情感也仅是一己之情,反映社会现实的深度不够。三是一些作品缺少动人的艺术境界,类似于格律诗词的"形式写作"。

第十三章　歌起毡乡骏马鞍
——少数民族诗人的诗词创作

中华人民共和国成立后，在统一的多民族国家中，各族人民同呼吸、共命运，共同经历了中华大地上所发生的一切困难，也共同享受着中华大地所拥有的一切幸福与辉煌。新疆作为多民族聚居区，在"多元一体"的文化语境中，各民族之间相互学习、相互吸收、相互借鉴，已经成了文化交流、文学创作的常态。在新疆当代诗词创作中，就活跃着一批少数民族诗人。他们用汉语创作传统诗词，不仅格律谨严、韵律和谐，而且带有独特的民族个性。具有代表性的作者有李仲泽（1923—，蒙古族）、蓝万涛（1926—，畲族）、隆国宝（1929—2004，苗族）、王玉田（1932—，俄罗斯族）、刘仲政（1935—，壮族）、斯·巴孜克尔（1940—1992，蒙古族）、贺忠山（1945—，满族）、道·李加拉（1946—，蒙古族）、丹碧（1946—，蒙古族）、陈清琦（1946—，土家族）、马春香（1948—，回族）、丁巴图（1972—，蒙古族）、马晓燕（1974—，回族）等。

第一节　少数民族诗人诗词创作概观

中华民族的一个突出特征,就是高度的凝聚力和向心力。少数民族诗词作者和全国人民一样,热爱中国共产党,热爱领袖,热爱祖国,他们用诗词表达着朴实真挚的崇敬情感。比如,马春香的《水调歌头·怀念毛主席》《鹧鸪天·纪念朱总司令》《歌改革颂邓公》,王玉田《一剪梅·庆中国共产党九十寿辰》《悼小平同志》《解放军驻港》,道·李加拉的《水龙吟·香港观赏紫荆花》,等等,都洋溢着浓郁的爱国情怀,彰显着鲜明的时代特色。

他们对艰辛创业、社会巨变有着切身的体会,并形之于歌咏:

　　化剑为犁西域拓,英雄铁马金戈。卸鞍套轭未蹉跎,巴郎冬不拉,古丽舞婆娑。　　卧雪餐风屯垦乐,荒原大漠山河。高楼大厦仰天歌,沙尘翻绿浪,草木荡青波。

　　　　　　　　　　　　　　　　——李仲泽《临江仙·屯西域》

　　铁塔巍巍耸绿洲,健儿奋战撼沙丘。钻机怒吼千年愿,井口狂喷百丈油。　　凌雪雨,度春秋,餐沙宿野不言愁。茫茫大漠成油海,西气东输喜泪流。

　　　　　　　　　　　　　　　　——马春香《鹧鸪天·油田赞歌》[1]

　　院内鸡鸣犬吠,房前翠柳红花。葡萄架下响琵琶,珍珠压弯棚架。翁妪桌前絮语,巴郎戏耍喧哗。彩群花帽送香茶,慢语姑娘婚嫁。

　　　　　　　　　　　　　　　　——王玉田《西江月·丰收之后》

　　胡杨林畔,小小农家院,电话叮铃声不断,儿女远方祝愿。　　大儿翻译宏篇,二儿戍守边关,小女能歌善舞,随团献艺油田。

　　　　　　　　　　　　　　　　——王玉田《清平乐·楼兰新农村》[2]

李仲泽词写兵团将士化剑为犁的边疆屯垦,气势磅礴。劳作的艰辛与欢快,以及

---

① 星汉主编《中华诗词文库·新疆诗词卷》,中国文史出版社,2012,第17页。
② 星汉主编《中华诗词文库·新疆诗词卷》,中国文史出版社,2012,第22页。

对艰苦奋斗精神的礼赞,历历在目。马春香词赞美新疆的石油开采,荡漾着"健儿奋战撼沙丘"的艰辛、豪迈与"茫茫大漠成油海"的欣喜。而王玉田的《西江月·丰收之后》则通过对具体形象的捕捉,描摹出维吾尔族"农家"丰收之后生动活泼的生活画面,欣喜之情溢于言表。其《清平乐·楼兰新农村》,就题目和人物特点来看,也是描写新疆少数民族家庭的。虽然词作在艺术上借鉴了辛弃疾《清平乐·村居》的写法,但表现的内容是崭新的。"大儿""二儿""小女"所从事的职业及其精神风貌,彰显着新时代农村的新变,而作者的赞叹之情也隐然可见。其他如,王玉田《渔家傲·孔雀河中看天鹅》,在描摹"孔雀河中新客现,天鹅对对波中串,野鸭悠悠游水面"的迷人景观时,突出的是"梨城军民流血汗"的奋斗。李仲泽的《拓荒梦》描写"东修水库西栽柳,南播粮棉北种槐",使得"沙乡借取苏杭景,边塞今朝春又回",《兵团开发赞》抒发"青春献罢儿孙继,不绿楼兰寝不安"的情怀等,也都带有同样的特点。这些作品一改古代边塞诗的萧瑟苍凉,诗人们以奔放的激情,为那些创造新生活的建设者欢呼歌唱,为边疆的巨变展示出一幅幅鲜明生动的写生画,升华着时代的崇高与辉煌。

　　他们的写景之作,也极具地域风貌,彰显着西北边疆的壮丽与神奇。如:

　　　　一入沙滩路,胡杨障眼帘。百禽飞上下,众水向东南。草碧羚羊恋,
　　林深野兔探。谁知荒漠里,有此一桃源。

　　　　　　　　　　　　　　　　　　　　——道·李加拉《塔中森林公园》

　　　　苇湖八月风光丽,茫茫苇海连天际。苇下锦鳞肥,苇中银鸟飞。
　　苇风吹碧水,似雪芦花美。秋后苇丰收,苇欢歌满舟。

　　　　　　　　　　　　　　　　　　　　——王玉田《菩萨蛮·博湖苇》

　　　　西海泱泱,波光潋滟,芦苇苍茫。翠盖红裳,迎风吐蕊,暗送幽香。
　　冰肌玉骨芬芳,泥不染、凌波女郎。疑是春秋、西湖西子,移步边疆!

　　　　　　　　　　　　　　　　　　　　——王玉田《柳梢青·西海莲》

道·李加拉的五律,描写的是塔克拉玛干沙漠东北边缘,塔里木河中游的塔里木胡杨林国家森林公园,这里集塔河景观、胡杨景观、沙漠景观为一体,总面积达100平方千米。诗人从自己的所见所感出发,细致地描摹着大漠中森林公园所展现的蓬勃生机,倾情讴歌着大自然的神奇与壮美。王玉田的两首词,描写的是博斯腾湖的景观。博斯腾湖古称西海,位于天山南麓,焉耆盆地东南部的博湖县境内,湖面面积800多平方千米。湖区生长着广袤茂密的芦苇,景色十分壮观。第一首《菩萨蛮》即咏博湖芦苇。该词在写法上很有特点,全词共有十句,九句有"苇"字,"似雪

芦花美"一句虽然没有出现"苇"字,但写的仍然是芦苇花。词以铺陈的手法流畅地描写出"苇湖""苇海""苇下""苇中""苇风""苇花"等极富立体感的生动画面,境界阔大,景色瑰丽。而歇拍"秋后苇丰收,苇欢歌满舟"的描摹,则渲染出收苇人的欣喜、欢快。第二首《柳梢青》写博斯腾湖的莲花。博斯腾湖内有全国最大的野生睡莲群,被称为"莲海世界",该水域总面积达100多平方千米。词的前三句写远景,在辽阔的境界中凸显着潋滟的波光、苍茫的芦苇,为下面写"莲"做了铺垫。接下来八句从莲叶、莲花、形象气质以及芬芳幽香等角度集中写莲花之美,以至于感叹"疑是春秋,西湖西子,移步边疆"。全词碧水、蓝天、翠苇、红莲相映成趣,构成了一幅和谐自然的莲海情韵图,抒发着作者心中对"塞外有如江南"的欣喜情怀。这些作品,在自然景物的描写中展现着作者心灵的激荡,营造出一种蕴含自然感应和社会感应双重复合的艺术境界,彰显着西北边疆的神奇与壮美。

他们的诗词创作在艺术上,也多有可圈可点之处。如丹碧的《眺特克斯河》:

银带千寻出碧山,百泉水汇野羊滩。平川万里流香奶,歌起毡乡骏
马鞍。

形象鲜明而韵律流畅,地域特色、民族风情极为浓郁。而其《偶感三首》其三:"糊涂之后复糊涂,自笑聪明一点无。五十年过不开窍,原来一个木葫芦",在明白通畅的语言中,表达固守自我的旷达情怀,透着一种幽默诙谐。斯·巴孜克尔的《初雪》:"天山披银甲,青松带玉花。风光无限美,远客漫思家",也是境界开阔,情景交融。波·尼木加甫的《赛里木湖》:

天高山远月轮孤,牧帐千灯绕碧湖。独坐岸边琴一弄,此身已觉入
新图。

所描写的牧帐千灯、独坐弄琴的鲜明画面,不仅形象生动,流畅自然,而且极富民族特色。丁巴图的《冬日离乌赴伊宁值雪》:"日暮登程别故园,好风送我到边关。青春不让等闲度,六出奇花带笑看",也在流畅的起承转合中叙事写景,洋溢着年轻人的进取情怀。这都表明少数民族诗人传统诗词的写作技巧已很成熟。

而满族诗人贺忠山,则出版了诗词专集。其《释然亭吟稿》,由新疆人民出版社于2003年出版,全书依据体裁分为七卷,依次为五言古诗、七言古诗(含歌行)、五言律诗、七言律诗、五言绝句、七言绝句、词,共计500余首。书前有中华诗词学会原副会长兼秘书长周笃文的《读〈释然亭吟稿〉感言》(代序),对其作品进行了评介,认为:"平生经历,略见于斯,妙语佳章,层见叠出。"贺忠山的诗词,就题材论,内容丰富多彩,而最显者是地域特色极其浓郁。如《天山歌》《铁门关》《狂风叹》

《大漠行》《梨城咏梨花》《游博湖金沙滩》《温宿神木园》,以及《红柳》《马兰》《胡杨》等等。至于农事描写也是时代气息与地域特色交相融合,如《农事见闻五首》之三:

> 春风一夜度天涯?腊月边城叫卖花!三角梅开红锦缎,八仙绣聚彩
> 云霞。天寒特请潇湘女,地冻偏萌胭脂芽。做个乾坤棚里暖,栽花胜似
> 种桑麻。

诗写南疆农村于寒冬兴建大棚温室,引进园艺技术种植花木的情景,字里行间洋溢着惊叹与欣喜。就其诗集作品的艺术风格而言,最突出的特色是粗犷奔放,磅礴大气,一些作品如《天山歌》《铁门关》等都颇具震撼力。

第二节　道·李加拉的诗词创作

在少数民族诗人诗词创作中,成就最为突出,民族特色最为鲜明的是蒙古族诗人道·李加拉。道·李加拉(1946—),新疆巴音郭楞蒙古自治州和静县人。担任过小学教师、中学校长、乡政府乡长、县政府副县长,于巴音郭楞蒙古自治州人大常委会办公室调研员任上退休。他对中华传统诗词非常喜爱,通过潜心研习,形成了较为深厚的诗词功底,创作出许多优秀的作品。特有的民族文化背景以及丰富的生活阅历,使道·李加拉的诗词具有鲜明、独特的韵味。其对祖先爱国精神的咏歌,对草原风物、民族风情以及家乡巨变的描摹,彰显着浓郁的民族特性。

道·李加拉的诗词通过追溯巴音布鲁克卫拉特蒙古部落的历史,赞美率部英勇东归的英雄,抒发着昔日远方游子对祖邦国土的眷眷深情。请看《念奴娇·渥巴锡汗塑像前》:

> 挺身昂立,又横眉暗记,伏河遗恨。通察东归忠烈史,何惧熊黑凶
> 狼!血浴冰川,颅抛绝地,英烈重堪问。天山遥屹,莫愁途远粮尽。
>
> 追溯三百年前,征腾铁骑,惊见寒山震。故国思儿明月朗,更促鬃扬
> 蹄奋。牧草荣荣,天河漾漾,鬼杰雄心顺。马头琴响,永承先祖豪韵。

词题中的渥巴锡,是清代卫拉特蒙古土尔扈特部首领。清乾隆三十六年(1771年),渥巴锡率领本部17万人东归,经过8个多月的千辛万苦,战胜了哥萨克骑兵的围追堵截与恶劣的自然环境回到祖国,受到乾隆皇帝的册封,成为震撼中外的

传世佳话。后来土尔扈特部在平定张格尔之乱，抗击阿古柏以及沙俄入侵的斗争中，都作出了历史贡献。"渥巴锡汗塑像"在今巴音郭楞蒙古自治州和静县城街心花园中央，为汉白玉石材雕成，以铭记土尔扈特人东归祖邦的壮举。它所显示的"东归精神"是中华民族精神的一部分，经历了血与火、生与死的考验而彰显本色。诗人道·李加拉心潮澎湃、思绪万千，词作从瞻仰落笔，由"挺身昂立"的威武到"横眉暗记"的怒目，引出对艰辛悲壮"东归忠烈史"的回顾。通过一系列"血浴冰川""途远粮尽"等场景的描摹，慷慨激昂地再现出渥巴锡率众东归的壮举，饱含激情地歌颂了"故国思儿"、儿思故国、两相眷恋的情怀。结尾抒发自己继承先烈爱国精神、建设美好家园的志向，正见出作者的家国情怀。

道·李加拉的诗词创作，善于从风土人情中汲取诗情。其对卫拉特蒙古民俗风情的描写，本色而动人。在赞美本民族文化的同时，凸显着民众的欣喜，洋溢着浓郁的时代气息。我们看两首作品：

> 鱼龙起舞，人聚月圆，圣节念祈弥勒。火树星桥，正是上元光色。乐陶陶，大肚含恩泽。贺盛世、平民百姓，迎新弃旧欢乐。　　锦史添芳册。赏四海风光，九逵花色。绚焕行云，博引五州佳客。举金樽，琼液衷肠热。更晓得、腾飞好运，靠中枢良策。
>
> ——《卜算子慢·麦德尔节感赋》
>
> 马儿肥壮草儿青，天山飞笑声。摔跤驰马赛输赢，草原热气腾。人似醉，醉还醒，杯中斟友情。酣歌痛饮到天明，琴声送晓星。
>
> ——《阮郎归·那达慕节》

第一首《卜算子慢》描写的"麦德尔节"，是新疆蒙古族土尔扈特部人特有的传统节日。作为一种民俗文化，"麦德尔节"形成于清代后期。清光绪十四年（1888年），蒙古族土尔扈特部的轮台黄庙建成，光绪皇帝赐名"永安寺"，西藏达赖十三世喇嘛赠麦德佛像（弥勒佛）一尊。佛像揭幕时正好是农历正月十五，为纪念这一盛事，每逢正月十五土尔扈特人都要举行"麦德尔咏经会"，祈求吉祥。民间称这一天为"麦德尔节"。拜完弥勒佛后，还要进行射箭、赛马、摔跤等形式多样的蒙古族传统娱乐活动，可谓人头攒动，载歌载舞，热闹非凡。由于蒙古族的麦德尔节与元宵节在同一天，所以这首词在"感赋"时，将两个节日的祥和欢快气氛一同描写，突出了盛世平民百姓的和谐欣喜，最终落到"更晓得、腾飞好运，靠中枢良策"的赞美情怀上，表明作者清醒地认识到，真正的幸福来源于党的好政策和民众的勤劳。第二首《阮郎归》吟咏的是那达慕节。"那达慕"是蒙古语的译音，意为"娱乐、游戏"。"那达慕"大会是蒙古族历史悠久的传统节日,也是蒙古族人民的盛会,每年在七八月牲畜肥壮的季节为庆祝丰收而举行。"那达慕"大会上有惊险刺激的赛马、摔跤,令人激赏的射箭,有争强斗胜的蒙古族棋艺,还有引人入胜的歌舞等民族传统节目。词的上片以独具特色的意象描写"那达慕"大会的情景,营造出奔腾欢快、充满激情的艺术境界。下片落到自身,吟咏那达慕节的夜晚亲朋好友在大草原相聚,痛饮达旦,荡漾着蒙古族人的真诚与豪放。其他如,七绝《观沙吾尔丹登舞》二首、《敖包会》等,都荡漾着"长歌妙舞马头琴"的民族风情,彰显着作者对民族文化内在品格的自觉审视。

至于那些散发着奶酪茶香、琴曲悠扬的日常生活的描摹,也体现着浓郁的草原风情。比如,奶茶、奶酒、马头琴、蒙古包、焉耆马、羝羊、羱羊、酥油草等意象,在道·李加拉的诗词中频繁出现,其深层体现的是草原文化、民族风情的积淀。其《奶茶》写道:"温火铜壶玉液成,醴泉鲜乳煮佳茗。牧民待客清风许,蒙古包中绰尔声。"描写蒙古族同胞煮奶茶待客的情景,热情而温馨。那马头琴(绰尔)的悠扬乐曲与诱人的奶茶浓香,让人沉醉于浓郁的蒙古族风情之中。而《奶酒》中那"自然风味暗香浓"的氛围,自然也让人"未尝醇醴心先醉"。其《听马头琴》也很有韵味:

> 非雨非风弦振鸣,驹奔羊涌万军腾。牧歌嘹亮行云遏,仙曲悠扬百鸟停。静夜聆听乡梦断,花朝欣赏客心惊。游人驻足忘疲倦,千里草原篝火明。[1]

马头琴是蒙古族人民喜爱的乐器,此诗写作者聆听马头琴演奏的情景。首联从听觉入手,以比拟的手法描写悠扬的琴声犹如马驹群羊在辽阔的草原上呼啸奔腾,表达作者心情的激荡。颔联从音乐效果落笔,以"行云遏""百鸟停"来表现牧歌的嘹亮、琴曲的悠扬。颈联仍从音乐效果着墨,以自己的"乡梦断"、游人的"客心惊"来渲染琴曲的美妙。尾联以景结情,黑夜中那千里大草原篝火通明、彻夜狂欢的画面,凸显着马头琴曲动人的艺术魅力,而草原风情也历历在目。

蒙古族是游牧民族,其对马、牛、羊等有着特殊的感情,道·李加拉的诗词中时常出现这些形象,而且写得活泼、可爱,甚至可敬。如《木兰花慢·咏羝羊》:

> 梦去尤超脱,创新路,越荆山。两角挂悬崖,四蹄灵巧,敏嗅芳兰。超前。划冰破雪,正咩咩软语唤飞鸢。枯季雄关共度,花期阔野同欢。
> 春天。夜梦香甜。膘茁壮,草肥鲜。幼子奔跳跳,追蜂撵蝶,跃入青岚。

---

[1] 星汉主编《中华诗词文库·新疆诗词卷》,中国文史出版社,2012,第258页。

情牵。嚼怡蕊歌，见购绒商客上高原。牧女点钱嫣笑，约游一趟江南。

词作先总写羝羊的特性，它四蹄灵巧、善于攀援，可以"双角挂悬崖"，而且嗅觉灵敏。接下来从冬春两季不同的时空环境里，极力描写羝羊划冰破雪，咩咩软语的坚韧，以及蹦蹦跳跳，追蜂撵蝶，膘肥体壮的欢快。最终聚焦于牧羊女"见购绒商客上高原。牧女点钱嫣笑，约游一趟江南"的幸福感上。画面活泼生动，草原风情自现。如果说《咏羝羊》侧重于羝羊好动嬉戏的描写，那么《天山羱羊》则侧重于吟咏羱羊的气质：

> 刨雪攀崖蹄子灵，石间寻草上云峰。高瞻远瞩英雄气，角挂晨星斗朔风。

羱羊是山羊中的一种，蹄子坚韧灵活，善于攀登跳跃，能够自如地在险峻的乱石之间纵情奔驰，而且角长有力，能在悬崖上以角自悬其身。诗的一二句即写羱羊的生理特性，三四句一转一合，由对善于攀登的自然特性的描摹转向了对"高瞻远瞩英雄气，角挂晨星斗朔风"的内在气质的赞美。这种将人类的性情融入羱羊形象，正见出作者对羱羊的喜爱、欣赏之情。其《舞马词·焉耆马》也有着同样的特点。盛产于巴州地区的焉耆马，有着走速快、力气大、持久耐劳等习性，很适合于远距离骑乘、运输，深受当地民众的喜爱。道·李加拉的《舞马词·焉耆马》三首，也在马的形象中融入了人的性情：

> 四蹄迅捷如风，三音响彻如钲。万里征途耐苦，千层重负轻行。
>
> 温驯性格含情，荆山棘路骁腾。不盼貂裘伯乐，偏依碧草丘陵。
>
> 献身牧户雕鞍，忠诚祖国边关。竖耳常看气象，扬鬃守护江山。

第一首写焉耆马的吃苦耐劳，第二首写其温顺奉献，第三首写其爱国情怀，显然都将咏马与写人融为一体了。这种对马的爱戴与尊重，有着浓郁的草原文化与民族心理的积淀。这与农耕文化中喜欢在老黄牛身上寄托性情如出一辙，都饱含着深厚的民族文化的意蕴。

道·李加拉描写植物，也同样散发着浓郁的奶酪花香的草原情趣。如《酥油草》四首其二云："芊芊天性嫩，袅袅艳姿柔。偏爱高寒壤，丝丝吉梦悠。"其四云："老叶参差堕，新芽处处佳，酥油香牧野，绿意满天涯。"，等等，都在清新自然中荡漾着迷人的草原气息。

作者的草原情结还体现在对故乡的热爱与思念上。仅从诗词题目即可以看出，道·李加拉吟咏故乡、回乡、忆乡、思乡的作品有很多。比如，《故里行》《破阵子·回乡》《醉花阴·忆冬夜放马》《思帝乡·忆蒙古包》《浣溪沙·冬至回乡》《临江仙·

返乡歌》《江城子·梦回少年放牧地》《八声甘州·思念山区老家》《忆故人·临冬思牧区》《人月圆·喜今变》《解语花·家乡牧道》《万年欢·赞生态移民》《六丑·题山区通电信》等等。这些作品一方面描写着草原亲情的美好,一方面赞美着家乡的巨变。前者如《故里行》其二:"胡琴音调古,母语向来亲。未饮心先醉,牧人情意真",语言质朴而情韵深长。《破阵子·回乡》上片:"醉里登阶入馆,梦中骑马还乡。惬意清风催我醒,悦耳琴声促暮凉。无边牧草香",梦中还乡的惬意溢于言表。后者如《故里行》其三:"退牧还生态,搬迁建杏村。征鞍从此卸,的士帐前奔",描写牧区退牧还草的时代变化,令人耳目一新。再如《人月圆·喜今变》:"牧童指点山前路,故道已模糊。草如青蓐,水如碧玉,车驶长衢。当年荒野,狼侵群畜,雪压穹庐。而今巨变,温棚畜卧、暖屋人居",在今昔对比中洋溢着作者的欣喜与快乐。其他如,"生态移民,晓莺鼓舌争夸""跳出深山狭谷,至此了、游牧生涯。新三代、趁赶花时,诚献才华"(《万年欢·赞生态移民》),"耽心处、惠政光泽。信息灵、九陌天涯接"(《六丑·题山区通电信》)等,都热情洋溢地赞美着家乡巨变。这些作品记载着山区牧民一步步摆脱贫困、封闭、走向幸福的历史进程,寄托着作者浓郁的民族情感和家国情怀。

综上分析可以看出,道·李加拉的诗词,犹如一幅幅活色生香、五彩斑斓的风俗画,生动地展现着巴音郭楞蒙古自治州蒙古族民众的生活场景、精神面貌和理想追求,具有浓郁的草原气息和民族风味,折射着作者对民族文化内在品格的自觉审视。由于道·李加拉善于从生活中汲取诗情、引发灵感,注重把握时代脉搏,从而使其作品形成了鲜明的草原文化与时代精神相结合的特征。在艺术表现上,作者不是用抽象概念进行喊口号式的诉说,而是通过具体、生动、颇有韵味的情景描摹,来再现独具风貌的草原风情和民族心理,彰显着质朴自然、风神朗健的艺术风貌。

总之,新疆众多少数民族诗人积极参与中华传统诗词的创作,有着非同寻常的意义。它不仅是中华传统文化以其特有的魅力在多民族地区广泛传播的成功范例,也使新疆当代诗词创作呈现出多民族、多声部的伟大合唱,进而彰显出在全国诗坛的鲜明特点。当然,纵观少数民族诗人的诗词创作,也还有需要提升的空间:一是作者队伍,尤其是青年作者队伍,尚需进一步发展壮大;二是少数律诗的格律声韵,间有未谐之处;三是对诗词优美意境的追求,仍然是努力的方向。

第十四章　雏凤清于老凤声
——青年诗词作者的崛起

由于历史的原因，全国诗词界存在着一个较为普遍的现象，这就是创作队伍年龄比例严重失调，以至于当代诗词创作被戏称为"夕阳红"的事业。纵观新疆当代诗词的创作，也是老年作者多，青年作者少。王亚平曾对1998年新疆生产建设兵团诗词楹联家协会编、解放军文艺出版社出版的《军垦颂》，做过一个作者情况统计，全书共有作者165人，"其中40岁以下者仅9人，约占总数5%；20岁以下者总数为零。"①这是20世纪末的情况。将近15年后，这种现象并无太大改观。笔者对2012年星汉主编、中国文史出版社出版的《中华诗词文库·新疆诗词卷》做了一个统计：全书收有作者385人，其中50岁以下（不包括50岁）的有22人，约占总数的5.7%。可喜的是一些有识之士已经感到问题的严峻，做了大量培养扶持青年人的工作。比如，近年来新疆诗词学会连续举办一年一度的"青年诗人笔会"就是如此。时至2018年，为庆祝新疆诗词学会成立30周年，王爱山、王善同主编的《新疆诗词近作选》由中国文联出版社出版，该书收作者207人，青年作者已有30余人，约占15%，且多为70、80、90后。结合新疆当代诗词创作实际，可以看出青年诗词作者在逐渐崛起。目前比较活跃并具有代表性的是戴步新（1965—）、尤昌安（1970—）、曹岗（1970—）、文清（1971—）、赵天然（1972—）、王彤（1973—）、郭德满（1973—）、侯明月（1974—）、马

---

① 王亚平：《当代边塞诗走向再探》，《蒙自师范高等专科学校学报》1999年第1期。

晓燕（1974—）、赵丽（1975—）、蒋本正（1977—）、江化冰（1977—）、和谈（1978—）、陈鹏（1978—）、邓艳红（1979—）、张洋（1980—）、梁修韦（1982—）、周汝状（1983—）、秦帮兴（1989—）、张利国（1990—）、唐云龙（1992—）、吴小燕（1994—）、陈修歌（1995—）、齐龙（1996—）、谢聪慧（1997—）等等。

第一节　青年作者诗词创作技艺的娴熟

　　新疆当代诗词创作中的青年作者，就社会身份看，分属于各行各业，包括在校本科生和研究生；就性别看，有男性也有女性（按：女性作者如赵丽、赵天然等的诗词创作，已在《女性诗人的诗词创作》一章中论说，此不赘述。）；而就作者区域说，基本涵盖了全疆各地州。可见作者范围之广泛。他们在老一代诗人的培养、帮扶和自己的积极努力下，已经茁壮成长，有不少人已经在全国崭露头角并取得令人瞩目的成就。他们中有的已有诗集公开出版，如戴步新著有《碛海吟草》，由国际炎黄文化出版社2003年出版，收诗词350余首；尤昌安有诗集《漠上吟》，由新疆美术摄影出版社2009年出版，收录135首诗作；蒋本正出版有《醉在边关》等。有的在全国诗词大赛中获奖，如蒋本正获2017年度"谭克平杯"青年诗词奖；唐云龙获2017年度"谭克平杯"青年诗词奖提名奖。"谭克平杯"诗词奖由中华诗词学会和《中华诗词》杂志社共同主办，可见在诗词界影响之大。唐云龙获由中华全国学生联合会和中华诗词学会主办的2015年"聂绀弩杯"中华学子传统诗词邀请赛一等奖，获由中国青年诗词楹联网主办的第四届"中青诗联杯"全国校园诗词楹联大赛诗词组一等奖。其他如，赵丽曾获第二、三届全国百诗百联大赛优秀奖，首届湘天华杯诗词大赛诗部银奖；赵天然曾获2014年"联正杯"伊犁全国诗词大奖赛一等奖，获2016年"中国·剑门关"全国诗歌擂台赛决赛五强之第三名等奖项。这些都标志着新疆青年诗词作者已经逐渐走向全国。

　　从"诗艺"来讲，青年作者们往往诗词兼擅，创作技巧已基本娴熟。诸如平仄对仗、起承转合、韵律安排等，多有可圈可点之处。而其优秀之作往往情景交融，颇具韵味。就诗体看，整体来说他们写作最多的还是绝句。这是因为绝句不像律诗有那么多的限制，其简单、短小、易学的特点，很适合于初学者。但绝句又是易写难工,因为它只有四句,"离首即尾,离尾即首",要做到以少总多、意在言外也很不容易。但青年作者们有不少绝句富于情韵,读之往往令人眼前一亮。录几首作品以窥豹斑:

> 林下水渠旁,拎来小烤箱。秋风一叶落,上有孜然香。
>
> ——梁修韦《烧烤》
>
> 暗香浮动入残春,片片飘红逐落尘。似箭韶光空过眼,陌头独立看花人。
>
> ——尤昌安《桃花吟》
>
> 野花野草漫无边,纵辔巴郎一马先。遍地青杨连雪岭,满江碧水上蓝天。
>
> ——蒋本正《可克达拉小立》
>
> 水墨人家三两处,青葱十里小河悠。归途尤觉余香在,原是黄花衣角留。
>
> ——谢聪慧《村野》
>
> 云横天际月如钩,雪浅冰清独倚楼。自古屯边多俊杰,几人赢得到封侯。
>
> ——戴步新《望月偶成》
>
> 非关瀚海气难平,情动如何不发声。我亦红尘沙一粒,于清风下作长鸣。
>
> ——唐云龙《游185团鸣沙山》[1]

梁修韦的五绝写野外烧烤,这本是新疆人郊外野游的常见之事。一二句的叙事也未见新奇,但三四句"秋风一叶落,上有孜然香"的一转一合,却在清新自然中透出无穷的诗意。尤昌安的《桃花吟》不仅写景状物生动逼真,而且那"看花人"的"过眼""独立"形象,给人留下丰富的想象空间,颇具韵味。蒋本正的诗境界宏阔,画面清新,在动静结合中彰显着可克达拉的壮丽风光。而谢聪慧的诗则在优美中透着"村野"的诱人情趣,那清新自然的画面,饶有谐趣的情怀,都让人在莞尔一笑中感受到作者踏青游玩的快乐。戴步新的诗描写、议论相伴而行,年轻人对人生际遇的深思、淡定,油然而现。唐云龙的《游185团鸣沙山》则以议论的笔法抒发自我情怀,作者触景生情,借"鸣沙山"之"鸣",写自己"情动"时的仰天长啸,在流畅的

---

[1] 王爱山、王善同主编《新疆诗词近作选》,中国文联出版社,2019。

起承转合中荡漾着浓郁的韵味。这些都彰显着青年作者写作技巧的成熟。

当然,在诗词创作中,最能展现作者技巧功底的应该是律诗。因为律诗在平仄、押韵、对仗等方面要求更严。年轻诗人的律诗创作,较为严格地遵守着平仄格律,很少有出律出韵现象。在律诗的写作技艺中,最考验作者功底的还是对偶。这不仅在于律诗中间两联在篇幅上占了整首诗的一半,使之成为全诗的"主干",而且还在于它凝聚着全诗的精华。所以律诗对仗的好坏,往往成为诗篇成功与否的关键。我们看一首齐龙的《中青分韵得"篱"字作此兼怀友人》:

> 许久未闻君讯息,陪妻仍在弄东篱? 当时骗去酒三两,至此可还烟一支? 频寄相思常觉腻,若无音信又存疑。还须事事尤传我,身困西陲西更西。

诗写对朋友的思念,可以说这是从古至今都写滥了的题材,但我们读到中间两联时,眼睛却为之一亮,进而发出会心的微笑。颔联以格律化了的口语描写典型的男性间的生活细节,在俏皮、幽默、诙谐中诉说着朋友间的亲密无间。颈联在左右为难、矛盾心态的真切描摹中,表达出对朋友的惦念之情。让人感觉到元代诗人姚燧的散曲《凭栏人·寄征衣》"欲寄君衣君不还,不寄君衣君又寒。寄与不寄间,妾身千万难"的韵味。全诗语言极度口语化,但形象却呼之欲出,情感真挚动人,令人耳目一新,这显然得力于中间两联的描写。

浏览青年作者律诗中的对偶,可圈可点之处甚多。许多作品不仅用辞精巧,合辙押韵,而且诸如正对、反对、事对、意对、数字对、颜色对、当句对、流水对、叠字对等类型,也是应有尽有,充分展现着青年人诗词技巧的成熟。五律如赵丽"云起峰移影,雨过泥带香"(《丙申清明南山踏青》),戴步新"苇叶拥舟绿,秧苗出水青"(《村晚》),秦帮兴"碧荷鱼乱跃,红树鸟齐歌"(《海南大学雨后》);七律如蒋本正"晨起烧茶逗青鸟,晚归煮酒佐红霞。捕鱼送走伊江水,牧马捎回原野花"(《过牛录小记》),戴步新"寒蝉净饮三秋露,孤雁遥征万里霜"(《重阳寄友人》),"鹰衔曙色楼头掠,柳抱春风站上迎"(《过玉门车站》),"风来料峭还吹面,砾透清凉便有诗"(《早春晚怀》),"读书灯下知深浅,品酒壶中辨淡浓"(《辛卯岁末杂咏》),张洋"松涛卷雨千层碧,麦浪翻风遍野金"(《江布拉克抒怀》),尤昌安"蓝天下面田畴阔,碧树当中道路平"(《和田绿洲》),"霜叶依稀斜照里,玉珠错落醉吟时"(《题葡萄画家赵江〈金秋玉珠图〉》),"敢抛生死名千古,何计荣枯梦一场"(《胡杨》),江化冰"漠野风回千顷绿,冰山水润万枝红"(《踏春》),文清"天外风烟浮日月,云中海树映乾坤"(《戊戌春节访塔克拉玛干大漠》)等,都值得认真品味。而张洋"客途千里冷,家室一灯温"(《雪夜乘车归家》),尤昌安"久阅名场心已倦,屡经逆境志犹刚"(《偶吟一律》),"宴会欢欢终有散,交情绻绻总无涯"(《四送援疆干部杨之还京》其一),戴步新"廊前古木翻新叶,壁上陈规积旧埃"(《平遥衙署感怀》)等"反对",也在对比映衬中抒发着作者的情怀。至于"叠字对",他们也运用娴熟。如"放眼关河烟霭霭,牵心草木意茫茫"(戴步新《重阳寄友人》),"衣带松花香细细,水分草色碧莹莹"(赵丽《初访天山大峡谷》)等,都是如此。有些"事对"如"逸友贪山称谢客,高邻有梦傲元龙"(戴步新《辛卯岁末杂咏》),"人生蝴蝶梦,事业祖生鞭"(和谈《赴武汉大学访学,赏樱花遇雨》)等,则增添了作品的厚重感。他们的"流水对",如"闻君酿得解忧酒,供我吟成遣兴诗"(唐云龙《与友约酒》),也是畅达明快;而对偶中倒装手法的运用如"猎猎旗犹招碧落,萧萧我独立黄昏"(唐云龙《许昌毓秀台怀古》)等,又增添了作品的峭拔。戴步新"林趋静时心难静,月欲圆时梦未圆"(《戊戌正月十一日宿哈克村不眠》),运用自相重叠的对法,以"林欲静"叠"心难静",以"月欲圆"叠"梦未圆",工巧流畅而感情浓郁。凡此种种,都表明青年作者的写作技巧已经基本成熟。

第二节 生活感悟与个人性情的抒发

　　青年作者的诗词取材也是丰富多彩。有的写景抒情,有的咏史怀古,有的表达对国家大事的关注,有的描写日常生活的情趣,有的写亲情,有的颂友谊,有的托物言志,有的直击现实。就情感抒发来说,主要有两种倾向,一是社会情感的表达,二是个人性情的抒发。

　　诗词作为一种艺术类型,不管它描写什么,吟咏什么,都必须首先给人以美感。这种美感可以来自景物的描摹,也可以来自情怀的激荡。青年作者的优秀作品往往能从审美的角度,描写日常生活的所见所感,借以反映重大的社会主题。如蒋本正《六十三团治沙有成,人进沙退,诗以咏之》:

　　　　排排杨柳锁黄沙,染绿边城千万家。妙手东风留水墨,点睛之笔是桃花。①

此诗赞颂兵团四师六十三团治理风沙的成就，但并不是直白言说，而是通过鲜明形象的描绘，在色彩艳丽，充满层次感、意境美的画面展现中，凸显出治沙人的艰辛执着与辉煌成就。作者的赞美、欣喜之情溢于言表，读者也在艺术审美中获得认知与感动。再如《春节值班有感》：

> 西出阳关西更西，守边卫国在伊犁。胸中十万风雷策，直向天山雪岭题。

此诗不仅韵律和谐、自然流畅，而且大气磅礴、奔放雄奇。诗中展现的辽阔雄浑的境界、慷慨激昂的情怀，有着很强的艺术穿透力，读之令人振奋不已。

戴步新作为一名法律工作者，也是从自己的切身亲历，来张扬社会正气，申斥世间腐恶。如其《办案偶得》：

> 身怀一技可除魔，亮剑迎风事若何？任我公堂增浩气，耻他暗港鼓诡波。劳身易显民犹苦，贪性难移吏总多。且待廉泉消腐患，苍蝇结伴已成窝。

诗中有人民法官"身怀一技可除魔"的自信，有浩气"亮剑"敢于战斗的勇气，也有对"贪性难移""苍蝇结伴"现实丑恶的愤怒，展现着正义与邪恶较量的社会现实。王国维曾说："境非独谓景物也。喜、怒、哀、乐，亦人心中之一境界。故能写真景物，真感情者，谓之有境界。"②这首诗以抒情议论为主，虽然没有景物描写，但感情本身具有强烈的感染力。其他如，"登堂断讼三千卷，冒雪迎霜廿五年"（《进疆二十五年偶怀》）的自豪与艰辛，"我欲平生勤断讼，韶华暗逝不彷徨"（《雨夜偶成》）的执着，"宜自重，应秋毫明察，执法如山"（《沁园春·春日山中抒怀》）的坚定等，都荡漾着浩然正气，也是当代优秀法官的写照。至于其《赠社区老巡警》《夜住维族朋友家晨起有怀》，以及尤昌安《致援疆教师》《援疆情》《赠援疆干部》等作品，也是取材于身边之事，洋溢着浓郁的时代气息。

当然，纵观青年作者的诗词创作，更多的还是个人情怀的抒发。比如，戴步新早期作品，以"抒怀"为题的就有很多。像《早春晚怀》《夏初山中写怀》《秋日有怀》《客里写怀》《沁园春·春日抒怀》《塞外秋怀》《踏莎行·抒怀》《中秋感怀》《西疆寄怀》《塞上春怀》《静坐有怀》《岁末写怀》《雨夜有怀》《寒夜述怀》《洗衣感怀》《对月

---

① 《中华诗词》，2017年第7期。
② 王国维：《人间词话》，四川人民出版社，1982，第7页。

写怀》《昭君怨·咏怀》等等,都侧重于抒发一己之情怀。这种现象在青年作者中,是较为普遍的。我们看几首作品:

> 一笑傲王侯,身轻话楚囚。浮云生眼底,流水荡心头。坐爱清风起,浑忘落日收。此间容我醉,不作杞人忧。
>
> ——江化冰《与文清兄同游多浪河景观带》
>
> 残红飞雨径,新绿染诗篇。拍摄小天地,裁量大自然。人生蝴蝶梦,事业祖生鞭。我不醉春色,花影莫纠缠。
>
> ——和谈《赴武汉大学访学,赏樱花遇雨》
>
> 归程夜色幽,星野冷光流。大漠三更月,长风一苇秋。心随疏叶杳,诗共乱云愁。遥望千山外,何人独倚楼。
>
> ——张洋《赴沙雅县顺北油气田勘定井位返程有感》
>
> 广纳清风不置帘,杆头碧玉已纤纤。吾今欲把闲身晾,褪去烦忧只剩甜。
>
> ——唐云龙《参观葡萄干晾晒房》①

江化冰的诗在议论、写景中,抒发自己的傲气、散淡,极力张扬着独特的个性。和谈的诗情景交融,色彩艳丽,抒发自己作为博士后在武大访学的情志,虽然尾联出律,但学者的性情历历在目。张洋诗在阔大萧瑟的境界中,抒发夜晚出差返程途中思念家人的情怀,情真意切。唐云龙《参观葡萄干晾晒房》,前两句描摹葡萄干晒晾房,情景毕现,接下来读者的阅读期盼以为可能是赞美果农的勤劳或者智慧,但作者却笔锋一转,抒发渴望"褪去烦忧只剩甜"的个人性情,新奇而有趣。

青年诗词创作在个人性情的抒发中,带有普遍意义的是对进取精神的表达。这类作品由个体的人生志向,上升为群体的共同体验,彰显着青年人的蓬勃生机和进取情怀,使得作品能够引起更多共鸣。在这方面,戴步新是比较突出的。如其《永遇乐·岁初野望》:

> 雪演琼花,林涂寒色,春系何处?径远山蒙,烟迷雾裛,寂寞西来路。瑶池佳想,昆仑好梦,鸿志壮猷如故。戏临风、当歌无酒,兴来兀自狂语。
>
> 榆枝傲立,松魂浮动,稍候冰消絮舞。揽辔驰怀,骋鞭千里,何必关风雨。或如鹏翼,依稀霄九,浩气平云鸠妒。无须卜、前程否泰,艳阳几许?

词写岁初野望所生发的感慨。上片面对"雪演琼花,林涂寒色""径远山蒙,烟迷雾

---

① 王爱山、王善同主编《新疆诗词近作选》,中国文联出版社,2019。

袅"的寂寥朦胧景物,生出"春系何处"的迷茫。但接下来笔锋一转,在遥想好梦中表达不忘初衷、"鸿志壮猷如故"的坚定信念。而"兴来兀自狂语"的描摹,正是壮志豪情的抒发。下片中"榆枝傲立,松魂浮动"的倔强与内在激情,进一步引发了作者"揽辔驰怀,骋鞭千里""或如鹏翼,依稀霄九"的进取情怀。结拍的"无须卜、前程否泰,艳阳几许",则表现出作者坚韧、执着与淡定的人生态度。全词情景交融,而乐观进取精神溢于言表。其他如,"天涯信有春光煦,哪怕征程万里遥"(《偶感》),"携取班超豪侠气,自许青山空阔""此生心志,雨淋霜浸犹烈"(《念奴娇·归程》),"趁韶华正富,勤勉年年"(《沁园春·春日抒怀》),"紫燕款飞衔往事,白杨频曳指新程"(《遣兴》),"故人休掩茱萸泪,处处他乡是故乡(《重阳寄友人》),"根愚智钝当勤勉,历雨经霜亦自强"(《秋声》),等等,都彰显青年人积极进取、坚韧不拔的性情。至于尤昌安"敢抛生死名千古,何计荣枯梦一场"(《胡杨》),"久阅名场心已倦,屡经逆境志犹刚"(《偶吟一律》),张洋"拟把平生豪壮,赋予金雕直上,群岫小如丸"(《水调歌头·游天山索尔巴斯陶感怀》)等,也都洋溢着年轻人奋斗进取、蓬勃向上的时代精神。

整体看,在新疆当代诗词创作中青年作者的作品也存在不足。由于诗词写作的核心是以个人经验为基础的,而青年作者涉世较浅,所以在取材方面尚嫌单一,大多为写景记游、身边琐事等一己情怀的抒发,对社会生活的反映深度尚显不够。当然青年人处于一个特殊的年龄段,对社会的感悟以及题材的拓宽有一个发展的过程。我们相信,随着时间的推移,社会阅历、人生感悟的加深,青年诗人的创作会有一个飞跃。而在诗词艺术方面,则需要在语言的锤炼、意境的营造上多下功夫。青年作者在创作态度上,要有一种锲而不舍的执着精神,要勤于钻研,多读多写。灵感来自生活,而技巧则可以习得,"操千曲而后晓声,观千剑而后识器"(刘勰《文心雕龙·知音》)说的就是这个道理。

总之,青年作者的崛起,展现着新疆当代诗词创作薪火相传、前景可期,在一定程度上破解了传统诗词创作被戏称为"夕阳红"的格局。因为"朝阳"已经喷薄而出,终将日照中天。

第十五章　李汛、明剑舟等其他有专集出版者的诗词创作

在新疆当代诗词创作中，有众多诗人出版了个人专集，彰显着诗词创作的繁荣景观。除上述论及的作者外，在国家或省级出版社出版诗词专集的还有李汛、明剑舟、贾治中、陶大明、王振祥、师廷舟、王敬乾、张波、刘刚等等，他们都有各自的特点，本章略作阐释。

第一节　基层干部诗人群体的代表——李汛

李汛，1941年7月出生于陕西省兴平县的一个农民家庭。1958年进疆，最初在自治区商业厅对外贸易局工作，为组织矿产品出口货源，常年奔波于阿克苏、喀什、柯坪、哈密等地，得以广泛领略边塞大漠的风土人情。1963年考入西北财经学院，当年父亲不幸去世，李汛靠国家助学金和母亲的艰难支撑完成学业。1968年毕业，响应国家"面向基层、面向边疆"的号召，到新疆喀什地区巴楚县工作。曾任百货公司营业员、工厂会计、县委副书记等职。1993年调入新疆水利厅，先后任水利电力物资总公司副总经理、钢管厂厂长。1998年，位于拜城县渭干河上游的自治区重点水利枢纽工程克孜尔水库竣工，李汛被任命为克孜尔水库管理局副局长、纪检书记、党委

副书记,再返南疆,直至2001年退休。特有的人生履历、基层工作的生活感悟,成了他诗词创作的宝贵财富。

李汛学的是财会专业,从事的也是经济管理工作,但对文学却情有独钟。年轻时即有散文、小说、自由体诗歌在地方报刊发表。1968年,在巴楚书店偶得诗词格律之书,"始知传统诗词之要义",从此走上"余事作诗人"的诗词创作之路。李汛的诗词创作,经历了由爱好到尝试,由生硬到娴熟的过程,而加入新疆诗词学会是个重要节点。1990年李汛加入新疆诗词学会,而后曾担任副秘书长、秘书长、副会长兼秘书长、常务副会长等职。这期间,李汛有了更多与名师益友切磋交流的机会,创作水平日益提高。2001年临近退休之际,将诗词旧作拣选近200首汇集成册,名曰《闲吟诗草》,由天马图书有限公司出版。2016年又从退休后创作的诗词中,选出100首,与凌朝祥、星汉合作出版《天山集》,由新疆人民出版社刊行。两部书中的作品,基本上代表了李汛诗词的风貌。其诗词题材广泛,如《闲吟诗草》即分为西域风物、九州游吟、咏物寄意、即事抒情、逸兴杂吟、庆贺缅怀、题咏酬赠等七个部分。

在新疆当代诗词创作中,李汛可以视为基层干部诗人群体的代表。其诗词作品关注现实,心系民情,歌颂社会巨变,描摹水利建设,荡漾着奉献进取而又坚韧的激情。其在七律《述职》中说:"天上风云收眼底,田间水旱注心头。"正是其胸襟、情怀的诠释。

读李汛的诗词,首先感受到的是强烈的爱国爱疆情怀。作为基层干部,其诗词创作关注现实,从不无病呻吟,字里行间跳动着时代的脉搏。这里有对开国领袖毛泽东的由衷歌颂:"阅尽风流多少代,能几个,可同俦"(《唐多令·纪念毛泽东诞辰百年》);有对改革开放总设计师邓小平的真诚赞美:"南巡只语涤心田,不变航程一百年"(《读谈话》);有对中国共产党"为中华、披肝沥胆,激流砥柱"(《贺新郎·七一感赋》)的激昂欢唱;也有对公仆楷模孔繁森的无限崇拜:"存此脊梁供景仰,共携五岳拄苍穹"(《咏昆仑赞孔繁森》)。从李汛的经历可以看出,这些对党、对领袖、对楷模的歌颂,是发自内心的真诚。至于《喜庆香港回归》《庆澳门回归》《喜庆我国宇宙飞船试验成功》等,也都荡漾着对国家繁荣富强的赞颂与自豪。而对新疆社会经济巨大成就的咏歌,也很动人。如《念奴娇·新疆》《永遇乐·故地巴楚胡杨文化艺术节柬邀未赴感念系之》《英吉沙木华里电站》《达坂城风力发电》《沙漠公路行》《咏无线通讯塔》等,都再现了新疆经济建设的新成就,而作者热爱祖国、热爱新疆的赤子之情,溢于言表。

　　李汛作为基层干部,心系民生,又长期在气候干旱的南疆工作,故而其诗词中荡漾着浓郁的"水"情结,而最突出的是对水库之"水"的咏歌。李汛的作品为我们呈现出一幅幅新疆水利工程建设的宏伟画卷,字里行间洋溢着边疆人民战天斗地、积极进取的奋斗精神以及作者的欣喜与感动。

　　这里有对水患未除的愤慨:"五龙猖獗性凶顽,涨落无常乱渭干"(《克孜尔水库杂咏·水库》),更有水利建设者的自豪:

　　　　屠龙不必用牛刀,一道堤坝百米高。鬼斧穿山通四水,从兹涨落任吾曹。

——《乌鲁瓦提水利枢纽》

　　　　千锤百碾卧山阿,石壁巍然御大波。集聚清流三五亿,于无声处听田歌。

——《克孜尔水库杂咏·大坝》

第一首诗题中的乌鲁瓦提水利枢纽,在新疆和田地区南沿的昆仑山中,是一个集防洪、灌溉、发电和生态环保于一体的大型调节水库。水库坝高130多米,是国内同类坝型中第一高坝。四周山峦环绕,高峻挺拔,荒山绿水,极为壮观。此诗在描摹水库景观的同时,表达的正是水利建设者的豪情。第二首诗题中的克孜尔水库,在新疆阿克苏地区渭干河上游,是一个集灌溉、防洪、发电和水产养殖于一体的大型控制性水利枢纽。依山拦河筑坝,历经十年而完成。总库容6.4亿立方米,可调蓄灌溉下游库车、沙雅、新和三县20万公顷耕地,发电超过1亿千瓦时。诗中以形象的语言,既描写了修建大坝的艰难,又传达出水库建成的功效,欣喜之情溢于言表。其他如,"五水拦腰断,山谷一湖横。洪魔百载悄遁,万井保犁耕""银线连墟里,处处有光明"(《水调歌头·克孜尔水库竣工验收赞老一辈建设者》),"省却平民多少事,年年水旱不成灾"(《克孜尔水库杂咏·溢洪道》)等,都表达着水利建设给百姓带来的福音。

　　水库的建成也为戈壁大漠增添了靓丽的景观,成为人们游览观赏的好去处。李汛一些描写水库风光的作品,也十分动人。如《游多浪水库即景》:

　　　　水天一色漠云霾,多浪神奇眼界开。风卷碧波迎客近,雪堆直扑岸边来。

在戈壁大漠,"风卷碧波""雪堆直扑"的水库景观,让人倍感神清气爽。其他如,《游克孜尔水库》《春游红海子水库》等,都在自然景观与游客欣喜情怀的描摹中,赞叹着人类利用自然、征服自然所创造的奇迹。

触景感怀,饮水思源,其作品中也就有了对水利建设者的由衷赞美。如:

> 水库重来倍觉亲,豁眸无觅旧时痕。葱茏草木鸣禽语,似赞和田治水人。
>
> ——《重访乌鲁瓦提水利枢纽工程》

> 一渠肥水出山来,越岭冲滩千百回。不是有人勤导引,哪能田亩免遭灾。
>
> ——《参观喀什噶尔河水利工程》

这些诗词语言通俗浅近,而赞美之情溢于言表。《一剪梅·谒王蔚墓》则是具体赞颂王蔚的:

> 治水和田四十春,捐献身心,造福黎民。紫槐花发柏森森。怀念英魂,祭奠英魂。　　事迹昭彰远近闻,业绩长存,仁德长存。精神震撼后来人。不是昆仑,胜似昆仑。

王蔚是著名水利专家,于1951年西北农学院毕业后,来新疆从事水利工作。1958年调往和田,在这个中国最干旱的地区工作了30多年,参与领导了众多水利工程建设,被当地百姓喻为"水神"。因积劳成疾,于1991年与世长辞。词中"治水和田四十春,捐献身心,造福黎民"的叙述,正是对王蔚一生兢兢业业,为南疆水利建设呕心沥血的真实写照。而"怀念英魂,祭奠英魂""业绩长存,仁德长存""不是昆仑,胜似昆仑"的礼赞,正代表了广大人民的心声。

李汛的心系民情,还体现在对社会不良风气的讽刺上。如:

> 评比复评比,参观又参观。人马归来去,农事却依然。
>
> ——《杂感》

> 一幕才完一幕开,前车未走后车来。餐厅碗筷依然摆,台上横标不用裁。官样文章书本本,模糊言论会堆堆。两天程序三天办,西扯东拉百事乖。
>
> ——《会议打油》

诗以平实的语言、鲜明的对比,以及场景的铺排,对某个时期的形式主义弊端、文山会海的空谈,给予辛辣的讽刺。而对个别官员的腐败更是深恶痛绝,如其《访灾民有感》等,都体现着作者体恤民情的拳拳报国之心。

李汛的咏物诗,在对物象的选取以及对内涵的感悟上,也凸显着基层工作者的性情。我们看几首作品:

> 多年滚荡出深山,无意镶天铺路边。由得车轮来去碾,粉身碎骨不

思迁。

——《铺路石》

但重根中味,何愁结果迟。怀才深不露,只待采收时。

——《甘草》

小花小叶最疼人,岁岁常生绿色新。留得一身经络细,凭君剥去作衣裙。

——《罗布麻》

不图红艳与娇黄,桃绿枝青半掩藏。独傲秋深纷似雪,万民摘取御风霜。

——《棉花》

这几首咏物诗在物象的选择上,都是农村常见之物,而寄寓的则是不求闻达的默默奉献情怀。如第一首《铺路石》,表达的是甘居底层、忍辱负重、志向坚定的奉献精神。第二首中的甘草,本是一种药材,而作品通过对其植物特性的描写,突出了不求急于被赞扬、被肯定,只求踏踏实实、长期积淀,最终以厚重的"果实"奉献于人的情怀。第三首中的"罗布麻",彰显的是牺牲自己而造福人类的志向。第四首中关于"棉花"性情的"不图""半掩藏""独傲",为万民"御风霜"等描摹,则是优秀基层工作者理想人格的写照。著名诗人艾青曾说:"存在于诗里的美,是通过诗人的情感所表达出来的、人类向上精神的一种闪烁。"①李汛的咏物诗,正带有这种特点。

李汛诗词的艺术风格,是清新自然而又时带豪气。其清新自然如"日暮幽窗三两明,绿荫小院晚风轻"(《小憩》),"夕阳红树袅炊烟,缓缓归耕不响鞭"(《小村傍晚》),"浮云巧作丹青手,时染峰巅入画图"(《西行伊犁途中》)等,都是通过鲜明生动的画面描摹,给人一种心旷神怡的审美感受。而《游伊犁库尔德宁》又在清新中荡漾着一股豪迈之气。诗云:

遣兴寻幽静,清心库德宁。冰河消俗韵,翠羽合新声。登岭林中没,扬鞭草野横。英雄台上去,把酒会苍鹰。

诗中的库尔德宁,位于伊犁巩留县东部山区,阔谷溪水与雪山并行,雪岭云杉与草原相映,景色优美动人。前三联写所闻之声、所见之景,于清新自然中表达着作者的闲适与惬意,而尾联"英雄台上去,把酒会苍鹰"的心态,则凸显着一股勇于攀登

---

① 艾青:《诗论》,复旦大学出版社,2005,第5页。

的豪气。其他如,《水调歌头·游喀纳斯》《渔家傲·秋兴》《库车大龙池遇雨》等,也是如此。

李汛的诗词在艺术上也存在不足,有些作品语言过于直白,缺乏锤炼;有些作品缺乏意境的营造,而无韵味。凡此,都应引起作者的注意。

第二节　明剑舟及其他有专集出版者的诗词创作

明剑舟(1944—),笔名鸣剑,陕西人。曾任新疆维吾尔自治区国土资源管理干部培训学校校长兼书记、新疆诗词学会副会长。著有《鹤鸣轩诗草》《明剑舟诗词集》(上、下卷)等。后者由中国文献出版社2013年出版,上卷为《鸿雪斋吟笺》,分为田园拾韵、时代风云、缅怀纪念、题赠酬唱、感事抒怀、咏物寄意六部分,下卷《山水屐痕录》分为江山揽胜、西域吟草两部分。诗词集共收录作品1 260首,其中七言绝句596首,接近全书的一半,可见出作者体裁上的选择与偏爱。

就诗词题材与情感取向的整体而论,明剑舟的作品荡漾着浓郁的赞颂情怀。正如其《病中吟》所云:"莫道浮生如梦幻,残躯犹可颂甘棠。"作者对江南塞北的田园风光、长城内外的壮丽山河,以及古今历史名人的描写咏叹,无不洋溢着赞美之情;对于中国改革开放后取得的巨大成就,诸如新疆巨变、全国援疆、航天事业、国防巩固、港澳回归、抗击灾害等社会重大事件,都有着由衷地歌颂,诗词的时代特色十分浓厚。而一些写景咏物的小诗则颇富情韵,如《葡萄沟》:

玛瑙珍珠坠碧枝,水晶琥珀竞芳姿。秋风熏得游人醉,十里葡萄十里诗。

诗中画面鲜明生动,人物情态毕现,而尾句韵味十足,引人遐想。其他如,《赶巴扎》《渔歌子·晨耕图》等,也展现着浓郁的民族风情和生活气息。一些咏物之作,也能形神兼备,引人遐想,而又极富地域特色。如《胡杨》:

虬枝老干记年轮,挺立荒原伴籁吟。骤雪狂飙催不倒,铜墙铁壁铸忠魂。

胡杨是大漠戈壁特有的树种,以其生长于恶劣的环境而坚韧不拔著称,故有"生而不死一千年,死而不倒一千年,倒而不朽一千年"之说。诗写老胡杨,用虬枝老干的年轮记载着自己的年龄,孤独地挺立在荒原伴籁吟唱,即便狂风暴雪也难以摧毁,显示出其强悍与坚韧。而最后一句的"铸忠魂",则由咏物转向了写人,从而使前三句的描写也就具有了人的特点,成为新疆建设者的形象写照。再如《咏鹰》:

> 喙锐金睛亮,爪尖羽翼丰。栖崖窥浩宇,振翮搏长风。万里凌霄汉,三秋啸太空。枭雄扫妖雾,腐鼠绝萍踪。

前三联用工整的对仗描尽雄鹰的英姿武威,尾联则一语双关,让人联想到某一时期腐败严重的社会风气和民众渴望反腐的情怀。雄鹰的威武英姿、金睛尖爪,以及"扫妖雾"的气魄,成了"反腐干将"的写照。

明剑舟是一位勤奋而高产的诗人。也许正是由于创作数量众多,出版时又未能精选的原因,使得《明剑舟诗词集(上、下卷)》不免带有瑕疵。其尤显者是一些作品境界雷同,有些语言也需进一步推敲锤炼。

贾治中(1931—),字平一,号山里人,新疆乌鲁木齐人。中华人民共和国成立初期在南疆参加减租反霸及土地改革工作,此后在县委、地委宣传部任职,1991年退休。著有诗词集《车夫曲》,由新疆人民出版社2002年出版,书前有王仲明、星汉序。《车夫曲》收诗词作品100余首,但时间跨度很长,第一首《教诲》作于1951年,最后一首《庆祝中国共产党建党八十周年》作于2001年,整整跨越半个世纪。

其诗最突出的特点是纪实性,不仅反映了作者大半生的感情历程,也彰显着中华人民共和国成立后新疆社会半个世纪的发展变化。一些作品完全可以当作"诗史"来读,如《民生》:"野桑沙枣充餐食,扎克糊糊不果肠。贫雇佃农多怆恻,暑寒风雪少衣裳",显然是南疆刚解放时民生艰难的写照;而《选村干》:"乾坤斗转新生面,民主归民喜报传。一豆一投中一票,三秋三选选三员",则形象地记叙了新疆和平解放后,农民自己选举村干部这一开天辟地的新鲜事;至于《风入松·庆减租反霸胜利》《浩罕乡土改纪实》等,都形象地再现了解放初期南疆轰轰烈烈的减租反霸、土地改革的社会革命。甚至于一些生活琐事的记述,也彰显着时代特色、地域特征。如《美谈曹本立书记越境》:

> 首任公仆巡边恤,半职通儒引路歧。误入盟邦惊友戍,夺声书记美谈奇。

作者于诗题下自注云:"曹本立系中共乌恰县委第一任书记,解放初期巡抚边民时误入苏联国境,被苏方边防守军羁留月余,通过外交部交涉才得回归,一时传为佳话。"通过此诗及自注,我们不仅可以了解新中国成立初期党员干部的廉洁勤政爱民,也可以了解到当时中苏边境的情境。诗集中一些作品还反映了新疆的建设成就,如《赞黑孜苇千亩条田》描写"山窝铺绿毯,坎地变条田"的农田建设;《彩练通天》描写1956年乌什县至阿合奇县公路建成通车;《开凿跃进渠》写1958年阿合奇县委书记率领机关干部以及牧民数百人,打眼放炮、劈山凿石,修成了长达6千米的穿山大水渠的山区新鲜事,都具有"诗史"的认识价值。

诗集所收作品的第二个特点,就是浓郁的地域色彩。这主要体现在独特的描写对象以及少数民族语言音译词汇的使用上。就描写对象而言,《车夫曲》中的作品全部作于新疆,所咏景物风光、人事风俗大都为国内其他地区所无;且作者在南疆足迹所至,又多为当代新疆诗人当年所未到者,故而能别开生面。比如,"争绿一沟驰石礐,竞程千里过风滩"(《初识干沟》)的干沟,"雪岭峰高悬日月,红河浪急泻山丘"(《去玉琪塔石草原山中》)中的玉琪塔石草原,"巅峦我跨乌骓立,远望西天问衍敦"(《立马托阔依山巅》)的托阔依山,"夜半狼嗥寒挂月,晨曦鸟唱暖融洲"(《铁木耳库尔干》)的铁木耳库尔干,等等,都给人一种新鲜神秘感。其于风俗人情的描写也往往画面鲜明,极富生活气息。如《穹庐笑声》:

古道山围草甸青,天山牧地翠烟平。葱岩马上寻丝路,玉谷穹庐起笑声。

诗后小注云:"玉谷,即玉琪塔石草原。柯尔克孜族牧民听说有人骑马在寻找古丝绸之路,而不下马询问牧民,一时传为笑谈。"诗注结合,生活画面跃然纸上。其他如,《苏幕遮·刁羊戏》描写的"勇士昂扬,提络巍然至""我举银鞭,疾入飞流里";《阿图什速写》描写的"骑驴少女流苏辫,依树巴郎坎壈弦";《再上玉琪塔石草原》描写的"昔日坚昆剽悍汉,方今玉谷入时郎";《喀什噶尔遗风》描写的"高车木辋行墟里,眉黛霓裳舞庑廊",等等,都在展现少数民族风俗人情时,将人物情态描绘得栩栩如生。一些作品写生活细节也能情景交融,如《夜行膘尔托阔依山中》:

月清山远寒狼泣,流振涧滨孤雁存。夜半骐惶迷牧径,遥闻犬吠觅前村。

诗歌一二句画面生动鲜明,意境深邃,在寂寥清冷中透露出惊悚恐怖,同时也巧妙地烘托出三四句所描写的作者夜半迷路后,忽闻犬吠而产生的欣喜情怀。非亲历者实难写出如此情境。

此外,诗集中许多作品运用了少数民族语言音译的词汇,彰显出诗歌浓郁的地域特色。使用少数民族语言的音译词汇入诗,清代西域诗中已经出现,最典型的是道光二十二年(1842年)谪戍伊犁的林则徐,其《回疆竹枝词三十首》中有大量的维吾尔语音译词汇。而《车夫曲》中除运用维吾尔语音译词汇外,更多的是使用柯尔克孜语的音译词汇,如"克孜圩"(红山窝)、"艾岱"(月亮)、"衍敦"(平坦的谷地)、"阿衣勒"(居处)、"膘尔"(狼)、"柯克"(四十)等等,这一方面是为了满足诗歌纪实性的需求,另一方面则表现了作者对少数民族人民的热爱,体现了民族一家亲的情怀,不仅仅是增加诗歌的容量、表现新鲜感而已。

《车夫曲》所收作品也有不能尽如人意之处,最突出的是有些诗词语言生硬,不够流畅,如"一齐全付之于炬"(《风入松·庆减租反霸胜利》)、"乐得风流太一酬"(《去玉琪塔石草原山中》)、"骇突隆声山汇起"(《天灾》)等等。有些则过于直白,缺少诗词语言的韵味。

陶大明(1946—),笔名田丁,湖北汉川人。1983年进疆,先后在中学、新疆生产建设兵团十二师党校任教,副高级职称。曾任新疆诗词学会理事、中国楹联学会理事、兵团诗词楹联家协会副主席、乌鲁木齐市作家协会副主席等。出版诗集有《爱的涩果》《秋风如歌》(二人集)、《暂住人间》等。其《暂住人间》,由中国文化出版社2006年出版,是作者新体诗、格律诗及对联的合集。其中第六辑《流水落花》收有绝句76首、律诗14首。

在新疆当代诗词创作群体中,陶大明是为数不多的既写新诗又写传统诗词的作者,这种新、旧两体兼擅的创作现象,有助于人们探究新诗与传统诗词的交融及相互借鉴。就《暂住人间》中所收传统诗词看,其题材较为单一,主要以朋友间的题赠酬答与个人的情怀抒发为主。但特点也很鲜明,这就是作者有着独特的经历和独立的思考,其作品以议论见长,有着较为丰厚的意蕴。如《2003年冬天山下画麻雀有感》:

> 百鸟无从觅,寒冬只见君。时空归独享,不可谓清贫。

此诗既是为麻雀写生,也是对人生心态的再现,于寂寥的境界中彰显出旷达与慰藉。其《甲申七月十五望月》:"天山生满月,树影各斑斓。只怪门窗扁,看圆未觉圆。"将门缝看人观物的俗语所包含的意蕴,化为诗词的优美意境,在艺术感染中引人深思遐想,自有动人的魅力。其他如,《题案头硅化木》《题折扇并书赠马嵩先生》《1997年应宿松〈小孤山诗选〉征》等,都在咏物写景中饱含着丰厚的人生感悟。一些题画诗也往往生动形象,使人如睹画幅,如《遵画家张平先生嘱题骆驼》:"偶见胡杨影,绝稀飞鸟歌。黄沙千万里,天地一孤驼",画面鲜明而引人遐想。再如《题毛雪峰画师赠画天涯乐土》:"赤焰张天沙浪翻,残阳一粒血斑斑。苍鹰飞断天涯路,跃跃驼峰似墨峦",诗中"血斑斑"的一抹残阳与似墨峦的驼峰,色彩鲜明,而诗中所蕴含的情怀也动人。

李光武在为《暂住人间》作序时说,陶大明出身贫寒农家,干过农活,走过并不平坦的道路,"印象中的田丁似乎活得很艰难,很不得志"。这种经历、情怀,在他的作品中时有展现,但更多的是逆境中的抗争与憧憬。如《知命之岁有感》云:"人言此岁当知命,偏趁斜阳觅蜃楼。"《五十五岁自画》云:"程程坎坷伤痛重,处处风光意趣稠。"《2003年初冬"泰山居"感受》云:"固知此季芳菲尽,却蘸痴情画玉梅",《2004年5月为长子正华应乌鲁木齐美术馆开馆"丝路情"书画展之征作》云:"丝路悠悠情万里,蜃楼不惧漠风狂。",等等,都体现出坎坷人生中的抗争进取精神。

陶大明诗词创作的题材较为狭窄,主要集中在题赠与抒怀,而一些过于直白的议论,影响了诗词意境的浑融。

王振祥(1940—),号天府,四川省宜宾人。1964年毕业于西北师范大学历史系,同年分配到新疆生产建设兵团工作。先后担任中学教员、校长、团政委、石河子大学副校长等职。出版有《王振祥诗词选》(新疆人民出版社,2001年出版)、《王振祥诗词选(第二集)》(天马图书有限公司,2005年出版)等。前书依据题材内容分为风景名胜篇、屯垦戍边篇、感事抒怀篇、其他篇四部分。书前有凌朝祥、星汉的序。其诗感情真挚、浓烈,表现手法灵活多样。不足之处是诗歌用韵过于宽泛,往往前后鼻音不分,而律诗中不合平仄者甚多。星汉已于其序中予以指出。几年后出版的《王振祥诗词选(第二集)》,所收作品已基本避免了上述毛病,一些作品则直接标明用"新声韵"。由此也可看出,诗词批评对诗词创作有着明显的促进作用。《王振祥诗词选(第二集)》的作品编排体例也是依据内容,划分为神州风采、西域风光、伟人赞歌、总设计师之歌、缅怀纪念、感事抒怀、军垦赞歌、石大放歌、思亲怀友、杂吟杂感、花木吟咏、讽喻警示等12个部分,由此可以看出王振祥诗词的取材特点以及情感取向。

其写景诗作大多气势奔放,如《喀纳斯湖观景台书所见》:"神池天赐碧如油,浩渺烟波掩画舟。动地情歌惊客梦,红鱼划破一湖秋。"又如《眺黄果树瀑布》:"谁挥鬼斧破龙宫,引出清流泻碧空。惹得五洲人不寐,如雷贯耳吼寰中。"都以奇特的想象,描绘出开阔高远的境界,而且动静相衬,引人遐想。再如《秋游天池》:

> 层峦叠嶂把池围,王母乘风下翠微。尤喜博峰霄汉刺,白云撕碎满天飞。

诗在写景中融入神话传说,突出了天池的神秘色彩,以及博格达峰的雄伟气势。而结句造语生新,颇显奇特。其军垦赞颂诗所表现的创业艰难以及屯垦事业的辉煌成就,颇多认识价值和教育意义,对兵团精神的赞颂也能给人以鼓舞。如

《屯垦》：

> 当年临大漠，万里绝人烟。冰雪埋黄土，飞沙走石寒。引洪滋瀚海，
>
> 戈壁造花园。屯垦千般苦，无人肯说还。

诗写屯垦戍边的恶劣条件以及兵团人艰苦创业所取得的成就，从而颂扬了兵团人积极进取、不怕吃苦流汗、扎根边疆、建设边疆的精神品格。

王振祥的诗词数量多、题材广，为读者描绘出一幅全景式的当代新疆画卷。诗集中既有宏大主题的歌颂赞扬，也有一己情怀的抒发，都展示着积极昂扬的时代风貌。而其艺术上的不足则在于语言功力略显欠缺，重复的词汇过多，这在相同题材的诗作里表现得尤其突出。至于一些律诗的对仗，则显得不够精工。

师廷舟（1925—2003），号济川，甘肃临洮人。哈密第二中学高级教师。著有《西域吟草》，由中国文联出版社2002年出版。作者在前言中说，自己离休后受聘于哈密老年大学诗词班任教，才开始诗词创作。集中所收，主要为近年来在报纸杂志上发表的诗词曲作品，以形式分为仿古风乐府体之页、律诗之页、绝句之页、词之页、曲及其他之页五部分。内容也是丰富多彩，而于日常生活的吟咏更富情趣。如其"仿古风乐府体之页"中的《教坛情思》其二云：

> 一生做了孩子王，风尘荏苒胸胆张。退休欲享晚景乐，头白又教白
>
> 头郎。

在通俗、幽默中透出任教老年大学的惬意。其绝句《遥寄》也很有韵味，诗云：

> 一别音容两渺茫，溪边又负杏花香。匆匆过尽南来雁，漫诵《蒹葭》
>
> 立夕阳。

诗中画面鲜明，意境浑成。"溪边杏花香"以"又负"言之，"匆匆南来雁"以"过尽"言之，不仅紧扣诗题的"遥寄"，而且使思念、失落、孤寂之情跃然纸上。而尾句"漫诵《蒹葭》立夕阳"的抒情主人公形象，情韵深长，给人留下丰富的想象余地。

王敬乾（1944—），甘肃兰州人，曾任新疆伊犁州政协党组书记、新疆诗词学会顾问、伊犁州诗词学会会长，著有《残阳血》《雁歌行》等诗词集，2011年由新疆人民出版社出版的《走沙集》是其代表作。《走沙集》题材内容丰富，既有对时政的关注，对新疆建设成就的咏叹，也有对历史人物、革命先烈的缅怀，至于写景咏物、亲情放歌，也浸染着作者的火热情怀。而将《走沙集》放在新疆当代诗词创作的视域下来考察，其突出特色则在于这是一部"新声韵白话格律诗词集"，体现着新疆当代诗坛对传统诗词形式在声律、语言等方面的尝试与探索。诗集中的作品在艺术上最鲜明的特点，就是语言的口语化、通俗化。而一些作品的短处也正在于此，如

《扑蝴蝶·秋风落叶》《清平乐·太阳您好》等作品,则又像贴着词牌标签的白话韵文。当然,诗集中也有一些语言通俗而富有韵味的佳句,如"诗文千古事,仕宦一时荣"(《偶遇》),"山花到处是诗行"(《那拉提赏景》),"春风开柳眼,夜雨透荷心"(《听雨》),等等。可见,诗词的韵味并不取决于语言的典雅或通俗,而在于是否具有诗词特有的优美意境,是否蕴涵着能引人品读、联想的丰富意蕴。

黄泛(1925—),湖南绥宁人,新疆生产建设兵团原五建会计师,著有《沧桑稚韵》,由北京燕山出版社1997年出版,为诗词与对联的合集。其中七言长诗《宝地歌》,从矿产、交通、兵团业绩、绿洲经济、文化教育等方面,反映了新疆社会经济蓬勃发展的现实,具有认识价值,但在艺术上略显粗糙,如"新疆地广全国首,六分之一领神州""原有军队皆转业,组建兵团有远谋"等句子,直白无味。相比较而言,其七言绝句更觉耐读,如《咏左公柳》:"百年风雪尚昂然,枝叶葱茏冷碧烟。后植诸林相簇拥,长留先泽艳新天。"在形象描绘中,给人许多社会层面的联想。

张波(1952—),辽宁沈阳人,新疆诗词学会会员。曾为温泉县知青、温泉县文教局干事、博尔塔拉报记者、编辑。1981年调入新疆教育学院,历任中文系讲师、院办副主任、学术交流中心主任等职。著有《逝水无痕》诗词集,由东北师范大学出版社2010年出版。张波的诗词注重性情的抒发,其中多有意境浑融之作与精警奇拔之句。如《近思二首》其一:

沽酒停风向舍闲,醉翁玉盏掩苔轩。华光渐短沉髭冷,尚欲登高眺

远山。

此诗平仄和谐,流畅自然,在写景叙事的基础上,一个老当益壮的抒情主人公形象跃然纸上,而那种不甘沉沦、执着向上的精神更能给人以鼓舞。一些写景的诗作,也自然清新。如《中央党校访友见秀景怡人乃写诗自娱》:

柳色轻柔竹叶娇,荷风惜晚淡云高。静言思得无名趣,相向啼鸦钓

曲桥。

此诗情景交融而又含蓄蕴藉,使人如身临其境。诗集中咏物诗很多,有的单纯咏物,有的寄托遥深,但都力图追求神似。如《戏语窗前挂兰》:

数枝小蔓白花开,跳出丛生抱雪腮。轻叩寒窗兰一簇,怡然自乐入

诗来。

诗歌状物细腻,语言清新活泼,作者见兰花盛开时的欣喜之情,跃然纸上。其《再题小草》,则寄托着作者的坦荡情怀。诗云:

天生小草任风呼,弃置郊原意自孤。不为枯荣争上下,坦开心骨付

闲书。

一二句为小草传神,意在其中;三四句直接言志,表达出一种泰然自若的旷达情怀。虽言小草,实为写人,意在言外,令人回味无穷。《三角梅》亦属此类佳作,其诗云:"绿叶枝头晓雾迟,暗香入梦化春思。谁家三角梅红透,报与相思各自知。"全诗蕴藉空灵,清新自然,缠绵相思中带着一种淡淡的忧伤,可以称得上是情景交融的佳作。

张波写诗痴迷,秉承杜甫"为人性僻耽佳句,语不惊人死不休"的创作理念,常常是冥思苦想,反复推敲,故而诗中多有佳句。如《温泉米尔其克》之颔联:"野幕低迷青石冷,昏山凸走日光疏。"冷峭瘦硬中,带着一股郁勃之气。再如,《秋藤》颈联之写老藤:"骄英可敌千般毒,韧骨能征万里川。"不仅气势雄伟,而且能引人遐想。再如,《诉衷情》词之下阕:"天蕴美,地生奇,酒相依。晚来青眼,半沓诗书,自娱神怡。"语言明白浅近,内涵丰富,用典自然,耐人寻味。当然,诗集中也有一些作品,为了迁就格律而显得用词生硬,推敲过头,便失去自然。

《葡萄绿韵》,由作家出版社2008年出版,是"吐鲁番诗词协会"丁维才、刘幼学、杨渭、祝应灿、温引能五位作者的合集,出版时作者的平均年龄70岁。此书的出版填补了吐鲁番文化领域没有格律诗词作品集的空白。就其内容而论,题材较为丰富,诸如山水田园、写景咏物、时政感言、咏史怀古、题咏赠酬、故乡情怀等。其中不乏佳作,如刘幼学《无题二首》其一云:"人言最乐是糊涂,每欲潜心伏遁庐。无奈血流偏不冷,依然故我蠢头颅。"在直白中透出一股孤傲之气。而杨渭的《浣溪沙·吐鲁番之秋》:"片片田园飘果香,条条坎井水流长。葡萄满架诱人尝。"字里行间透出一股清新之趣。至于刘幼学的长篇古风《火焰山》《风灾之中救客列》等,也在奔放中彰显着浓郁的地域特色。在形式方面,丁维才明确声明自己采用的是"新声韵",体现着对传统诗词创作的声韵探索。但就《葡萄绿韵》整体艺术成就而言,诚如该书《序》中所说:"从其意境的营造、字句的锤炼、音韵的使用、格律的把握诸方面看,还存在缺陷,表现较幼稚。"

刘刚(1955—),湖南长沙人。系中华诗词学会、新疆诗词学会会员,昌吉州诗词学会副会长,呼图壁诗词学会会长,《天山天池诗刊》副主编,《景化诗词》主编。著有《诗意北庭》,中央民族大学出版社2019年出版,系国家出版基金资助项目"'一带一路'大型系列丛书"之一种。《诗意北庭》收有诗词作品700余首,分为本土风情、边陲景致、塞外时序、西域情怀四部分。诗中处处洋溢着对祖国、对新疆、对呼图壁这块热土的挚爱,成为外界了解新疆形象的一个窗口。一些作品颇具韵

味,如:

> 河宽水急鲫鱼肥,燕贴波涛仄仄飞。苇丛将掩羊倌顶,牧鞭赶得夕
> 阳归。

——《呼河夕钓》

> 夕阳辉映一天西,纵目驰骋看绿畦。牧笛悠悠牛和曲,芦丛深处鹧
> 鸪啼。

——《小海子日暮即景》

诗中画面形象鲜明,动静相衬,恰如田园牧歌。以戈壁大漠著称的新疆,有如此景
致,着实令人心动。其对农村的变化也有着真切的描摹,如《和庄村小住即景》:
"小村面貌费咨嗟,户户门前泊轿车。漫忆当年泥土道,何谈楼宇树林遮?"在今昔
对比中,新农村的巨大变化历历在目。农业的大丰收、农民的精神面貌,也在作品
中得以展现。如《行香子·十月过十三户》:

> 到了金秋,醉了神州,徜徉处满眼丰收。飞南雁阵,别北沙鸥。报粮
> 如山,棉如岭,果如丘。　　人浮喜色,马引欢啾。拆茅庐盖起新楼。村
> 边树盛,水里鱼游。听青年歌,老年笑,壮年谋。

全词语言通俗,将"粮如山,棉如岭,果如丘"的丰收,"青年歌,老年笑,壮年谋"的
欢快,描摹得栩栩如生。而纵观《诗意北庭》全集,则觉其诗词相似题材重复过多,
比如,仅以垂钓为题的就不下几十首,重复性高了,没有新意就会令人疲倦。

第十六章　丝路古迹、自然景观及民族风情的描摹

新疆有着奇妙独特的自然景观与丰富多彩的人文风貌,而历史悠久的古丝绸之路的贯穿,又留下了众多的名胜古迹。凡此,一方面为新疆当代诗词作者所对象化,成为作品表现的重要内容;另一方面又为诗人们所精神化,成为新疆当代诗词摇曳性情的内在气质。所以,从创作层面看,这些自然风物、名胜古迹、人文景观,具有题材的含义,但在作品中又不是简单的题材概念。因为它灌注了作者的主体意识和精神境界的生气,从而构成新疆当代诗词独具的氛围格调和丰厚内蕴,彰显出特有的文化功能和审美价值。本章从丝路古迹的寻觅、自然景观的描摹、民族风情的再现等方面,做些阐释。

第一节　丝路古迹的寻觅咏歌

新疆作为古代"丝绸之路"的中心地段,2 000多年来,在古丝绸之路的南、北、中三条干线上,留下了数以百计的古城池、古墓葬、千佛洞、古屯戍遗址等丝路古迹。这些成为新疆当代诗词吟咏的重要题材之一。诗人们从远古岩画、草原石人,汉代烽火台、楼兰遗址、克孜尔千佛洞,到唐代铁门关、交河故城、高昌故城、北庭都护府,以及清代惠远城、苏公塔、香妃墓,等等,一路写来,创作出众多吟咏丝

路古迹的诗词作品。

在传统诗词的创作中,"咏史怀古"往往相提并论。但细究一下,"咏史"与"怀古"又有差异:"咏史"多是由阅读古代典籍而引发感慨;"怀古"则是因游览历史遗迹、触景生感而抒发情怀。正如元代方回所说:"怀古者,见古迹,思古人,其事无他,兴亡贤愚而已。"①纵观新疆当代诗词创作,怀古诗词远远多于咏史诗词,其中一个重要原因,就是新疆大地分布着众多的丝路古迹。诗词作者在游览、探访历史遗迹时,产生了强烈的创作冲动。这虽然有点儿类似于纪游诗,但并非简单的纪游所能概括。因为诗人们总是试图在历史的时间过往与空间纵横的追寻中,寻找当下存在的意义,因而也就有了一种新的思维方式和艺术表达。

我们先看几首吟咏"铁门关"的作品。"铁门关"又称"铁关",在今新疆库尔勒市北郊,位于孔雀河上游穿越天山大峡谷的通道出口,曾是古代"丝绸之路"中道的咽喉,为扼守南北疆交通的天险要冲。《明史·西域传》称,此地"大山屹立,中有石峡,两岸如斧劈。行二三里出峡口,有石门,色似铁,路通东西。番人号为'铁门关',设兵守之"。②晋代已于此设关,为历代兵家必争之地。前人于石壁上留有摩崖石刻"襟山带河"四个大字,亦可见其险要。唐代著名边塞诗人岑参于天宝八载(749年)赴安西时途经铁门关,作有《题铁门关楼》:

　　　铁关天西涯,极目少行客。关门一小吏,终日对石壁。桥跨千仞危,
　　路盘两崖窄。试登西楼望,一望头欲白。

此诗为作者触景生情之作。一二句写铁门关所见,这里地处遥远的西极,行人稀少,苍凉寂寥。三四句写守关小吏,在"极目少行客"的环境里"终日对石壁"。诗中的"终日"不仅是从早到晚的意思,还包含着日复一日、年复一年的漫长岁月。五六句描摹铁门关之险要,彰显出峡谷险峻、山路崎岖、关口狭窄的特点。最后两句抒发作者登楼远眺的感慨。此诗中出现了两个形象,一是守关小吏,一是作为抒情主人公的作者自己。就景物、情怀看,不管是"终日对石壁"的小吏,还是"试登西楼望,一望头欲白"的作者,都在苍凉萧瑟中彰显着寂寞与忧伤。

而新疆当代诗词的创作,则是另一番景象。正所谓"歌谣文理,与世推移""兴废系乎时序,文变染乎世情"。③当代新疆社会生活的新面貌,强烈震撼着诗词作

---

① 方回:《瀛奎律髓汇评·序》,上海古籍出版社,1986。
② 张廷玉等:《明史·西域传》,中华书局,1974,第8604页。
③ 刘勰:《文心雕龙·时序》,载周振甫《文心雕龙选译》,中华书局,1980,第269页。

者的心灵。我们来看欧阳克嶷的《铁门关》:

> 西海波涛撼铁关,危崖峻岭控天山。桥横孔雀腾银锁,路接昆仑转
> 玉盘。民族协和兴伟业,汉唐陈迹换新颜。绿洲万顷梨千树,头白岑参
> 刮目看。

此诗前两联描摹铁门关的地理环境,通过山势的峭拔、波涛的汹涌、路接昆仑的崎岖等,极力渲染关隘的奇险。接下来两联写人类社会的变迁。正是因为"民族协和兴伟业",才使得"汉唐陈迹换新颜",即使岑参重生,也会对此刮目相看。全诗在空间意象与时间意象的并列对举中,突出了关隘的险要一如往昔,但社会面貌却发生了翻天覆地的巨变。再如凌朝祥《登铁门关新楼》:

> 铁壁千寻险,雄关几度秋。苍龙朝北去,孔雀向南游。大漠风烟尽,
> 丰田稻麦稠。高歌开拓者,一笑胜王侯。

诗写作者登上铁门关城楼,极目远眺,感慨万千。南疆铁路吐(鲁番)库(尔勒)段已经通车,而依峡谷急流之势建成的水电站正发挥着巨大作用,出现了"苍龙朝北去""丰田稻麦稠"的可喜景象。诗中"大漠风烟尽""雄关几度秋"的咏叹,使人感受到历史悠久的铁门关,正是时代变迁的见证。所以"高歌开拓者,一笑胜王侯"的由衷赞美,便直抵人心。一些七言绝句也往往在短小的篇幅中,以凝练的语言展现出今昔巨变。如李般木《游铁门关》:

> 双峰对峙夹雄关,仰视铁门一线天。自古兵家争夺地,金戈此日化
> 安澜。

此诗一二句写景,突出铁门关的雄奇;三四句抒发作者的感慨,古代兵家的争夺之地,在今天呈现出一派繁荣祥和的局面,字里行间洋溢着作者的欣喜。再如李汛《铁门关》:

> 天山横阻一关门,石壁犹留旧墨痕。征战已随流水去,俯看十万小
> 康村。

诗在今昔对比的画面描摹中,凸显的也是新疆社会现实的巨大变化。其他如,"穿谷已非征战客,登楼多是壮游人"(李汛《游铁门关》),"虎斗龙争几千年""今日平湖花草艳"(谭平祥《铁门关》)等描写,都是如此。可以说,这类作品在缘情体物的基础上,将怀古与咏今融为一体,通过优美意境的营造,彰显着今昔巨变的欣喜,给读者留下了丰富的想象空间和如临其境的感受,为世人了解当代新疆提供了一个形象的窗口。

我们在阅读新疆当代诗词中的怀古作品时,发现它们所展现出的情感意蕴,

与前人有着明显不同。古代文学史中的怀古之作,其主题大体有二,一是围绕个人的穷通得失,通过怀古抒发自己怀才不遇的情怀;二是借咏叹历史的兴亡,表达对社会现实的批判。但新疆当代诗词的作者们,对历史遗迹、历史人物的咏叹,大多是仰慕前贤的精神、赞美前贤的贡献。在情感的价值取向上,形成了以歌颂为主的抒情特征。

我们先看欧阳克嶷《惠远钟鼓楼》:

> 雕梁画栋镇神州,冒雨来登惠远楼。百载风云凋玉叶,万民血肉固金瓯。曾经庙算劳西顾,未让流人独北忧。极目四围山色暗,平林漠漠思悠悠。

惠远城在今伊犁霍城县境内。清朝乾隆二十七年(1762年),清政府平定了准噶尔阿睦尔撒纳的叛乱,于次年设置伊犁将军,统一管理巴尔喀什湖以东以南和天山南北军政事务,并修筑惠远城作为伊犁将军驻节之所,"惠远"之名为乾隆皇帝亲赐。惠远旧城曾于1871年沙俄侵占伊犁后被毁,1882年清军收复伊犁后,在旧城北重建新城,即今日之惠远城。清代名流如洪亮吉、林则徐、邓廷桢、徐松等,在流放新疆期间均曾居留惠远城,并留下了许多珍贵的诗文。城中心的钟鼓楼,雕梁画栋,飞檐斗拱,气势非凡。欧阳克嶷这首诗,描写雨中登临惠远钟鼓楼的所见、所感、所思。首联写钟鼓楼的雄姿,"雕梁画栋"状其精美,而"镇神州"的"镇"字,又凸显出鼓楼的雄伟。中间两联咏叹惠远楼所见证的清代历史,颔联中"万民血肉固金瓯"一句,突出了各族民众在维护祖国统一、保卫边疆中的作用。颈联称赞乾隆皇帝的"庙算"以及"流人"的贡献。尾联以景结缡全诗,"平林漠漠"的画面与作者"思悠悠"的情怀融为一体,韵味深长而又境界浑成。就情感抒发看,作者登楼远眺所触发的感慨是对前贤的赞颂,既有对各族民众用血肉之躯保卫家园的咏歌,也有对开明君王、报国"流人"维护统一的赞美。而李般木的《惠远城怀古》,则聚焦于林则徐:

> 驿路茫茫越极边,林公逐放为禁烟。我来惠远思先哲,浩气长留人世间。

林则徐于道光十九年(1839年)主持了震惊中外的虎门销烟,鸦片战争爆发后,腐败软弱的晚清政府,将林则徐流放伊犁。林则徐在伊犁其间,竭尽全力兴办水利、勘查地亩,成效卓著。此诗描写登上惠远城楼"思先哲"的情景,旨在歌颂林则徐的浩然正气,以激励世人。

再如星汉《满江红·巴里坤登岳公台,步岳飞韵》,也带有这样的特点。词云:

人去台空,英雄气、冲霄未歇。豁眸处,远荒翻浪,晚风正烈。凝碧
天山吞落日,扬尘大漠衔边月。看江山一统共金瓯,情何切! 马啮
石,旗卷雪;千帐里,灯明灭。想戈挑泉出,剑挥山缺。盖地青松悬铁甲,
接天蒲海盛忠血。使丝绸古道贯舆图,通京阙。

词题中的"岳公台",在今新疆巴里坤县城南。此地南倚天山雪峰,虎视北部草原,
而东西两侧谷深林密,山势奇伟。清代名将岳钟琪于雍正七年(1729年)受命为宁
远大将军,征战准噶尔时,曾率军驻于此,当地百姓为褒扬其功德,称之为"岳公
台"。词的上阕写登台后的所见所感,虽然人去台空,但当年岳钟琪征战准噶尔、
维护祖国统一,使丝路畅通的英雄气概,依然"冲霄未歇"。而"看江山一统共金
瓯,情何切!"更见出这种保家卫国的情怀对后世人们的感染、激励。下阕遥想当
年的征战,以"马啮石,旗卷雪"写征战的艰辛,以"戈挑泉出,剑挥山缺"写艰难中
的慷慨之气,而"接天蒲海盛忠血"则描绘出将士的浴血奋战。词的结句点明主
题,正是将士们的英勇奋战,才平定了分裂叛乱的准噶尔,维护了国家的统一,"使
丝绸古道贯舆图,通京阙"。全词慷慨悲壮,赞扬歌颂之意甚明。其他如,王爱山
的《水调歌头·清明悼念左宗棠》,在描摹左宗棠"驱赶俄英迅猛,追打豺狼尤烈,威
使贼惊寒。剩勇追穷寇,收复故河山"的同时,又赞美了其"栽柳修渠引水,排碱固
沙开路,佳话尚流传"的关注民生的功德。凌朝祥的《水调歌头·深秋登红山龙泉
阁怀古》,则从张骞凿空西域写起,一直到左宗棠部将刘锦棠"一炮成功"收复乌鲁
木齐、陶崎岳率军起义,热情地赞颂了在"西域千秋史"上作出贡献的众多才俊。

新疆当代诗词创作中的怀古之作,之所以会荡漾着对古代先贤的热情赞颂,
应该是得利于丝路文化的浸染。所谓"人禀七情,应物斯感,感悟吟志,莫非自
然"。①由于丝绸之路有着开发、建设、反对分裂、维护统一的文化底蕴,所以诗人
们的怀古之作,也就带上了反思致用的特点。他们歌颂先贤的丰功伟绩,一方面
是不忘历史上的客观存在,一方面也是激励今人维护统一、维护团结、齐心协力共
建美好家园。

就怀古诗词的艺术创作而言,历史古迹只是扮演了一种"触媒"的角色。而面
对"触媒"所引发的情感,则与作者长期以来所受到的地域文化、现实情怀的交叉
熏染密切相关。阅读新疆当代诗词中的怀古之作,我们发现诗人面对历史遗迹所
触发的精神情怀,往往是悲壮激昂,而绝少凄婉哀怨。我们看一首万拴成的七律

---

① 刘勰:《文心雕龙·明诗》,载王利器《文心雕龙校证》,上海古籍出版社,1980,第34页。

《交河故城抒怀》：

> 残垣断壁尽峥嵘，曾是开元锦绣城。笛韵悠悠迎远客，河波滟滟饮
> 驼牲。斜阳铺彩绮罗色，苍鹘盘天商旅程。瀚海新翻丝路曲，铁龙一唱
> 壮边声。

首联由眼前景观落笔，交河故城已是"残垣断壁"，但用"尽峥嵘"来描绘，则再现出故城的奇伟，而"曾是开元锦绣城"的追述，又突出了当年的繁华。颔联与颈联集中怀古，既有人文意蕴，又富天然情趣。"苍鹘盘天商旅程"一句，突出了历史上的交河作为丝绸之路重镇的地位。尾联落到眼前的"瀚海新翻丝路曲"上，而"铁龙一唱壮边声"的"壮"字，在突出今之"壮"的同时，也使人联想到了交河故城的古之"壮"。全诗字里行间洋溢着一股悲壮雄豪之气。

其实，这并非个别现象，在新疆当代诗词创作中，吟咏丝路其他古迹的作品，其情怀也往往是悲壮激昂。如星汉的《赤亭》：

> 泼丹城堡地天中，疑是当年旗影红。大漠数株沙枣树，犹摇铁马裂
> 云风。①

"赤亭"位于鄯善县七克台乡，是当年唐军出入西域的粮草补给处，至今残墙犹存，土皆红色。所以诗作由城堡"泼丹"落笔，而想到的则是当年"旗影红"，连屹立大漠的沙枣树，摇荡的也是"铁马裂云风"。诗中一系列军旅意象的比拟、想象，使"赤亭"形象，荡漾着奔放雄奇的风姿，激昂悲壮之情也跃然纸上。其《惠远古城遗址》也有着同样的特点：

> 萧萧古木废城垣，人事难回岁月迁。一道伊犁呼啸水，犹追落日漫
> 西天。

诗写作者登上惠远古城遗址的所见所感。一二句以"古木""萧萧""废城垣"等意象，展示着一种世事变迁的苍凉感。但接下来三四句笔锋一转，落到伊犁河水上，那奔涌呼啸、"犹追落日漫西天"的生动形象，在流走奔放中彰显着不屈不挠的倔强与坚韧。其《访北庭故址》，在面对"残垣"时，"想见"的也是"旧威灵"，感叹的是"雄气依然起北庭"。其他如，刘树靖的《交河故城》，在描写"伫立门楼听苦雨"的同时，表现出"精英血壮乾坤韵"的雄豪。段一鹏的《乌拉泊古城》，感叹"颓壁残垣一地哀"，但作者仍能从"陶片认轮台"，尤其是"古塞犹存唐将梦"的情怀抒发，让人们感到一种慷慨。凡此种种，都表明新疆当代诗词中的怀古作品，

---

① 星汉：《天山东望集》，中国文联出版社，2009。

绝少哀怨感伤之情,而多悲壮慷慨之气,进而彰显出新疆当代怀古诗词的独特精神风貌。

综上所述,可以看出,新疆当代诗词创作中的怀古之作,在作者的"当代视野"下,通过对历史与现实的审视,找到了古今情怀的对接点。在展现今昔巨变的同时,形成了以歌颂为主的情感取向,彰显着作者的家国情怀和社会责任感。而抒情基调的激昂慷慨,又使其作品生成苍莽、悲壮而又雄豪的审美风貌。由于丝绸之路有着开发、建设、反对分裂、维护统一的文化底蕴,所以当代诗人们的怀古之作,都带有反思致用的时代特点。可以说这些怀古之作,激发出西域文化遗产的当代活力,提升了历史文化资源的功能和价值。

第二节　自然景观的诗意描摹

新疆的地理环境独具风貌。在这片广袤的土地上,高峻雄奇的崇山峻岭、常年积雪的雪域冰峰、苍茫辽阔的戈壁大漠、狂风肆虐时的漫天黄沙,与一望无际、风吹草低见牛羊的草原,水光绮丽、景色明秀的湖泊,以及充满蓬勃生机的沙漠绿洲等,交相辉映,生成了种种神奇而独特的自然景观。这些雄奇景观,从不同侧面强烈震撼着新疆当代诗词作者的心灵,激发出他们的创作激情,从而也就出现了大量特色鲜明,描写新疆自然风光的作品。

这些诗词往往以鲜明生动的意象,彰显着丝路景观的雄奇,荡漾着顽强的生命力。我们看几首星汉的作品:

> 天地无声大漠空,丝绸古道热风中。苍鹰惊去疾如箭,射落残阳一捧红。
>
> ——《丝绸古道偶成》

> 难耐桃枝出短墙,欲拦行客说春光。平畴一望三千里,自有高天雁翅量。
>
> ——《巴克图路上》

> 载梦孤车国道平,目开千里寂无声。晴空一阵苍凉雨,便见梭梭拔地生。

——《过荒漠》

第一首诗写走在丝绸古道上的所见之景。一二句以"无声""空""热风"等词语，从听觉、视觉、触觉多角度地再现浩瀚大漠中丝绸古道的空寂与苍凉。三四句突然一转，那"射落残阳""疾如箭"的"雄鹰"意象，刚劲有力，令人精神一振，而又想象无穷。恰如古人所说的"墨气所射，四表无穷，无字处皆其意也"。[1]全诗短短四句，描绘出的境界却极富艺术张力，在荡气回肠中，丝路古道所蕴含的苍莽刚毅的特质，喷薄而出。第二首《巴克图路上》，先用拟人手法，以"难耐"描写桃枝出墙的情态，又以"欲拦行客说春光"的画面，表现浓郁的春意，可谓柔美清丽。但三四句却重重地宕开一笔，描绘出"平畴一望三千里，自有高天雁翅量"的高远境界。它不仅再现了西域辽阔的自然景观特点，而且凸显出作者高远的胸襟志向，可谓妙笔生花。前人论画，有"尺幅千里"之说，读此诗正有这种感觉。第三首《过荒漠》，写作者所见荒漠植物"梭梭"，雨后"拔地"而生的情景，鲜明生动而又颇具情韵，字里行间荡漾着一股蓬勃清新之气，凸显着戈壁大漠中的顽强生命力。

至于一些个体景观，诸如天山、阿尔泰山、昆仑山，那拉提大草原、巴音布鲁克大草原、巴里坤大草原，天池、喀纳斯湖、赛里木湖、博斯腾湖、布伦托海，以及火焰山、坎儿井，等等，都成为诗词作者诗情的触发点。

我们以描写天山、天池的作品为例，一窥豹斑。天山耸立于新疆中部，雄奇壮伟，历来是新疆地理的独特标志之一。由于山峰冬夏皆被白雪覆盖，故而古代也称白山、雪山。因其横越新疆中部，所以北疆人也称其为南山，南疆人又称其为北山。天山的雄奇壮观，自然会震撼诗词作者的心灵，因而也就产生了众多的吟咏作品。如王子钝《天山颂》：

西域有一人，嶙峋持大节。昂首出青云，当胸堆白雪。儿孙喜交游，

九州广罗列。借问寿几何？苍茫无岁月。

此诗以拟人手法描绘天山，极写其高峻、洁白、连绵起伏以及时代的久远，可以引起人们的丰富联想。诗人们吟咏最多的是天山的雄奇。如王孟扬《自哈密遥观天山积雪》：

银顶群峰竞出头，绿杨白雪映新秋。一般季节两般景，谁遣伏冬共

入眸。

此诗从"观"落笔，形象地描绘出山顶白雪、山下绿野，迥然有别于江南秀色的新疆

---

① 王夫之：《姜斋诗话》，上海古籍出版社，1982，第19页。

独特景观。这种面对天山难以分辨季节的感受,形象地展现出西域大自然的神奇魅力。其他如,凌朝祥《游南山大峡谷绝句六首》、王善同《天山蝴蝶谷》、王亚平《横越天山行》、星汉《天山日光城浴雨》等众多作品,或写天山瑰丽清新之景,或状天山苍茫雄浑之貌,或抒攀登天山的人生顿悟、自我性情,等等,都在雄奇苍莽的艺术境界中,给人带来新鲜奇妙的审美体验。

天池,位于天山东段博格达峰北麓的半山腰,总面积4.9平方千米,湖面海拔1 928米,湖最深处105米。相传3 000多年前周穆王姬满西巡时,西王母曾在这里款待周穆王,宴饮之际,西王母赋诗为周穆王送行,留下千古佳话。天池属于高山湖泊,湖水清澈,晶莹如玉。四周群山环抱,绿草如茵,野花似锦,挺拔、苍翠的云杉、塔松,漫山遍岭,遮天蔽日。明秀绮丽而又雄奇的水光山色,使之成为新疆著名的旅游胜地。新疆当代诗词作者对其备极赞誉。先看两首七律:

雾峦松壑抱瑶池,玉镜天开造化奇。日照博峰腾紫气,人随画舫枕清漪。半湖云树半湖雪,一棹烟波一棹诗。安得结庐仙境里,林泉相伴慰襟期。

——周五常《天山天池吟》

翻越天山日向西,白云深处探神奇。引来四海五洲客,争去千娇百媚池。岚气烟波无墨画,松涛泉瀑有声诗。画船荡漾鸟儿唱,溪畔毡房牧笛吹。

——朱奇斌《游天池》

这两首作品突出的都是天池的静谧、娇美与神奇。周五常诗前两联聚焦于天池的造化神奇,在动静结合中,营造出如梦如幻的艺术境界。颈联对仗工稳而形象鲜明,引人赞叹。最后以自己"安得结庐仙境里"的无限向往,结束全篇,进一步烘托出天池的诱人魅力。朱奇斌诗也是突出了天池的"千娇百媚",而引来五湖四海的众多游人。其颈联以"岚气烟波"描摹天池静景,以"松涛泉瀑"描摹天池动景,又以"无墨画""有声诗"作比喻,不仅生动形象,而且性情摇曳。最后以"溪畔毡房牧笛吹"结尾,散发着浓郁的生活气息。至于一些七言绝句,也彰显着同样的风姿。如董淑敏《新疆天池》:"一池碧液绿绸铺,雪岭松峰倒映湖。万顷鳞波收眼底,空悬画笔不能涂。"王元西《天池灵趣》:"雪影岚光映碧湖,参天云柏美仙都。灵槎欲泛清风到,借问蟠桃熟也无。"等,都在赞美中透着别样情趣。

天池的神奇和魅力是多方面的,除了优美、静谧外,还有着雄奇奔放、令人激昂奋进的一面。请看于钟珩的《金缕曲·天池记游》:

策杖登山去。载晨光、投闲领略，天池佳趣。雪岭飞寒幽谷冷，石壑惊湍奔注；笼树海，丹霞翠雾。细浪鳞鳞云影淡，恰一池碧玉凝终古。知穆满，醉何处？　　流光荏苒劳心苦。漫思量，半生风雨，几多凄楚！销减豪情霜鬓老，忍把青山辜负；纵抖擞，蹉跎难补。此日登临朝气爽，豁胸襟、迈向崎岖路。披草莽，莫回顾。

词中"雪岭飞寒幽谷冷，石壑惊湍奔注""恰一池碧玉凝终古"的描摹，以及"此日登临朝气爽，豁胸襟、迈向崎岖路"的情怀抒发，都彰显着一种凝重与奔放。

不仅天池美，去天池途中的景观也是优美如画，令人心醉。请看孙增礼的《鹧鸪天·天池道中》：

夏日往寻王母乡，翠青玉白错金黄。垄间镰影逢收麦，云里鞭声恰牧羊。　　峰乍雨，路回阳，清风一霎送新凉。缤纷蛱蝶穿山路，乱入花丛也自忙。

逐水而居不畏遥，风光占断美天骄，飞泉挂壁天然画，老树横溪自是桥。　　青草地，白毡包，羊群移动塞云飘。若非怜惜珍禽少，马背弯弓可射雕。

图画难描景色奇，风情如画转心迷。李公麟马停嘶岸，徐庶之牛涉饮溪。　　山果熟，乱莺啼，谁家隔水晾红衣。一川明丽有如此，不唱阴山见草低。

这几首《鹧鸪天》词，语言通俗流畅，朗朗上口，结尾处又往往带着一种俏皮，令人解颐，从而荡漾着浓郁的生活气息。而鲜明生动的画面美的艺术呈现，也彰显着孙增礼作为画家诗人的创作特点。

值得注意的是，新疆当代诗词中的写景诗，并非单纯的再现自然景观，而是融入了作者的性情，生成了犹如王国维所说的"有我之境"。如于钟珩《赴阿勒泰途中》、王爱山的《念奴娇·大漠赋》等都是如此。有些又在巧妙的构思中包蕴着深刻的哲理，给人以人生的启迪。如星汉的《泛舟布伦托海》：

上下晴光共雪山，鹰衔云影逐轻船。人间颠倒寻常事，彼在清波我在天。

诗写布伦托海泛舟之景，以生动的笔墨为读者营造出一个新鲜活脱的艺术境界：这里晴空万里，天高日晶，水面清澈，湖平如镜。而雪山冰峰倒立水中，雄鹰衔着云朵在湖中追逐着游船，乘船游览的游人却又像在天上一般。这种湖光天色相映相融的奇妙境界，本身就有着独立的耐人寻味的审美情趣。但由"彼在清波我在天"一句,引发的"人间颠倒寻常事"的瞬间感悟,却又包含着发人深省的哲理,给人许多社会层面的联想和思考,诗歌也就有了"弦外音"。

再看一下描写草原的作品。新疆"三山夹两盆"的自然地貌,使得阿尔泰山、天山、昆仑山三大山脉的山间丘陵地带,分布着大面积适宜于游牧的草场。尤其天山山脉中的巴音布鲁克草原、伊犁河谷草原、巴里坤大草原,以及阿尔泰山中的喀纳斯草原等,更是水草肥美。这些景色迷人的草原景观,引起了诗人们的反复吟咏。如孙传松的《那拉提草原》:

> 比肩游牧野,放眼看芳菲。峰自天边起,云向绝处飞。心因诗放浪,
> 身被画包围。坐对山中景,留连不欲归。

那拉提草原平坦的山谷,高耸的雪峰,蜿蜒的河流,翠绿的碧草,五彩的野花,茂密的森林,与在绿海中游来荡去的成群马羊,缥缈缭绕、忽隐忽现的毡房炊烟,交相辉映,令人流连忘返。此诗通过游览那拉提草原的切身感受,形象地展现着那拉提的优美景观。首联叙事中写景,视野开阔。中间两联以工稳的对仗,展现着"峰自天边起,云向绝处飞"的鲜明画面,以及"心因诗放浪,身被画包围"的审美感受,令人神往。尾联以"留连不欲归"收束全篇,草原之美、留恋之情,油然而现。再如李汛《游那拉提草原》:

> 绿毯天边随意铺,牛羊点点走还无。轻车穿过画廊去,不觉浑然入
> 此图。

前两句状草原之景,颇有"天苍苍,野茫茫,风吹草低见牛羊"的意味,而以清新蕴藉出之。后两句抒发自身融入优美画图的欣喜,也颇具情韵。全诗动静结合,画面优美,那拉提草原的魅力以及作者的情怀跃然纸上。

这类作品在描写草原优美风光时,往往荡漾着蓬勃的生机。如:

> 天似穹庐笼四围,轻车直逐白云飞。松间清露滴如雨,万紫千红百
> 草肥。
>
> ——星汉《过那仁夏牧场》
>
> 雪下远山春水长,高天平野两苍苍。马蹄过后留新绿,几点穹庐浴
> 夕阳。
>
> ——星汉《裕民路上》

诗中那"滴如雨"的"松间清露",那从远山流来的雪水,不仅将草原大地滋养得"万紫千红百草肥",使得"马蹄过后留新绿",而且也滋润着作者的心灵,从而使草原之景荡漾出浓郁的生命力。这些清新自然、鲜活灵动而又韵味隽永的诗作,确能

给读者以心旷神怡的审美感受。

有时这类作品又包含着深厚的思想意蕴。如：

> 雄鹰展翅没遥空，浴日毡房马奶浓。岩画刻留前代事，石人个个面朝东。

——李汛《伊犁草原即景》

> 黑压黄侵，一晌狂吹，几阵密蒙。望远山隐约，半遮真面；近山掩映，微露愀容。缰辔淋凌，鞍鞯滂沛，雨挟尘沙卷碧空。方惊诧、忽雷鸣岭颤，电闪峰红。　　挥鞭直去毡篷，迳系马留桩进帐中。喜杯倾乳酒，弟兄谊重；手抓羔肉，宾主情浓。哈萨英豪，乌孙驭手，漫道言殊心自通。催诗句、咏草原骤雨，暖帐春风。

——孙传松《沁园春·草原夜雨》

李汛在写草原之景时，拈出"岩画刻留前代事，石人个个面朝东"，显然是融入了爱国情怀。而孙传松写草原夜雨，上片极尽渲染铺排之能事，使得风之狂、雨之暴、电闪雷鸣之迅烈、游人之惊悚，如在目前。在万般无助之际，诗人们进入了哈萨克毡房，却是另一番天地。这就是下片所描写的："喜杯倾乳酒，弟兄谊重；手抓羔肉，宾主情浓。"草原牧民的质朴热情，民族之间的和睦情深，不正是一幅意蕴深厚的草原风景画吗？

可以说，新疆当代诗词中关于自然景观的艺术描摹，都带有浓浓的诗意，在彰显鲜明地域特色的同时，也给人以景观之外的启迪，唤起读者内心深处的感悟与共鸣。

第三节　丝路民族风情的艺术再现

新疆当代诗词，还浓墨重彩地描写着浓郁的地域民俗风情。关于西域民俗风物的描摹，在前代如唐、元、明、清诗人的笔下都有再现。尤其是清代大量西域"竹枝词"的出现，淋漓尽致地展现着少数民族的服饰、宗教、风俗习惯等。但由于诗人们是初到西域，所见所感颇觉新奇，故而诗作凸显的是与内地风物的不同，时常带着一种猎奇心理。即使如纪昀、林则徐这样的名诗人也不能幸免。比如："山田龙口引泉浇，泉水惟凭积雪消。头白农夫年八十，不知春雨长禾苗。"（纪昀《乌鲁木齐杂诗·风土（其七）》）"村落齐开百子塘，泉清树密好寻凉。奈他头上仍毡氆，一任淋漓汗似浆。"（林则徐《回疆竹枝词三十首》其十七）诗中八十老农不知春雨长禾苗的感叹，夏天大汗流淌居民仍戴厚厚毡帽等描写，都带有猎奇的心态。

　　而新疆当代诗词作者，多是生于斯或长于斯的诗人，对这些早已司空见惯、习以为常。所以他们对民俗风情的审视，不再是以"他者"的视角关注差异，而是将自身融入其中，进而从取材与情感上呈现出与前人不同的风貌。我们仅以星汉的两首作品看一下这种特点：

　　　　浴后青山各竞高，雨珠不肯下林梢。掀帘少妇抬头处，景色都收蒙古包。

　　　　　　　　　　　　　　　　　　　　——《山中雨后》

　　　　新货囊装握牧鞭，马缰轻勒跨归鞍。重逢我问新居地，笑指松青云起山。

　　　　　　　　　　　　　　　　　　——《巴扎逢哈萨克牧人》

《山中雨后》的一二句用拟人化手法写雨后山中景色，那青翠高耸的山峰"浴后"正在"各竞高"，晶莹玲珑的水珠挂满树梢仍不肯落下。一股蓬勃清新的生命力，正在雨后的山林原野荡漾。第三句一转，将镜头聚焦于人物，那雨后"掀帘"远望的蒙古族少妇的欣喜情态，在第四句中得到形象再现。全诗写景清新自然，而对蒙古族牧民生活情景的描摹，则融入了作者的羡慕与赞叹。《巴扎逢哈萨克牧人》一诗，写牧民在集市与作者重逢的情境。一二句中集市购物的细腻描摹，凸显着牧民日常生活的习俗风情。三四句更为奇妙，诗人在询问牧民朋友的"新居地"时，得到的回应却是："笑指松青云起山。"迷离巧妙的回答，透出的正是对"新居"的喜爱和生活的惬意，而作者的欣喜也融入其中。

　　新疆是一个多民族聚居的区域，目前共生活着56个民族，其中主要的民族就有13个，是中国民族成分最全的省级行政区之一。不同的民族有着不同的文化特点，同时又共存于一个区域之中，各民族的风俗人情，在一体多元的当代文化中，表现出浓郁的地方特色和绚丽多彩的人文景观。下面试从民风、民俗、民生等方面，分析、展示一下新疆当代诗词对民族风情的描摹。

　　民族风情，是在一定的地理自然环境和社会文化环境中逐渐形成的，广泛存在于日常生活的各个方面。新疆"三山夹两盆"的地貌，使得山区内从高山到山前丘陵地带,分布着大面积的肥美草场,宜于游牧;而在沙漠与山区交界地带水源较为充足的地区,又遍布着许多绿洲,宜于农业生产。所以从生产、生活方式而言,新疆的地域文化,大体可概括为草原游牧文化和绿洲农业文化。但由于新疆民族众多,文化传统也有差异,故而民俗风情更为丰富多彩,各具特色。所以新疆当代诗词创作中关于民俗风情的描写,也是绚丽多姿。而就精神风貌来说,荡漾着的则是对力与美的由衷欣赏与热情赞颂。如孙传松《草原雄风》,诗写哈萨克游牧生活中的"套马",在跌宕奔放、腾挪起伏的旋律中,展现着草原的奔腾雄风,而哈萨克人刚毅剽悍的性情也跃然纸上。

一些具体民俗事象的描写,也荡漾着力与美的雄奇之风。我们仅以描写"叼羊"习俗的作品来窥一斑。先看一首白垒的《叼羊歌》:

> 八月秋高草正黄,天马膘肥体流光。马嘶人笑震山谷,万头攒动看叼羊。巴郎身手真矫健,控马挥鞭随心愿,一声令下箭离弦,众马奔腾疾如电。一骑抓羊驰在前,百骑急追俱争先。气浪排空黄尘起,马头马尾紧相衔。前骑终于被截住,众手疾出夺羊去。夺者欲得渠不甘,你争我夺如拉锯。中有一人特悍强,纵马切入勇莫当。虎臂夺得白羊去,回马翻身镫里藏。众人相顾俱瞠目,半晌方思策马逐。彼骑已奔奖台前,洋洋捧过杯中酥。万众欢呼声过云,红花彩带缀满身。众多褒奖孰最珍?"巴特"称号姑娘心。[①]

"叼羊"是新疆多个少数民族普遍喜爱的扣人心弦的马上游戏,其起源于现实生活。牧民们长年在大草原上放牧,为了保护羊群,经常要同突如其来的暴风雨等恶劣天气,以及凶猛的禽兽顽强搏斗。而"叼羊"则是平时最好的锻炼。它既是力量和勇气的较量,又是智慧和骑术的比赛。"叼羊"这天,广大牧民都穿着节日盛装来到指定地点,自觉地站成一个大圈进行围观。其比赛规则是,主持人把一只割去头的羊放在指定处,枪响后,两队向羊飞驰而去。先抢到羊的同队队员互相掩护,极力向终点奔驰,对方骑手则施展各种技巧,拼命抢夺。叼着羊先到达终点的为胜方。整个过程激荡人心,白垒的这首《叼羊歌》,给予了形象的再现。开头四句即铺陈渲染"叼羊"的节令和围观的人群。那"马嘶人笑震山谷,万头攒动看叼羊"的壮观氛围,颇具雄奇奔放气势。接下来20句以浓墨重彩描摹了"巴郎"的矫健和"叼羊"过程:这里有"一骑抓羊驰在前,众马急追俱争先。气浪排空黄尘起,

---

① 唐世政主编《绿洲魂》,新疆人民出版社,1998,第48页。

马头马尾紧相衔"的如潮水汹涌般的纵马奔驰；有"众手疾出夺羊去""你争我夺如拉锯"的穷追不舍、合力拼抢、围追堵截，令人震撼。正当观者眼花缭乱、无比惊诧之际，又出现了特写镜头："中有一人特悍强，纵马切入勇莫当。虎臂夺得白羊去，回马翻身镫里藏"，在勇武强悍中彰显出超人的智慧。所以当众多骑手惊魂未定、瞠目相顾、"半晌方思策马逐"时，勇士已经冲出重围："彼骑已奔奖台前，洋洋捧过杯中醪。"结尾四句描写"夺冠"后的场景：有声遏行云的万众欢呼，有"红花彩带缀满身"的褒奖，而获胜者最看重的还是意为"英雄""勇士"的"巴特"称号和美丽姑娘的心仪。纵观全诗，紧张、激烈、刺激、奔放的精彩画面，更迭变幻，一种狂飙突进般的雄豪气势，在起伏跌宕中扑面而来。

而一些诗词短章如小令、绝句等，则更侧重于"叼羊"活动之精神、意蕴的再现。如星汉的《西江月·伊犁河南岸观叼羊》：

鞭舞压低荒草，蹄飞踏碎斜阳。沙尘影里喊声狂，惊起伊犁河浪。

胯下龙媒舒卷，胸中豪气开张。任他胜负又何妨，博个莽原雄壮。

该词略去了"叼羊"的具体细节和抢夺过程，而是采用侧面虚写、渲染烘托的手法，以粗线条的大笔勾勒，突出"叼羊"场面的宏大气势，张扬骑手们的雄豪精神。上片那"压低荒草"的牧鞭舞动，"踏碎斜阳"的马蹄飞奔，"惊起伊犁河浪"的呐喊呼叫，生成了激荡奔腾的动态画面。下片重在写骑手们的精神风貌。词中的"龙媒"，为汉代西域所产良马名，此处泛指骏马。骑手们"胯下龙媒舒卷，胸中豪气开张"，荡漾着的正是蓬勃奔腾之气。而结尾则表明，并不在乎竞技的输赢，而是要"博个莽原雄壮"。全词侧重于气势、豪情的张扬，彰显着对"叼羊"所体现的蓬勃奔放的生命力的热情赞美。至于李汛的《叼羊》，又将"叼羊"的奔腾场景与丰收后的喜悦融为一体：

健马男儿共土飞，叼羊博得万人围。农闲户户丰收后，夺冠挥鞭落

日肥。

诗的一二句描摹男儿健马飞奔相逐，溅起漫天尘土的叼羊景象，再衬以万人呼喊围观的阔大场面，可谓奔放激荡。而三四句以丰收后"落日肥"的清新画面作结，又给人以悠闲欣喜的感觉。点明金秋季节的"叼羊"活动，包蕴着庆贺当年丰收，预祝来年增产的牧民心愿。

一些民族风情，也在诗中得到展现。比较典型的是对哈萨克等少数民族"姑娘追"的描写。我们先看王子钝的《竹枝词》：

姑娘追是追姑娘，两两三三驰骋狂。为恨来时调笑语，打郎回马却

羞郎。

"姑娘追"是哈萨克族、柯尔克孜族等民族的一种马上娱乐活动,也是青年男女恋爱求婚的别致方式。系由不同氏族部落或地区的男女青年交错组合,一男一女两人一组。活动开始时,二人骑马并辔而行,小伙子可向姑娘大胆求爱,极尽挑逗、玩笑之能事,姑娘只能默默倾听,不得生气。到达指定地点后,男青年立即策马急驰返回,姑娘则在后挥鞭急追,将马鞭在小伙子头上挥绕,甚至可以抽打对方,以报复来时的调笑,小伙子则不能还手。如果姑娘对小伙子有情,就会鞭下留情,马鞭虽然高高挥起,但会轻轻落下。此诗形象地再现了这一情景。作者在首句巧妙地运用汉语次序的颠倒,风趣地点出这一活动名为"姑娘追",实为追求姑娘,是少数民族青年谈情说爱的一种方式。接下来三句写具体情境,包含着去时的男子调笑、回时的女子挥鞭以及心仪后的腼腆等等。此诗以短小的形式、凝练的语言,勾勒出少数民族青年恋爱时的奇妙情趣。而王亚平《沁园春·姑娘追》的描写,则更为具体:

> 风起云奔,人欢马怒,霹雳惊涛。叹流星赶月,姑娘矫健;飘鹰搏兔,小伙高超。假假真真,真真假假,笑逐蹄花入野蒿。撩人处,看轻扬轻落,一缕鞭梢。　　数声唿哨冲霄,尽揽辔双双过石桥。任一团欢畅,叩鸣银镫;几分羞涩,辉映红袍。马后依依,马前脉脉,万语千言难尽描。情难已,更飞缰驰骤,掣动狂飙。

全词对"姑娘追"作了一个全景式的描摹。起首三句描写环境,气势宏伟,草原的欢腾热闹,令人激昂不已。接下来以"流星赶月"写姑娘之矫健如飞,以"飘鹰搏兔"状小伙之孔武有力及驭术之高超,都在动感极强的画面中彰显着矫健和奔腾。但而后的"笑逐蹄花入野蒿""轻扬轻落,一缕鞭梢""几分羞涩,辉映红袍""马后依依,马前脉脉"等描摹,又引人进入另一境界,荡漾着谈情说爱的轻柔。全词融矫健奔放、温柔多情于一体,热烈而温馨。可谓刚柔相济,妙趣横生,而哈萨克族青年恋爱的风情民俗,历历如在目前。

雷凤英的《踏莎行·姑娘追》则以女性的特有视角,描写着这一风俗:

> 羽插花冠,衣镶翠钿,皮靴蹬足桃花面。扬鞭立马一溜烟,调情鞭子空中转。　　男急奔逃,女忙追赶,马蹄驰骋生雷电。身儿挨打满心甜,俊男倩女双飞燕。

词的上片描写"姑娘追"中的女子形象。她头上的花冠插着美丽的羽毛,身上的衣服镶嵌着靓丽的翠钿,这些艳丽的服饰打扮,映衬着迷人的"桃花面"。而穿着皮靴、跨着骏马,挥舞着"调情鞭子"一溜烟的飞奔雄姿,又透出女子的矫健。这一幅幅鲜明生动的诱人画面,无不荡漾着作者的欣喜、激赏、赞美的情怀。下片写"奔逃""追赶""马蹄驰骋生雷电"的具体情景,而最终落到"身儿挨打满心甜,俊男倩女双飞燕"的美满结局上,青年男女的惬意溢于言表。其他如,何永贵"美丽天山绿草原,相亲娱乐众人欢""魂牵梦绕今相遇,赛马声中结喜缘"(《鹧鸪天·姑娘追》)等描摹,也形象地再现着这一风俗民情的特质。

新疆自古就有"歌舞之乡"的美称,居住在这里的众多民族都能歌善舞。新疆当代诗词作者以饱满的激情,吟咏着这些绚丽多姿的民间歌舞、杂技、音乐等群众广泛参与的娱乐活动,彰显着丝绸之路上独具的民俗风情。如道·李加拉的《唐多令·沙吾尔丹登》:

> 千骏跨涛腾,万鸿掀浪升。马琴鸣,声震天庭。凤客玉人连袂跳,胸臆荡,激情盈。　　沙吾尔丹登,舞仙步履轻。踏花行,恰似蜻蜓。远客欣看心欲醉,蒙古舞,牧人情。

道·李加拉是著名的蒙古族诗人。词题中的"沙吾尔丹登",是新疆卫拉特蒙古民间的一种歌舞形式,已被列为世界非物质文化遗产。"沙吾尔登"一词是"沙吾尔"(人手和动物的前肢)和象声词"登"的合成,即人手像鹰等动物一样摆动再伴着"嘿登登,嘿登登"的节奏的一种舞蹈。舞蹈内容多为模仿生活中的雄鹰、骏马、山羊和梳辫子、照镜子等。道·李加拉的这首词,形象地描摹出沙吾尔丹登表演的情景,既有万马奔腾的豪放,又有仙女曼舞的轻柔,再加上马头琴的乐曲烘托,可谓本色动人、惟妙惟肖,给读者以身临其境的感受。这种艺术境界的生动再现,显然得力于众多比喻的巧妙运用,由此也可见出少数民族作者写作传统诗词的造诣之高。再如星汉的《西江月·哈密四堡观麦西莱甫》:

> 道古泉清村远,天低野阔星高。鲜蔬新杏并香醪,先敬邻家翁媪。　　手鼓敲回流水,歌声催熟葡萄。镜头难尽彩裙飘,不觉东方将晓。

"麦西莱甫"是具有广泛群众基础的民间舞蹈,热情欢快,极富民族特色。词后有作者自注:"麦西莱甫,是维吾尔族歌舞、各种娱乐和风俗习惯相结合的一种娱乐形式。新疆各地麦西莱甫不尽相同。哈密的麦西莱甫,是与会者多着盛装或古装,围圈而坐。上场舞蹈者多以二人居多,各手持鲜花。下场时,二人易位,互相鞠躬致意,各将鲜花下传。舞时有小型乐队伴奏,一男性领唱,众皆和。间有一智囊型男性手执红头巾讲笑话。不时有群众向其发问,回答内容一般都是笑料。言毕,与众大笑。"小注将哈密"麦西莱甫"的表演特点作了详细介绍,而词作侧重于氛围描写,上片写环境与人情,形象生动,优美静谧的乡村夜景与尊敬长者的民风,历历在目。下片写表演娱乐情景,而以"手鼓敲回流水,歌声催熟葡萄"予以再现,则荡漾着无尽的韵味,自然也就"不觉东方将晓"了。其他如,李英俊的《刀郎舞》,描摹阿瓦提县刀郎舞表演的情景,如:"乡民闻讯如归鸟,白髯红巾满场飘。双臂舒张鹰展翅,如腾如跃绕云霄""神采充盈情热烈,身姿矫健气轩昂"等,也洋溢着"大漠风情旋律古,舞姿飘逸世称奇"的惊叹。

金致平的《鹧鸪天·铁门关达瓦孜表演》,则再现了维吾尔族传统的杂技艺术。词云:

> 对峙双峰架彩虹,铁关赏艺笑山中。三边曲岸花篷叠,八侧斜坡人海封。　　行似箭,坐如钟,鹰飞鹤立舞长空。苍松碧草惊奇见,孔雀扬波赞绝功。

"达瓦孜"意为"高空走索",是维吾尔族历史悠久的一种杂技表演形式。2006年被国务院列入国家级非物质文化遗产名录。其表演多在露天场地进行,特点是表演者手持长约6米的平衡杆,不系任何保险带,在数十米高空的绳索或钢丝上表演各种杂耍技艺。比如,前后走动、盘腿端坐、蒙眼行走、蹦绳、跳绳、睡绳、双手倒立、飞身跳跃等一系列惊心动魄的技艺。金致平的这首《鹧鸪天》描写的是在铁门关前孔雀河畔观看"达瓦孜"表演的情景。其"对峙双峰架彩虹"的描摹,"八侧斜坡人海封"的再现,可见其氛围之惊险热烈。尤其是"行似箭,坐如钟,鹰飞鹤立舞长空"的场面描写,以及"苍松碧草惊奇见,孔雀扬波赞绝功"的侧面烘托,将民间艺人技艺的娴熟表现得淋漓尽致。

对于一些稀见的少数民族民间音乐技艺,诗人们也有着令人神情激荡的描摹。如星汉的《西江月·喀纳斯湖听潮尔笛》:

> 短笛风低荒草,大杯酒映新秋。牛羊下矣夕阳收,犹剩雪峰清瘦。
> 吹走金戈铁马,唤来铁桶金瓯。草原图瓦竞风流,赢得山河同寿。

词写在喀纳斯湖畔听图瓦人吹潮尔笛的感受,而以"风低荒草、夕阳西下、牛羊回栏、雪峰清瘦、酒映新秋"为烘托,热情洋溢地赞扬着笛声的悠扬雄放。至于"吹走金戈铁马,唤来铁桶金瓯"的图瓦人的今昔巨变,则又表现着作者与草原人的欣喜。词前有小序云:"图瓦部落人有笛曰潮尔,以洪布鲁斯草为之,长尺余,三孔。由牙腮之间出音,悠扬雄放,有草原声。依尔德西老人擅此,已绝传矣。"序中所说的"图瓦部落人",是蒙古族的一支,在本部落内讲图瓦语,书写用蒙古文字,分布在布尔津县的禾木哈纳斯蒙古民族乡和哈巴河县北部阿克哈巴村。"洪布鲁斯草"

是一种似芦苇而无节伴红松而生的草。词、序结合,彰显出新疆当代诗词创作所写民俗民风的史料价值。

在新疆当代诗词创作中,一些带有浓郁乡土气息的各民族生活画面的描摹,又彰显出独特的丝路民生景观。如星汉《尉犁罗布人村寨书所见》:

> 人家三五小村庄,一串驼铃下夕阳。碧眼银须飘拂处,胡杨木火烤
> 鱼香。

《回疆志》载:"罗布人不种五谷、不牧牲畜,唯小舟捕鱼为食。"现在仍以划独木舟打鱼为生,其生活充满了神秘色彩。此诗写位于尉犁县城西南的罗布人村寨,首句突出村庄之"小",总共只有三五户人家。次句以"一串驼铃下夕阳"的情境再现,生动地传达出村庄环境的神韵,颇具意境美。三、四句描写人物、情事:碧眼银须的罗布人正在用胡杨木火烘烤着刚刚捕捞来的鲜鱼,使得整个空间充满了诱人的清香。诗人用白描的手法,将眼前的景、人、事融为一体,从而生成一幅优美独特的民俗风情画。

再如许波的《浣溪沙·伊犁风情画》:

> 一字眉横态更娇,双双蛱蝶舞鞭梢。白云点点是羊羔。　　淡淡蓝
> 天飘紫燕,萋萋芳草绿红腰。塞垣谁说不妖娆。
>
> 冬不拉弹夜更幽,十分风韵在星眸。多情人唱小红楼。　　喜见春
> 来花似海,何愁花落叶归丘。葡萄架下度春秋。

许波常年生活在伊犁,深爱着这片土地。所以对民族风情的描写,展现的不再是大漠孤烟般的雄奇悲壮,而是妖娆多情、颇具日常生活的优美情趣。第一首词的上片重在写人,"一字眉"指的是维吾尔族少女常用炭笔将两眉连成一线,民族风俗以之为美。而"白云点点是羊羔",颇得点染之趣,作者以白描笔法,将一个多情美丽的牧羊少女形象描绘得活灵活现。词的下片写景,蓝天、紫燕、萋萋芳草等景物的巧妙组合,再现出一幅清新明丽、妖娆多情的风景图画。由于有了前面人物的描绘,这里的自然风光也就成了人物活动的背景,一幅边塞少女牧羊图便跃然纸上。第二首词从听觉落笔,极具民族风味的"冬不拉"小调,在幽静的夜晚尽情弹唱,令人浮想联翩,进而触发了作者"喜见春来花似海,何愁花落叶归丘"的人生感悟。词在展现民族风情的同时,也让人感觉到优美的现实情境对心灵的慰藉。

明剑舟的《赶巴扎》也颇具情趣:

> 花裙绣帽彩巾飘,马辔摇铃过小桥。瓦甫频弹姑嫂唱,银鞭拂碎绿
> 云梢。

此诗写农村姑嫂赶集的情景。那迎风飘摇的花裙彩巾、过小桥的马辔摇铃、悦耳动听的乐器演奏以及清脆的鞭声,都荡漾着鲜活的民族风情,饱含着动人的趣味。蒋本正的《过牛录小记》描写锡伯族的生活情境,也令人向往。诗云:

> 大桥东去有人家,舍北舍南杨柳斜。晨起烧茶逗青鸟,晚归煮酒佐
> 红霞。捕鱼送走伊江水,牧马捎回原野花。若得浮生闲一日,还来牛录
> 访桑麻。

诗中的牛录,本为清代满族生产、军事合一的社会组织,这里指的是察布查尔锡伯自治县内的村庄名。诗写路过牛录时的所见所感,诗中鲜明的画面,集景观、人物、事件于一体,在一系列生活细节的描摹中,洋溢着热烈、温馨而又恬淡的生活情趣。

帕米尔高原独特的民族风情,也在诗人们的笔下得以呈现。如林承业的《帕米尔牧女》,就是一幅动人心魄的帕米尔高原风情画:

> 座座毡房煮肉香,晚飘细雾有归羊。马嘶蹄乱挥鞭女,月照双肩辫
> 带霜。

诗以平易质朴的日常语言,描写牧羊女晚归情景,颇具日常生活的情趣。那毡房里飘出的煮肉香味,那"月照双肩辫带霜"的描摹,都是帕米尔牧民日常情景的再现,荡漾着高原生活的温馨和牧民的豪情。

新疆当代诗词作者从身边的现实生活取材,对独特的民风、民俗、民生景观等,作了细致入微的描摹,展现出一幅幅具有浓郁地域色彩的丝路民情风俗画。这些作品既具有审美价值,也具有民俗学价值。其审美价值在于,作者以亲临其境的切身体验,感受着丰富多彩的民俗风情,并以诗词的艺术形式予以形象的再现,于雄奇清新的境界中,荡漾着对力与美的热情赞颂。而民俗学价值则在于,这些作品不仅描写着众多的民俗事象,而且生动地展现着民族的生活习俗、精神性情、审美崇尚,乃至于文化传统、价值追求等,成为了解新疆民族风情的一个窗口。

第十七章　丝路工业与
绿洲经济的吟咏

中华人民共和国成立以来，新疆的社会经济有着突飞猛进的发展，尤其是"西部大开发"战略和"一带一路"倡议的实施，为新疆社会经济的腾飞，带来前所未有的活力。"情以物迁，辞以情发"，新疆当代诗词作者对此有着热情洋溢的咏歌。请看唐世政的《满江红·丝路抒情》：

> 丝路漫漫，长安去、西通万国。玉关外、驼铃摇梦，悠悠岁月。漠漠平沙飞鸟尽，潇潇细雨冰雪洌。夕阳下、怅孔雀河望，关如铁。　　沧桑史，翻新页。钢桥架，亚欧接。吐油龙，瀚海万灯明灭。哈密瓜香留客醉，龟兹歌舞吹箫裂。看今朝，古道焕新姿，情犹热。[①]

词以质朴生动的语言，在叙述、描写、议论的相互交融中，展现出色彩浓丽、意蕴厚重、古今丝路文化遥相呼应的鲜明画面，而作者火热的丝路情怀则溢于言表。再如王铭先《癸巳秋再登红山》：

> 童年曾记与云齐，每到巅峰四望迷。今日重来多障目，群楼拔地压山低。

此诗流畅自然而又构思巧妙，作者以登临红山的所见所感与童年的登山记忆相联系，在联想比对的瞬间感受中，以鲜明的意象呈现出边城乌鲁木齐今昔的巨大变化，颇具情韵。其《乌鲁木齐通过全国园林城市验收》《乌鲁木齐供暖煤改气感赋》《乌鲁木齐亮化工程赞》等，都展现了丝路重镇乌鲁木齐的发展与繁荣。其他如，"天地人和

---

①唐世政主编《军垦颂》，解放军文艺出版社，1998，第201页。

占尽,丝绸路、又起歌讴。更长龙电掣,欧亚彩桥修,四海同侔。"(纪昌盛《六州歌头·奎屯》)"欧亚路桥连,大道通天,铁驼直下鹿特丹""当年丝路谱新篇"(李汛《浪淘沙·对西开放》)等众多吟咏,都洋溢着对新疆大发展的赞叹。

当然,如果我们从新疆当代诗词对社会经济的具体反映来看,则主要体现在对丝路工业的吟咏和对绿洲经济的描摹。于此,我们可以听到新疆工农业前进的脚步声。

第一节　丝路工业的咏歌

受地域环境的影响,新疆当代诗词对丝路工业的咏歌,主要侧重于交通设施、能源开采以及水利工程等基础建设方面。

新疆不仅地域辽阔,而且大漠横断,丛山阻隔,交通不便。所以铁路、公路、桥梁等交通设施的修建,对加速新疆与国内其他地区以及周边国家的贸易往来、促进经济发展,就显得尤为重要。1949年以来,新疆各族人民在党和政府的领导下,团结一致,艰苦奋斗,战胜地理方面的众多困难,修建了多条铁路和公路,形成了纵横交织的交通网。这些辉煌业绩,激荡着人心,也引起了诗人们的由衷赞叹。比如,当东起吐鲁番、横跨中部天山、南抵喀什的南疆铁路全线在修建了22年后终于贯通时,诗人们给予了热情洋溢的歌颂。我们看几首作品:

　　彩虹高跨雪峰巅,震耳笛声云里边。牧马扬蹄惊欲走,铁龙穿洞下天山。

——李般木《南疆铁路通车》

　　天界北南一线通,莽苍戈壁走长龙。铁轮声撼星云动,洞穿天山百二峰。

——于钟珩《南疆杂咏》

　　铁关门敞度春风,千里南疆一日通。丝路驼铃成遗迹,钢龙铁马展新容。昆仑招手胡杨舞,叶水点头榴火红。游客纷纷进西域,石油滚滚运关东。香妃芳魄若还世,何必辇车去九重。

——潘天庆《庆南疆铁路通喀什》

这些作品慷慨激昂地表达着南疆铁路通车时的兴奋。那高跨雪峰的绚丽"彩虹""洞穿天山"的震耳笛声、"长龙"在莽苍戈壁呼啸飞驰的形象,无不荡漾着雄浑奔放的气势,给人一种"吞吐大荒"的震撼力量。从而将"丝路驼铃成遗迹,钢龙铁马展新容"的欣喜,表现得淋漓尽致,新疆铁路建设的伟大业绩,也跃然纸上。

横穿"死亡之海"的南疆沙漠公路的建成,大大缩短了南北疆交通的时间与里程,对于促进南疆地区由资源优势向经济优势转换发挥着重要作用。1995年,横穿塔克拉玛干大沙漠的新疆第一条沙漠公路全线贯通。这条公路北起轮台县南至民丰县,全长522千米,是世界上在流动沙漠中修建的最长等级公路。这一亘古壮举,强烈地激荡着诗人们的心灵,出现了众多吟咏作品。我们看一首凌朝祥的《横穿塔克拉玛干大沙漠》:

> 莽莽黄沙锁日头,无边戈壁接荒丘。昆山磅礴声威壮,塔水苍茫断续流。已见风雷腾大漠,还将油气铸琼楼。梦中借得银河水,死海回春化绿洲。

诗写横穿塔克拉玛干大沙漠的所见所感。首联描大漠苍莽荒凉之景,颔联状昆仑山"磅礴"之威、塔里木河"断续流"之坚韧,颈联以"风雷腾大漠""油气铸琼楼"写沙漠公路的建成、油气田的开采,为茫茫"死亡之海"带来生机与活力,因而也就有了尾联"梦中借得银河水,死海回春化绿洲"的期盼与想象。再如星汉《第二沙漠公路车上作》,描写的是从阿克苏穿越塔克拉玛干沙漠至和田的第二条沙漠公路,这条公路全长424千米,2007年全线贯通。该诗在展现沙漠公路雄奇景观的同时,荡漾着一种触景生情的欣喜与豪壮。

其他翻山越岭、跨越沟壑等多条交通设施的建成,也深深拨动着诗人们的心弦。如王野苹《后峡乌库公路》:

> 云程雪路几千里,绝壑悬岩廿四桥。最是令人消魄处,冰峰顶上射盘雕。

诗题中的"乌库公路",指的是由乌鲁木齐翻越天山到达库尔勒的高山公路。横亘于乌鲁木齐与库尔勒之间的天山,冰峰高耸,自古以来就是南北疆交通的天然屏障。为了促进南疆经济发展,1952年开始动工修建乌库公路。筑路官兵在常年积雪、空气稀薄的天山深处,流血流汗,艰苦奋战,历经7年于1958年竣工。这条公路全长317千米,山高路险,最高处胜利达坂海拔达4 280米。此诗描写作者于后峡乌库公路上的所见所感,首句以"云程雪路",写道路之高寒;次句以众多桥梁跨越着"绝壑悬岩",状道路之险峻,最后两句以"冰峰顶上射盘雕"的后峡达坂景观,渲染着高山公路的惊悚销魂。全诗意象雄奇,而修路之艰辛、壮烈,也在作者的赞叹中得以展现。再如王延龄《果子沟大桥落成喜赋》:

　　峭壁危崖百丈沟,往来穿越令人愁。风光优美饶诗意,地势纡回多畏途。突见长虹深壑跨,顿教万乘彩云游。胜天设计超今古,化险为夷盖世谋。

果子沟,是一条被称作伊犁地区天然门户的著名峡谷孔道,为古丝绸之路北道的咽喉。传说成吉思汗西征时,曾于此架桥48座,清朝乾隆时期又有所改建。现在仍是乌伊公路干线的重要路段。这里不仅地势险峻,而且景色优美,沟谷的河滩、山坡上长满了野生的苹果、山杏、核桃等,"果子沟"之名即由此而来。果子沟全长28千米,山高路险,雪崩、洪水、山体滑坡等地质灾害时有发生,途经这里的车辆经常受阻滞留。2011年,全长700米,跨径360米的果子沟大桥建成通车,成为国家高速G30线江苏连云港至新疆霍尔果斯口岸的重要组成部分,彻底结束了新疆伊犁河谷出行难的问题。诗描写了在果子沟大桥建成时的欣喜情怀。前两联以铺叙、白描手法,写果子沟峭壁危崖、壑宽沟深,令穿越往来之人顿生愁畏,为全诗情怀的抒发作了铺垫。接下来颈联笔锋一转,描摹出"突见长虹深壑跨,顿教万乘彩云游"的情景。这里的"突见""顿教"所引出的"长虹深壑跨""万乘彩云游"的优美画面,令人既惊又喜。所以也就有了尾联对设计者、施工者的由衷赞美。

　　在新疆的工业发展中,石油、天然气的开采是最引人瞩目的。一望无垠的戈壁、大漠,是新疆突出的地理特征。这里布满石砾、沙砾,不能耕种、放牧,但下面却深埋着大量石油、天然气等宝藏。比如,北疆著名的克拉玛依油田,就是在荒凉的大戈壁上建设起来的,东疆的吐哈油田、南疆的塔里木油田等,也是在荒漠上开发的。新疆当代诗词创作中有着众多吟咏石油工业的作品。如:

　　万古荒原一钻开,于今平地起楼台。英雄业绩留青史,不尽石油滚滚来。

　　　　　　　　　　　　——李般木《参观克拉玛依油田一号井》

　　苍茫大漠啸风云,藐尔潜龙万仞深。亘古蜉蝣斋板块,只今磅礴进油魂。狂风凛冽石如斗,铁骨铮钰壮士心。何不放歌西部曲,死亡沙海绽青春。

　　　　　　　　——刘萧无《读〈新疆石油报·希望之光〉一文喜赋长句向六○四八
　　　　　　　　　　　　　　　　　　　　　　　钻井队致敬》

　　二十年来苦和甜,红盔红甲战荒原。油龙曼舞临河北,气凤翩跹飞

沪南。炎日炙,热风煎,神州摘下贫油冠。明朝国富民安乐,汗水再流二
十年。

——王玉田《鹧鸪天·石油情》

这些作品都荡漾着对石油开采的欣喜,以及对石油工人艰苦奋战的礼赞。李般木的绝句,以凝练的笔法赞美石油工人名留青史的业绩。刘萧无的七律,则以奔腾的形象、铿锵的韵律,描摹着石油工人战天斗地的雄豪气魄。王玉田的《鹧鸪天》词,以通俗质朴的语言,礼赞着石油工人为"神州摘下贫油冠"的巨大贡献。

一些奔放跌宕的歌行体诗歌,也淋漓尽致地展现着石油奋战的场景和工人们慷慨激昂的豪情。如周五常《哈得油田放歌》,描写塔里木盆地北沿"哈得油田"作业区的场景就是如此。此诗以到大漠深处参观"哈得油田"的途中所见开端:"一路风尘向远天,大漠深处觅油田。胡杨历历沙如海,新楼高矗白云间。"在描摹沙漠浩瀚景观的同时,以"新楼高矗白云间"凸显着石油开采为大漠增添的崭新景致。"石油会战风雷动,惊醒荒原千载梦。马达欢歌路路通,钻机唱响宝地颂"四句,则从听觉落笔,描写马达、钻机的轰鸣声惊天动地,唤醒了千里荒原,正见出石油会战劳动场面的热烈。而"夜来华灯灿若虹,熊熊火炬映长空。银河凝望驰遐想,欲攀井架上蟾宫。对天放胆高声语,引得嫦娥凌空舞。嫦娥盛赞开拓人,利在当代功千古"八句,又将镜头聚焦于夜晚的鏖战场景,那无边大漠里纵横交织、势如飞虹的华灯、火炬,照亮了整个夜空。连月中嫦娥也禁不住"凌空舞",盛赞石油开拓人的功绩。这种石油工人夜以继日的奋战,正凸显着"敢把地球钻个洞,涌出原油喜欲狂"的豪气。全诗现实情境与想象画面交相融合,石油工人的奋斗精神与奉献情怀,跃然纸上。至于用韵,则是四句一转、平仄交替,于抑扬顿挫中彰显着歌行体的韵律美,增强了作品的艺术感染力。其他如,凌朝祥的"大漠平沙扎连营,鄯善城东火云生,钢铁浮图冲天起,机声远震哈密城。伏天温超四十度,热浪欲把人烤熟。嗓子眼里冒烟火,会战健儿浑不顾"(《吐哈油田行》)等气势磅礴的描写,都展现了激荡人心的劳动场景和石油工人的拼搏精神。

一些有关电力工业的描摹,也彰显着新疆的独特风貌。如丁维才《过柴窝堡风力发电站随笔》:

铁树成林铁叶旋,野风大漠吼云天。收来三味霹雳火,温暖农家新莽原。①

---

① 丁维才等:《葡萄绿韵》,作家出版社,2008,第21页。

新疆特殊的地理环境,造就了巨量的"风"资源,科学利用,就会变"祸"为"宝"。多年来,新疆创建了大批的风电工业,发挥着绿色经济的显著效益。丁维才的这首绝句,就是对风力发电的形象描摹。诗写在"野风大漠吼云天"的环境里,如森林一般连成一片的"铁树",旋转着巨大的"铁叶",收来巨量的电能。它不仅温暖了千家万户,也为茫茫戈壁增添了亮丽的新景观。诗作虽然短短四句,却荡漾着刚健有力的雄奇之风。这得力于诗中"铁树""铁叶""霹雳火"等比拟的运用,以及"吼云天"等苍莽境界的描摹。至于蔡淑萍的古风《达坂城风力发电站赋》,也是在"却道达坂乃风口,十级大风来如吼。一年三百六十日,满川碎石随风走"的环境描写中,彰显出风力发电的宏大场景:"今来驱车过达坂,但见队队行行风车转。矗立戈壁欲入云,巨臂轻摇好凭天风来发电。"进而赞叹"风力发电叹初见,无污无染无竭之资源"的美妙。其他如,王立汉"高耸电机旋巨翼,应夸科技借长风"(《乌鲁木齐南郊风力发电》)的吟诵,李汛"栉风沐雨清贫甚,不尽神功济世人"(《达坂城风力发电》)的咏歌等,也都彰显着新疆风力发电的成就,不再详述。

水,在新疆不仅是工农业的命脉,更是生命的源泉。所以一系列大型水库的建设业绩,引起了诗人们的热情咏歌。

一方面,新疆属温带大陆性气候,年均降雨量极少,南疆尤为明显。所以干旱缺水是新疆的突出特征。但另一方面,新疆又是冰山雪水资源丰富的区域。每当冰雪融化之际,往往容易形成水灾,而到用水之时,却又无水可用。针对这种状况,新疆人民英勇奋战,修建了许多水利工程,创造了人类征服自然、利用自然的奇迹。这不仅为新疆的经济发展注入了活力,而且为大漠戈壁增添了靓丽的景观。所以新疆当代诗词作者,对此给予了热情洋溢的赞颂。我们看一首凌朝祥的《乌鲁瓦提放歌》:

> 昆仑高,昆玉美,动人最是昆仑水。昆仑巍巍不可及,昆玉深藏瑶台底,惟有昆水浪漫流,流向人间失经纬。喀拉喀什河水来天地,蜿蜒迂回八百里。涓涓细流润绿洲,浩浩洪峰戈壁泄。圣山脚下旱魔横,王蔚奋起学李冰。翻山越岭亲踏勘,心血耗尽终长眠。感人事迹动霄汉,引来玉龙千百万。乌鲁瓦提伸巨手,拦河筑坝控枢纽。枢纽初建成,大坝露峥嵘。仰望绝壁立,俯视心胆惊。平湖水,绿参差,群龙俯首听驱驰。日泻清泉浇大地,夜吐明珠斗月姿。麦苗青青桑叶肥,绿柳白杨拥锦堆。化却尘沙飘风绝,和田消尽纸上白。安得高坝三万里,尽拦昆仑山中水,

救活塔里木,洗尽胡杨泪。死海翻波绿浪飞,大漠又引春光回。面对昆
仑振臂呼:乌鲁瓦提! 乌鲁瓦提! 我有美酒醉不得,邀君痛饮三百杯。
祝君高名传天下,千古长与昆仑齐!

乌鲁瓦提水利枢纽工程,位于昆仑山麓的喀拉喀什河上游山口处、和田县浪如乡境内,是一座具有灌溉、防洪、发电、生态保护等综合效益的大型水利工程。其水库总容量3.47亿立方米,为和田地区新增灌溉面积4.6万公顷,可调控百年一遇的洪峰。同时每年可向塔里木河输水10亿立方米,对改善塔里木河流域的生态环境,维持和田河下游的绿色长廊等,发挥着重要作用。水库周围群峰环绕,高峻挺拔,水库湖光倒影,清澈湛蓝,南面的小岛上,花木丛生,灰鹤、野鸭、大雁等飞禽翱翔其间,景色十分壮美秀丽。这首《乌鲁瓦提放歌》,激情澎湃,在描摹水利枢纽工程建设与功效的同时,处处洋溢着对水利建设者的赞美与歌颂。开篇即热情咏叹:"昆仑高,昆玉美,动人最是昆仑水。"但正是这最为"动人"的昆仑水,却"流入人间失经纬",给百姓带来水患。而到用水之际又无水可用,以至于"圣山脚下旱魔横"。于是水利专家王蔚"奋起学李冰",揭开了治理水患、引水灌溉等水利工程建设的序幕:"翻山越岭亲踏勘,心血耗尽终长眠。感人事迹动霄汉,引来玉龙千百万。"经过以王蔚为代表的千千万万水利建设者的前赴后继,水库得以建成,并发挥出显著功效:"枢纽初建成,大坝露峥嵘。仰望绝壁立,俯视心胆惊。平湖水,绿参差,群龙俯首听驱驰,日泻清泉浇大地,夜吐明珠斗月姿。麦苗青青桑叶肥,绿柳白杨拥锦堆。"正是这种为民造福的辉煌业绩,令作者激荡不已:"乌鲁瓦提! 乌鲁瓦提! 我有美酒醉不得,邀君痛饮三百杯。祝君高名传天下,千古长与昆仑齐!"其对水利建设者的歌颂、赞美溢于言表。全诗融写景、叙事、抒情为一体,在舒卷自如的磅礴气势中饱含着激情,颇具艺术感染力。

再如李汛的诗词,也描写了一系列水利建设工程,抒发着对水利建设者的赞美情怀。如《克孜尔水库杂咏·水库》《乌鲁瓦提水利枢纽》《水调歌头·克孜尔水库竣工验收赞老一辈建设者》《克孜尔水库杂咏·溢洪道》等,都展现出一幅幅新疆水利建设的宏伟画卷。这些作品在体现人与自然抗争的同时,也彰显着新疆人民改造自然、利用自然的进取奋斗精神。

第二节　绿洲经济的吟唱

　　对绿洲经济的吟咏,是新疆当代诗词创作中一道亮丽的风景线。新疆的地理特征是高山盆地相间,在各大山脉之间或在一些山地之中,有许多洼陷的盆地、谷地。其中除塔里木、准噶尔两大盆地外,还有哈密盆地、吐鲁番盆地、巴里坤盆地、焉耆盆地、伊犁谷地、昭苏盆地等等。各盆地的内部及周围,都有一片片水源丰富、土壤肥沃、草木繁茂、宜农宜牧的绿洲。新疆绝大多数的农村、城市都建设在绿洲上。据相关资料显示,全疆大小绿洲有1 000多个,大的绿洲,可以市县相连,而最小的绿洲只是戈壁中间的一个小村落。这些绿洲往往林带纵横,田陌相连,牛羊成群,瓜果飘香。优美的绿洲风光、繁荣的绿洲经济,自然也就成了诗人们吟咏的对象。如王子钝《库尔勒道中》:

　　　　塞上江南地,家家起圃林。屋红花染色,门绿柳垂阴。摩诘难为画,

　　少陵惜未吟。徘徊欣有托,处处响珍禽。[①]

诗写作者于库尔勒道中所见。首联以"家家起圃林",展现大漠深处的"塞上江南";颔联以浓丽的色彩、工稳的对仗,描绘出绿洲田园的优美与靓丽;颈联以王维难画、杜甫未吟,表达自己的欣喜与自豪;尾联又以珍禽的动人鸣唱,抒发流连忘返的情怀。全诗色彩艳丽,动静相衬,画面清新怡人,形象地彰显出大漠绿洲的独特风光。

　　至于一些描写农事劳作的作品,也展现出优美的生活画卷,洋溢着浓郁的时代气息。如明剑舟的《渔歌子·晨耕图》:

　　　　秀岭黄莺报晓啼,红霞彩蝶绕双犁。叱犍犊,拂鞭丝,夫妻汗谱画

　　中诗。

词作惟妙惟肖地描摹出一幅夫妻晨耕图。那"黄莺报晓啼"的悦耳,"彩蝶绕双犁"的娱目,再加上"秀岭""红霞"的映衬,都渲染着"晨"的景色。而"叱犍犊""拂鞭丝"的动作描写,则紧紧扣住了"耕"的特点。最后以"汗谱"点睛,彰显着劳作的辛

　　[①] 邓世广主编《当代西域诗词选(戊子版)》,新疆人民出版社,2009,第17页。

劳与快乐。至此,一幅情景交融的"夫妻晨耕图"得以完成。由此我们可以窥见绿洲农民生活的一斑。再如王玉田的《西域农家》:

> 白杨深处一农家,东种香梨西种瓜。圈外羔羊寻嫩草,渠中幼鸭觅
> 青虾。巴郎架下收珠玉,媳妇机中织彩霞。老妪厨房烧美味,偷闲一刻
> 逗孙娃。

诗以铺叙的手法描写西域农家的日常生活。住在白杨深处的这户农家,东面种着香梨,西面种着甜瓜,圈外有寻嫩草的羔羊,水中有觅青虾的幼鸭,小伙子在葡萄架下"收珠玉",媳妇在织布机上"织彩霞",由此正可见出绿洲经济的多种经营。而结尾"老妪厨房烧美味,偷闲一刻逗孙娃"的描摹,又凸显着浓郁、欢快的生活气息。全诗语言通俗明白,而画面鲜明生动,绿洲农民的生活状态,如在目前。

一些绿洲中的牧业生产、牧民生活,也在诗中得以展现。我们看一下王延龄的《牧区三题》:

> 黄雀啁啾跃碧茵,牛羊喧闹醒芳晨。鞭声起处马蹄响,一曲山歌过
> 白云。
> 残霞淡淡晚风微,袅袅炊烟送夕晖。少妇溪边忙挤乳,人喧马叫牧
> 人归。
> 繁星闪烁夜茫茫,碗酒微醺乳酪香。何处弦歌飘入耳,隔邻阿肯试
> 新腔。①

第一首写牧民清晨赶着牛羊放牧的情景。但作者的描摹,却极富情趣:那黄雀啁啾的啼鸣声、牛羊哞哞咩咩的喧闹声,唤醒了芳香的草原;嗒嗒的马蹄声、清脆的牧鞭声也随之而起,牧民们开始了一天的放牧生活;尤其是牧民那粗犷浑厚的草原歌声,响遏行云,回荡空中,牧民的欢快、潇洒,如在目前。全诗以声写形,活泼生动,再现出草原牧场的蓬勃生机。第二首,写傍晚放牧归来的情景。那淡淡的晚霞、袅袅的炊烟,映衬着小溪边挤乳的少妇,恰如一幅色彩艳丽的草原风俗画。第三首写夜晚的情景。毡房外,草原夜色茫茫、繁星闪烁;毡房内,全家围桌而坐,酒香酪甜,喜气洋洋。而那隔壁"阿肯"的弹唱声,随风飘入,更增添了草原之夜的优美动人。三首诗犹如一幅动人的连环画,将牧民从早晨到夜晚的生活,描绘得栩栩如生。我们再看两首作品:

---

① 星汉主编《中华诗词文库·新疆诗词卷》,中国文史出版社,2012,第32页。

绿草滩中牧马羊,满房花毯美毡房。喜迎乡友和宾客,盘坐寒暄敬酒忙。　油馕脆,奶茶香,兴高采烈品琼浆。弹琴说唱人人乐,歌舞翩翩颂小康。

——何永贵《鹧鸪天·草原风情》

座座毡房翠柳遮,清溪汩汩鸟喳喳。碧空旷野酥油草,雾气岚光荠菜花。悦耳笛声飞骏马,怡心琴韵醉流霞。牧民一曲原生态,唱得东山露月牙。

——朱奇斌《毡房》

何永贵的《鹧鸪天》词,前两句写牧民的放牧情景和住所,"绿草滩中牧马羊"的画面,自然清新,而"满房花毯"的住处,彰显着浓郁的民族风情。接下来重点描摹牧民的生活,不论是"油馕脆,奶茶香"的"盘坐寒暄",还是"兴高采烈"的饮酒弹唱、"歌舞翩翩",都荡漾着"小康"的欣喜。朱奇斌的《毡房》,也热情洋溢地描摹着牧民的生存状态。翠柳掩映的毡房、流淌的小溪、遍布原野的酥油草、荠菜花,以及叽叽喳喳的小鸟,令人心旷神怡。而骏马的飞奔、牧民原生态的纵情歌唱,也彰显着牧区的蓬勃生机。

除了这些绿洲经济的散点扫描外,一些具体区域如伊犁河谷、吐鲁番葡萄沟等,更是引起诗人们的反复咏歌,进而较为集中地彰显出新疆绿洲经济的独特风貌。

在新疆广袤的大陆性荒漠干旱区中,地处西天山的伊犁河谷,却是气候温和、雨水充沛,有着年均400毫米的降水量。再加上天山融雪,使得伊犁河谷不仅水源丰富,而且丰水时间长,因此成为新疆最湿润的地区。这里土地肥沃,水源充足,自然条件优越,河流两岸平整的冲积平原,为农业的发展提供了良好条件,使伊犁河谷享有"塞外江南""苹果之乡"以及"粮仓"的美誉。这自然引发了新疆当代诗词作者的创作冲动。我们看一下作者的吟咏:

麦田果圃翠油油,长舌小溪日夜流。眼望绿杨城郭近,却疑惠远是扬州。

——王子钝《惠远城即景》

桃杏花开火样红,无边草木郁葱葱。谁将一幅江南画,挂在伊犁河谷中。

——王爱山《伊犁之春》

半城青翠半城花,早杏初黄压断桠。维女园中真巧手,微风细雨采朝霞。

——唐世政《伊犁行》

　　河水洋洋亘古流,青山抱定百花洲。春光漫过屯田处,野果芳充锦
绣沟。　　原莽莽,畜悠悠。绿澜疑可荡轻舟。醇和最数伊犁酒,边地
风情个里头。

——严待继《鹧鸪天·伊犁风光》

王子钝的《惠远城即景》,描写伊犁惠远城外的农村风光,画面清新生动。"翠油油"的麦田、果圃一望无际,"长舌"般的小溪日夜流淌,挺拔茂盛的绿杨环绕着城郭,这一系列远近相衬、境界优美的画卷,自然引起作者"却疑惠远是扬州"的赞叹。王爱山的《伊犁之春》,扣紧一个"春"字,描摹出色彩艳丽的生动画面。那"火样红"的桃杏花开,那"郁葱葱"的无边草木,都在清新自然中荡漾着蓬勃生机,使人忘记了这是在戈壁大漠纵横交错的新疆。所以就有了作者的惊问:"谁将一幅江南画,挂在伊犁河谷中?"唐世政的《伊犁行》,则在优美的果园画面中,展现着维吾尔族女子劳作的情景,令人回味无穷。严待继的《鹧鸪天》,也以广角镜头展现着伊犁风光。那"亘古流"的洋洋河水,"抱定百花洲"的郁郁青山,"漫过屯田处"的灿烂春光,野果芬芳充满"锦绣沟",以及"原莽莽,畜悠悠"的牛羊、醇和芳香的"伊犁酒",都令人神往。这些作品在清新优美的画面描摹中,热情洋溢地赞美着伊犁绿洲的蓬勃生机,抒发着内心的欣喜与欢快。

　　位于东疆的吐鲁番盆地,又是另一番景象。吐鲁番四面环山,地势独特。其北面博格达山主峰海拔5 445米,而盆地中的艾丁湖则是低于海平面154米,是中国陆地最低点。吐鲁番盆地属大陆荒漠性气候,干旱炎热,年均降水量约16毫米,蒸发量却高达3 000毫米,6～8月平均最高气温都在38℃以上,素有"火洲"之称。这里虽然降雨量极少,但地下水资源丰富,天山积雪是盆地主要灌溉水源。由于火焰山横卧在盆地中央,使潜流水位抬高,在山体的南北缘形成一个溢出带,造就了南、北两部分绿洲。独特的引水灌溉方式——坎儿井,也由火焰山发端。吐鲁番盆地出产优质瓜果,吐鲁番的葡萄、鄯善的哈密瓜,都是远近闻名。丝路古迹高昌故城、交河故城,也吸引着中外的大量游客,而盆地中的吐哈油田,正助力着当地经济的腾飞。这些在新疆诗词创作中都有吟咏,我们选几首作品做些分析。先看丁维才的《凤凰台上忆吹箫·吐鲁番》:

　　浩浩沙洲,悠悠古镇,风烟弥漫沧桑。忆汉唐烽火,铁马开疆。一串驼铃远去,高昌月、早换新妆。春声起,凭多趣事,渐变家常。　　煌煌。

火山欲煮,戈壁献油田,地奉棉粮。叹果蔬丰美,四季飘香。路网通联商
旅,游客醉、手鼓霓裳。凝眸处,祥云彩霞,笼罩城乡。

这首词以诗笔对吐鲁番做了总体描摹。上片"浩浩沙洲"从空间落笔,描写其处于
苍莽大漠的自然环境特征,而"汉唐烽火""悠悠古镇"则从时间着墨,状其历史之
悠久,彰显着汉唐于此设置行政建制对丝绸之路的开创与繁荣所起的推动和保障
作用。接下来笔锋一转,以"一串驼铃远去,高昌月、早换新妆"承上启下,转向对
当下现实的描摹。下片集中咏今,把"戈壁献油田"的工业开发,"地奉棉粮""果蔬
丰美,四季飘香"的农业生产,"游客醉、手鼓霓裳"的旅游业,以及"路网通联商旅"
的交通等等,都表现得历历在目。最后以景结情,则荡漾着百姓的祥和与幸福。

吐鲁番盆地的绿洲经济,最具特色的要数葡萄沟。天山的冰雪融水在通过地
下粗砂砾层向盆地渗透的过程中,被火焰山所截流,在山间沟谷呈泉涌状溢出地
面,汇成河流。葡萄沟全长8 000米、东西宽约500米,最宽处可达2 000米,横穿火
陷山,两侧山峰对峙,烈日炎炎,寸草不生;沟内却流水潺潺,绿树如荫,凉爽怡人。
一行行参天白杨郁郁葱葱,满沟满坡的葡萄架层层叠叠,一串串葡萄如翡翠珍珠
般晶莹夺目。新疆当代诗词形象地再现着这一令人心旷神怡的奇特景观。请看
作品:

骄阳似火灼长空,步入葡沟迥不同。一壑清幽澄谷底,几行翠绿绕
沙峰。珍珠串串悬穹顶,锦鲤条条戏水中。塞上桃园招远客,游人如织
访仙踪。

——王延龄《吐鲁番葡萄沟》

百里长沟翡翠光,果消溽暑酒消凉。交河一曲清清水,流到沟头更
觉香。

——王野苹《葡萄沟》

架挂珊瑚串,盘堆玛瑙球。奇香透重壁,玉液润枯喉。陌上歌声脆,
园中笑语稠。伊谁一声笛,吹绿半城秋。

——马千希《葡萄院落》

王延龄的七律《吐鲁番葡萄沟》,形象地再现了葡萄沟的全貌。首联以沟内沟外两
重天的炎凉对比,带人走入"火洲"吐鲁番的"清凉世界"。接下来颔联、颈联以浓
墨重彩,具体描摹葡萄沟的清幽怡人。这里泉水欢流,清澈见底,锦色游鱼在水中
嬉戏;两岸果树茂密,绿绕山坡,那珍珠般的串串葡萄,高高悬挂,青翠欲滴。正是
这种仙境般的清幽怡人,引来了尾联所描写的"游人如织"。王野苹的《葡萄沟》则

境界开阔,在"百里长沟翡翠光"的环境里,描写出品果消暑、品酒消凉的惬意。彰显着"交河一曲清清水,流到沟头更觉香"的欣喜感受。马千希的《葡萄院落》,在铺叙架挂珊瑚、盘堆玛瑙、奇香透壁、玉液润喉的同时,又融入了人物的描摹。那园中的清脆歌声,以及"吹绿半城秋"的笛韵,荡漾出浓郁的民俗风情。

在新疆的绿洲经济建设中有一支强大的队伍,这就是新疆生产建设兵团。兵团农牧场遍布于天山南北的塔克拉玛干、古尔班通古特大沙漠的边缘,以及戈壁荒滩和人烟稀少的边境沿线。他们白手起家,开荒造田,兴修水利,创建了一个又一个生态绿洲。兵团人的艰苦奋斗和辉煌业绩,赢来诗人们热情洋溢地咏歌。唐世政主编的《军垦颂》《绿洲魂》两部诗词选集,就是一个有力的证明。我们看一下王菁华的《垦区即景五首》:

> 天山南北莽苍苍,碧树行行起翠墙。百万屯军绿戈壁,黄泉喜煞左宗棠。

——《林带》

> 茫茫瀚海凿清渠,赢得丰收廪有余。库水粼粼千顷碧,农闲垂钓好烹鱼。

——《渠道》

> 千年大漠吐芳菲。万顷良田麦菽肥。如血斜阳半规隐,铁牛突突载霞归。

——《条田》

> 田畴锦绣望无涯,近水农家绿树遮。新屋檐前闻燕语,羊欢鸡唱满庭花。

——《农家》

> 大漠开荒二十年,良田万顷望无边。盈畴绿韵诗般美,今日愚公著巨篇。

——《愚公颂》

这组绝句,以质朴无华的语言,白描写实的手法,从不同侧面展现着兵团人创建绿洲的情景。第一首写"林带"。在大漠戈壁,大面积植树造林是防风固沙、保护农田最为有效的措施。诗的一二句写眼前所见之景:在莽莽苍苍、风沙肆虐的大漠边缘,雄壮地挺立着一行行绿树碧墙,遮挡着风沙、守护着农田。三四句触景生情,转向对兵团将士的赞美。正是兵团百万屯垦人在艰苦的环境中大规模地植树造林,才让茫茫大漠戈壁穿上了绿装。这种规模、效果,远比清人左宗棠收复新疆时沿途栽柳壮观得多,所以也就有了尾联"黄泉喜煞左宗棠"的感慨。全诗境界开阔,画面对比鲜明,而古今的交融,进一步增添了作品内容的厚重。第二首写"渠道"。水,是农业的命脉,要开垦荒原、创建绿洲,必须有水源。于是开渠引水、修建水库,成了绿洲经济得以发展的重要举措。这首诗形象地再现了修建水库、引水灌溉的功效。既有使农业丰产丰收的情景描摹,也有为戈壁大漠增添靓丽景观、成为人们休闲好去处的艺术再现。第三首写"条田",描写田间劳作、农作物生长的情景,字里行间荡漾着作者的欣喜。而"如血斜阳"的描摹,除了眼前的自然景观之外,则又蕴含着兵团人的奋斗与付出。第四首"农家",由野外转向了对垦区村庄的描写。这里田畴锦绣,流水潺潺,绿树环绕;新修的屋檐前燕语喃喃,庭院中羊欢鸡唱,花木芬芳,都荡漾着蓬勃生机。第五首由具体描摹,转向精神礼赞。诗题为"愚公颂",其意甚明。作者热情洋溢地赞扬着当代愚公——兵团人执着坚韧、奋斗进取的精神风貌。这五首绝句,语言质朴通俗,而意蕴丰富厚重,可以说是兵团创建戈壁绿洲的一个缩影。

　　一代代兵团人艰苦奋斗,不仅仅在戈壁荒漠创建了一个个田陌连片、渠系纵横、林带成网、道路畅通的绿洲生态经济网络。而且一座座新型城镇,也在戈壁大漠拔地而起。像石河子、奎屯、五家渠等等,都是如此。比如,石河子,本来是一个从迪化(今乌鲁木齐市)至伊犁间的小小食宿点,只有几十户人家。1950年春天,解放军二十六师进驻沙湾一带,开始了对石河子地质、水源的勘探。王震接到勘探报告后,决定开发石河子,于是艰苦卓绝的石河子垦区建设拉开序幕,一直延续多年。如今,石河子已成为世界闻名的现代化绿洲城市,有着"戈壁明珠"的美誉。诗人们的吟咏,也是震撼人心。我们看两首词:

　　　　石城重到,更难寻,旧日荒滩陈迹。子午街头闲散步,杨树钻天矗立。楼宅参差,华灯掩映,耿耿凉秋夕。星河乍曙,趵泉映日光熠。

　　　　远处沃野连绵,林渠交错,万顷良田碧。创业艰难怀往事,挥汗披荆斩棘。苞谷凝金,棉桃绽雪,瓜果香流蜜。伊谁能手,明珠巧嵌戈壁。

　　　　　　　　　　　　　　　　——朱甸余《念奴娇·石河子新貌》

　　　　军垦新城,戈壁明珠。雄踞玛河。望银湖绿海,碧波荡漾,琼楼玉宇,翠柳婆娑。千道林环,万田渠绕,五谷丰登畜满坡。惊回首,尽商贾林立,织女飞梭。　　当年铁马金戈,始屯垦荒滩卧地窝。令雪山低首,玛河改道,荒原变绿,瀚海扬波。一代英豪,横刀立马,垦戍双肩伟绩多。豪情在,正龙腾虎跃,猛进高歌。

　　　　　　　　　　　　　　　　——王振祥《沁园春·军垦新城石河子》

这两首慢词,通俗易懂,都在今昔对比中,描摹出兵团人艰苦创业,在戈壁荒滩上创建绿洲新城的业绩;也以明白晓畅的语言,淋漓尽致地展现着石河子农、工、商一体化的繁荣绿洲经济,令人感慨不已。

综上所述,可以看出,新疆当代诗词对新疆绿洲经济的吟咏,既有散点的描摹,也有焦点的透视,形象地展现着新疆社会经济的发展变化。它不仅是人们认识新疆的一个窗口,也以诗词特有的艺术感染力,滋养着读者的心灵,激励着人们的奋进。

第十八章　新疆当代诗词中的丝路
文化意蕴

从文艺创作学的角度来说，地域不仅是文学创作、作家活动的客观背景，其鲜明的区域文化特色，也会渗入文学的精神内质当中。古丝绸之路的贯穿，使得新疆生成了浓郁的丝路文化特色。这种特色，如前两章所述，已经为新疆当代诗词作者所对象化，成为作品表现的重要内容，可以说这是对丝路文化的显型表现；同时这种特色，又渗入文学的内质当中，生成了诗词深层的丝路文化意蕴，而这种深层意蕴则是对丝路文化的隐型表达。前者见其丰富性，后者见其深刻性。探究新疆当代诗词中的丝路文化意蕴，不仅可以揭示丝路文化性格的深层本质、彰显诗词作品的丰厚内涵，也可以展示新疆人民的情感特点和精神风貌，增进"丝绸之路经济带"沿线人民对新疆区域文化的认识与了解，便于"民心"的沟通与交流。通过研究我们发现，在源远流长的丝路文化的浸染下，新疆当代诗词承载的丝路文化意蕴丰富多彩，而最突出的是开拓进取的创业情怀、开放包容的文化心态，以及坚韧、顽强的奋斗精神。可以说，这种通过当代诗词表达出来的丝路文化的价值指向，是人类精神文明史的重要构成部分，有着深远的现实意义。

第一节　昂扬激荡、自强不息的创业情怀

我们阅读新疆当代诗词,在音调铿锵的动人韵律中,时常会感到一种强烈的震撼如天风海雨般扑面而来,这就是对艰苦奋斗、百折不挠、开拓进取、勇于创业精神的激情表达与火热礼赞。而这与丝路文化的哺育、浸染密切相关。

"丝绸之路"是一条经济商贸之路、人类文明交流之路,但从某种意义上说更是一条开拓创业之路。正如有些学者所说:"历史上的'丝绸之路',本质上正是一条披上丝绸,唱响驼铃,走向世界的'创业之路'。"①我们知道,古代"丝绸之路"的开拓、通行,有着众多的艰难险阻。先民们不但要翻越野兽出没的崇山峻岭、穿行于风沙肆虐的戈壁大漠,甚至还会遇到战乱匪患,等等。如果没有坚韧不拔、不屈不挠的开拓创业精神,贯通中西的古"丝绸之路"或许不会存在。实际上先民们筚路蓝缕开创丝绸之路,无论是代表国家立场的使者,还是谋取个人利益的商人,其实质都是为了国家民族或者家庭个人的生存与发展。而当前更大宏观视野下的"丝绸之路经济带"建设,让古丝绸之路焕发出新的生机与活力,其宗旨也是为了使沿线国家和地区共同发展、繁荣,从本质上讲,也是以民生为核心的开拓、创业之举。所以我们说,开拓创业、奋斗进取的精神,正是丝路文化的重要意蕴之一。而新疆当代诗词则浓烈地展现着这种文化意蕴。

诗词创作,是作者对客观世界的审美体验与艺术表达。就新疆的客观世界来说,一方面,这里严酷的自然环境,使人类的生存意志和能力经受着严峻的考验;而另一方面,这块古老、神奇的热土,又蕴藏着有待开发的丰富资源和巨大潜力,令人充满希望。所以建设者们在生存和创业中,有着更为强烈的艰难困苦与慷慨激昂。社会现实中那种惊天地、泣鬼神的创业情怀,那种坚韧执着、自强不息的进取精神,强烈地震撼着新疆当代诗词作者的心灵,从而也就有了对奋斗精神、创业情怀的激情表达,也就有了对边疆人民旺盛的生命力和创造力的热情礼赞。

这种精神情怀,在韵律自由、酣畅淋漓而又纵横开阖、起伏跌宕的歌行体中,

---

① 李继凯:《论当代创业文学与丝路文学》,《湖南师范大学社会科学学报》2016年第1期。

表现得尤为突出。如前所述王瀚林《屯垦戍边唱大风·兵团组歌》,以近万字的篇幅来描写、赞扬新疆生产建设兵团荒原屯垦的业绩、创业进取的精神,就是很好的例证。这种慷慨激昂的创业情怀,并非个别现象,而是充溢于众多作品之中。比如,李英俊《塔里木河引洪歌》,描写20世纪50年代修建水库时热火朝天的工地场面:"铁牛如虎车如蚁,人流涌动沸工地。隆冬雪舞战旗飘,夜战燃薪日以继。""夫妻竞赛比高低,咀啃凉馍笑眯眯。"官福光《喀拉库勒行》描写的"二牛抬杠砍土镘,一窝麦子一身汗""夫妻父子相挑战,冰天雪地芦滩宿"等情景,都在创业艰辛的描摹中荡漾着昂扬的斗志。其他如,杨天材《博斯腾湖创业歌》、李金香的《塔河滚滚歌军垦》、肖致义的《塔里木河放歌》、白垒的《新出塞曲》、李海莲的《古尔班通古特大沙漠先驱颂》等,都在回环往复、慷慨激昂的叙事、抒情中,震撼着读者的心灵。

一些律诗绝句等短章,虽然在形式上与回环往复、荡气回肠的歌行体诗歌不同,但也以凝练、生动的笔触描绘出动人的场景与坚韧进取的奋斗情怀。如孙传松《拓荒者之歌》:

> 垦耕进尺难,挖掘卷锹锨。乱草缠如索,毒蛇绕似团。喧声惊旷野,
> 畬火燎荒原。赤膊谁头阵,支边青壮年。

诗的前四句以质朴无华的语言和比喻描写戈壁荒滩开垦农田的情景,创业之艰辛历历在目。后四句写开拓者的奋战场景,"支边青壮年"奋勇争先的精神跃然纸上。其他如,陈琪《军垦第一犁》"银铧闪闪战犹酣,料峭春寒未着棉。五十年华风雨过,一犁铜像记辛艰";宋风帆的《军屯》"昔日人犁垦大荒,建成花圃蝶蜂忙。余生不唱阳关曲,已把新疆作故乡"等,都热情洋溢地礼赞着奋斗进取的创业精神。

一些描写工业建设的诗词作品,也同样洋溢着积极进取的开拓精神和激情饱满的创业情怀。比如,关于石油开采、铁路建设、沙漠公路建设,乃至于炼铁、炼钢、发电的描写等,都是如此。我们仅以描写石油开采的作品为例作些阐释。石油开采属于野外作业,工人们奋战于戈壁大漠,夏天酷热,冬天极寒,但却都充满了昂扬进取的奋斗精神。请看凌朝祥《吐哈油田行》中的描写:"大漠平沙扎连营,鄯善城东火云生""伏天温超四十度,热浪欲把人烤熟。嗓子眼里冒烟火,会战男儿浑不顾",吐鲁番、哈密盆地石油工人采油环境之艰苦可见一斑;"钢铁浮图冲天起,机声远震哈密城""采油壮士拓天手,敢教丝路焕青春",石油工人的奋战场景及雄心壮志历历在目;而"莫道火海风区自古人难度,且看今朝众志成城泰山移",则在无比自豪中礼赞着奋斗者的大无畏精神。再如刘萧无的七律《读〈新疆石油报〉〈希望之光〉一文喜赋长句向六〇四八钻井队致敬》,以凝练的语言礼赞着石油

工人艰辛创业的奋斗情怀。首联"苍茫大漠啸风云,巍尔潜龙万仞深"中,"啸""巍"的情态描摹,传神地再现出石油工人的大无畏精神。而颈联"狂风凛冽石如斗,铁骨铮钬壮士心"的描摹,以恶劣的环境,来反衬石油工人的铮铮铁骨和顽强斗志,所展现出的艰苦奋斗、开拓进取的精神,令人心动。其他如,周五常《哈得油田放歌》、马春香《鹧鸪天·油田赞歌》、王菁华《浪淘沙·油田行》等,都在描写艰苦环境的同时,热情洋溢地赞颂了石油工人的奋斗进取情怀。

通过上述诗词的情景描摹,我们感受到在艰苦的自然环境中,维系生存已很困难,但开拓者们还要发展经济、造福后人,使国富民强,这就自然而然地铸就了坚韧不拔、勇于创业、义无反顾的大无畏气概。新疆当代诗词反复咏叹这种创业情怀,呈现的是超越日常的震撼和崇高,从而使作品带上了神圣乃至悲壮的色彩。而这,正是丝路精神的再现与升华。这种自强不息的激情、强烈的艺术冲击力,使新疆当代诗词具有了励志的意味。人们在阅读欣赏中被诗词的情怀所感染,诗词的美感也就转化为诗词的力量,于潜移默化中影响、激励着人们的现实行为。

新疆当代诗词中的丝路文化之魂,不仅体现在开拓进取的创业情怀,还体现在对多元文化的包容心态。

第二节　宽广的胸襟与文化包容心态

"丝绸之路"也是多元文化的交流融合之路。作为"丝绸之路"腹地的新疆,自古以来就是多种文化荟萃的区域。季羡林先生在《敦煌学、吐鲁番学在中国文化史上的地位和作用》中说:"世界上历史悠久、地域广阔、自成体系、影响深远的文化体系只有四个:中国、印度、希腊、伊斯兰,再没有第五个;而这四个文化体系汇流的地方只有一个,就是中国的敦煌和新疆地区,再没有第二个。"[①] 这种不同文化的"汇流"、交融,使新疆文化具有了开放包容的特质。时至今日,新疆仍是多民族聚居区。各民族文化在这里和睦相处,融合交流,长期并存,构成了世界上少有的多元一体文化共生地带。而新疆当代诗词,则以艺术的形式形象地再现出丝路文

---

① 季羡林:《佛教与中印文化交流》,江西人民出版社,1990,第212页。

化的内在意蕴,这就是诗人们往往以开放的胸襟、平等的视角、激赏包容的心态去看待不同民族的文化。我们仅以新疆当代诗词的代表诗人刘萧无、星汉的作品做些阐释。

1981年《民族作家》创刊时,刘萧无作《〈民族作家〉创刊》贺诗一首:

莫嫌丝路远,文化古摇篮。四海皆兄弟,谁家无圣贤? 苍茫敕勒曲,慷慨雁门篇。一代真才子,神州数纳兰。①

《民族作家》是将新疆少数民族作家用母语创作的作品翻译成汉文发表的文学专刊,其宗旨是促进多民族文化的交流。此诗首联即立意高远、出语不凡,认为西域作为东西方文化的交汇地,本来就是文化的古摇篮之一。颔联"四海皆兄弟,谁家无圣贤?"以通俗浅显的语言,在反问中表达了一种开放的胸襟和平等的心态。颈、尾两联列举南北朝北齐敕勒民歌《敕勒歌》、被称为"北方文雄""一代文宗"的金朝拓跋氏诗人元好问、被誉为"国初第一词手"的清朝满族词人纳兰性德等少数民族诗人、作品在文学史上流芳百代的事实,既是对上文的阐释,又借古喻今,可谓情韵深长。全诗在表达尊崇历史、赞美当下民族文学交流融通的同时,呈现着诗人对不同民族文化的赞赏与包容。当《民族作家》出版十周年时,诗人又写诗祝贺:"丹黄楮墨记从头,六十连篇载艺舟。殊俗风流凭月旦,幽兰九畹艳荒州。"(贺《〈民族作家〉出版十周年》)也是这种心态的反映。

对于不同民族文化的交流,刘萧无总是以激赏包容的心态予以赞扬。比如,《老年康乐报》维吾尔文版出刊时,诗人赋诗祝贺:"花甲期颐康乐年,如飞健笔颂尧天。喜看兄弟同携手,团结联绵老益坚。"(《〈老年康乐报〉维文版出版》)而当刘发俊将柯尔克孜族人民的英雄史诗《玛纳斯》译成汉文即将出版时,刘萧无也是喜不自胜,立即赋七律一首歌之:"掀天大漠啸烟云,唱尽风流代有人""得来国宝真稀世,盼出人才步后尘。"(《刘发俊将〈玛纳斯〉译为汉文即将出版》)当新疆维吾尔自治区召开文代会或作家代表大会时,其贺诗也往往体现出包容、欣赏的情怀。比如,"切谱同心团结曲,春风旖旎百花妍"(《祝新疆第四次文代会》),"郊寒岛瘦都才子,群力峥嵘携手行"(《祝第四次作家代表大会》)等,都说明了这一点。

一些对民族团结的歌咏,也体现着作者的文化包容心态。比如,刘萧无的散曲《庆祝新疆维吾尔自治区成立三十周年》,其中写道:"说什么你姓汉我姓维,说什么你姓哈我姓回,原本是同根连理,同住在神州大地。几千年古道斜阳披荆斩

---

① 刘萧无:《刘萧无诗词选》,新疆人民出版社,2001,第56页。

棘,有何不四化路上并驾齐驱。""放眼看下个世纪,开发者西部边陲,论资源数得上咱西域,又何难展翅鹏飞。三十年流血流汗你中有我我中也有你,祝明朝千红万紫你和我同庆朝晖。"其他如:"本是同根叶与柯,五千年史最堪歌。辅车唇齿谁先觉,铁壁河山共枕戈。乐府由来传法曲,神州何处不嘉禾。五湖四海齐声笑,率土为家兄弟和。"(《咏民族团结》)其既有对各民族同根同源的阐释,又有对辅车唇齿、共同奋斗的肯定,更有对民族和睦、共同发展的祝福与向往。

如果说刘萧无代表了新疆当代诗词创作中擅长以叙述、议论的手法,从宏观上展示新疆当代诗词作者文化包容心态的话,那么星汉则代表了通过为少数民族平民写生,在具象描写中展现出对不同民族文化的欣赏与包容。星汉笔下少数民族的草原歌手、民间工匠、牧民、妇女甚至于儿童等形象,无不清纯可爱,处处洋溢着作者的赞美与赏识。如《巴里坤湖边听阿肯弹唱》:

> 弹唱声中草色青,牧人马背拄颐听。多情阿肯未终曲,俯看湖中云
> 已停。①

诗题中的"阿肯",是哈萨克族民间歌手的通称,其演奏特点是手弹冬不拉,随编随唱,即兴而歌。这首绝句写阿肯弹唱,在起承转合中调动视觉和听觉因素,营造出鲜明的意境,包蕴着迷人的艺术韵味。作品首句点明阿肯弹唱的地点是巴里坤湖边的大草原,彰显着阿肯弹唱的民间特点。次句通过牧民在马背上"拄颐听"的入迷情态,从音乐效果的角度表现出阿肯弹唱技艺的高超。三四句以"未终曲"而"云已停"的视听相融的画面作结,乐音缭绕,余味无穷。全诗触景生情,随口而吟,欣赏赞美之情溢于言表。其他如,《英吉沙赠维吾尔族陶者》《英吉沙赠维吾尔族锻小刀者》等描写少数民族民间工匠的作品,都是如此。

就连少数民族牧民的日常劳作也能引起作者的惊喜。如《天山见哈萨克族打草者,戏赠》:

> 扇镰挥起落青云,长啸一声山外闻。多少人间剃头匠,尽施手段不
> 如君。

此诗描写牧民收割牧草的劳动。牧民秋季割草用的是"扇镰",这种镰刀把手很长,比人还高,其割草时不是弯腰而是站着,与我们一般收割小麦的"割"是不同的,所以首句才有"挥起落青云"的传神描摹。诗中"挥起""长啸"的情态描写、"多少人间剃头匠,尽施手段不如君"的比拟烘托,都洋溢着作者对哈萨克族牧民娴熟

---

① 易行主编《古韵新风·星汉作品集》,线装书局,2009,第39页。

的打草技巧以及豪放性情的赞叹。

　　女性是美的化身,也彰显着慈爱、善良、坚韧、勤劳的传统美德。星汉用浓郁的笔墨,在多姿多彩的画面中,描绘出许多少数民族女性的形象,令人耳目一新。其《伊犁河雅马渡书所见》写道:

　　　　乌孙山雪与天齐,河岸青苍日渐西。饮马姑娘风落影,英姿随浪到

　　伊犁。

诗写哈萨克族姑娘伊犁河边饮马,而以雪山高耸、河岸青翠、夕阳嫣红、河水清澈、风吹倩影等开阔高远的境界为映衬,进而烘托出"饮马姑娘"纯洁靓丽的英姿。作者的赞美之情溢于言表。再如《塔什库尔干途中见塔吉克族妇女挑水归,颇似画中人,赋此记之》:

　　　　风裹红裙彩石间,小路通天弯又弯。清泉挑向穹庐去,更揽残阳煮

　　雪山。

诗以轻柔与刚健相济的手法,描绘出塔吉克族妇女傍晚时分于山涧挑水回家的画面,色彩鲜明艳丽。那身着红裙、肩挑泉水、走在彩石间向高处熟练攀登的情境,历历在目。而"小路通天弯又弯""更揽残阳煮雪山"的描摹,进一步拓宽了读者的视野,使得塔吉克族妇女的勤劳、不惧高寒的精神洋溢于画面之外。其他如,《阿图什途中书所见》写柯尔克孜族姑娘随着时代的发展,进城时打扮得犹如"模特"一样时髦而靓丽等,都从不同侧面赞美了新疆少数民族女性的纯洁美丽。

　　至于一些描写少数民族儿童的诗篇,也颇具情趣。如《开都河农家小坐书所见》:

　　　　白杨影里面河居,鸽弄晴空落照虚。坦腹巴郎游泳后,拖泥带水笑

　　骑驴。

此诗前两句以动静结合的手法描写农家小院的环境,画面清新怡人。而"面河居"一语,又为下文"坦腹巴郎"游泳的特写镜头做了铺垫。后两句突出维吾尔族儿童的活泼可爱,"拖泥带水笑骑驴"的顽童形象如在目前,而作者的喜爱之情也历历在目。

　　星汉以自然平和的笔触,将人、事、情、景融于一体,鲜明生动地描摹出众多亲切可爱的少数民族平民形象,处处洋溢着作者的欣赏、赞美之情。这种"日常生活"的艺术再现,正折射出作者的开放胸襟以及灵魂深处对不同文化的包容与欣赏。

　　值得注意的是,这种开放包容的丝路文化视野,已经深入作者的骨子里,形成

了一种特有的思维方式和价值取向。即便他们走出新疆，面对历史古迹及历史人物的咏叹，也往往能跳出狭隘的单一民族的文化视野。比如，星汉的《谒史公祠，建祠始自多铎，褒慰出自乾隆，登梅花岭有感作此》：

> 今日登高放眼量，休凭旧帐说维扬。白山黑水八旗壮，青史红梅千古香。肝胆澄明史阁部，心胸宏敞豫亲王。看我中华成一统，总抓辫子甚荒唐。①

诗题中的"史公"，即奋力抗清死守扬州的南明东阁大学士兼兵部尚书史可法，其于顺治二年（1645年）清兵攻打扬州时殉国。"多铎"，即率军攻打扬州的清军主帅豫亲王。多铎是最早下令为史可法立祠祭祀的人，乾隆皇帝于乾隆四十一年（1776年），追谥史可法为"忠正"，又为史公祠亲书"褒慰忠魂"题词。"梅花岭"，是史可法衣冠冢所在地。史可法殉国后，副将史德威寻其遗骸不得，遂于清顺治三年（1646年）四月，葬其衣冠于梅花岭上。星汉此诗对历史的评价颇具新意，与通常单纯地歌颂史可法、谴责清兵明显不同。比如，颔联"白山黑水八旗壮，青史红梅千古香"，在意象鲜明的工稳对仗中，既表现出清兵八旗军旅的勇猛无畏，又歌颂了晚明将士的誓死抵抗。颈联"肝胆澄明史阁部，心胸宏敞豫亲王"，是对当时两军主帅的具体评价，这里既有对史可法忠心报国、肝胆澄明的激赏，又有对豫亲王多铎心胸大度，首倡为史可法建祠祭祀的赞扬。尾联直接表明自己的观点：如今中华一统，不应总是抓住历史的"小辫子"不放。诗中对历史事件、历史人物的评价，显然跳出了单一民族文化的狭隘视野。诗中"休凭旧帐说维扬"的翻案意向，表面上看是"登高放眼量"的结果，实际上与上述作品一样，是作者丝路文化意蕴中开阔胸襟与文化包容心态的具体体现。

诗人们这种文化包容心态不是自然天生的，而是在社会生活、文化氛围的熏染中形成的。新疆当代诗词作家生活在多民族聚居区，各民族文化上的交流包容，生活上的交往融合，使他们彼此相知、相互尊重、相互欣赏。这种真诚与友谊，在他们的作品中有着真切的再现。比如，维吾尔族诗人铁依甫江·艾里尤夫去世时，刘萧无作《哭铁依甫江·艾里尤夫》，悼念之情催人泪下；维吾尔族诗人克里木·霍加去世时，刘萧无作《哭克里木·霍加》也是情真意切。如果没有生活中几十年亲密交往结下的深情厚谊，这是难以想象的。星汉也同样与少数民族同胞有着密切往来。其《癸未冬游天山水西沟，赋赠同游哈萨克族诸同仁》《巴扎逢哈萨克族

---

① 星汉：《天山东望集》，中国文联出版社，2009，第196页。

牧人》《与维吾尔族友人库尔勒普惠野炊》《清平乐·同哈萨克族牧人高山驰马》等诗作,都形象地表达了作者与少数民族同胞交朋友、成兄弟,骑马饮酒、相知相敬的真挚情感。诗中这种无拘无束、毫无芥蒂、融洽和睦、彼此认同的情怀,正是丝路文化所蕴含的开放包容、相互欣赏的精神在新疆当代诗词创作中的形象反映。

第三节　咏物诗中的坚韧与抗争

　　咏物诗是中国诗歌史上的一朵奇葩,历代都有佳作传世。诗人们在对物进行审美观照时,往往融入自己的性情,这类作品可以说是以咏物形式出现的咏怀诗。正如清人刘熙载所言:“咏物隐然只是咏怀,盖有个我也。”①而人的性情生成,又与区域文化的浸染密切相关。所以我们可以从咏物诗所表达的个人性情,来反观区域文化的意蕴。纵观新疆当代诗词中的咏物诗,由于区域文化的影响,无论是物象选择还是精神寄托,都彰显着独特风貌。从物象选取说,吟咏最多的是胡杨、红柳、沙枣、雪莲、骆驼刺以及雄鹰等;而性情寄托,则是坚韧、倔强的抗争精神,以及艰辛环境中执着进取的奉献情怀,彰显着浓郁的丝路文化意蕴。

　　新疆干旱少雨,风沙肆虐,酷热严寒交相存在,自然环境十分恶劣。但人们惊奇地发现,在戈壁大漠里却顽强地生长着胡杨、沙枣、红柳、骆驼刺等多种植物。这些植物坚硬的质地、顽强的生命力,使诗人们联想到生活在这里的人群,进而激发出创作激情:借咏叹顽强生存于艰苦环境中的各种生命,来歌颂生活在这片浑厚土地上的人民所具有的坚韧、刚毅的硬汉精神。

　　我们先看一下吟咏胡杨的作品。新疆戈壁大漠中有许多原始胡杨林,成为瀚海绿洲抗御风沙的“绿色长城”。它们生长于环境恶劣的荒漠,但坚韧挺拔,生命力极强。民间称其“一千年不死”“死后一千年不倒”“倒后一千年不朽”,故而被誉为“沙漠英雄树”。翻开新疆当代诗词的选集、别集,吟咏胡杨的作品随处可见。王瀚林甚至出版了《胡杨百咏(英汉对照)》诗集。凡此都可见出诗人们对胡杨的青睐。

---

　　① 刘熙载《艺概》,上海古籍出版社,1978,第83页。

胡杨为新疆广袤浩瀚的大漠,增添了无比神奇的色彩。我们先领略一下诗人笔下胡杨的风姿:

> 大漠有神木,其名曰胡杨。伟躯摩苍宇,遒根破洪荒。兀自立绝域,展叶泼青黄。不畏寒暑袭,何惧恶沙伤。万难赤心在,笑傲风雪狂。三千岁月里,生命创辉煌:千年身不死,铁骨历沧桑;死亦不屈服,千年立斜阳;即使卧沙丘,千年仍刚强。壮哉英雄树,中华精气藏。
>
> ——段一鹏《胡杨赞》

全诗以铺叙、议论相结合的手法,全方位地描写了胡杨的生存环境、"伟躯""遒根"、枝叶以及本性。而"兀自""不畏""何惧""笑傲"等词语的运用,又彰显出胡杨的刚强与坚韧。可以说是一幅形象的大漠胡杨写生画。

就咏物的精神层面来说,在新疆当代诗词创作中,首先映入眼帘的是对胡杨树顽强的生命力、至死不渝的刚毅精神的赞美。如:

> 江湖笑傲性刚强,岁寿三千筑绿墙。戈壁情深方寸志,坚贞不渝度沧桑。
>
> ——刘仲政《胡杨》

> 胡杨有泪未轻弹,生死三千耐岁寒。郁郁葱葱春又是,顶天立地逼云端。
>
> ——方国礼《胡杨》

> 曾经叶茂又枝长,沙海防风一道墙。战罢旱魔身不倒,凌空硬骨散余香。
>
> ——李汛《观塔里木枯死胡杨有作》

> 黑沙尘骤起孤烟,宛若苍龙舞破原。劫尽精华筋骨在,高枝剑指九重天。
>
> ——王瀚林《咏胡杨之五十二》

刘仲政的《胡杨》诗,略去对胡杨枝叶、躯干的具体描摹,而以大笔勾勒的手法,凸显其本性的刚强、坚韧,以及扎根大漠、坚贞不渝"筑绿墙"的志向。方国礼的《胡杨》在描写胡杨树挺立大漠、迎风斗沙、历经酷暑严寒的同时,彰显着"有泪未轻弹"的坚韧,所以每当春天来临时,依旧是"郁郁葱葱""顶天立地逼云端"。而李汛诗中展现的则是枯死胡杨,其生前"叶茂又枝长",是沙海防风的一道翠绿屏障,即使与旱魔战罢而死,仍然"凌空硬骨散余香",一股执着、坚韧的悲壮之气,震撼人心。王瀚林的作品:"劫尽精华筋骨在,高枝剑指九重天。"也是突出死去胡杨的刚毅与悲壮。

一些作品在彰显胡杨倔强、刚毅,具有顽强生命力的同时,也描摹着其扎根大漠、立足艰辛、不求闻达、执着奉献的慷慨与乐观。比如:

> 伴日陪沙伴夜空,根深大地叶葱茏。霜侵锻就顽强性,雨打锤成耐酷功。联合新军防虐暴,结盟旧部抗尘风。斗荒先恋荒凉境,奉献无私胜劲松。

> ——李仲泽《胡杨》

> 傲雪凌霜伴热肠,风光不占隐洪荒。生前死后三千载,总把沙原作故乡。

> ——王瀚林《咏胡杨之七十六》

> 地老天荒尔自萦,狂风暴雨铸青春。生生死死三千载,笑对龙沙育子孙。

> ——凌朝祥《胡杨》

> 龙沙堆里苦挣扎,红柳相依度岁华。雪压霜欺宏志在,深情一片笑天涯。

> ——冯宗仁《胡杨赞》

李仲泽的《胡杨》,在描摹"霜侵锻就顽强性,雨打锤成耐酷功"的同时,赞叹着"斗荒先恋荒凉境,奉献无私胜劲松"的奉献精神。王瀚林的诗凸显着胡杨"风光不占隐洪荒"的"热肠",歌咏着"总把沙原作故乡"的情怀。而凌朝祥的"生生死死三千载,笑对龙沙育子孙",冯宗仁的"雪压霜欺宏志在,深情一片笑天涯"等,又荡漾着艰苦环境中的慷慨与乐观。这些作品在咏物的过程中,显然融入了新疆人的精神情怀,从而使咏物诗词染上了浓厚的人文色彩。

红柳也是戈壁大漠中常见的植物,又名柽柳。其性耐干旱、耐盐碱、耐风沙,夏季开花时花穗呈粉红色或紫色。红柳有着旺盛的生命力,"茫茫沙海里,不雨也抽芽"(李汛《红柳》)。从红柳形象中,新疆当代诗词作者感悟到一种倔强的抗争精神,并给予了热情洋溢的礼赞。我们看几首作品:

> 叹经纬踪迹任穿梭,沙海奈若何? 对骄阳似火,抒金流赤,绝塞悲歌。堪慰紫雕独矗,啸傲战沙魔。意气吞朝日,枝叶婆娑。 自是天涯绿韵,似寒光宝剑,犹待研磨。问豪情几许? 壮志满山河。黄尘里,新枝葳蕤,丝路旁,岁月未蹉跎。天山下,千秋不变,瀚海青螺。

> ——薛维敏《八声甘州·沙漠红柳》

茫茫戈壁望无垠,叶茂枝繁有桎林。抗御沙魔诚一绝,勇防风暴胜三军。根深不怕水肥少,骨硬何妨盐碱侵。不羡芳园环境美,甘居大漠卫生灵。

——王延龄《红柳颂》

红柳,红柳,挺立沙丘风口。斗沙斗碱千年,播春播绿手牵。牵手,牵手,哪怕沙狂风骤。

——潘天庆《转应曲·沙漠红柳》①

薛维敏的《八声甘州·沙漠红柳》,对红柳的形象特征和精神风貌,做了细致入微的描摹。上片开端以"叹"字领起,奠定了全词激情荡漾的基调。接下来描写红柳的根须,于茫茫沙海中往来穿梭、织网固沙,凸显着一种豪情与倔强。而婆娑的枝叶,面对"骄阳似火,抒金流赤",仍然"啸傲战沙魔",使得搏击大漠长空的"紫雕",不再孤独。这"意气吞朝日"的红柳形象,彰显出"绝塞悲歌"的刚毅与悲壮。下片以"自是天涯绿韵""瀚海青螺"的描摹,赞美胡杨"黄尘里""丝路旁""千秋不变"的执着,荡漾着"岁月未蹉跎"的情怀自许。王延龄的七律,前两联极写红柳枝繁叶茂、抗御风沙的顽强;后两联又以"根深""骨硬""不羡""甘居"等词语具体描摹,咏歌红柳的坚韧与奉献,赞美之情溢于言表。潘天庆的《转应曲·沙漠红柳》,则是以通俗流动的语言,将红柳挺立大漠,斗沙、斗碱、斗风暴的形象,描写得栩栩如生。而坚韧、抗争的性情,充溢于字里行间。

由于红柳夏季开花呈粉红色或紫色,使得大片红柳林的景色极为耀眼。所以这类作品又在坚韧与顽强生命力的吟咏中,透着一种清新与红火。如道·李加拉的《咏红柳》:

虬根似钻入沙岩,紫穗如珠立野滩。大漠风光添秀色,楼兰精魄展红颜。寒风呼啸摧白草,正气轩昂对昊天。不盼温棚寒露避,葳蕤紫穗自荣繁。

这里既有"虬根似钻入沙岩"的坚韧,更有"紫穗如珠立野滩""楼兰精魄展红颜""葳蕤紫穗自荣繁"的艳丽,确实为大漠风光增添了无边"秀色"。其他如,"英姿毅魄冠红条""雪压风摧色更娇"(李金香《沙漠红柳》),"称柳原非柳,花红体亦红"(凌朝祥《红柳》),"绿妆大漠添娇美,红扮荒原映彩霞""奔波西域争光彩,立志沙包红似花"(何永贵《鹧鸪天·红柳》),"红云朵朵披晨雾,紫絮丛丛映晚霞"(熊春华

---

① 星汉主编《中华诗词文库·新疆诗词卷》,中国文史出版社,2012。

《红柳》)等描摹,都给人以红火、清新的审美享受。

至于诗人们对冰山雪莲的描写,如"已惯高寒不问年,只将心事付云烟"(王爱山《雪莲》),"弄雾玩云志不穷,居高傲雪意从容"(道·李加拉《思佳客·颂雪莲》),"亭亭玉立呈瑶质,凛凛银装仰锦标"(王子钝《雪莲》)等,都荡漾着坚韧与高洁;对沙枣树的咏叹,如"树享百年寿,花开十里香。甘尝干旱苦,不畏逆沙狂"(刘炳正《沙枣赞》),"四海诚邀心不动,愿留边塞缀红霞"(王爱山《沙枣》),"东君不厌貌平庸,遣尔防沙固路踪"(凌朝祥《沙枣》)等,也在状物的同时,寄寓着西部人刚强坚韧、甘于奉献的精神。其他像"心欲参天天不到,身躯长挺志长存"(星汉《塞外白杨》)的白杨,"此卿偏向险峰生,斗雪迎风格自清"(李汛《雪松》),"浩气凛然藏傲骨,风骚独展露奇雄"(王振祥《天山雪松》)的雪松,"根穿大漠向天争,每借逆风舒性灵"(星汉《骆驼刺》)的骆驼刺,以及"碧叶摇春花旖旎,深根立地志坚贞"(方国礼《忆江南·马兰草》)的马兰,"一生为保一方绿,愿饮寒风愿抱沙"(马春香《小草》)的无名小草等物象的描摹,都在悲壮的抗争中,激荡着旺盛的生命力。在新疆当代诗词创作中,除了众多的植物咏叹外,还有对动物、飞禽的吟咏。如李新平的《帕米尔鹰》、姚铁山《飞鹰诗五首》等,都荡漾着义无反顾、勇往直前的刚毅情怀。

总之,这些吟咏胡杨、红柳、沙枣、雪莲、雪松、雄鹰等雄奇悲壮意象的诗词,在自然物象的描写中,又饱含着作者心灵的激荡,从而创造出一种自然感应和社会感应双重复合的厚重意境,让读者深深感悟到新疆人民,倔强抗争、执着坚韧的顽强进取精神。而这种精神正是丝路文化中,历艰不屈、百折不挠、勇于奋进等意蕴形象的再现。"存在于诗里的美,是通过诗人的情感所表达出来的、人类向上精神的一种闪烁。"①故而这类作品,都能在观物赏心中给人以情感激励。同时也表明,在新疆大地,众多作为地理空间客体的"物",由于经过诗人主体的审美观照,已经积淀、超越、升华为文学世界的精神家园、精神原型和精神动力。

---

① 艾青:《诗论》,复旦大学出版社,2005,第5页。

第十九章 新疆当代诗词
的艺术风貌

从文学地理学和诗歌美学的视角，来探究新疆当代诗词创作的艺术风貌，我们可以发现，新疆当代诗词风格多样，而以激荡着阳刚之气的雄浑奔放为主导特征。它包含了诸如强悍、雄奇、粗犷、豪放、浑厚、苍凉、悲壮等要素，激发的是世人胸胆开张的豪气和登高远望、极目天涯、含纳万物的胸襟。这种风貌的生成，既有新疆苍茫辽阔、巍峨雄奇的自然地理因素的刺激、诱发，又有新疆人粗豪、大气、刚健等性格气质的浸染与摄入，同时也与诗人们主动追求壮美的创作观念密切相关。"天山诗派"的雄浑奔放风貌，体现在新疆当代诗词的各类体裁之中，而"歌行体"诗歌在情感抒发的慷慨激昂、韵律节奏的跌宕酣畅、艺术风格的奇突奔放等方面，更是鲜明地展示出新疆当代诗词的艺术特质与风采。

第一节 "天山诗派"的阳刚之美及生成原因

新疆当代诗词创作在全国诗坛彰显着独特风貌，被学界和诗界称为"天山诗派"，前文第四章第三节已有阐述。这里主要分析一下"天山诗派"的主体风格。我们认为，新疆当代诗词创作在艺术上最突出的风貌，就是荡漾着浓郁的雄浑、壮阔、劲健、豪放的阳刚之气。

关于"阳刚"的风格特点,清代姚鼐在《复鲁絜非书》中有一阐释:"其得于阳与刚之美者,则其文如霆,如电,如长风之出谷,如崇山峻崖,如决大川,如奔骐骥;其光也如杲日,如火,如金镠铁;其于人也,如凭高视远,如君而朝万众,如鼓万勇士而战之。"①这里姚鼐通过一系列的形象比喻,描绘出具有阳刚之美的文学风格:如雷霆,如闪电,如大河决堤,如骏马奔腾,如擂鼓助万千勇士冲锋陷阵。我们阅读新疆当代诗词,正可以体悟到这种雄伟劲直、奔放有力的艺术特点,这于前面各章引述的作品中,已多有感受。

实际上,新疆当代诗词雄阔劲健的豪放之风,也已成为诗词界的共识。如2008年新疆诗词学会成立20周年之际,中华诗词学会发来贺信说:"诗词界认为以雄浑壮阔为主调的'天山诗派'已初步形成。"在新疆诗词学会成立30周年之际,中华诗词学会的贺信中又说,新疆当代诗词创作,"涌现出了在全国有影响的诗人词家,形成了以星汉为代表的以雄浑壮阔为主调的天山诗派。"②"中华诗词学会"是全国诗词界的最高组织,其对新疆当代诗词创作"以雄浑壮阔为主调"的认定,具有权威性和代表性。一些著名学者、诗人也有着相似阐述。如中国李白研究会会长薛天纬教授说:"当代西域诗词,继承并发扬光大了传统边塞诗的气象格调,仍以铁板铜琶式的豪迈歌吟为主流声音。"③当代著名诗人熊盛元在谈及当今吟坛时,认为有四派引人瞩目,其中就有"高绰铜琶铁板,豪唱大漠风烟之天山诗派"。④薛、熊二人均以"铁板铜琶",来形容新疆当代诗词的创作风貌,意在强调其豪放特色。"铁板铜琶"的比喻,出自宋人俞文豹的《吹剑续录》:"东坡在玉堂,有幕士善讴,因问'我词比柳词何如?'对曰:'柳郎中词,只合十七八女郎,执红牙板,歌'杨柳岸,晓风残月',学士词,须关西大汉,铜琵琶,铁绰板,唱'大江东去'。公为之绝倒。"⑤这段轶事表明,苏轼的词与婉约词人柳永的作品不同,须关西大汉手持铁绰板、弹着铜琵琶来演唱,方能传达出其中的韵味,所强调的正是苏词的豪放。星汉教授也认为"天山诗派"的特点,是"用雄浑壮阔的笔调,描写新疆、抒发对新疆的热爱之情"。⑥《中华诗词》执行主编高昌也说:"一些诗人在新疆长期工作,他

---

① 郭绍虞主编《中国历代文论选》(第三册),上海古籍出版社,1980,第510页。
② 《新疆诗词学会通讯》,2018年12月总第65期。
③ 邓世广主编《当代西域诗词选·序一》,新疆人民出版社,2009。
④ 邓世广主编《当代西域诗词选·序二》,新疆人民出版社,2009。
⑤ 张宗祥辑校《吹剑录全编》,上海古典文学出版社,1958。
⑥ 星汉:《天山诗派初探》,《新疆社科论坛》2010年第1期。

们的作品尤其是描写边塞风情的一些作品,被归入'天山诗派'。这个诗派有着鲜明的地域特色,呈现出一种清新劲健的艺术新貌。"①凡此都可见出,诗词界对新疆当代诗词的雄健豪放之风,有着较为一致的看法。

那么,这种雄浑壮阔、豪迈奔放的风格是如何生成的呢?我们认为主要有以下几个原因。一是自然地理因素的浸染,二是特定环境涵养的群体气质的摄入,三是诗人们的自觉追求。分别阐述如下。

从文学地理学的角度来说,文学风格的生成与地理环境密切相关。唐代魏征在《隋书·文学传序》中就曾指出:南方文学"宫商发越,贵于清绮";北方文学"词义贞刚,重乎气质"。②清人孔尚任说:"盖山川风土者,诗人性情之根柢也。"③清人沈德潜也说:"古诗人,得江山之助者,诗之品格每肖其所属之地。"④这种"文章得江山之助"的历代阐述,正道出了地域特点对文学风格生成的影响。新疆巍峨雄奇的崇山峻岭,常年不化的积雪冰峰,浩瀚无垠的戈壁大漠,甚至于遮天蔽日的风沙,等等,都为这里的自然地理蒙上天荒地老、辽阔苍凉的雄浑色彩。它们一方面成为诗词表现的对象,另一方面又强烈地刺激、诱发着作者的奔放情怀。正如《乐记·乐本》中所说:"凡音之起,由人心生也。人心之动,物使之然也。感于物而动,故形于声。"⑤可见"乐"的产生,是由"人心之动",而人心的"动",则是客观事物的刺激。这里虽然谈的是音乐,但"人心之动,物使之然"的阐释,显然也适用于诗词的创作规律。

新疆地域辽阔,大漠浩瀚,戈壁苍凉,雪山高耸,骏马奔腾,使诗人的想象与情感,有着无限的伸展空间。故而其诗词作品,极易生成雄浑奔放的风貌。请看星汉的《第二沙漠公路车上作》:

> 到此心胸大,狂吟又少年。千丘腾紫气,一线上青天。雕翅孤云尽,
> 车轮落日圆。胡杨留不住,呼啸下和田。⑥

诗中起句"到此心胸大"的浩叹,显然是辽阔大漠的地域因素,影响、拓展了作者的心胸,从而生发出"狂吟又少年"的触景生情的豪壮。中间两联"千丘腾紫气"的缥

① 高昌:《当代旧体诗的流派视角》,《中国文化报》2012年02月09日。
② 魏徵:《隋书·文学》,载《隋书》,中华书局,2000,第1163页。
③ 孔尚任:《古铁斋诗序》,载《孔尚任全集》,齐鲁书社,2004,第1180页。
④ 沈德潜:《芳庄诗序》,载《归愚文钞余集》卷一。
⑤ 郭绍虞主编《中国历代文论选》第一册,上海古籍出版社,1979,第61页。
⑥ 易行主编中华诗词改革创新丛书:《路石集·星汉卷》,中国书籍出版社,2015,第28页。

缈宏伟,"一线上青天"的阔远有力,以及搏击长空的雄鹰、车轮般的落日等,不仅对仗工稳、色彩浓烈,而且在"图貌写心"中,彰显出作者情怀的激烈。尾联"胡杨留不住,呼啸下和田"的磅礴气势,进一步增强了作品的雄壮。可见,正是西域大漠的浩瀚、沙漠公路的雄奇以及对作者情怀的激荡,生成了作品雄浑奔放的风格。再如于钟珩《赴阿勒泰途中》:

> 何须更唱大江东,绝域风光自不同。遏日雪峰寒太古,飞沙荒漠卷遥空。风回林莽涛声壮,诗写峰烟胆气雄。漫道人生多扰攘,高情犹可薄苍穹。①

此诗首联咏叹新疆的诗人们无须重复苏东坡的"大江东去",西域的自然景物自是大气磅礴。颔联、颈联具体描写新疆景物的雄奇,那"寒太古"的"遏日雪峰""卷遥空"的大漠飞沙,以及"涛声壮"的莽莽森林,都令诗人们胆豪气壮!进而在一系列雄壮意象的描摹中,生出了"漫道人生多扰攘,高情犹可薄苍穹"的奔放情怀。全诗于字里行间透出一股激荡人心的豪气。其他如,王亚平的《水调歌头·车过天山》下片"一声清啸,霓霞拥我上冰峰。一览群山尽小,云起云飞如画,万里快哉风。兴发思题壁,笔落气如虹"等,也在激荡奔放的景物描写中,带着一股雄豪之气,使词作雄豪奔放的风格跃然纸上。至于凌朝祥所说:"巴山蜀水给了我童年的幻想和灵气,雪山大漠又赋予我青壮年时期的浪漫情怀。"②则直接道出"雪山大漠"对其诗词创作奔放诗风的影响。

这种雄浑奔放的风貌,不仅来自地理因素,还来自新疆人民在辽阔苍茫的西域大地上,生生不息的生产生活过程中,所形成的雄壮豪放、恢宏通达的性格气质。其雄壮豪放,如孙传松《草原骑手》所描写的:

> 腾骧哈萨克,驭马百群空。鞭指尘烟外,镫跷斯啸中。过山飘尾浪,踏草响蹄风。套索遥抛掷,巴郎逞悍雄。③

新疆哈萨克族被称作"马背上的民族",牧民身强力壮,驭马、驯马技艺娴熟。此诗描写在辽阔的草原上,哈萨克族年轻人身跨骏马、奔驰于马群中的"套马"英姿,颇为潇洒豪纵。首联在"驭马百群空"的叙事中,张扬着一股豪气。颔联、颈联的具体描摹,不仅境界开阔,而且飞驰的动感极为强烈,尤其是象声词的运用,在动静

① 星汉主编《中华诗词文库·新疆诗词卷》,中国文史出版社,2012,第2页。
② 凌朝祥:《我的诗词情结》,载《秋水长天集》,新疆生产建设兵团出版社,2012,第149页。
③ 星汉主编《中华诗词文库·新疆诗词卷》,中国文史出版社,2012,第108页。

结合的画面中,震撼着读者视觉与听觉的审美功能。经过一番渲染后,尾联"套索遥抛掷,巴郎逞悍雄"的动态描写,也荡漾着西部特有的"力与美",令人惊叹不已。全诗情豪笔健,气势磅礴,在跌宕奔放、腾挪起伏的旋律中,展现着草原雄风,而哈萨克族人剽悍奔放的性情也跃然纸上。作品也就生成了雄奇奔放的艺术风貌。

至于奔放、恢宏精神气质的摄入,在新疆当代诗词创作中也十分突出。如薛天纬《新疆吟五首呈林继中、莫砺锋教授》之《对酒》《醉语》:

> 书生意气古今同,竞向天山唱大风。八月轮台秋正好,故人一会醉千钟。
>
> ——《对酒》
>
> 五十年间滞北庭,梨花白雪漫曾经。玉关未入浑闲事,我欲昆仑顶上行。
>
> ——《醉语》

这组诗是薛天纬教授呈给来疆参加学术会议的业内朋友的,包括《客至》《对酒》《醉语》《交河故城》《北庭故城》。薛天纬是唐诗研究的著名学者,又是李白研究专家,一直在边塞教书育人。其诗词创作虽然不多,但却时常透着一股豪气。比如,上引两诗,语言通俗流畅,境界高远浑厚,情感奔放恢宏。《对酒》中首句渲染"古今同"的"书生意气",已将盛唐边塞诗人岑参的雄豪与当今作者的奔放情怀融为一体。次句中的"天山",自是雄浑壮伟,而"唱大风"更是豪纵之举,作者又用充满比赛意味的"竞向"来描摹这种"境"与"情",便巧妙地在古今联动中传达出性情的自负以及朋友间的争相激励。第三句"八月轮台秋正好"的豪迈,结句"故人一会醉千钟"的洒脱与雄放,则进一步使作品在起承转合的雄浑境界中,呈现出雄奇奔放的风貌。《醉语》则把作者恢宏通达的豪气表现得淋漓尽致。起句叙述自己"五十年间滞北庭"的经历,一个"滞"字耐人品味,但从全诗情感抒发来看,显然是"抑"、是衬托。次句"梨花白雪漫曾经",展现的是"滞北庭"后的"通达"。三、四句"玉关未入浑闲事,我欲昆仑顶上行"的慷慨浩叹,是点睛之笔,使作品在通达中荡漾出一股恢宏、雄豪之气。上述两诗均为抒情之作,可谓有岑参当年之豪气,无班超暮年之哀伤,进而展现出当代新疆人的精神气质。其古风《赤亭道上行》描述自己年近七旬尚且翻越天山赤亭古道的经历,在"五十年前跃进风,老汉要学老黄忠。黄忠老儿知何去? 我今赤亭道上行"的咏叹中,张扬的依然是雄豪,作品自然也就呈现出奔放雄健的风貌。

再如王爱山《念奴娇·大漠赋》:

　　　　茫茫大漠,望不断、起伏延绵天接。热浪排空银汉雨,洒向天山碧叶。红柳烧云,孤烟指日,融化昆仑雪。塔河环绕,情牵多少豪杰。

　　　　曾记西出阳关,豪情万丈,沸涌青春血。斗转星移天地改,无悔一头华发。放眼绿洲,心潮澎湃,人老情犹烈。风光如画,边陲一片新月。

词的上片抓住"大"和"热"突出大漠自然风光的雄奇。在"茫茫大漠"中,"延绵天接"的沙丘一望无际,"烧云"的红柳,巍然挺立,呈现着火热与倔强,而扶摇直上的"孤烟",又显得雄浑、刚毅。沙漠"热浪排空"的高温,融化了"昆仑雪",汇集到塔里木河,滋养着戈壁绿洲。种种人们眼中本应相互对立的事物,在戈壁大漠中却融为了一体,这既是大自然造物的雄奇,也是作者剪裁刻画的雄奇。词的下片转向自我性情的抒发。作者在"沸涌青春血"时,"西出阳关",在"斗转星移"中艰苦奋斗、改天换地,从而迸发出"放眼绿洲,心潮澎湃,人老情犹烈"的慷慨豪情。全词境界开阔高远,在大气磅礴中彰显着情怀的激烈。再如,前述兵团人在亘古荒滩、奇寒酷暑、风沙肆虐的环境里艰辛创业,磨砺出坚韧、刚毅、勇于抗争的性格以及激昂慷慨的英雄气质,被诗人们摄入诗词之中,进而创作出一幕幕波澜壮阔、改天换地的奋斗画卷,作品自然也就生成了一种激昂悲壮的豪健风格。

　　新疆当代诗词豪放壮美诗风的形成,还和诗人们的自觉追求密切相关。虽然他们很少有专门的理论阐释,但在其诗词作品中,却袒露着追求雄放壮美的诗学观念。如,天山诗派领军人星汉的吟咏"已惯登高望远,但平生、厌烦文弱"(《水龙吟·辛未新秋登滕王阁》),"登高最厌叹兴亡,没个英雄模样"(《西江月·登阅江楼》)。这里对"文弱"的厌烦、对"英雄"的崇尚,表明诗人对壮美豪放风格有着自觉的追求。再如,新疆诗词学会原会长王爱山的咏叹"诗能醒世精神振,笔可耕耘豪气增"(《和唐生午先生》),强调的是诗词振奋人的精神、增添人的豪气的功能。其对诗词风貌的追求则是"悠然举目望长空,我好登高唱大风"(《三亚杂吟》),"昆仑飞雪载春来,助我行吟壮我怀"(《赠朱镇钦先生》),"我吟豪放句,学唱大江东"(《赤壁怀古》)。王爱山在《贺新疆诗词学会成立20周年》中也反复强调:"苍穹不负骚人志,长教昆仑赋壮吟""雄浑孕育天山派,豪放凝成边塞云。"这些都表明作者有意识地追求豪放壮美的诗风。其他如,万拴成"人生有志不上燕王黄金台,手把诗骚心游万仞亦壮哉!闲愁溶进荷砚砚池层层浪,挥毫泼墨长存浩气满胸怀"(《荷砚歌》),王亚平"抚松昂首一声呼,千岩万壑生豪放""自古男儿志在四海意纵横,喑呜叱咤挟雷霆"(《横越天山行》),"直上冰峰观沧海,竟轰然醉倒青云里。题断壁,写豪气"(《金缕曲·留别塞上诸诗友》)等,彰显的都是对豪放壮美风格的追求。

　　综上所述,我们认为,新疆苍茫壮阔、巍峨雄奇的自然景观,既是诗词表现的对象,又强烈地刺激、诱发着作者的性情;而西域亘古苍凉雄浑辽阔的地域特征,也涵养了新疆人粗豪大气的性格、心理;至于生存的艰辛与期望的火热,又磨砺着新疆人坚毅的气质,激励出勇于抗争的旺盛生命力,进而荡漾出慷慨奔放的激情。而诗人们对壮美诗风的主动追求,与上述诸多客观因素的重合叠加,便生成了新疆当代诗词颇具阳刚之气的壮美风貌。

第二节　歌行体对"天山诗派"雄奇奔放特质的张扬

　　"天山诗派"的阳刚之气,属于"壮美"的范畴,这是一个范围较广的美学概念。如果再具体一些,可以说"雄奇奔放"是"天山诗派"最突出的艺术特质。"雄"指雄浑、壮伟,亦即空间的广阔苍莽、景观的浩瀚高兀、情感的磅礴激荡,充满着力量和气势的显示;"奇"指奇险、奇特,与"平""常"相对,亦即景观的险怪罕见,人物、事件的新颖特异、别开生面。而"奔放"则指景物的描写或情怀的抒发,都是豪气横溢,奔放流走,汹涌澎湃,不可阻挡。

　　"天山诗派"的雄奇奔放风貌,体现在新疆当代诗词的各类体裁之中。我们仅以"歌行体"为例做一阐述,以窥豹斑。关于"歌行体"的特点,明人徐师曾在《文体明辨序说》中有一个阐释:"放情长言、杂而无方者曰歌;步骤驰骋、疏而不滞者曰行;兼之者曰歌行。"[①]表明歌行体诗歌的特征首先是"放情",也就是说这类诗歌往往激情饱满,酣畅淋漓,常常在纵横开阖、起伏跌宕中,无拘无束地张扬奔放的情志,浓烈的抒情性是其突出特征;其次是"长言""杂而无方",意即歌行体诗歌体制宏伟,篇幅漫长,并无什么"格律"可言,它遵循的是"自然声律",句式的长短参差、音节的低昂错落、声韵的平仄安排等,完全出自内容与情绪表达的需要,所以描摹景物、叙事抒情更为跌宕酣畅。我们说,新疆当代诗词中的"歌行体"诗歌,鲜明地张扬着新疆当代诗词的特质与风采。

---

　　① 徐师曾:《文体明辨序说》,罗根泽校点,人民文学出版社,1962,第104页。

我们先看一下写景抒情的作品。诗人们面对新疆壮阔雄浑、奇伟险怪的自然景观,往往俯仰古今、感慨万千,在震撼人心的同时,也使作品生成了雄奇奔放的风貌。如王亚平《横越天山行》:

> 山陂巨松皆百丈,枝叶峥嵘凌云上。抚松昂首一声呼,千岩万壑生豪放。小憩登车客心惊,一步一番险象生。陡壁云径瘦如线,饿鹰屡窥车窗鸣。车右崖悬临空谷,老树枯藤蛇屈曲。车轮紧贴崖边行,满车敛气忧失足。车左怪石纷欲下,熊虎磨牙惊湍泻。天旋地转风萧萧,汗出淋漓湿手帕。抚膺听气喘,心寒觉腿软。一发系千钧,问谁敢眨眼!

诗中枝叶峥嵘、凌云而上的山陂巨松,细瘦如线的陡壁云径,屡窥车窗的饥鹰,贴崖而行的车轮,悬崖峭壁上如蛇屈前行的枯藤,如熊虎磨牙纷纷欲下的怪石,以及汗湿手帕、抚膺气喘、心寒腿软的行人感受等,无不彰显着天山道路、景物的奇险。当人惊悚不已时,又出现了"千回百折到山腰,停车但见花如潮。云蒸霞蔚迷山石,花气升腾欲冲霄""啼鸟争唱三平调,山花含笑弄芳菲""极顶风光何壮哉,万紫千红傍雪开"的景观,再现出天山不仅奇险,而且奇特。由于诗人写景,随步换形,故而奇诡壮美与清新优美两相交融,显示出浩荡天山自然风光的雄伟奇特。而这种饶有别趣的神奇境界,通过纵横开阖具有强大艺术张力的歌行体表现出来,便将读者带入了超越日常生活体验的想象空间,从而在雄奇壮伟的奔放气势中获得审美愉悦。

再如,朱甸余《雨中游天池放歌》,开端即以"少小居江汉,早岁登匡庐。壮游过钱塘,得缘识西湖。天池高在天山上,或云西子庐山俱弗如"赞叹,突出天池之壮美。其写天池周围的山峰:"遥望碧峰依然远插白云间,巍巍乎刺破青天锷未残。"令人惊诧;写天池周围的松树:"回身返顾林海洋,雪杉一色郁苍苍。晚风过处林涛吼,山鸣谷应震心房。"荡漾着奔放流走之气;而雨中的天池更为壮观、神奇:"天山山高天亦奇,行云行雨靡定时。云系山腰飘缟素,雨落湖面碎琉璃。霎时白雾空濛起,转眼青嶂入望迷。雾过微云抹山顶,仿佛巫山神女鬟鬓袅袅来会于瑶池。"接下来浓墨重彩描写天池之水:

> 瑶池山,瑶池水。我于池水叹观止……瑶池池水美何极,欲写愧无生花笔。天生一个白玉盘,中盛万年翡翠液。晶莹荡漾还澄澈,凝绿泛蓝复透碧。投石泛棹难使浑,风吹雨打仍清晰。溢出山隙垂岩间,犹如天孙织成整匹白练悬峭壁。落入山涧成溪流,一路但闻鸣声幽。淙淙汩汩长回响,疑是仙人弹箜篌。

全诗写雨中游天池的所见所感,在铺排腾挪中展现出天池景物的壮美、新奇,而慷慨奔放之气溢于言表。肖致义的《温宿麻扎行》,描摹陵园杨树的形状,也是雄奇怪异:"杨高千尺躯干数围枝繁叶茂冠大如盖,纵有猿猱难攀援!偶有雷电轰击死,赤身裸体钢筋铁骨百年不倒插云端!"状物的光怪陆离,令人惊悚;至于雨中的陵园景象,也是耸人听闻:"乌云骤至山风号,雷鸣电闪雨泼瓢。雨打千枝金鼓震,涛声滚滚似海潮。"这类形象奇伟怪异、气势奔放激烈的歌行体诗歌,充分体现着新疆当代诗词的奔放雄奇之美。

而当雄奇壮伟的自然景观激发出作者奔放豪迈的情怀时,便又在情景交融中,进一步强化了这种雄奇奔放的艺术风貌。比如,星汉的《车师古道行》《移摩古道行》等,都是如此。我们看一下作品。

《车师古道行》中的"车师古道",跨越奇险高耸的天山,将车师前国与车师后国相连,是沟通古丝绸之路中道与北道的捷径,已有两千多年的历史。星汉此诗长达550余言,描写作者沿古道徒步穿越天山的所见所感,写景状物的雄奇特异、情怀抒发的奔放激烈,令人惊叹不已。如"羲轮推上火焰山,轻装单衣尚汗颜"的酷热,与"百里行程天山口,阴风偷袭呈刁蛮""琼达坂上寒日高,琼达坂下雪没腰"的严寒,在行程中交替出现,彰显着天山古道气候的怪异;而"山北多云树,蒙雪披缟素。青白衬蓝天,还将奇花护"等,则又凸显出广袤天山自然景观的斑驳神奇。但星汉并不是以猎奇来炫人眼目,而是在被奇景激发后,驰骋想象,于腾挪变幻中融入浓郁的历史意蕴和强烈的生命意识,从而增强了写景诗的厚重与雄豪。如其对历史意蕴的融入:

> 当途更见岩石画,悬崖都向半空挂。难为当时牧羊人,悠悠知是几春夏……自古往来多武将,戍边西域胸胆壮。当年千军万马千生万死挥剑戈,至今千峰万壑千秋万古皆无恙。

悬崖上远古的岩石画,想象中武将们往来古道、挥戈征战的激烈场面,不仅突出了车师古道的悠久,也为全诗的景物描写增添了雄豪之气和历史沧桑感。当雄奇壮阔的天山景物,唤醒了作者兀然高耸的心灵时,诗中便浮现出富有生命力的惊人意象。如"苍鹰横空带雪来,乾坤顿时显阴霾。又凭健翅扇云裂,一块青天山顶开"中的雄鹰意象,既是蓬勃力量的象征,也是作者奔放情怀的外化。而"层冰乱石未见路,但闻幽泉冰下怒。我用平心破险艰,前程何须嗟日暮",也在奔放旷达中彰显着纵览山水的人生感悟。尤其是天山的雄奇,使作者的心胸豁然开朗,一种不甘雌伏的生命情怀喷薄而出:

山北多奇花，蒙雪罩婚纱。纵使无人顾，生死在天涯。云树奇花知心友，任尔健美我老丑。白云苍狗变幻频，不死依然朝前走……天山白头我白头，天山有愁我无愁。挑战天山皆好汉，好汉之中我最健……今朝我来奇景催人佳句多，大放粗豪面对天山冲霄唱。哟嗬嗬，大放粗豪面对天山冲霄唱！

山北奇花的孤傲，与作者的性情融为一体，在倔强执着中给人以鼓舞；而由“挑战天山”所迸发的慷慨浩歌，更是震撼着读者的心灵，唤起人们对蓬勃旺盛的生命力的赞叹。诗以雄浑悲壮的旋律，奏唱着气势磅礴的天山奇景与西部激情，作品雄奇奔放的风貌也油然而现。

《移摩古道行》，也是在渲染“南鄯善连北木垒，万古天山藏奇诡”的同时，描写天山自然景观的雄奇怪异：“庚寅首夏发赤亭，火焰山下热如蒸”“徒步奋行峡路深，崖壁如鬼冷森森”“霎时冰雹大如拳，敲弹巨石声铿然。”而“一湾流水绕古戍，见证千年风云怒”，则又写出了历史的久远。至于登上山顶的情怀更是奔放激烈：“天山高更天山陡，天山顶上徘徊久。天山擎我向青天，下望人间一挥手。”结尾仍然落到登山后的人生感悟上：“人生旅程多磨炼，移摩古道何足算。回首白雪映霜丝，赢来豪气冲霄汉。”至于《天山日光城浴雨》中“口诵太白蜀道难，手指青天奋力攀。天山鸿古我未老，敢与天山比坚顽”的豪壮，“此时方知我是我，尘世灵魂尽开锁。嬉笑怒骂自本心，出口无妥无不妥”的旷达，“接受洗涤同千峰，顿觉污秽一扫空。身心也如岩石净，思绪萌生绿千重”的顿悟，都给人以精神的启迪与熏染。可以说将雄奇的自然山川与西域的悠久历史相融合，于苍凉悲壮中抒发内心情感的炽热、激荡以及人生感悟，使诗歌在凸显雄奇的底色上多了些深沉与厚重，正是星汉歌行体诗歌的突出特色。

再看一下叙事写人的作品。新疆不仅有着雄奇特异的自然风物，社会生活更是丰富多彩、新颖传奇。比如，保家卫国的解放军战士，在高原雪域守护着漫长的边境线，有许多可歌可泣的故事；屯垦戍边的兵团人与各族民众在戈壁大漠建设绿色家园，在与严酷的环境搏斗中，生发出艰辛悲壮而又慷慨激昂的情怀；以及独具特色的民族风情、深入人心的民族团结等等，都震撼着人心。于是，这些令人惊叹而又饶有别趣的人物事件，与作者的激情相融合，便在作品中生成了新颖雄浑的意境，使歌行体诗歌彰显出雄奇的风貌。

描写解放军将士的奇人奇事，在新疆当代诗词创作中有许多作品。这里仅以万拴成的《冰姑娘》来窥一斑。该诗以新颖细微的题材、跌宕传奇的情节，淋漓尽

致地赞美着喜马拉雅山哨所解放军战士的爱国情怀,在雄奇中带着一种悲壮。诗歌开端描写边疆哨所环境即颇为新奇:

> 喜马拉雅雪茫茫,玉龙飞舞护南疆,春夏秋冬共一色,悬冰百丈日月长。陡壁峰端寸草绝,一杆红旗风猎猎,哨所悬挂半山腰,倚天枪刺映白雪。

诗歌不仅写出了喜马拉雅山"春夏秋冬共一色"的奇寒,而且红旗与白雪相映的画面颇为鲜明耀眼。写哨兵巡逻则是"白雪白云白披风,踏遍琼瑶山万重,朝朝巡逻风雪里,且共冰山铸永恒。"在这样的环境里,哨兵们并没有感到寂寞,而是充满着浓郁的生活情趣,在哨所做起了冰雕:

> 班长雕艺独擅场,艺林每被人称扬,一腔深情付霜刃,神手雕就冰姑娘。玉骨冰肌悠然站,朝霞辉映芙蓉面,双眸炯炯开广宇,素裹红装何灿烂。

诗中描写"冰姑娘"的形象,可谓栩栩如生。班长的意图是:现在哨所添了女兵,我们要检点形骸,牢记军风军纪。冰雕雕成后,士兵们"朝巡挥手辞姑娘,脚踏坚冰步铿锵;归来倚天抖风雪,万丈豪气满胸膛!"后来班长不幸在一次巡逻中遭雪崩而遇难,战士们悲伤至极,将尸体找回,放在冰姑娘身旁,共同商议为班长与冰姑娘举行婚礼:"箫笛频传招魂曲,近壑远山共嘘唏。魂兮魂兮何时归? 侠骨柔情两依依。"在悲伤苍凉中,又表现出对为国捐躯者的赞美:"万丈绝壁镌碑铭,一刀一笔记忠贞,孤峰插云似站哨,从此唤作英雄峰。"诗歌最后以"放眼华夏正春风,塞北江南花气浓,姚黄魏紫花簇簇,遥献雪山卫国兵"结尾,点明戍边士兵用生命保卫着祖国的安宁,人民永远不会忘记他们。此诗以新颖的题材、鲜明的地域特色、戍边士兵忘我的奉献精神,彰显着悲壮雄奇的特色。但这种"奇"已不再是西域自然景观的怪奇,而是震撼人心的社会生活之奇。

兵团人在大漠荒原屯垦戍边、建设戈壁绿洲、打造现代化城市,本来就是人类生存史上颇具传奇性的壮举。在这一伟大事业中,涌现出许多奇人、奇事,兵团诗人在一系列的咏歌中对此有着形象的再现。如王瀚林《屯垦戍边唱大风·兵团组歌》描写创业时期军垦战士劳作中的防蚊之法:

> 河畔芦苇经年久,蚊"雨"倾泻蚊"雷"吼。将士御蚊有奇招,身着"铠甲"似泥偶。满面四肢泥巴糊,如此"铠甲"君见否?

这种悲壮、睿智的怪奇,颇能新人耳目,在令人惊悚的同时,也感受到创业者的艰辛与悲壮。再如对兵团女工劳动细节的描写:

负石日返八十里,红颜娇女何刚强。麻绳磨断无补续,剪发拧绳变

儿郎。

女职工背石块,麻绳磨断、剪发辫补续的情节,让人在惊诧之余又情不自禁地赞叹,这种新奇,展现着兵团女子工作至上的精神和情急中的智慧。李学广的《古尔班通古特大沙漠先驱颂》,叙述共青团农场的先锋队初至古尔班通古特大沙漠宿营的情景,也颇为新鲜奇特:"夜寐防狼犯,巧设'八阵图'。名曰'睡花瓣',重点保头颅。头向中心枕,脚向八方伸。美哉花三朵,首饰大漠春。"描写荒漠露宿时为了防止野狼咬伤头部,八人一组、脚朝四方的细节描写,别致而新奇,不仅表现出创业者的艰辛,也彰显着拓荒者身处险境的奇思妙想。这些作品在起伏跌宕的情节中,将西部奇异的自然环境与兵团人屯垦戍边的壮举融为一体,叙事抒情,回肠荡气,在动人心魄中凸显着歌行体诗歌的悲壮雄奇。

在新疆,不仅男性多具阳刚之气,就是女子也颇有雄奇之风,我们看一下王野苹的《轮台白雪歌》。诗作叙述1992年暮春,某团场的羊群被大风雪阻于黑熊沟,奄奄待毙,维吾尔族女医生阿依蒂急中生智,赶来牛群,踏出通道,羊群得以脱离险境。诗歌在叙事的同时,重在写人:

马上姣娆一少女,红裙如火飘飘举。矫如山鹰疾如电,刹那隐没山

北面。

寥寥数笔,使得姣娆而又雄健的维吾尔族女医生阿依蒂的形象跃然纸上。当她得知羊群被大风雪所困时,挺身而出:"披巾扬鞭驰骏马,融入茫茫雪野中。"行为之果断令人钦佩。写其驱赶牛群踏开雪路的场景,更是雄奇壮观:

蓦见群牛出山隈,黄涛滚滚动地来。恍如百面征鼓一时起,轰然震

耳若奔雷。滔滔奔向黑熊沟,平坦大道眼前开。

而当羊群得救"兵团牧工齐欢呼"时,阿依蒂却悄悄离开,"未能酬报已无人,雪上只留牛行处。"这种不求回报、无私奉献的精神,饱含着民族间的深情厚谊,令人激动不已。

至于描写日常生活中的人物,也往往借助歌行体的特点,在铺叙腾挪中,突显着人物的传奇个性。如李般木的《题门成烈百鱼长卷》,本为题画诗,但对画中景并无涉猎,而是浓云泼墨般的描写画家。开端写其肖像"门叟银发低垂肩,龙钟策杖侔神仙",接着以大段的铺叙描写其"终日埋头书翰间""画鱼写字刻石头"的淡泊情怀。而对怪奇行为的描写,尤为传神:

藏书满架不曾读,手捧一卷打呼噜。有时亦喜栽盆景,不见开花枝

已枯。束邀赴约不延迟,衣帽邋遢不入时。对景生情哼几句,不讲格律
亦作诗。

通过特异的行为神态,在幽默诙谐中表现出人物的奇特个性。但这位画家却又才
华横溢:"出语诙谐多怪论,朝夕座上有朋侪。"尤其是其精神情怀,更令人赞叹:
"乡人苦劝归家山,笑而不答心自安。天涯何处无芳草,不愿生入玉门关",眷恋新
疆之情,溢于言表。但他又不忘故土,举办画展后将全部作品捐给家乡。全诗以
略带夸饰的手法,选取独特的生活细节,铺陈敷衍,使得风神凛然而又风趣奇特的
人物形象,跃然纸上,彰显着歌行体的雄奇之风。

新疆当代歌行体诗歌雄奇风格的生成,还得力于表现手法的特异新奇。比
如,奇特的想象、夸张、参差的句式与复沓叠唱等,都从不同侧面凸显着诗作的奔
放雄奇。实际上,从创作的深层次来说,这些手法的运用,并不是一种纯粹的修辞
技巧,而是同诗人的创作心理以及情感活动相适应的一种写作模式。

想象的奇妙,凸显着作品的雄奇。如星汉《车师古道行》写作者看到遍布天山
峡谷的鹅卵石时,奇妙的想象油然而生:"何年山下来神鸟,产卵万千连空杳。冰
河孵化欠春温,化成石卵同天老。"诗人认为远古神鸟的蛋卵,在低温的冰川无法
孵化才变成了鹅卵石。这种新颖独特的想象,为单纯的自然景观,融入了悠久苍
凉的雄奇本质。而歌行体诗歌宏大的篇制,也特别适宜于诗人们在触景生情之际
驰骋雄健丰富的想象。比如,凌朝祥《天山明月歌》,描写诗人由眼前明月出天山
的美妙意象,联想到历史上屈原、曹操、李白、苏轼当年面对明月的情境,进而在遥
远的时间和辽阔的空间视域中,诉说当代惊心动魄的故事,抒发慷慨激昂的情怀。
笔力遒劲弥满,动人心魄。当丰富的想象与奇特的夸张、比喻相伴而行,则进一步
凸显出作品的雄奇奔放。如星汉的《携研究生游怪石山》:

巴里坤湖岸之西,怪石山与白云齐。一路春草净无泥,凉风无语夕
阳低。入山数武已魂迷,满耳风声振鼓鼙。三国演义又重看,山藏千军
红旗乱。未曾移步景已换,八阵图又施手段。日射山石光灿灿,周郎赤
壁火不散。水浒传里人物多,是洪太尉放妖魔。妖魔难数层层罗,幻化
好汉舞干戈。各显本领势峨峨,排座次后聚前坡。西游记中拜佛祖,料
想也有此山阻。至今山中多洞府,妖精已去留蹲虎。取经人马自东土,
散作顽石守千古。山巅下望拟红楼,大观园里不胜愁。石柱婷婷向天
抽,春风少女体态柔。贾家子弟多风流,衣冠磊落满山丘。云路高处欲
探索,雪山催人送寒魄。学问深山两相若,明朝归去谈收获。诸生自说

文笔弱，尚劳先生记轮廓。[1]

此诗叙写的是携研究生考查西域文史古迹时游览怪石山的情景，形式上属于歌行体中的柏梁体。此诗句句押韵，且平仄互换，六句一转，跌宕起伏，铿锵和谐。而最令人惊叹的还是构思的奇巧、想象的奇特、比喻手法的奇妙。全诗36句，有24句是用中国文学中四大小说名著来比拟怪石山，谋篇布局十分奇特。比如，以《三国演义》千军万马的征战，描摹怪石林立的气势，以诸葛亮巧设八阵图描摹环境地势的复杂多变，以火烧赤壁比喻怪石的颜色等，形象地烘托怪石山整体景观的雄壮奇特；以《水浒传》中面目各异、舞动干戈的英雄好汉，比喻千姿百态、狰狞可怖的怪石形状，在极强的动感中，流荡着一股阳刚之气；以《西游记》中妖魔藏身的石窟洞府，描摹怪石耸立的洞穴，在奇幻中彰显着怪石山的神秘。这一系列酣畅淋漓的奇特想象与比喻夸张，都在纵横豪宕、文情变幻中，凸显出怪石山的磅礴气势。而当作者登上山顶后，则又是另一种奇景：那些亭亭玉立的石柱，犹如《红楼梦》中风流倜傥的贾家子弟，犹如大观园中体态婀娜的温柔少女，在雄壮怪异之外，又写出怪石山的秀丽之奇。此诗用文学作品来比喻怪石山的自然景观，应该是受到辛弃疾《沁园春》词，用《史记》来比喻灵山的启迪。但全诗过半的篇幅都是奇妙的比喻，这种写法是前无古人的。由于"罕见"，更显其新奇。至于运用夸张手法，凸显作品的雄奇，在新疆当代歌行体诗歌中极为常见，不再赘述。

　　参差的句式与复沓叠唱，也强化了歌行体诗歌奔放雄奇的风貌。新疆当代歌行的句式，以七言为主，杂以三言、五言、八言甚至更长的句式，音节声律极尽伸缩变化之妙，进而生成了纵逸奇崛、姿肆铿锵的雄奇效果。如星汉《车师古道行》最短的句式为三言："走走走，行行行，头道桥，脚步停。"而随着情感的激烈，又出现了十三言的长句："当年千军万马千生万死挥剑戈，至今千峰万壑千秋万古皆无恙。"凌朝祥《天山明月歌》"安得瑶池春水化美酒，我与明月年年岁岁岁岁年年共饮共醉共天山！"则以十九言的句式，在流动的音乐美中，表现诗人感情的慷慨激昂。其他如，王亚平《惠远古城放歌》："君不见古城城北林公手植立地擎天青榈树，枝枝叶叶风里雨里相摩相荡掀怒潮！"王瀚林《准噶尔屯垦歌》"奉献青春奉献子孙唯愿金瓯无限好，杀敌流血生产流汗不为勒石西陲觅封侯"等，都是借助七言中杂以长句的句法，淋漓尽致地渲染林则徐愤世爱国的激昂情怀、展现兵团人大公无私的奉献精神，显得气势昂扬。至于一些状物之作，也往往通过参差的句法，

---

① 易行主编中华诗词改革创新丛书：《路石集·星汉卷》，中国书籍出版社，2015，第93页。

描写得酣畅淋漓而又触目惊心。如,肖致义的《温宿麻扎行》,主要以七言兼杂五言的句式,描写游览温宿陵园的情景,但当看到怪奇的杨柳时,作者情绪极度亢奋,于是就出现了十五言的长句:"柳多倒卧忽起忽伏龙蛇游走看蜿蜒,跃起腾空忽伏他树有若天桥之飞架,两树相交盘旋为洞形如将军之行辕。"在铿锵有力的节奏感中,不仅再现了陵园柳树形状的怪异,也彰显着诗歌奔放雄奇的艺术风貌。

复沓手法的运用,在增强语言节奏感的同时,也使诗人奔放的情怀得到尽情抒发。新疆当代歌行中,既有字词的复沓、句式的复沓,也有情感的复沓。字词的复沓如上文星汉的"千军万马千生万死、千峰万壑千秋万古",凌朝祥的"年年岁岁岁岁年年共饮共醉共天山"等,都在字词重复或循环颠倒中,抒发着作者慷慨激昂的情怀。至于句式的复沓又与排比相连,如,星汉《车师古道行》:"车师古道难,夏日飞雪寒。车师古道古,脚下犹是汉唐土。车师古道险,山水狰狞脸。车师古道长,亥步三番踏朝阳",以排比复沓的句法,铺陈渲染、层层递进,突出了车师古道的难、古、险、长。凌朝祥《天山明月歌》:"明月皎皎兮……明月皓皓兮……"等,也是通过句式的复沓,状物写景,渲染雄奇的环境氛围。而情感的复沓,则体现在作品的谋篇布局中。如,凌朝祥《天山明月歌》紧紧围绕天山明月,写风景、写历史、写传说、写现实,在回环往复、一唱三叹的情感复沓中,把自己西出阳关的经历、见闻,以及对兵团创业成就的热情赞美呈现于笔端,回肠荡气,动人心脾。其他如,白垒的《新出塞曲》,反复渲染兵团人"丈夫誓许国,忧乐系天下"的情怀,王亚平的《北湖秋月歌》,反复咏叹"月色湖光千万里,何人到此不销魂"的今昔巨变,都在回环往复、豪宕流逸中,完成了气势豪迈的情感抒发,彰显着作品的雄奇风貌。

总而言之,新疆当代歌行体诗歌,以景物描写的峭拔雄奇,叙事题材的可歌可泣,表现手法的独特新颖,情怀抒发的酣畅淋漓,呈现出激昂慷慨、奔放雄奇的艺术风貌。阅读这些诗歌,如觉天风海雨扑面而来,中国西部的奇景、奇人、奇事,令人应接不暇。而磅礴的气势、进取的精神、奔放的情怀,对读者心灵的震撼、荡涤、感染、鼓舞,也彰显出此类作品的美学价值。由此也可看出,"歌行体"中激荡着的强悍、阳刚之气,正是对"天山诗派"雄奇奔放特质的张扬。

第二十章　新疆当代诗词创作存在的不足与提升策略

纵观新疆当代诗词创作，虽然作者众多、人气甚旺，取得了令人瞩目的成绩，但也毋庸讳言，大量概念化、雷同化、缺乏诗味，甚至于七拼八凑、粗制滥造的平庸之作，也充斥诗坛。这种数量多而质量低的现象，严重影响着新疆当代诗词艺术品位的提升，应该引起诗词作者的重视。否则就会像中华诗词学会原会长孙轶青指出的那样："如果我们不努力提高创作水平，尽快出现更多讴歌当代、内容与艺术俱臻上乘、为人民所喜爱的优秀作品，已经出现的'诗词热'还会冷却。"①所以梳理新疆当代诗词创作中存在的不足，讨论提升新疆当代诗词创作质量的策略，是一项有意义的工作。

第一节　新疆当代诗词创作中存在的主要问题

纵观新疆当代诗词创作，存在的问题可谓多种多样，概而言之，有以下几点尤应引起诗词作者的注意。

其一，抒情泛化，个性缺失。在新疆当代诗词创作中，缺乏艺术个性、抒情流于空泛的作品，可谓大量存在。比如，一些空喊口号的

---

① 孙轶青：《开创诗词新纪元》，中国文史出版社，2006，第244页。

节庆诗就是如此。"五一"来了,咏歌五一劳动节;"七一"到了,吟咏中国共产党的生日;"八一"来了,赞美中国人民解放军;"国庆节"到了,高喊祖国的强盛;"两会"召开了,又是"提案篇篇扬正气,法规字字颂英明"等等。作为诗词创作的一种题材选择,这当然是可以的,诗歌本来就是社会现实的产物。贴近生活、关注现实,奏唱时代主旋律,正是传统诗词形式融入当代社会的必由之路。所以说,歌颂、赞美,无可厚非。但需要注意的是,题材并不能完全决定作品的质量,其关键还在于作者如何处理题材,如何表达主题。诗词是以情动人的艺术,诗词创作,要诗中有"我",要写出个性,才会打动人心。令人遗憾的是,这些配合节日、祝贺会议的作品,往往千篇一律、年年相似,大多都是一些"旗帜""路线""小康"等政治概念的图解,写作上四平八稳,类似于口号宣传,缺乏诗词应有的动人魅力。比如,《庆祝建党九十周年感赋》:

　　黄浦江流马列篇,三山五岳色斑斓。井冈山上旌旗猎,遵义城头红

日悬。扭转乾坤除旧制,振兴华夏换新天。高扬党帜民心向,虎啸龙吟

九十年。

作品的立意是好的,但内容带有明显的"概念化"特点,如果将诗题中的"九十年"换成"八十年""六十年",等等,都是可以的。而且整首诗平铺直叙,以堂皇富丽的名词术语的堆砌,取代了诗词应有的鲜明个性与独特情韵,充其量只能算是押韵的政治口号。再如,一些赞美新疆巨变、描写田园风光的作品,也有类似情况。请看《石河子垦区开发四十年有感》:

　　屯垦天山四十年,造田万顷又安边。艰辛创业功长在,四化征途有

接班。

此诗犹如时事口号的排列组合,散文般的直叙,显得质木无文,诗味全无。诗人以为弘扬了时代主旋律,其实际效果恰恰相反。因为诗词是以情动人的艺术,而不是讲解知识的"说明文"。可见上述现象的出现,正是诗人对诗词的性质没有很好把握的结果。

　　一些描写田园之作,也往往题材境界雷同,缺乏鲜明的艺术个性。比如,某作者写的《田园新曲八首》《农家新咏十首》,不仅组诗内部作品之间特色不明显,甚至不同组诗之间的作品也似曾相识。尤其是让人看不出是写新疆还是写国内其他地区。请看《田园新曲八首》之一:

　　杏探墙头柳絮飘,莺飞燕舞碧云霄。田园一轴春光画,万紫千红百

态娇。

乍一看,诗中有形象,也有画面,但细品却看不出是何地田园,也看不出"新曲"的"新"在何处?这种自然物象的雷同描摹,可古可今,可内地可边疆,特色的缺失也就溶解了作品的艺术魅力。至于《西域竹枝词八首》,也看不出多少西域风情,说是吟咏国内其他地区某一区域的情景也无大错。新疆当代诗词创作中,还有不少某某八景之咏、某某十景之咏等大量模山范水的篇章,许多平庸之作,往往胶柱鼓瑟,泛泛而写,缺乏艺术个性,就像格律化了的景点说明书,虽然极尽铺陈渲染之能事,却难以打动人心。

出现这些现象的原因,就在于诗中无"我"。所谓"我",即我之情怀、我之视野、我之感受,当作品与己无关时,也就没有了个性。诗词是心灵的呈现,是对现实生活的咏歌,不是对生活表象的机械反映,而是要融入自己的感受与发现。这种感受、发现越独特,诗词就越有特色。没有独特的个性,诗词也就丧失了"真气"。试想没有灵魂、没有性情,犹如呆板僵化的泥塑木雕,焉能具有震撼人心的力量。

其二,诗味寡淡,缺乏意境美。诗词的本质是抒情言志,但必须以具体生动的形象,营造出优美的意境,才能成为佳品。王国维曾说:"词以境界为最上。有境界,则自成高格,自有名句。"[1]这里的"境界"就是我们常说的意境。"意境是意与境浑、情景交融、神与物游所构成的艺术整体,是作品中的思想情趣和具体形象所构成的完美生动的艺术画面。"[2]诗词的意境,具有"意与境会"和"境生象外"两大特征。前者涉及审美主客体之间的关系,主要发端于心与物的交感,实现于意与境的融合,常常借情景交融得以完成;后者指诗词创作在所描绘的艺术画面中,存有令人想象的空间,使读者能从"境内之事"可以超越到"境外之思",即所谓的要有"言外之意""韵外之致"。一首诗词给人留下的想象空间越大,作品的意蕴也就愈丰厚,而逗人遐想的艺术魅力也就愈强烈,进而使人从一个具体的生活感受,提升为对生命本真情趣、意蕴的领略。所以通过铿锵和谐的韵律,描绘出生动真切、艺术氛围浓郁的形象画面,借以表达诗人独特的生命感悟和审美体验的情与意,才能使读者在想象与联想中,获得心醉神驰的审美愉悦。所以意境美既是审美的境界,也是精神的境界、生命的境界。

而新疆当代诗词创作中有不少作品,要么是直白的诉说,要么是呆板的叙述,

---

① 王国维:《人间词话》,四川人民出版社,1982,第1页。

② 张文勋:《诗词审美》,云南人民出版社,2005,第37页。

缺乏意境的营造,没有感情的激发,读者当然也就无动于衷。请看《蜂疗歌六首》之《蜂花粉》:

美容降压赛灵丹,花粉天然需保鲜。前列腺炎诸肾病,青春永葆结仙缘。

此诗语言直白,毫无形象,更缺乏诗词的艺术境界,就像押韵的广告词。一些描写屯垦戍边、社会巨变的作品,也往往了无韵味。比如:

雄鸡一唱普天亮,各族同胞庆解放。屯垦戍边十万兵,天山南北扎营帐。

——《建筑兵之歌十二首》之二

卅载垦荒转瞬间,欣逢改革出新天。柏油道路通农户,液化气炉开妇颜。小院新蔬添野趣,围栏精致兔鸡全。勤劳致富家和美,副业增收超俸钱。

——《回农场偶成》

作品的题材、立意不错,但读起来就是没有诗味儿。这就在于它们要么没有鲜明的形象依托,要么没有动人的情感融入。作者只是把现实的客观存在叙述出来,其"诗意"只停留在理性的告知阶段,缺乏诗词应有的意境美,自然难以动人。

其三,情景不能交融,意旨与形象不能相连。这类作品的作者已经意识到,诗词创作应该有景、有情,有意旨、有形象,但没有使"情"与"景""意"与"象"融为一体,而是相互脱节、游离。如《浪淘沙·重游北戴河寄语台胞》:

大海映蓝天,一望无边。潮来潮去似当年。喜见高楼联广宇。盛况空前。   情意总缠绵,欲断还连。劝君莫信贼胡编。数典忘宗非正道,迟早翻船。

词作立意没有问题,其中也有景物形象。但情怀的抒发与景物的描写未能浑然一体,情怀意念不是从景物描写中自然而然得出的。诗词创作讲究情景交融,其关键在于"融"。作品意脉不能相连,便难以形成浑融的境界,自然也就影响了词作的感染力。有些作品甚至出现令人费解、自相矛盾的现象。如《月夜值班有感》:

一轮圆月树梢生,维稳官兵志向明。誓把妖魔清扫尽,还吾西北满天晴。

诗中首句的"一轮圆月",说明已经是"天晴"了,但第四句又出现"还吾西北满天晴"。既然是"还",说明当下天没有"晴",这不是前后矛盾吗?可见,意脉不能贯穿首尾,则很难构成和谐的诗境。至于《秋夜独行》中"无风边塞叶初黄,匹马离城百树芳",在"叶初黄"的秋季,怎么会出现"百树芳"的景象?《清平乐·北山徒步》开头写"冽风寒雾,岁末登高处"的北山徒步,而后又写道:"千年戈壁荒滩,今朝树绿花妍。"这究竟是在什么季节徒步? 陆机在《文赋》中曾说:"恒患意不称物,文不逮意。盖非知之难,而能之难矣。"①所论述的就是创作中,要处理好文、意、物三者的关系。诗词创作虽然不像学术论文那样强调内在逻辑,但情景交融、意蕴浑成,却是历代诗词创作所追求的艺术境界。

其四,格律不精、语言缺少锤炼。诗词创作讲究韵律和谐,韵律不协,便不能悦耳动听,从而影响作品的艺术感染力。在新疆当代诗词创作中,有不少作品存在出韵现象。比如,《草原牧歌》:

> 塞北秋高草穗沉,撒欢羔犊跃蹄轻。鞭梢响处流云影,脆笛声中飘
> 彩裙。牧户逢人夸水电,毡房入夜醉荧屏。草原秋色真如画,踏遍天涯
> 无处寻。

此诗首句韵脚"沉"与尾句的"寻",属下平声韵部的"十二侵";第四句的"裙"属于上平声韵部的"十二文";第二句韵脚"轻"属于"八耕",第六句的韵脚"屏"属于"九青"。以"平水韵"来衡量,显然属于"出韵"。即以依据现代汉语拼音韵母表划分韵部的"中华通韵"论之,"沉""裙""寻"为"十二恩","轻""屏"为"十四英",通篇也不相协。再如《五家渠今昔》:

> 红楼绿树春风里,远客光临驻马停。细品甘泉谈往昔,新城原是五
> 家人。

此诗第二句韵脚"停"属"九青"韵部,第四句的"人"属"十一真"韵部。即以"中华通韵"论之,"停"属"十四英""人"属"十二恩",也不相搭。我们知道,诗歌押韵的本质,在于读起来朗朗上口,悦耳动听,从而产生一种韵律感。韵律不协,便失去了诗词的音乐美,自然也就影响了诗词的艺术感染力。这样的例子还有很多,不再赘述。

在新疆当代诗词创作中,不少作品的语言需要进一步推敲锤炼。文学是语言的艺术,而诗词的语言尤为精致。所以,古代诗词创作在"炼字""炼句"方面流传着许多佳话。如,韩愈、贾岛的"推敲"故事,杜甫"语不惊人死不休"的执着,王安石"春风又绿江南岸"的修改,等等,都传递着前人致力于锤炼语言的信息。反观新疆当代诗词创作,许多作品语言干瘪生硬,甚至于连起码的流畅,都难以达到。

---

① 郭绍虞主编《中国历代文论选》第一册,上海古籍出版社,1979,第170页。

如《咏改革之花》：

> 十载鸿猷万里香,堂皇盛景耀城乡。龙沙改貌民欣富,食有鱼肥赛
武昌。

诗中的"十载鸿猷""堂皇盛景""耀城乡""民欣富"等语,不仅空泛干瘪,而且显得生硬。其他如,"一齐全付之于炬"(《风入松·庆减租反霸胜利》),"乐得风流太一酬"(《去玉琪塔石草原山中》),"骇突隆声山汇起"(《天灾》),"三代胜筹明睿智""史册千秋铁砚磨"(《颂党的十六大》),"睿智中枢颁国榜,公然设市筑铜墙"(《浣溪沙·欢呼三沙岛设市》)等都有此病。至于"泛吟生兴""欢难更""意境赅"等等,不仅读起来生硬、拗口,而且意思也模糊不清,丝毫没有诗词语言应具备的艺术韵味。

另外一种现象就是过度直白,过度口语化,缺乏诗词语言应有的凝练与含蓄。如《扑蝴蝶·秋风落叶》：

> 秋风落叶,花开花谢了。为官今世,已脱服去帽。躬耕岁晚无忧,自是心安不怨,何须细究多少。　　口碑道:只知劳碌,不知名利好。朝朝暮暮,浑为百姓跑。待到绿鬓霜侵,却是病魔召见,夕阳对天空照。

词作语言可谓通俗矣,但过于直白、过于口语化,就像贴着词牌的白话散文。缺少"诗家语",也就难以生成耐人寻味的情韵,更遑论引人遐想的厚重意蕴了。其他如,"总理慰问灾区"(《念奴娇·汶川抗震救灾》)、"总理亲临慰问"(《西江乐·汶川地震》)等等,都是如此。

有的又机械拟古,缺乏新鲜感和现代气息。如:

> 暮雪初飞骑火明,羽书半夜报前营。天骄布阵金山下,大校分兵额水汀。号角相闻生意气,雕旗漫卷落残星。两军相撞动天地,虎旅三千誓破城。(《边防团演习》)

此诗如不看题目,只看诗句,会以为是古代军旅诗。也就是说,过于拟古就没有了现代气息。至于"胡天云漠漠,汉塞马萧萧"(《布尔津县道中》)等诗中"胡天""汉塞"词语的运用,尤为不妥。其他如,"萌儿含笑沙中戏,内子多情滩上游"(《博斯腾湖白鹭洲即兴》),"玉杯归内子,壶尽写春秋"(《临江仙·偷闲》)等,作为80后的青年作者,称妻子为"内子",也觉酸腐。

其五,当代诗词创作的"民间性"所带来的随意化。众所周知,当代诗词创作带有明显的"民间性"的特点。所谓"民间性"是与"职业化"相对而言的,也就是说,当代诗词创作主要流行于民间,都是作者的业余创作,作者们都有借以谋生的

本职工作,写作诗词只是业余爱好,而不像文学职业作家那样,借发表作品来获取生活资源。至于其传播和消费,也多是在私人、同好之间交流。一方面,这种"民间性",极大地保持了诗词写作的自由度和情感抒发的真实性,显然是有利于诗词创作发展的。但另一方面,也带来了当代诗词创作的随意性,作者在创作中缺乏精品意识。其突出表现,一是艺术形式上的随意性。一些作者随意马虎,率尔成章,不求质量,出现了大量似是而非的作品,比如,律诗不讲格律,填词不依词谱,只是字数相同而已,使得大量粗制滥造的作品,充斥于诗坛。二是题材内容上的随意性。一些琐碎无聊之事,皆能入诗,每逢节庆,必有"新"章,每遇生辰,必有酬唱,而且节节相似,年年雷同。其最无聊者是企业开张、商店店庆等等,也写诗填词以贺之,阿谀奉承而空话连篇,这些无聊之举,把高雅的诗词当成了庸俗的礼品,极大地损害了当代诗词的形象。三是情感抒发的随意性,一遇不顺,即歇斯底里地大发牢骚。这些随手一写的种种现象,不仅降低了当代诗词的质量,也损害了它的艺术品位。

其六,"自娱性"膨胀带来的"玩诗词"现象。诗词创作原本带有"自娱"的功能。作者们写作诗词,抒发自己的性情、展示自己的才华,在缓解心理压力、排遣精神焦虑的自我调适中,获得精神上的享受与满足,进而产生一种超越现实生活的愉悦感。可以说,诗词的"自娱"功能,也是诗词创作历久不衰的内在推动力,本来是无可厚非的。但在新疆当代诗词创作中,却出现了由于"自娱性"过度膨胀而产生的"玩诗词"现象。也就是说,写手们往往把写诗词当作玩具,当成游戏和消遣的工具,而与现实生活、精神世界毫无补益。至于不加节制的个人低俗情感的抒发,就显得更为下作了。凡此都是因为忘记了诗词创作除"自娱"之外,还承担着弘扬时代主旋律的"载道"功能,以及干预生活、揭露假丑恶的"美刺"功能。我们提倡的是诗词的自娱性和社会性的和谐统一,诗词创作既要满足个人的情感需求,也要适合社会、时代的需要,承担起为当代人提供精神滋养和心灵慰藉的文学使命。

其七,创作队伍年龄比例的失调。纵观新疆当代诗词的创作,还存在一个突出的问题,就是老年作者多,青年作者少。翻翻众多出版发行的诗词总集,便觉此言不虚。所以,青年诗人的培养与扶持迫在眉睫。

第二节　提升新疆当代诗词创作质量的策略

上节对新疆当代诗词创作中的问题分析,虽然举例不多,但却带有较为广泛的普遍性,而所引作品都见于公开出版的个人专集或诗词选集,这就更应该引起人们的重视了。所以,分析现象产生的原因,探讨提升新疆当代诗词创作质量的策略,以引起人们的警觉与注意,是十分必要的。我们认为,这种众多低质量作品的出现,其原因是复杂的。既有社会思潮、文化氛围的影响,也有作者创作意识、创作态度的影响,还有对诗词的艺术特征认识不到位、主观努力不够、诗词创作基本功欠缺、文化修养不足以及作者的思维惯性等因素所带来的桎梏,甚至也与当代诗词本身所具有的民间性、娱乐性等功能密切相关。我们认为要提升新疆当代诗词创作的质量,应从以下几个方面入手。

一、充分认识、把握诗词的艺术特征,突出创作个性

诗词与小说、戏剧等代言体的创作不同,它的第一主人公就是作者自己。《诗大序》中说:"诗者,志之所之也,在心为志,发言为诗""情动于中而形于言。"①诗词是作者心灵的呈现,是主体人格的外化。诗词创作应该做到"诗中有情""诗中有我",这样写出来的作品才会有艺术个性。"诗到底是一种个体作业,唯有充分的个性化,才能有充分的创造性。愈是个人的,便愈是诗的。"②历代诗词的优秀作品,都是以鲜明的个性、真挚的情怀和独特的韵味立足于文坛的。当前新疆当代诗词创作中,没有真情、没有形象、枯燥说教、丧失个性、没有自家面目的诗词,之所以泛滥成灾,就在于作者没有充分认识到诗词固有的内在本质。

比如,新疆当代诗词创作中大量的情感泛化、诗中无"我"的赞颂诗,其产生的原因,就在于作者没有把握住诗词特有的本质。受多年来"文以载道"观念的影

---

① 转引自郭绍虞主编《中国历代文论选》第一册,上海古籍出版社,1979,第63页。
② 谢冕:《中国新诗史略》,北京大学出版社,2018,第252页。

响,作者们自觉或不自觉地以诗词来说教,把诗词作品当作宣传品,一些政治术语、时髦概念充斥于诗中。我们认为诗词是具有教育功能的,但在发挥这一功能时,应把握住诗词的特征,不能把理性的东西直接呈现于作品,如果缺少"比兴"手法的运用,缺乏对"意境"的营造,不能以情动人,那么诗词的教育功能便无法实现。显然,这类作品的令人生厌,并不在于"赞颂",而在于作者没有很好地理解、把握住诗词艺术的独特个性。

关于诗词能否唱颂歌、能否密切关注政治,我们的回答显然是肯定的。中国诗歌自古就有美、刺的传统,"美"就是歌颂。问题在于歌颂什么?怎样歌颂?前人及当代诗词名家的创作,都给我们以有益的启迪。比如,毛泽东诗词就具有强烈的政治性,甚至连他的诗评也不忘政治的视角。然而毛泽东诗词并没有说教的痕迹,这就在于他把政治性的革命赞歌,与诗词浓郁的审美特征和艺术个性结合起来,使美景、大事、哲理、深情融为一体,通过壮美意境的营造、独特情怀的抒发,给读者展现出现代中国鲜活的姿影,让人们体悟到中华民族千锤百炼、坚韧执着、昂扬奋进的精神魂魄。

因此我们说,歌颂型的作品首先要有诗意,要有真情实感。正如严羽在《沧浪诗话》中所说的:"诗者,吟咏性情也。"毛泽东非常强调诗词的"诗意",他曾经说:"诗不能每人都写,要有诗意,才能写诗。"主张写诗"要用形象思维",[①]歌颂型的诗词创作,往往是意在笔先,但必须神余言外,要通过鲜明具体富有个性的艺术形象,给人以启发和联想,而不是把概念化的东西强加给读者。形神兼备、韵味浓郁,正是诗词的生命所在。毛泽东诗词创作的成功,就在于塑造了众多栩栩如生的鲜明形象,富于诗的韵味。其次,歌颂型诗词的立意要新,要写出独特感受,不能人云亦云。毛泽东是极富个性的人,毛泽东诗词总是倾向于个性情感的抒发。他站在时代前列,用诗词来"言志",抒发革命斗争以及国家建设中的感悟,表现吞吐宇宙的气概和叱咤风云的英姿,以及改天换地的壮志豪情,生动而感人。所以我们说,诗词可以是时代的颂歌,而且也应该唱出时代的壮美乐章,但它必须是诗化的,是有个性的,是富有感情的,而不是仿制的格律化的古董。诗词的动人魅力不取决于题材,而取决于诗人的个性与作品中浓郁的韵味。

再比如,关于诗词中议论的问题。新疆当代诗词创作中,有不少作者喜欢在诗中直接议论、说理,由于缺少诗味,引来了人们的批评。这种平铺直叙、枯燥议

---

① 毛泽东:《致陈毅》,载《毛泽东书信选集》,中央文献出版社,2003。

论的作品大量出现,显然与作者的思维惯性有关。目前的诗词作者队伍中,老干部多、离退休人员多,他们以前居于领导岗位,政治素养高,对国家的方针、政策谙熟于心,思维方式往往是从理性到理性,善于逻辑的抽象思维。如今写作诗词,也习惯于理性地解释生活,而不是感性地、形象地体悟生活。所以读者读这样的作品,往往是被告知,而不是被感动。

诗中能否议论,回答也是肯定的。清人沈德潜在其《说诗晬语》中说:"人谓诗主性情,不主议论。似也,而亦不尽然。试思二《雅》中何处无议论? 杜老古诗中《奉先咏怀》《北征》《八哀》诸作,近体中《蜀相》《咏怀》《诸葛》诸作,纯乎议论。但议论须带情韵以行,勿近伧父面目耳。"①问题的关键在于如何议论。诗词是通过艺术形象来表达作者思想的,议论恰当,反而会为诗词添彩。毛泽东诗词也长于议论,但都是与形象、情感相伴而行。如《沁园春·雪》下片主要是议论,作者由祖国河山的壮美,想到古往今来的英雄豪杰,历数秦皇、汉武、唐宗、宋祖和成吉思汗,最后歌颂"今朝"的风流人物。这里对古今人物的缅怀、评价都是议论,但毫无枯燥之感。所以会如此,就在于这段议论富有感情,富有力量,对祖国挚爱的真情融入鲜活的画面之中。就整首词来看,恰恰是议论为全词起了画龙点睛的作用,增强了作品的思想深度。毛泽东诗词中议论横生的作品很多,比如,《七律·人民解放军占领南京》"宜将剩勇追穷寇,不可沽名学霸王",用楚汉相争的历史故事,说明对敌人决不可妥协,要斗争到底,夺取最后胜利。再如,《满江红·和郭沫若同志》,上片中的"蚂蚁缘槐夸大国,蚍蜉撼树谈何易"是用典,也是议论;下片"多少事,从来急;天地转,光阴迫。一万年太久,只争朝夕""要扫除一切害人虫,全无敌",显然也是议论。全词的妙处在于融写景、抒情、议论于一炉,情感的真切,使作品有了"高吟肺腑走风雷"的豪壮之气。而新疆当代诗词创作中的某些议论,往往是空洞的时髦概念或政治口号的罗列,没有比兴,没有情趣,这无疑影响着作品的艺术感染力。所以,我们说毛泽东诗词中的议论,给我们当今诗词创作的启示至少有三点:一是不能以议论来代替具体形象的描绘;二是议论应是画龙点睛,而不是画蛇添足;三是议论要伴情感而行,同时要与其他表现手法结合运用。

二、致力于意境的创造及语言的锤炼

叶嘉莹先生曾论及成为诗人需有两个条件:第一,能感之;第二,能写之。所

---

① 霍松林校注《〈原诗〉〈一瓢诗话〉〈说诗晬语〉》,人民文学出版社,1979,第249页。

谓"能感之",指的就是从生活中发现诗意的艺术敏感力。罗丹曾说,艺术家"用自己的眼睛,去看别人看过的东西,在别人司空见惯的东西上能够发现出美来。"[①]就诗词创作而言,这种"发现出美来"的眼光,也就是诗人在生活中发现"诗"的那种敏感力,就是写作时的灵感和悟性。所谓"能写之",就是借助艺术技巧,把你的感悟表达出来。灵感来自生活,而技巧是可以习得的。刘勰在《文心雕龙·知音》中说:"操千曲而后晓声,观千剑而后识器。"说的就是艺术习得的方法。

高质量的诗词,首先要有动人的意境,要给现实人生提供精神力量。而当前新疆当代诗词创作中的一些作品,往往缺乏意境的营造,以为句式整齐、押韵、符合格律,或者符合词牌规定的字数就是诗词。其实并非如此,诗与非诗的区别,不在于是否切合格律。一些中医的口诀、一些古代官府的布告,往往也讲求平仄、押韵,但那不是诗。诗与非诗的基本界线,在于有无动人的意境。关于"意境",前人多有阐释,虽然众说纷纭、略有出入,但都强调"意"与"境"的融合。我们认为意境之"境",在诗词中是一个空间观念,主要指景、物的描绘、刻画;"意"主要指作者的思想情感、哲理感悟等。当作者的情思借助于景物而生成动人的艺术境界时,其中所包孕或暗示的某种意蕴,便会给人以自然、社会和人生真谛的启迪,从而引起读者的激赏。简言之,"意境"就是作者创造的、能够为读者具体感受到的、凝聚着作者思想感情的、具有审美价值的、浑融的艺术境界。所以,意与境的融合,是诗词创作追求的重要目标,应该成为诗词作者的共识。一些没有诗情、诗味、诗趣的现象罗列、口号堆积,平淡直白,词尽意尽,无趣无味,哪里还谈得上含蓄蕴藉、动人心脾? 所以,诗人写诗一定要调动诗性思维,营造出一种蕴含着无限审美情趣的艺术境界,作品才具有感染力。

新疆当代诗词的创作,在营造意境的同时,还要炼意、炼句。如前所述,诗词能否动人不在于题材,而在于意蕴情怀。当今许多庸滥的节庆诗,令人生厌,其原因不在于写了"节庆"。实际上古人有许多脍炙人口的节日诗,比如,王安石的《元日》、王驾的《社日》、杜牧的《清明》《秋夕》、苏轼的《水调歌头·丙辰中秋》、王维的《九月九日忆山东兄弟》等,都是流传千古的名篇。这些诗词都不是缺乏真情实感的空泛之言,而是有着令人心动的艺术形象和意在言外的深远寄托,所以千百年来仍能引起读者情感上的共鸣。同时,诗词创作在"炼意"的基础上,还要"炼句"。

---

① 奥古斯特·罗丹口述,葛赛尔记录,傅雷译:《罗丹艺术论》,广西师范大学出版社,2002。

要推敲字词,锤炼语言,因为意蕴、情怀是要通过语言来表达的。只有剔除陈词滥调,通过炼意炼字,求新避俗,在题旨表达、意境营造中,寻找出最恰当、最鲜活的语句,才能使诗词作品获得长久的艺术生命。杜甫"语不惊人死不休"的丰富含义,是值得当代诗词作者认真品味的。

三、陶冶性情,提升学养,增强文化底蕴

诗词是诗人内在心灵的呈现,也是诗人主体人格的外化。所以诗词的优劣与诗人的胸襟、才识、学养密切相关。沈德潜在《说诗晬语》中说:"有第一等襟抱,第一等学识,斯有第一等真诗。"①叶燮也说:"我谓作诗者,亦必先有诗之基焉。诗之基,其人之胸襟是也。有胸襟,然后能载其性情、智慧、聪明、才辨以出。随遇生发、随生即盛。"②王国维在《文学小言》中则认定:"故无高尚伟大之人格,而有高尚伟大文章者,殆未之有也。"③凡此,都阐释了诗作与诗人的关系,作品的优劣是由人决定的。所以诗人一定要胸怀天下,在火热的现实生活中陶冶情操、锻炼人格,培育博大胸怀,牢记诗词要给现实人生提供精神力量的文学使命。进而在广学博纳的基础上,提升艺术修养,方能推陈出新,写出精品。

而就当前新疆当代诗词创作中作者才识学养欠缺的现状来看,更需要主动接受传统诗词的熏陶、浸染,以增强文化底蕴。毛泽东的诗词作品之所以卓绝于当代,除了作者博大的胸襟、情怀外,一个重要因素就是有着深厚的传统诗词的功底。毛泽东一生勤学不倦,具有深厚的古典文学素养,其始终保持着对古典诗词的浓厚兴趣,到了晚年仍手不释卷。据曾在他身边工作的同志统计,仅书中留有毛泽东圈划、批注印记的诗词曲赋总计,就有1590余首,其中诗1180首,词378首,曲12首,赋20篇,涉及诗人429位。④当然,毛泽东实际阅读的古典诗词远不止这些。就毛泽东圈阅评点的宋代词人作品来看,也可以给我们以启迪,那就是广泛阅读。如果我们从创作角度来看,毛泽东诗词显然是继承了豪放派的传统。因为苏、辛、陆那种大气磅礴与金戈铁马的英雄豪情,与毛泽东富有战斗精神的豪放性情、大半生戎马生涯的生活经历更为接近。《稼轩长短句》有词600多首,毛泽

---

① 霍松林校注《〈原诗〉〈一瓢诗话〉〈说诗晬语〉》,人民文学出版社,1979,第187页。

② 叶燮:《原诗》,霍松林校注,人民文学出版社,1979,第9页。

③ 王国维:《静庵文集》,辽宁教育出版社,1997,第168页。

④ 张贻玖:《毛泽东评点圈阅的中国古典诗词》,中国工人出版社,1992。

东圈阅评点的就有98首,在所有的唐宋诗人和词人中,是圈点最多的。但若从欣赏的角度上,毛泽东却是豪放与婉约并重的。比如,大家并不太熟悉的蒋捷,是南宋末婉约派的著名词人,毛泽东圈点了他24首词,在宋代词人中,圈点的数量仅次于辛弃疾和柳永,列第三位。[1]

这些都说明,毛泽东诗词取得的辉煌成就,与他古典诗词的深厚功底密切相关。这也启示我们新疆当代诗词作者,应多阅读、研讨中国古典诗词,以丰富提高自己诗词创作的文化底蕴。

四、树立精品意识,拒绝平庸与随意

中华诗词学会原会长孙轶青在中华诗词学会工作会议上明确指出:"当前诗词精品仍然比较少,能够为广大人民群众喜闻乐见、广为传诵的作品更是凤毛麟角。"[2]以之衡量新疆当代诗词创作,也是恰当的。纵观新疆当代诗坛,写诗的人很多,不仅单篇作品满天飞,出版诗集的也不在少数。但就整体而言,精品确实不多,或者说精品淹没在浩如烟海的平庸之作当中。这显然是创作中缺乏精品意识所致。比如,有作者在已出版诗词集的个人简介中说,其于1995年加入新疆诗词学会,从1996年开始在全国发表诗词,至2013年出版诗词集时,共计发表诗词5 000余首(次)。据此推算,16年间发表作品5 000余首,年均300余首,真可谓"高产"作家。但细读其诗集,虽然有不少佳作,但瑕疵也多,其尤显者是作品题材、境界雷同。许多作品在结构框架、情感抒发、甚或语言运用等方面,都似曾相识。如果作者有强烈的精品意识,锤炼、精选自己的每一首诗词,然后结集出版,其效果可能会更好。在新疆当代诗词创作中,只追求数量,不讲究质量的现象,是比较普遍的,这应该引起人们的重视。

我们认为,要提高新疆当代诗词创作的质量,一个重要方面就是要有创新观念,要培养精品意识,实施精品战略。正所谓"不创前未见,焉传后无穷"。这既需要"新疆诗词学会"的组织引导,也需要评论者的批评督促,以及期刊编辑、选集编者、出版社编审的严格把关,而最重要的是诗词作者的主动追求。也就是说,诗词创作者应有清醒的精品意识,在创作中既要拒绝平庸,也要不重复他人、不重复自己,尤其是不要寻找任何粗制滥造的借口或理由。谈到诗词精品,我们经常会听

---

① 葛景春:《毛泽东对唐宋诗词的继承与创新》,《南阳师范学院学报》2004年第5期。
② 孙轶青:《开创诗词新纪元》,中国文史出版社,2006,第244页。

到有人说："即使李白、陆游这样的大诗人，其创作也未必篇篇是精品。"此言不谬，如果这是读者对作者的一种宽容或理解，完全是可以的；但如果是作者对自己粗制滥造的辩解，那就大错而特错了，这绝对无益于诗词精品的产生。

在这方面，古代诗人以及当代的毛泽东主席，都给了我们很好的启示。我们看到，毛泽东在诗词创作中有着强烈的精品意识，其作品并不多，中共中央文献研究室编辑、中央文献出版社出版的《毛泽东诗词集》，正、副两编一共也就67首，但却首首动人。这其中的原因可能很多，但诗词创作中强烈的精品意识、个性意识，应该是一个重要方面。比如，1965年毛泽东视察杭州，身边的工作人员问毛泽东，您到过西湖许多次，为什么没有写过有关西湖的诗。毛泽东回答说："苏东坡这首《饮湖上初晴后雨》，实在绝了，我不敢造次。"①古人也有类似的故事流传，比如，宋代计有功《唐诗纪事》卷二十一记载，李白登上黄鹤楼本想作诗，因看到崔颢的诗而搁笔，感叹"眼前有景道不得，崔颢题诗在上头"。元人辛文房《唐才子传》卷一也记载了李白登黄鹤楼，因见崔颢诗，即"无作而去，为哲匠敛手"的传说。凡此种种都体现了诗词创作的精品意识，这是值得新疆当代诗词创作者认真反思的。

当然，我们提倡精品，并不是单纯的反对数量，而是反对没有质量的数量，有时数量与质量也能相辅相成，新疆当代诗词创作中，并不乏数量多、质量高的作家。我们认为，诗词写出来，还要认真推敲、修改，不要急于发表，尤其是结集出版时更要"宁缺毋滥"。这对于初学者，或诗词功底并不十分深厚的作者尤其重要。

五、培育青年，培养读者，加强诗词批评

上面谈到新疆当代诗词创作队伍的年龄比例失调问题，给我们敲响的警钟是，为避免诗词创作后继乏人，应该花大力气培育青年作者。青年诗词作者，是诗词能否持续繁荣的关键，是诗词创作的未来。所以我们一定要加大宣传力度，同时要采取一些有效措施。实际上一些有识之士，已经意识到问题的严峻，着手在做培养、扶持青年人的工作。比如，近年来新疆诗词学会，连续举办一年一度的"青年诗人笔会"，效果就很好，这一措施应进一步持续、加强。同时，要实施、推动当代诗词精品进校园活动，以当代诗词动人的艺术魅力，来吸引、感染青年学生的积极参与。

积极培养读者，也是诗词界面临的一个重要问题。当前新疆当代诗词创作

---

① 郑广瑾，杨宇郑：《毛泽东诗话》，河南人民出版社，1999，第37页。

中,谁写谁看、写谁谁看的现象,是比较普遍的。一首诗词如果没有读者,它就不会产生影响力,如果没有影响力,诗词的功能价值就大打折扣了。所以,没有读者的积极参与,当代诗词是不可能真正繁荣的。惠特曼曾说:"伟大的读者造就伟大的诗人。"可见读者之重要。而读者只会因为读了诗词给他带来喜悦、带来触动,才会去阅读作品。所以,培养读者的关键,还是取决于作者和作品,诗词冷落了读者,读者才会冷落诗词。诗词作品能否被人普遍喜爱、能否广泛流传,主要取决于两个方面:一是作者创作的作品是否鲜活、独特,富有个性;二是作者创作的诗词作品,能否深深拨动读者的心弦而引起强烈共鸣。就前者来说,作者的感受越独特、越动人,作品的表现手法越奇巧、别致,就越具有独特个性。人云亦云、毫无新意的东西,绝不会受到人们的喜爱。就后者来论,有个性的作者、作品,也不一定就会被人们所广泛接受,孤家寡人的另类情绪,无法引起众人的共鸣。只有那些"人人心中皆有,他人笔下所无"的诗词,才会拨动众多读者的心弦。这就要求作者创作诗词时,既要考虑作品的艺术个性,又要考虑读者接受的普遍"共性"。只有个性与共性融合统一的作品,才会引人注目,进而广泛流传。所以从读者接受的角度,来引起作者的深思与警觉,也是提高创作质量、扩大诗词接受面的重要途径。

此外,培养读者还需注意一个问题,这就是娱乐性与社会性的和谐统一。诗词创作既应满足个人的情感需要,也要适合社会时代的需求。诗词创作除了"自娱"之外,还承担着弘扬时代主旋律的"载道"功能,以及干预生活、揭露假丑恶的"美刺"功能。当代诗词被主流意识所认可,方能广泛传播。因为受众面大的诗词,影响力自然会大。

加强学术界对诗词的批评,也是提升诗词创作质量的重要策略。鲁迅先生就非常重视文学批评的作用,他认为:"文艺必须要有批评,批评如果不对了,就得用批评来抗争,这才能够使文艺与批评一同前进。"①当代诗词界的一些有识之士,也已经注意到了诗词批评的作用,认为创作和评论,如马车之两轮、飞鸟之双翼,没有批评,创作很难前行。客观地说,诗词杰作固然是由作者创作出来的,但其被认识、被发现,却需要有"慧眼识珠"的评论者。对名篇佳作,诗评者要通过新颖独到的鉴赏、分析,来引导读者品鉴、把握其妙处,使之获得读者的认可与欣赏。还应挖掘作品潜在的多元性,使其意蕴、内涵在被接受、被阐释的过程中,不断累积叠

---

① 鲁迅:《花边文学·看书琐记(三)》,人民文学出版社,1980,第133页。

加而趋于深厚。实际上文学史上的不少经典之作,都是在反复阐释中生成的。而对存在不足的作品,则需指出其缺陷,以为创作者所戒。

当然,对于诗词的批评也并非是一件容易的事。明末张岱在《一卷冰雪文序》中曾说:"诗文一道,作之者固难,识之者尤不易也。"①而对于当代诗词的批评,尤觉不易。一是诗词作者大都健在,甚至往往与评论者相识,如何公正、客观,是对诗评者的一大考验。二是有些诗词作者针对诗评者不擅作诗,便认为其不配评论诗词,进而产生抵触情绪。其实创作与评论,是两个既相关联而又不相同的体系。当代文学评论家刘衍文曾说:"评论以逻辑思维为主,创作以形象思维为主,彼此在思维上有很大的差别。""创作上的确有知易行难的问题,但在鉴赏评论上只有知与不知。"②明乎此,诗词作者的心态是否平和了一些呢? 当然,诗词评论最紧要的,还是诗评者的慧眼、铁面、公心与真诚。所谓"慧眼",就是要从浩如烟海的当代诗词创作中,能够发现佳作、杰作,进而揭示出其好在哪里、妙在何处。所谓"铁面、公心",就是诗词批评必须符合作品的客观实际,好就说好,坏就说坏,不徇私情,不顾颜面,从而改变时下诗词评论中,廉价赞誉多如牛毛,而真切的批评却寥若晨星的现状。同时,这些批评应建立在"真诚"的基础上,也就是说,批评者在情感上,一定要出于至诚、出于帮忙,与人为善,对诗不对人。避免抵触情绪的产生,有利于解决创作中存在的问题。诗词创作与诗词批评只有相向而行,才能促进当代诗词的健康发展。

---

① 张岱:《琅嬛文集》,岳麓书社,1985,第5页。
②《刘衍文教授访谈录》,《文艺研究》2019年第7期。

主要参考及引用文献一览

书籍部分

[1][梁]刘勰.文心雕龙[M].上海:上海古籍出版社,1980.

[2][梁]钟嵘.诗品[M].北京:人民文学出版社,1961.

[3][宋]严羽.沧浪诗话[M].北京:人民文学出版社,1961.

[4][明]徐师曾.文体明辨序说[M].罗根泽校点.北京:人民文学出版社,1962.

[5][明]胡应麟.诗薮[M].上海:上海古籍出版社,1982.

[6][清]王夫之.姜斋诗话[M].上海:上海古籍出版社,1982.

[7][清]袁枚.随园诗话[M].北京:人民文学出版社,2006.

[8][清]方东树.昭昧詹言[M]北京:人民文学出版社,1961.

[9][清]叶燮.原诗[M].霍松林校注.北京:人民文学出版社,1979.

[10][清]沈德潜.说诗晬语[M].霍松林校注.北京:人民文学出版社,1979.

[11][清]刘熙载.艺概[M].上海:上海古籍出版社,1978.

[12]王国维.人间词话[M].靳德峻笺证,蒲菁补笺.成都:四川人民出版社,1981.

[13]王国维.静庵文集[M].沈阳:辽宁教育出版社,1997.

[14]郭绍虞.中国历代文论选[M].上海:上海古籍出版社,1979.

[15]尹贤.古人论诗创作[M].北京:中国书籍出版社,2013.

[16]林东海.诗法举隅[M].上海:上海文艺出版社,1981.

[17]《文史知识》编辑部.诗文鉴赏方法二十讲[M].北京:中华书局,1986.

[18]许自强.新二十四诗品[M].北京:文化艺术出版社,1990.

[19]朱光潜.诗论[M].桂林:漓江出版社,2011.

[20]艾青.诗论[M].北京:人民文学出版社,1980.

[21]艾青.诗论[M].上海:复旦大学出版社,2005.

[22]龙协涛.文学阅读学[M].北京:北京大学出版社,2004.

[23]张文勋.诗词审美[M].昆明:云南人民出版社,2006.

[24]丁来先.诗人的价值之根[M].北京:中国社会科学出版社,2011.

[25]沈祖棻.唐人七绝诗浅释[M].上海:上海古籍出版社,1981.

[26] 薛天纬. 唐代歌行论[M]. 北京：人民文学出版社,2006.

[27] 王开元. 唐诗艺术举要[M]. 乌鲁木齐：新疆人民出版社,2008.

[28] 薛宗正. 边塞诗风西域魂：古代西部诗揽胜[M]. 乌鲁木齐：新疆青少年出版社,2003.

[29] 星汉. 清代西域诗研究[M]. 上海：上海古籍出版社,2009.

[30] 周笃文,星汉. 春风早度玉关外：全国第十一届中华诗词研讨会论文集[M]. 乌鲁木齐：新疆人民出版社,1999.

[31] 薛天纬,朱玉琪. 中国文学与地域风情[M]. 北京：学苑出版社,2005.

[32] 唐晓峰. 文化地理学释义：大学讲课录[M]. 北京：学苑出版社,2012.

[33] 张贻玖. 毛泽东评点圈阅的中国古典诗词[M]. 北京：中国工人出版社,1992.

[34] 中共中央文献研究室. 毛泽东文艺论集[M]. 北京：中央文献出版社,2002.

[35] 龙剑宇,胡国强. 毛泽东的诗词人生[M]. 北京：中央文献出版社,2003.

[36] 孙轶青. 开创诗词新纪元[M]. 北京：中国文史出版社,2006.

[37] 罗元生. 王震与陶峙岳[M]. 北京：华文出版社,2012.

[38] 郑兴富. 新疆当代文学史·诗歌卷[M]. 乌鲁木齐：新疆人民出版社,2014.

[39] 谢冕. 中国新诗史略[M]. 北京：北京大学出版社,2018.

[40] 陈之任等. 历代西域诗选注[M]. 乌鲁木齐：新疆人民出版社,1981.

[41] 吴蔼宸. 历代西域诗钞[M]. 乌鲁木齐：新疆人民出版社,1982.

[42] 星汉. 清代西域诗辑注[M]. 乌鲁木齐：新疆人民出版社,1996.

[43] 白应东. 丝绸之路诗词选集[M]. 乌鲁木齐：新疆青少年出版社,1987.

[44] 胥惠民. 现代西域诗钞[M]. 乌鲁木齐：新疆人民出版社,1991.

[45] 唐世政. 绿洲魂[M]. 乌鲁木齐：新疆人民出版社,1998.

[46] 唐世政. 军垦颂[M]. 北京：解放军文艺出版社,1998.

[47] 孙钢. 昆仑雅韵[M]. 乌鲁木齐：新疆人民出版社,2008.

[48] 邓世广. 当代西域诗词选[M]. 乌鲁木齐：新疆人民出版社,2009.

[49] 星汉. 中华诗词文库·新疆诗词卷[M]. 北京：中国文史出版社,2012.

[50] 陶大明. 世纪绿韵[M]. 五家渠：新疆生产建设兵团出版社,2014.

[51] 张克复. 丝绸之路诗词选[M]. 兰州：甘肃文艺出版社,2018.

[52] 王爱山,王善同. 新疆诗词近作选：庆祝新疆诗词学会成立三十周年[M]. 北京：中国文联出版社,2019.

[53] 任晨. 痕迹[M]. 乌鲁木齐：新疆人民出版社,1994.

［54］星汉,黄玉奎.天南地北风光录［M］.乌鲁木齐:新疆大学出版社,1997

［55］方国礼.罗布泊诗草［M］.北京:北京解放军文艺出版社,1997.

［56］黄泛.沧桑稚韵［M］.北京:北京燕山出版社,1997.

［57］刘萧无.刘萧无诗词选［M］.乌鲁木齐:新疆人民出版社,2001.

［58］李汛.闲吟诗草［M］.香港:天马图书有限公司,2001.

［59］王振祥.王振祥诗词选［M］.乌鲁木齐:新疆人民出版社,2001.

［60］师廷舟.西域吟草［M］.北京:中国文联出版社,2002.

［61］王敬乾.走沙集［M］.乌鲁木齐:新疆人民出版社,2002.

［62］平一.车夫曲［M］.乌鲁木齐:新疆人民出版社,2002.

［63］贺忠山.释然亭吟稿［M］.乌鲁木齐:新疆人民出版社,2003.

［64］星汉.天山韵语［M］.北京:作家出版社,2005.

［65］陶大明.暂住人间［M］.北京:中国文化出版社,2006.

［66］王爱山.鹤鸣集［M］.乌鲁木齐:新疆人民出版社,2007.

［67］凌朝祥.凌朝祥诗词集(上、下)［M］.北京:作家出版社,2008.

［68］星汉.天山东望集［M］.北京:中国文联出版社,2009.

［69］易行.新风集——中国当代名家线装诗集·星汉卷［M］.北京:线装书局,
2009.

［70］易行.古韵新风—— 当代诗词创新作品选辑·星汉作品集［M］.北京:线装书
局,2009.

［71］易行.新风集——中国当代名家线装诗集·王亚平卷［M］.北京:线装书局,
2009.

［72］王瀚林.屯垦戍边唱大风［M］.五家渠:新疆生产建设兵团出版社,2010.

［73］张波.逝水无痕［M］.长春:东北师范大学出版社,2010.

［74］蔡淑萍.萍影词［M］.成都:巴蜀书社,2011.

［75］凌朝祥.秋水长天集［M］.五家渠:新疆生产建设兵团出版社,2012.

［76］明剑舟.明剑舟诗词集［M］.北京:中国文献出版社,2013.

［77］喻林祥.戍楼诗草集［M］.北京:中国书籍出版社,2014.

［78］梁文源.征途如画——新边塞诗集［M］.乌鲁木齐:新疆人民出版社,2014.

［79］易行.中华诗词改革创新丛书——路石集·星汉卷［M］.北京:中国书籍出版
社,2015

［80］凌朝祥,李汛,星汉.天山集［M］.乌鲁木齐:新疆人民出版社,2016.

［81］刘刚."一带一路"大型系列丛书·新疆是个好地方:诗意北庭［M］.北京:中央
　　　民族大学出版社,2019.

［82］凌朝祥.伏枥集［M］.北京:中国书籍出版社,2020.

论文部分

［1］费孝通.中华民族的多元一体格局［J］.北京大学学报(哲学社会科学版),
　　　1989(4).

［2］周成平.论"新边塞诗"［J］.江苏教育学院学报(社会科学版),1995(1).

［3］林家英.一片大有希望的诗歌绿洲——当代边塞诗散论［J］.北方民族大学学
　　　报(哲学社会科学版),1995(4).

［4］秦克温.对当代边塞诗的艺术探索［J］.宁夏社会科学,1996(1).

［5］王亚平.当代边塞诗走向再探一——兼评新疆生产建设兵团诗词选《军垦颂》
　　　［J］.蒙自师范高等专科学校学报,1999(1).

［6］万拴成.袖里珍奇光五色——王亚平诗词简评［J］.蒙自师范高等专科学校学
　　　报,2000(1).

［7］彭金山.新边塞诗流变概观［J］.西北师大学报(社会科学版),2000(1).

［8］陈友康.论20世纪学者诗词［J］.云南社会科学,2003(3).

［9］蒋寅.清代诗学与地域文学传统的建构［J］.中国社会科学,2003(5).

［10］王祥.试论地域、地域文化与文学［J］.社会科学辑刊,2004(4).

［11］陈伯海."味"与"趣"——试论诗性生命的审美质性［J］.东方论坛(青岛大学
　　　学报),2005(5).

［12］李志忠.求一个"新"字罢了——星汉诗词当代意识浅论［J］.新疆教育学院学
　　　报,2006(2).

［13］王佑夫,李志忠.远拓诗疆随牧鞭——星汉诗词论略［J］.新疆师范大学学报
　　　(哲学社会科学版),2006(2).

［14］王佑夫.江山一统助诗情——星汉少数民族题材诗词论略［J］.中央民族大学
　　　学报(哲学社会科学版),2007(4).

［15］耿占春.诗人的地理学［J］.读书,2007(5).

［16］李仲凡.现当代旧体诗词研究的视野和方法［J］.海南大学学报(人文社会科
　　　学版),2008(6).

［17］赵义山.星汉亲情诗词论略［J］.中国韵文学刊,2009(4).

［18］张玉玲. 一种被忽略的审美倾向——西部诗歌审美趣味的当代性发掘［J］. 齐鲁学刊,2009(6).

［19］王巨川. 新时期以来的现代旧体诗研究述要［J］. 贵州社会科学,2009(8).

［20］星汉. 天山诗派初探［J］. 新疆社科论坛,2010(1).

［21］周笃文. 古体诗新生命论［J］. 文史哲,2010(2).

［22］张向东. 20世纪中国西部文学地理学论纲［J］. 兰州交通大学学报,2011(2).

［23］马大勇. 20世纪旧体诗词研究的回望与前瞻［J］. 文学评论,2011(6).

［24］崔志远. 论中国地缘文化诗学［J］. 文艺争鸣,2011(8).

［25］艾翔. 历史与文化视野下的新边塞诗［J］. 新疆社科论坛,2012(2).

［26］栾睿. 浅说毛泽东诗词对星汉诗词创作的影响［J］. 中华诗词,2013(10).

［27］宋湘绮. 当代诗词审美学研究方法和体系的构想［J］. 贵州社会科学,2014(5).

［28］姬肃林. 辉煌60年·新疆经济发展的非凡成就［J］. 实事求是,2015(5).

［29］王国飞. 新疆60年巨变的启示［J］. 兵团党校学报,2015(5).

［30］程金城,马硕. 艺术表达在丝绸之路文化中的独特价值［J］. 西北民族研究,2015(4).

［31］李继凯. 论当代创业文学与丝路文学［J］. 湖南师范大学社会科学学报,2016(1).

［32］宋湘绮. 当代诗词的批评标准:从"境界"到"境外之境"［J］. 艺术评论,2019(2).

［33］贺桂梅. 毛泽东诗词与当代诗歌道路［J］.《诗刊》,2019(9).

后　记

　　《新疆当代诗词研究》是国家社会科学基金西部项目课题,历经五个春秋,终于结项。在书稿即将出版面世之际,内心有着激动和喜悦,但更多是忐忑。

　　新疆自古就是"诗意的空间",唐代以岑参为首的边塞诗派创造了西域诗的辉煌,元代耶律楚材的西域诗彰显着浓郁的西域生活气息。清代大批戍边将领、文人幕僚、迁客谪臣等诗书饱学之士进入西域,使西域诗的创作更加丰富多彩。时至当代,伴随着时代的鼎新、诗人队伍的新变,新疆当代诗词创作成就斐然。诗词作者们将"古典"与"现代"相融合,用传统诗词形式书写着当今生活,以鲜明的特色接续了具有上千年悠久历史的西域诗传统,成为当代中华诗坛的一道靓丽风景线。

　　但要对其进行全面、系统的研究,进而做出学理的、清醒明智的论断,实在不是一件容易的事情。新疆当代诗词作者云集,作品数量巨大而又面目庞杂。既有颇具全国影响力的诗坛大家,也有初识诗词门径的写手;既有众多激荡人心的名篇佳作,也有不少粗制滥造的平庸篇什。况且当代诗词创作,是"现在进行时",不断有新作者、新作品涌现,既丰富着诗坛,也修正着自己。再加上笔者才疏学浅,孤陋寡闻,资料搜集也未尽善尽美,想达到元好问所说"暂教泾渭各清浑"的"诗中疏凿手"水平,自知不能。只好粗略勾勒新疆当代诗词的发展过程、整体风貌,论析一下诗人、诗作,进而揭示被浩如烟海的作品所湮没的名篇佳构的夺目"光焰",彰显新疆当代诗词创作的时代品格和审美价值。尽管我们做了种种努力,但最终仍觉不尽如人意。还好,老祖宗自古就有"诗无达诂"的训诫,所以不管褒也好、贬也罢,都只是笔者阅读新疆当代诗词的一点感受而已。盲人摸象,挂一漏万,权衡失当之处,甚至于错谬,都在所难免。我们期待着诗词作者以及读者的批评,更期盼着来哲的杰构。

在这里,我要列出一长串感谢名单。

首先感谢我的大学老师王佑夫先生。2012年我还在新疆师范大学文学院担任研究生导师时,先生提议由我带领文艺学和古代文学的部分研究生,对新疆当代诗词进行研究,并阐述了基本思路。虽因种种原因没能顺利进行,但先生的研究思路和同学们收集的资料,都为后来的研究提供了帮助。在书稿即将出版之际,王佑夫先生又慨然赐序,在此致以诚挚的谢忱!

感谢对结项成果进行鉴定的五位专家,虽不知姓名,但既为国家社会科学基金项目评审者,必是学界名流。他们对课题在创新程度、突出特色、主要建树、学术价值及应用价值等方面的肯定,给了我们很大鼓舞。如"本项目对新疆当代诗词创作进行系统性、宏观性研究,具有填补新疆当代文学研究和非主流文体文学创作文献研究空白性质。""从传统韵文对当代新疆文学进行总结研究的成果还是比较少的,很多诗人的创作都是首次被研究者关注,这是该成果的创新价值。""本项目以新疆当代诗人的古体诗词创作为研究对象,多层面地梳理新疆当代诗词创作的成就,既有视野开阔的宏观概括,也有深入细致的个案研究,对诗人的情感表达和作品的思想境界、诗歌意向的把握精准,评述客观。对新疆当代诗词创作成就得失的探讨较为深入,不誉美、不偏颇,有现实针对性,见解独到。""本成果研究框架较好地兼顾到了文本分析与专题研究、诗人研究与诗派研究、文献研究与审美研究、现状研究与历史研究、问题研究与对策研究,具有宏观性、系统性。研究成果对于新疆当代诗词代表性作品的系统性品评解读以及对新疆当代诗词整体艺术风格的概括与分析,超越了以往研究。""该成果对于了解新疆当代诗词创作全貌与整体格局具有显著价值,对于透过诗词创作视角认识中原主流文化如何辐射影响新疆具有一定启发价值,对于拓展新疆当代文学研究空间具有一定参考价值。""对于认识当代新疆各阶层人们文学生活、特别是业余文学写作状态具有独特价值,对于促进中华传统文化在新疆的传播普及、落实中央'文化润疆'战略具有一定借鉴价值。"这些都坚定了我们出版的信心。同时专家们的合理建议,也在书稿修改时予以采纳,一并感谢!

本课题的立项、进行与结题,得到新疆教育学院科研处和人文学院多方面的支持,谨致谢意。

本课题在研究过程中,得到新疆诗词学会的大力支持与帮助。在资料搜集方面,两届副会长兼秘书长李汛先生、李新平先生做了大量工作;在课题结项后出版资金不足的情况下,新疆诗词学会又慷慨资助,令我们十分感动。在此一并致谢。

感谢新疆大学出版社责任编辑李胜兰女士在审稿过程中付出辛勤劳动,她们提出的宝贵意见令本书增色不少。

感谢本课题的主要参加者吕亚宁副教授,在教学、科研、驻村等工作极度繁忙的情况下,仍然坚持课题研究。

最后,还要感谢我的妻子和女儿,是她们的默默支持及暖心宽慰,使得课题以及书稿的修改得以如期完成。

刘坎龙

2022 年 4 月 30 日于乌鲁木齐